Béa

SURVIVRE

Né à Nancy en 1975, Vincent Hauuy vit au Portugal avec sa famille. Concepteur de jeux vidéo et fan incontesté de Stephen King, J. R. R. Tolkien et George R. R. Martin, il construit un monde fictif fait de paranormal, de sang et de complexité qui donnent à ses romans des intrigues très riches. Son premier roman, *Le Tricycle rouge*, paru en 2017, a remporté le prix *VSD* RTL du meilleur thriller français présidé par Michel Bussi et conquis plus de 100 000 lecteurs.

Paru au Livre de Poche :

LE BRASIER
DANS LA TOILE
LE TRICYCLE ROUGE

VINCENT HAUUY

Survivre

HUGO THRILLER

ISBN : 978-2-253-24182-9 – 1re publication LGF

À mes enfants Noah et Clément,
en leur souhaitant un futur bien différent
de celui décrit dans ce roman.

Chapitre I

Pendant quatre ans, j'ai observé le même rituel. À peine levé, j'expédiais un petit déjeuner composé de baies, d'œufs de poule et de légumes de mon potager. Les deux premières années, je partais à l'aube pour chasser à l'arc et poser quelques collets. Et puis le gibier s'est raréfié.

Venaient ensuite le relevé des températures, la récolte d'eau de pluie, le jardinage. Le reste de la journée se partageait entre la rédaction de mémoires et mes travaux en plein air.

Quatre ans de vie à l'écart d'une civilisation dont je n'obtenais des nouvelles qu'à travers un poste de radio. Mais je comptais honorer la promesse que j'avais faite à ma fille.

« Un jour, nous vivrons dans la nature. Papa construira une maison. Nous aurons des poules, un puits et un jardin. » Sandra avait toujours des étoiles dans le regard lorsque nous évoquions ce projet. Elle ignorait que je nous préparais à un changement de paradigme. Lorsque j'ai taillé les premières branches de mon abri, je n'aurais jamais imaginé être seul.

J'ai cessé d'observer ce rituel le 17 avril 2035, après une énième nuit cauchemardeuse. J'ai déjeuné d'un repas frugal avant de consigner la température dans mon carnet.

« 8 h. 17 degrés. Légère baisse. Trop tôt pour déterminer l'incidence du minimum de Maunder. »

Le minimum de Maunder. La nouvelle coqueluche des médias et des politiques, et selon certains spécialistes, un phénomène capable d'infléchir la trajectoire délétère prise par l'humanité. Pour moi, des conneries déblatérées par un pouvoir aux abois afin de resserrer les rangs et calmer les esprits. Nos dirigeants se réjouissaient de la découverte d'un vaccin alors que la maladie avait déjà fait ses ravages. Trop tard. Le mal était fait. L'incendie planétaire s'était propagé et une baisse – à laquelle je ne croyais pas – de l'activité solaire n'allait rien y changer.

Entre les canicules apocalyptiques et les épidémies bactériennes, l'Inde et le Bangladesh avaient déjà perdu un tiers de leur population, la Chine avait durement souffert, de même que l'Amérique du Sud et l'Afrique. Le monde occidental était mieux loti, mais déplorait aussi de nombreuses victimes. J'avais moi-même perdu ma femme et ma fille lors de la catastrophe de Miami, deux victimes parmi les trente-quatre mille sept cent vingt-cinq.

Et bien sûr, c'était sans compter les tensions qu'impliquait l'accueil de réfugiés climatiques de plus en plus nombreux, de plus en plus désespérés.

Toutefois, à défaut d'être optimiste, je restais à l'affût du moindre changement ou de la dernière découverte. Plus par curiosité que par peur de l'avenir, puisque le premier super ouragan à avoir frappé la planète m'avait déjà dérobé mon futur.

Après avoir terminé mon repas, j'ai enfilé mes écouteurs et je suis sorti de ma cabane. J'ai remarqué au passage quelques déchirures sur les feuilles de ma moustiquaire de fortune, accessoire indispensable depuis que les degrés supplémentaires avaient doublé la population de ces nuisibles.

Comme bien souvent, l'éclat du jour m'a fait plisser les yeux et j'allais devoir travailler sous un soleil implacable. Tolérable le matin, insupportable passé midi.

J'ai activé la radio avant de me diriger vers les collecteurs d'eau de pluie.

Sans surprise, les nouvelles n'étaient pas réjouissantes.

« Nous apprenons que plusieurs maisons ont été attaquées à Antibes, les forces de l'ordre tentent de chasser les pillards qui… »

Ce genre d'incidents n'était pas nouveau. Mouvements migratoires et pauvreté obligent, ceux qui n'avaient plus rien s'en prenaient aux plus fortunés et aux paysans. Les forces de l'ordre étaient débordées et même les milices privées ne suffisaient plus à protéger les nantis calfeutrés dans leur forteresse.

Quand on a tout perdu, la perspective de la mort n'est plus un frein.

J'ai retiré les tiges de bambou maintenues en équilibre dans les pots en terre cuite placés autour de la cabane – mon collecteur était constitué de tiges creuses dans lesquelles j'avais enfoncé de larges feuilles.

J'étais soulagé d'apercevoir un peu d'eau de pluie dans le fond de chacun de mes trois pots. Dix centilitres à vue de nez. Pas de quoi m'abreuver toute la journée, mais suffisamment pour tenir jusqu'en fin d'après-midi, à condition que je ménage mes efforts.

Je pouvais marcher jusqu'à une source située à cinq kilomètres, mais je n'avais pas envie d'y croiser du monde. Les adeptes du *bushcraft* et les collapsologues de la première heure ne me dérangeaient pas, au contraire des pillards et autres tarés que le chaos ambiant avait libérés de leurs prisons sociales. La plupart du temps, il valait mieux s'y rendre à la tombée de la nuit.

J'ai transféré l'eau dans ma gourde après m'être assuré que son pH était dans des normes acceptables. Puisque j'avais promis de survivre, autant prendre toutes les précautions.

Les nouvelles continuaient de bourdonner dans mes oreilles, assenées par un journaliste dont le ton enjoué dissonait avec la gravité des propos :

« Étranger : la tension entre les États-Unis et le Canada pourrait s'apaiser. Le Premier ministre canadien envisage de revoir sa tarification sur l'eau et demande à son homologue de retirer les troupes disposées à la frontière… »

Le conflit américano-canadien. Le plus drôle, c'est qu'il y a six ans, j'avais annoncé la possibilité d'une tension sur le continent nord-américain. On m'avait taxé d'alarmiste. Et pourtant…

Le potager était ma prochaine étape. Au départ, en raison de l'aridité des sols, j'y avais planté des légumes peu gourmands en eau comme la pomme de terre, l'asperge ou l'oignon.

Et puis, à force de biner et de pailler, j'ai pu y ajouter tomates, salades et choux.

Sandra aurait été fière de moi. C'était autant son rêve que le mien. Peut-être même plus, car je considérais ma retraite avant tout comme une solution de repli.

Je sais que cela semble ridicule, mais lorsque j'ai installé un panneau portant son nom à côté du premier plant de patates, j'étais certain de mon succès.

Un autre était posé juste devant le poulailler ; j'y avais gravé « Judy » au couteau.

Nous pratiquions la permaculture bien avant que ma vie ne vire au cauchemar et ma femme tenait à ce que nous récoltions des œufs.

J'étais sur le point de saisir la binette quand le présentateur a annoncé :

« Nous accueillons maintenant Charles Dussolier, qui va nous parler du minimum de Maunder… »

J'ai coupé la radio. Je n'avais pas besoin d'entendre un seul mot de plus de cette propagande.

Furieux, je me suis activé vers le potager. Je pouvais y consacrer deux heures avant que l'atmosphère ne devienne étouffante et ne me pousse vers l'ombre de ma cabane.

En m'attaquant au carré de pommes de terre, j'étais loin de me douter du tournant étrange qu'allait prendre cette journée.

Après une demi-heure de binage, j'ai raclé sur un objet ; j'ai d'abord cru à un caillou. Et puis j'ai remarqué la couleur jaune-orange, contrastant avec la terre brunâtre.

Une abeille, ai-je pensé. J'avais entendu dire que quelques spécimens avaient survécu et qu'on tentait de les réimplanter partout dans le monde.

Mais ce n'était pas tout à fait cela.

L'objet en avait la forme, mais sa composition était métallique.

C'était un drone collecteur. Des robots utilisés pour remplacer les abeilles ; c'était la première fois que j'en voyais un.

J'en ai retrouvé un autre au pied d'un arbre qui ombrageait les oignons, ainsi qu'un dernier à quelques centimètres d'une linnée boréale. Sans être expert, je savais qu'ils ne bénéficiaient pas d'une grande latitude pour butiner. Une ruche devait se trouver à proximité.

À l'exception des nomades et des braconniers, je vivais quasiment seul dans cette partie des Alpes. Ces drones devaient donc provenir de la communauté installée à quelques kilomètres de ma cabane, et constituée en majorité de migrants climatiques et de collapsologues. Cependant, le fait que ces gens puissent posséder une telle technologie me semblait improbable.

J'ai hésité, tiraillé entre ma curiosité – on n'efface pas une dizaine d'années de journalisme d'investigation d'un claquement de doigts – et le conditionnement quasi dogmatique que je m'étais imposé.

C'est comme cela que j'ai rompu le rituel, emporté par la curiosité. J'ai décidé de rendre visite au campement pour les informer de la défaillance de leurs drones.

J'étais loin de savoir, à ce moment-là, que ma rencontre avec Ashik, le chef de la communauté, allait à ce point changer ma vie.

*

J'ai rallié la communauté en moins de deux heures. Le campement dénombrait une centaine de personnes. Un véritable petit village de tentes, de cabanes et d'abris construit en lisière de forêt, à deux cents mètres à peine du lac de Montriond. Un choix qui se justifiait pour des raisons logistiques, mais qui l'exposait davantage aux pillards.

La température avait grimpé de six degrés depuis le matin, pour atteindre vingt-trois degrés. Ce qui n'était pas habituel, même selon nos nouveaux standards. Sans être fatigué, j'avais déjà dû puiser dans ma gourde et j'espérais pouvoir la remplir là-bas.

Le « maire », Ashik Chaudhury, m'a repéré de loin et adressé de grands signes de la main avant de venir à ma rencontre, le sourire aux lèvres.

C'était un homme pétillant, au visage buriné et vitulin. Il marchait d'un pas rapide, en agitant ses bras, comme s'il devait faire atterrir un avion.

— Ah, monsieur Starck ! (Nous nous étions croisés un matin au point d'eau.) Heureux de vous voir ! Que nous vaut votre visite ?

Je lui ai serré la main.

— Appelez-moi Florian, Ashik.

Il s'est contenté de sourire et m'a tapé sur l'épaule en m'adressant un clin d'œil de connivence.

— Alors, vous avez réfléchi à ma proposition? Vous êtes partant?

Lors de notre première rencontre, Ashik m'avait proposé de venir m'installer chez eux. J'avais déjà décliné, mais cet homme possédait l'insistance d'un marchand de souk.

— C'est gentil, mais c'est toujours non. Je préfère me tenir à l'écart du monde.

Il a secoué la tête et posé une main sur mon épaule, me pressant de le suivre.

— Non, monsieur Starck. C'est ce que vous pensez, mais venez donc faire un tour, je vais vous faire changer d'avis.

— Je n'ai pas le temps, je suis là pour vous parler de…

— Après, après, a-t-il dit en m'attirant vers le campement. Venez donc prendre un thé à la menthe et après on pourra parler.

Puisque j'étais ici, pourquoi refuser? La journée était déjà trop avancée pour envisager quoi que ce soit d'autre, et puis je pourrais toujours biner plus tard.

Je n'avais jamais mis les pieds dans ce genre d'endroit. Ils avaient commencé à pousser un peu partout en Europe où, tout juste tolérés par les gouvernements, ils attiraient souvent l'hostilité de l'extrême droite qui ne voyait pas d'un bon œil le débarquement de ces réfugiés, surtout en période de crise.

En nous dirigeant vers sa tente, Ashik a pointé du doigt quelques jardins fleuris, des potagers, mais aussi des fours à bois, des ateliers de menuiserie.

J'étais surpris de voir cohabiter une telle mixité de cultures. Ces femmes et ces hommes avaient décidé de faire rempart contre la fatalité. Ils s'étaient serré les coudes.

Avant de me faire entrer dans sa tente, Ashik a désigné un alignement de chaises, disposées face à un tableau.

— On vient de les recevoir. Grâce aux bénévoles, nous allons ouvrir une école pour les enfants. Nous avons reçu beaucoup de dons ces derniers temps. Vous savez, une trentaine de Français nous ont rejoints. Comme je le dis souvent, c'est un changement de paradigme, pas une extinction.

Tout à fait d'accord sur le changement de paradigme, moins sur l'extinction.

Il a ouvert les pans de la tente et m'a invité à m'asseoir sur un pouf disposé autour d'une table basse. Son mobilier était tout aussi rudimentaire que le mien. Un matelas, un coffre, quelques couverts et ustensiles. Le minimum.

— C'est gentil, mais je ne vais pas pouvoir rester bien longtemps, Ashik.

— Vous prenez du sucre dans votre thé ?

J'ai secoué la tête.

Il a ensuite placé une casserole sur un petit feu qu'il avait encerclé de pierres pour construire une cheminée.

— Je sais, je sais. Avec cette chaleur, on préférerait quelque chose de plus frais.

— Ça ira très bien.

En vérité, je rêvais d'une eau claire et froide coulant le long de ma gorge. J'ai préféré aborder le sujet qui me préoccupait plutôt que m'éterniser ici.

— Votre hospitalité me touche, Ashik, mais je suis venu pour autre chose. J'ai trouvé ça dans mon jardin. Je me suis dit que cela pouvait venir de chez vous.

Il a saisi les drones que je lui tendais et il a grimacé.

— Leur batterie est à plat. J'avais pourtant dit à mes gars de les charger sur la ruche. C'est un ancien modèle qu'un mécène apiculteur installé à Avrieux nous a donné. Ils sont tout à fait opérationnels, si ce n'est que le capteur de l'unité centrale ne nous indique plus quand nous devons les recharger. Par précaution, j'ai demandé qu'ils soient chargés chaque nuit avant de les envoyer butiner. Ils ont dû oublier.

Voyant le regard circonspect que je lui adressais, Ashik a ajouté :

— La ruche est alimentée la journée par l'énergie solaire. Une fois pleine, elle peut recharger les drones. L'unité centrale est impressionnante. Si elle n'était pas endommagée, je pourrais disposer d'un état en temps réel de chaque appareil et de tout un tas de statistiques. Nombre et types de fleurs butinées, distance parcourue, productivité de la fabrication du miel…

— La fabrication du miel ?

— Oui, c'est ça le plus beau. Ces drones sont capables de répliquer les mouvements des abeilles… Tenez.

Il s'est levé, a ouvert un coffre attenant à son matelas et en a sorti un pot en verre ainsi qu'une cuillère en bois.

— Je sais que vous ne voulez pas de sucre, mais goûtez. Vous serez bluffé.

Devant l'enthousiasme d'Ashik, qui me souriait toutes dents dehors, j'ai capitulé.

— Cela a bien le goût du miel des Alpes.

Ce n'était qu'à moitié vrai. J'en avais goûté de bien meilleurs par le passé.

— Laissez-moi vous en offrir un pot.

— Non merci, Ashik. Je suis venu vous rendre vos drones, et maintenant je vais rentrer chez moi. Je dois m'occuper de mon potager.

Il a retiré la casserole du feu puis a sorti deux tasses en céramique ainsi qu'une théière.

— Après avoir bu votre thé.

— Après avoir bu mon thé, oui.

Ashik nous a servi puis a touillé sa tasse longuement, l'air pensif.

— Pourquoi ne pas venir vous installer ici ? Nous sommes plus forts ensemble et nous obtenons déjà de beaux résultats. Et puis je vous connais, je suis sûr que vous vous plairez. Beaucoup se sont mis à suivre vos conseils ! À l'époque, quand j'habitais encore à Dacca, je ne manquais jamais vos émissions. J'ai été triste d'apprendre…

Je l'ai coupé d'un regard noir.

— Bref, vous êtes ici chez vous. Je connais votre valeur, monsieur Starck.

J'ai pris une rasade de thé.

— J’en doute. Je n’apporte rien de bon. Je suis un aimant à emmerdes et la meilleure chose que je puisse faire pour votre communauté, c’est m’en tenir à l’écart.

Conscient d’avoir été brutal, j’ai ajouté :

— Mais je pourrais vous rendre visite à l’occasion.

Je n’en avais pas l’intention. Mais Ashik dégageait quelque chose d’apaisant. Son enthousiasme, sa dévotion. Quelques années plus tôt, il aurait sans doute pu me convaincre de le rejoindre. Mais nous vivions dans un monde instable et je n’étais plus qu’un spectre qui avait fait le deuil d’une vie paisible et heureuse.

Avant de finir le thé, je lui ai donné un conseil.

— C’est un beau camp que vous avez, ici ; mais vous êtes beaucoup trop exposés. Je sais que des pillards rôdent et en dehors des grandes agglomérations, il n’y a personne pour les empêcher de nuire. Tâchez de rester à l’écart des ennuis. Envoyez des éclaireurs avant d’aller chercher de l’eau, organisez des tours de garde et…

Son sourire candide qui s’élargissait m’a stoppé dans ma tirade.

— Monsieur Starck, si je commence à penser à tout ce qui pourrait arriver, je ne ferai plus rien et cette communauté n’aurait jamais vu le jour. Je suis passé par des heures bien sombres, croyez-moi.

J’ai haussé les épaules.

— Un peu plus de vigilance ne ferait tout de même pas de mal.

Je me suis levé.

— Merci pour le thé, mais je dois *vraiment* y aller.

Avant que je puisse sortir, les pans de la tente se sont écartés, laissant entrer un homme d'une quarantaine d'années, à la stature imposante et à la barbe rousse fournie.

— Désolé de vous interrompre, mais deux types demandent à parler à Florian Starck ! C'est urgent, visiblement.

Ashik m'a regardé, surpris. Quant à moi, j'avais ma petite idée.

— J'arrive, ai-je répondu.

— Je vous accompagne. Je suis responsable de ce qui se passe sur ce camp.

L'un des deux hommes portait un costume noir ; son visage fermé et sa posture évoquaient un garde du corps. L'autre était un petit homme châtain au teint hâlé, beaucoup plus décontracté. Ses manches de chemise étaient retroussées et son col débraillé laissait dépasser une épaisse touffe de poils.

Son visage m'était familier et son identité m'est revenue en mémoire juste au moment où il m'a salué.

— Bonjour, Florian. Vous n'êtes pas facile à trouver, ces derniers temps.

Un mensonge. C'était le genre de type qui pouvait savoir où j'étais minute par minute.

Il m'a tendu la main.

— Je suis…

— Gaëtan Petit, ai-je coupé. Vous travaillez toujours pour ma sœur ?

Il s'est frotté la main derrière la tête et m'a adressé un sourire de façade.

— Je suis sûr que vous feriez des merveilles à mon poste.

— Allez, crachez le morceau, qu'est-ce que vous me voulez ?

En guise de réponse, il m'a tendu un téléphone cellulaire.

— Quelqu'un souhaiterait vous parler.

Je l'ai saisi.

— Allô, Florian ? Il faut que je te voie.

Chapitre II

Je ne serais jamais retourné à Paris si ma sœur ne m'avait pas alarmé. Mon appartement – bien trop grand pour un homme seul – m'y attendait depuis quatre ans, mais je n'avais pas prévu d'y remettre les pieds. Trop de souvenirs heureux hantaient encore ces pièces, et puis il était sûrement squatté, désormais. Après l'enterrement, je l'avais laissé en l'état et confié en gérance à une agence dont je n'avais pas eu la moindre nouvelle depuis mon départ dans les Alpes.

J'ai à peine reconnu la capitale. Avant mon exil volontaire, Paris était déjà en proie à de nombreux soulèvements et avait dû faire face à des vagues migratoires sans précédent. Les conflits avaient rapidement explosé, bien plus violents que les épisodes des gilets jaunes ou encore que la fronde populaire de 2028.

Et comme le reste de la France, la ville était désormais sous loi martiale. Séquelle du chaos engendré, l'Europe avait fini par trancher en faveur d'une intervention militaire. Six ans plus tard, le ministère de l'Intérieur et celui des Armées maintenaient l'ordre conjointement.

Ce n'était pas le seul changement.

Depuis l'avion, j'ai remarqué qu'ils avaient enfin construit la tour d'assainissement d'air promise dès le début des années 2020. Un peu sur le tard, certes ; mais cet effort illustrait parfaitement ce qu'était le monde d'aujourd'hui : une course entre l'homme et la nature.

Durant mon trajet en voiture, j'ai pu constater à quel point la population de la capitale était devenue affable. On ne sentait plus la grogne ni la révolte, pas plus que l'empressement ou la frénésie d'une fourmilière en activité. J'ai croisé des silhouettes aux démarches flegmatiques, des visages peinés, résignés. Comme si tous espéraient un miracle et s'accrochaient du mieux possible en attendant la prochaine vague, la dernière.

Une ambiance de fin du monde.

J'adorais cette ville. Pourtant, je n'avais qu'une envie : repartir le plus loin possible, le plus vite possible.

Le chauffeur m'a déposé place Beauvau. Un homme en costume patientait devant la grille du ministère, encadré par deux policiers en armure. J'avais déjà remarqué une forte présence militaire le long du Faubourg Saint-Honoré.

« C'est toujours un peu agité avant le couvre-feu, m'avait confié le chauffeur. Mais après, ça redevient très calme. »

*

Claire m'a accueilli avec un grand sourire, impeccable dans son tailleur gris perle à épaulettes (sans doute revenues à la mode durant mon absence de la civilisation). Elle s'est précipitée vers moi pour m'enlacer. Pas de bonjour, juste un :

— Oh, Florian ! Mais tu ressembles à un ours !

En guise de réponse, je l'ai embrassée. Je n'avais jamais été proche d'elle, mais la revoir m'a ému.

Elle s'est détachée de moi et s'est passé la main dans les cheveux pour réajuster son chignon.

— Et tu embaumes. Mon Dieu, je n'imagine même pas la vie de sauvage que tu dois mener dans ta forêt…

— Moi aussi, cela me fait plaisir de te voir, sœurette. Pour l'odeur, je suis désolé, je n'ai pas eu le temps de prendre une douche. Tes sbires m'ont embarqué sans m'en laisser l'occasion.

Elle a grimacé et s'est excusée d'un geste vague de la main.

Claire m'a ensuite guidé dans l'impressionnant appartement de fonction qu'elle avait sans doute réaménagé. Ma sœur avait toujours aimé les designs simples et l'ameublement contrastait avec son bureau situé à l'étage du dessous, chargé de dorures et d'enluminures. Elle m'a indiqué un grand canapé blanc aux formes arrondies. Deux plateaux de toasts étaient disposés sur une table basse en verre poli, ainsi que quelques biscuits apéritifs, une bouteille de vin à moitié entamée et une canette de bière. Elle s'est assise à son tour sur un fauteuil assorti.

— Je suis heureuse que tu sois là, Florian. C'est dommage de devoir t'arracher à ta réserve pour pouvoir te parler.

— Tu peux venir me rendre visite quand tu veux. Tu n'auras pas le même confort qu'ici, mais j'ai réussi à me construire une belle cabane.

Elle a pouffé de rire tout en attrapant la bouteille de vin.

— Désolée, je n'ai pas grand-chose à te proposer. Tu voudras manger quelque chose après, ou l'apéro te suffit ?

J'ai agité ma main.

— Pas la peine, j'ai déjà déjeuné ce matin. Ça va aller.

Elle m'a dévisagé quelques secondes afin de déterminer si je plaisantais ou non.

— Ce matin ? Ça veut dire quoi ? Que tu prends un seul repas par jour ? Je me demande à quoi tu passes tes journées.

— Tu le sais très bien. J'ai comme l'impression que je suis surveillé depuis quelque temps.

— Je me fais du souci pour toi, c'est tout. Vin ou bière ? Mais au fait, tu peux boire de l'alcool ou tu tournes au jus de baies sauvages ?

— Tu te rends compte que tu détournes du matériel policier pour espionner ton frère sur le dos des contribuables ?

— Ne fais pas ton ingénu, Florian. Tout le monde le fait ou l'a fait. Alors, je te sers ?

J'ai indiqué la bouteille de vin.

— Je vais prendre comme toi. N'empêche, ministre de l'Intérieur… Mais je ne suis pas surpris. Tu as toujours été la plus douée de nous trois.

— Non, la plus bosseuse et la plus déterminée, m'a-t-elle répondu en me tendant un verre. Quoique sur ce dernier point, on doit être du même niveau. Cela vient du côté têtu et vindicatif de maman. Mais vous étiez brillants, juste un peu moins travailleurs que moi.

Vous. Cela voulait dire Pierrick et moi-même.

— Tu te souviens quand les parents organisaient des débats d'idées dans la maison de campagne ? a-t-elle enchaîné en m'adressant un sourire complice.

— Oui. Tu étais la seule à vraiment jouer le jeu. Douée pour le théâtre… et pour manipuler ton prochain.

— Et pourtant tu as aussi fait de la politique, cher frère.

— Pas à ma connaissance.

— Tu as la mémoire courte, monsieur l'alarmiste médiatisé.

Je me demandais sur quel terrain ma sœur voulait m'entraîner.

— Ce n'est pas la même chose. C'était pour alerter l'opinion sur la planète… Et bordel, j'avais raison, non ? Enfin, on était quand même un paquet à avoir tiré la sonnette d'alarme.

Elle a bu une gorgée de vin et je l'ai imitée.

— Oui. Et en face, nous savions que vous étiez dans le vrai. Seulement, on doit composer avec le monde politique. C'est un univers complexe et fragile. On ne règle pas les problèmes d'un coup de baguette magique. On se retrouve au confluent de plusieurs forces qui ne vont pas souvent dans le même sens.

— Non, pas d'accord avec toi. Une seule force compte : le fric. Et il va toujours dans le même sens.

Claire a vidé son verre d'un trait avant de prendre un toast.

— Tu vois, Florian, ton raisonnement est binaire. Si votre groupe d'idéalistes avait été élu, vous auriez tenté de passer vos lois en force. Alors qu'on a réussi de belles choses. La tour d'assainissement de l'air, le carburant solaire. De plus en plus de mini soleils sont implantés…

Je l'ai regardée, éberlué. Je me demandais si elle vivait dans le même monde que le mien.

— Et l'eau potable ? Le phosphore ? Les terres rares ? C'est bien d'administrer des antibiotiques à un organisme infecté, c'est mieux de le faire avant la septicémie.

— On y travaille, Florian. On a fait baisser le rendement, on récolte le phosphore dans les bouses. Et puis il y a de l'espoir, avec le minimum de…

— Ah non, Claire ! Ne me casse pas les couilles avec ton Maunder !

— Ça peut nous octroyer un délai, a-t-elle répliqué en élevant la voix à son tour. Certains ne sont pas résignés et se bougent pour trouver des solutions. Oui, la situation est critique. Mais on va s'en sortir. Et puis tu ne vois que ce qui ne fonctionne pas.

— Tu sais ce que je pense ?

— J'en ai une vague idée…

— Lorsqu'on est exposé à une forte radiation, après une première phase de vomissements et avant que la dégradation ne s'accélère, il se passe toujours quelques jours pendant lesquels tout semble bien aller. Cela s'appelle le *« Ghost Walking »*. C'est exactement ça, ton minimum de Maunder. Et nous sommes des fantômes.

— Florian, tu me gonfles avec tes analogies…

J'avais le don d'écailler son masque, de faire sortir la sœur que je connaissais du costume qu'elle arborait en public.

Claire a ajusté le col de la chemise de son tailleur avant de se reprendre.

— Excuse-moi. Je n'aime pas être vulgaire. Mais tu peux vraiment être têtu. Et puis tu ne vois que le mauvais côté des choses. Oui, socialement, c'est tendu, je ne dis pas le contraire. Mais on a fait d'énormes progrès en médecine, en génétique, en robotique, on a mis en place le revenu universel, on a développé les banques alimentaires. Bon sang, même aujourd'hui, on meurt deux fois plus d'obésité que de famine !

J'ai vidé mon verre.

— Un revenu universel pour des citoyens qui ne servent plus à rien. La robotisation outrancière de ces dernières années en a fait des impotents. Et combien d'entreprises ont refusé un candidat suite à un bilan ADN ? Allez, Claire, on ne sera jamais d'accord. Autant l'accepter et que tu me dises tout de suite ce qui se passe. Tu n'es pas venue me chercher dans les Alpes sans une bonne raison. Surtout si tu ne pouvais pas m'en parler au téléphone.

Elle a pris une grande inspiration et placé ses paumes sur ses cuisses.

— Cela concerne Pierrick.

— Quoi, Pierrick ?

Elle a regardé à droite, puis à gauche, comme pour vérifier qu'elle n'était pas surveillée.

— Ce que je m'apprête à te révéler est secret défense. Les circonstances font que j'en ai eu l'autorisation, mais cela ne doit pas sortir d'ici, OK ?

— C'est bon, ne fais pas durer le suspense, viens-en au fait.

— Il y a quelque chose que tu dois savoir sur notre frère…

— Qu'il était espion ?

Ses yeux se sont agrandis.

— Tu étais au courant ? Il te l'a…

— Non, juste une intuition… que tu viens de confirmer.

Claire a ouvert la bouche avant de secouer la tête.

— OK. Tu m'as eue, tu es content ? Oui, Pierrick était en mission pour la DGSE, mais il ne donne plus de nouvelles.

C'était bien le genre de mon frère. Il pouvait partir des mois, et un beau jour on le retrouvait sur le pas de la porte avec un sourire radieux et une bouteille de vin.

— C'est Pierrick, je ne suis pas inquiet.

Mais visiblement, elle, si. L'anxiété déformait les traits de son visage.

— Non, tu ne comprends pas. Nous n'avons pas réussi à le localiser.

— Le localiser ? Quoi, vous lui avez implanté une puce sous la peau ?

Elle a secoué la tête, s'est levée et s'est resservie en vin.

— Non. Pas du tout. Écoute, je vais tout t'expliquer, ce sera plus simple.

J'avais rarement senti ma sœur aussi à cran. Elle avait toujours eu cet aplomb et ce maintien altier qui lui conféraient une carapace adamantine. Et là, j'avais l'impression de revoir la petite sœur inquiète que je devais réconforter les nuits d'orage.

— Pas la peine de te demander si tu connais Alejandro Perez, a-t-elle continué.

— Effectivement. C'est lui que Pierrick devait surveiller ?

— C'est plus compliqué que cela. Disons qu'il avait une mission officielle. Un reportage et une biographie. Mais il menait pour nous une enquête plus officieuse.

— Pas vraiment un espion, alors…

— C'est toi qui as employé ce terme. Mais essaie de ne pas m'interrompre, s'il te plaît. Tu connais Perez en tant que milliardaire et génie des nouvelles technologies…

— Oui, et prix Nobel pour son intelligence artificielle Cassandra, ai-je ajouté avant de me rétracter sous son regard réprobateur.

— … Oui. Mais savais-tu qu'il était le concepteur et le financier d'une émission de télé-réalité diffusée dans le monde entier ?

La teneur de la nouvelle m'a moins surpris que l'intérêt que semblait y porter ma sœur.

— Absolument pas, et je ne vois toujours pas où tu veux en venir.

— Attends, j'y viens. L'émission s'appelle *Survivre*. Pierrick s'y intéressait de près. En tant que journaliste, il avait suivi la phase de conception. Il avait bien sûr signé un accord de confidentialité qui l'empêchait d'en parler avant la première diffusion. Mais il avait relevé quelques zones d'ombre, et notamment un bâtiment dans les studios dont l'accès était restreint. Un laboratoire de recherche.

Elle s'est tue, cherchant dans mon regard une lueur de curiosité. Qu'elle trouva bien assez vite. Malgré mon mépris pour ce genre de divertissements, j'étais désormais impatient d'en apprendre davantage.

— OK, tu as gagné, sœurette. Tu peux développer et m'expliquer en quoi consiste l'émission.

*

Ma sœur m'a tout raconté. Comment Alejandro s'était confié à mon frère lors d'une interview et l'avait embauché pour l'accompagner et écrire sa biographie. Comment il avait ensuite évoqué son intention de créer un divertissement international sur le thème de la survie, la grande préoccupation du moment.

Mais son projet comportait quelques particularités troublantes. Comme la sélection des candidats soumise à un algorithme secret, ou la présence de nombreux politiques de différents pays. Pierrick n'a jamais pu en apprendre suffisamment sur le nouveau modèle d'IA au cœur de l'expérience ; une révolution, selon Alejandro Perez. Après un dernier compte rendu, où il mentionnait une piste qui pourrait lui permettre d'en découvrir davantage sur la zone interdite d'accès dans les studios, mon frère n'a plus donné signe de vie.

— Et voilà, tu sais tout ou presque.

J'ai longuement regardé ma sœur avant de lui répondre.

— Et quel est le rapport avec moi ? Je ne vois toujours pas ce que je fais ici.

Elle a levé les yeux au plafond, comme si elle cherchait ses mots.

— Alejandro s'est confié à Pierrick sur le fonctionnement du programme et sa phase préparatoire. Plusieurs coachs vont venir du monde entier pour s'occuper des participants.

Elle a marqué une pause, comme si elle m'invitait à parler.

— Et ?

— Et Pierrick t'a proposé.

Je me suis redressé dans le canapé.

— Il a fait quoi ?

— Il a suggéré ta candidature comme entraîneur dans l'émission. Et Alejandro a accepté.

— Bordel de merde, mais quelle idée à la con !

— Si maman était encore là, elle te ferait mettre un euro dans la boîte de conserve.

Je n'ai pas relevé, trop furieux.

— Attends… je te vois venir. Vous vouliez m'embarquer dans vos combines à la James Bond. Non, désolé, je passe mon tour, cela ne m'intéresse pas.

Claire s'est levée, a pris un canapé et a partagé les dernières gouttes de la bouteille dans nos deux verres.

— Tu te trompes. Je n'ai rien à voir avec ça. Tu oublies que je m'occupe de l'Intérieur. Pierrick ne travaillait pas directement avec moi. Quant à sa décision, elle n'émane pas d'au-dessus. Il a agi de son propre chef.

— Mais pourquoi ?

— C'est ce que j'aimerais savoir, vu qu'il n'a plus communiqué depuis.

— OK. Je suppose que si je suis ici… c'est que tu veux m'inciter à accepter, c'est ça ?

Claire a pris une grande inspiration. Le moment était enfin venu pour elle de jouer franc jeu et, la connaissant, elle appréhendait ma réponse.

— Pas la peine de te mentir. Oui, je veux que tu acceptes, et je souhaite surtout que tu apprennes pourquoi notre frère a soudainement disparu.

— Tu n'as pas peur que je disparaisse à mon tour ?

— Si, évidemment. C'est pourquoi nous prendrons nos précautions.

— Nous, tu veux dire les services secrets français.

Elle a hoché la tête.

— Alors ? m'a-t-elle demandé après un long silence que nous avons passé à regarder la table basse.

— Alors c'est non.

Chapitre III

Ma sœur n'a pas insisté. Elle me connaissait suffisamment pour savoir que ce n'était pas la peine. Elle n'a pas non plus manifesté sa déception, bien enfouie sous son cuir épais de femme politique chevronnée.

J'étais persuadé qu'elle trouverait une solution, qu'un remplaçant serait bientôt désigné et que la DGSE lui tomberait dessus pour l'embrigader.

J'étais également convaincu que Pierrick devait se terrer quelque part et que sa disparition n'était que temporaire.

Avant que je ne reparte dans les Alpes, nous nous sommes retrouvés au cimetière, devant la tombe de nos parents.

J'aimerais vous dire que nous étions en toute intimité, mais le statut de ma sœur impliquait forcément la présence d'une lourde escorte. Deux militaires nous accompagnaient, en plus de son garde du corps habituel.

— Tu te souviens quand papa nous avait punis et enfermés dans la chambre ? Pierrick était parti faire du shopping avec maman. Il avait grandi de dix centimètres pendant l'été et tous ses bas de pantalons lui arrivaient au-dessus de la cheville. Papa était resté pour nous garder et comme d'habitude, il n'avait pas quitté son bureau. Je ne me souviens plus pourquoi on s'était battus. Tu voulais jouer à la console et moi regarder des dessins animés, je crois. J'avais balancé la manette sur l'horrible vase hérité de grand-mère et il s'était fracassé. Papa avait dévalé les escaliers et je t'avais accusé. On s'est retrouvés enfermés à clé dans la chambre. Je me souviens que tu avais pris deux trombones et crocheté la serrure. Tu avais dû voir une vidéo sur le net pour savoir comment t'y prendre. Ensuite, tu étais parti chercher la console portable dans le salon et moi je n'avais pas osé bouger. Je ne sais même pas si papa a su un jour ce que tu avais fait.

Je me souvenais très vaguement de cet épisode.

— Dis, tu n'invoquerais pas cette anecdote pour flatter ma débrouillardise et m'inciter une dernière fois à accepter le poste, si ?

Elle a secoué la tête en silence, les yeux rivés sur les tombes. Puis elle m'a tendu un téléphone. Un modèle constitué d'un bracelet et d'une fine paire de lunettes. Je n'avais plus trop suivi les avancées en la matière, mais je savais que la réalité augmentée était bien implantée dans les foyers. Du moins chez ceux qui ne vivaient pas en marge.

— Tu peux prendre ça, au moins ?

Ma sœur avait de la suite dans les idées et n'était pas encore prête à renoncer. Moi non plus.

— J'en ferais quoi ? Tu sais où je vis, non ?

— Nous ne sommes plus dans les années 2020. Les zones blanches n'existent plus. Et puisque je sais que ça te tient à cœur, il se recharge au soleil et est issu du minage équitable. Tu n'as aucune excuse, Florian.

Le minage équitable. Une connerie que je n'ai pas relevée. Ce n'était ni le moment ni l'endroit.

J'ai haussé les épaules.

— Je n'en ferai rien. Il va rester dans le coffre de ma cabane.

— Mais t'es vraiment une tête de mule, Florian. Je l'avais presque oublié. Tu vois, c'est comme l'histoire que je te racontais tout à l'heure. Tu étais rivé sur le canapé et tu ne me laissais jamais regarder la télé.

— Sauf que la plupart du temps, tu obtenais toujours ce que tu voulais avec papa. Je vois encore tes larmes de crocodile. *Ouin, Florian m'a tapé !* Et malgré mes protestations, j'étais renvoyé dans ma chambre. Je me souviens encore du petit sourire triomphant de peste que tu m'envoyais à chaque fois.

Elle tendait toujours l'appareil devant mon nez.

— Je suis sérieuse. Tu ne veux pas avoir de nouvelles de Pierrick ? Et s'il était mort ?

J'ai pris le téléphone.

— OK, et dès que tu m'auras donné des nouvelles du frangin, je le jetterai.

— Je n'en demande pas plus.

Nous sommes restés silencieux à fixer les pierres tombales sous un soleil de plomb avant qu'un grondement ne nous sorte de notre transe.

Un des gardes du corps s'est approché de nous.

— Nous devons partir, madame. On nous signale de l'agitation.

— Une émeute ?

— Une manifestation qui a mal tourné.

Chapitre IV

J'ai regagné la forêt sous un ciel gris-noir. Je n'avais pas observé une telle abondance nuageuse depuis des lustres. Au terme d'une longue marche rendue pénible par l'atmosphère étouffante et chargée d'humidité, je suis parvenu à ma cabane, où une surprise m'attendait. À côté de mon potager, on avait entreposé quelques sacs de tissu et des bidons d'eau.

Je me suis demandé qui était à l'origine de ce cadeau (j'ai pensé à ma sœur), jusqu'à ce que je rentre et découvre un pot de miel sur ma table, accompagné d'un petit mot sur lequel était écrit :

« Je me suis occupé de votre potager en votre absence. Merci encore pour les drones. Je vous ai laissé des graines et de l'eau potable. Ashik »

Ashik, évidemment. Une des rares personnes presque capables de me redonner foi en l'humanité.

J'ai passé le reste de l'après-midi à l'extérieur, profitant d'une relative fraîcheur. Le vent s'était levé et tourmentait les sapins.

Il y a deux ans, une tornade avait frappé la région, à quelques dizaines de kilomètres d'ici. Les rafales avaient emporté de nombreux arbres et tué deux promeneurs. Inexistantes ou presque une décennie auparavant, elles apparaissaient de temps à autre sur l'ensemble du territoire français, avec une présence marquée dans le Sud.

Mais pas cette fois-ci.

Le ciel s'est dégagé peu avant dix-huit heures, pile au moment où je finissais de planter les fraises.

De toute façon, je ne pouvais plus continuer. Malgré le vent, les moustiques pullulaient, alors j'ai battu en retraite dans le confort de ma cabane.

J'avais prévu d'écrire, mais curiosité oblige, j'ai finalement utilisé le smartphone que m'avait offert ma sœur.

Claire avait raison.

Même dans mon coin perdu, se connecter à internet était possible.

J'ai consulté quelques sites d'informations avant de l'éteindre. Rien de nouveau à y apprendre.

Manque d'eau, canicules meurtrières, montée des océans, guerres civiles, guerres tout court.

Je me suis rapidement endormi, ignorant à ce moment-là que les ennuis allaient très vite pointer leur nez.

*

Je me suis levé à trois heures du matin, troublé par une nouvelle nuit émaillée de cauchemars plus violents encore que d'habitude. Ma récente visite à Paris les avait-elle provoqués ? À moins que ce ne soit le changement de routine ?

Je ressentais désormais un besoin grandissant de m'extraire du sillon que j'avais creusé durant ces quatre années.

Plutôt que de me recoucher, j'ai saisi mon arc et mon carquois, sans même poser un regard sur le thermomètre.

Je ne pourrais pas vous dire ce qui m'avait poussé à sortir. Je n'avais aucune idée du gibier que j'allais rapporter (et encore moins si j'allais en trouver), m'en remettant aux opportunités et à l'improvisation. Avec le recul, je pense que j'étais moins parti pour diversifier mes apports alimentaires que pour évacuer mon stress.

La nuit m'a accueilli avec une fraîcheur inhabituelle, portée par un puissant vent de biais. Le ciel houleux était saturé de nuages denses.

Tant mieux. Pour cette chasse à l'approche, je devais prendre de l'altitude. Je préférais parcourir la longue distance me séparant de ma destination dans une atmosphère respirable.

Trois heures de marche ont été nécessaires pour atteindre la zone que j'avais ciblée. J'y suis parvenu sous les pâles lueurs d'une aube naissante. Au loin, les cimes blanches des Alpes baignaient dans un bigarré de mauve et d'orange. Je me suis arrêté un instant pour profiter du calme. Hélas, un sentiment de désespoir a chassé bien trop tôt ma plénitude contemplative. Je ne pouvais m'empêcher de voir dans ce ciel féérique une fresque de fin de monde. Une élégie célébrant l'extinction de l'humanité. Et plus j'observais l'horizon, plus une question grandissait : combien de matinées comme celles-là, avant que nous ne disparaissions tous ?

J'ai fini par reprendre mon chemin. Une fois de plus, dans un coin sombre de mes pensées, le sourire de Sandra m'incitait à poursuivre ma route. Vivre le plus longtemps possible. Profiter de chaque instant, pour elle et pour sa mère. Pour qu'elles continuent d'exister à travers moi.

Sandra me parlait par moments. Ma fille m'encourageait quand la volonté me manquait, que l'envie d'abandonner devenait suffocante. Elle se manifestait le plus souvent lorsque je contemplais le vide et que j'étais tenté de m'y jeter en fermant les yeux.

J'ai encore marché une demi-heure pour atteindre mon terrain de chasse. Sur mon chemin, j'avais aperçu les traces d'un chamois. J'ai pisté l'animal pendant près d'un kilomètre avant de tomber sur une scène aussi insolite qu'inquiétante.

Proches d'une large pierre, sorte de pic hérissé qui transperçait le flanc de la montagne, les restes d'un bivouac s'étendaient sur l'herbe. Au vu des déchets – bouteilles de bière, barquettes en aluminium – qui jonchaient le sol, j'ai vite compris que cet étalage n'était pas l'œuvre d'une compagnie de survivalistes respectueux de la nature. Selon mes estimations, une dizaine de personnes avaient campé ici. Ils avaient dû partir à l'aube et je les avais manqués de peu.

Parmi les détritus, j'ai retrouvé des boîtes de munitions vides. Leur présence m'orientait vers des chasseurs ou des braconniers, mais plus probablement un groupe de pillards. Ces bandits, de plus en plus nombreux, s'attaquaient aux autres promeneurs, aux communautés et même aux villages. Puis ils repartaient se cacher dans les montagnes et les forêts. Le manque d'effectifs de la police et de l'armée (dont les forces se concentraient dans les grandes agglomérations) avait créé une occasion parfaite pour ces pirates des temps modernes.

Tant pis pour le chamois. S'attarder alors que de tels types rôdaient dans les environs n'était pas prudent.

Malheureusement, je me suis éternisé en inspectant les restes du campement, à l'affût d'indices qui m'auraient pointé vers leur prochaine destination. Ces gens-là couvraient rarement leurs traces, souvent par excès de confiance. Sans aucun doute, l'attroupement se dirigeait vers le lac en contrebas. Le point d'eau que j'évitais de fréquenter précisément pour ne pas rencontrer ce genre d'individus.

J'allais partir lorsque j'ai remarqué une petite pochette en plastique qui contenait des cachets et des pilules.

Et pile au moment où je le prenais en main pour l'examiner, une voix s'est élevée derrière moi.

— Excusez-moi, monsieur.

Surpris, je me suis retourné.

À trois mètres environ, un homme pointait un fusil de chasse dans ma direction. Le type était sec, portait un débardeur militaire un poil trop large pour ses épaules et un sac de randonnée dans le dos. Sa barbe était fournie et ses cheveux hirsutes et gras.

Il a désigné le paquet de l'embout de son arme.

— Ce sont mes médicaments, monsieur. J'aimerais que vous me les donniez.

Son ton se voulait courtois, mais dissimulait à peine sa nervosité. Des tics parcouraient son visage crasseux. Des fasciculations agitaient ses lèvres et ses paupières.

Des médicaments ? Non, plutôt de la drogue. Mais j'ai préféré jouer les ingénus.

J'ai fait un pas vers lui, arborant mon plus beau sourire.

— Bien sûr, monsieur. Je passais juste par là et j'ai vu le sachet par terre.

J'ai tendu ma main vers lui.

— Tenez, je vous le rends. Vous pouvez baisser votre fusil, s'il vous plaît ? Je ne vais pas causer de problème.

Ses yeux globuleux étaient rivés sur les pilules. Ce type devait être en manque. Je n'étais qu'à quelques mètres et je percevais son agitation. Un pillard, sans aucun doute. Il pouvait m'abattre. À cette distance et vu l'engin qu'il pointait sur moi, il ne m'aurait pas loupé. Je sentais son hésitation. Tous les bandits n'avaient pas, directement tout du moins, de sang sur les mains. Certains se contentaient de menacer leurs victimes pour les voler.

Après un long silence, l'homme est sorti de son mutisme.

— Je sais pas qui vous êtes… et vous avez un arc. Posez le sachet par terre.

J'ai hoché la tête et je me suis agenouillé.

— J'ai un arc… et vous un fusil. Je chasse, tout comme vous. Nous nous comprenons. C'est devenu difficile de s'alimenter, avec les rationnements. Alors il faut bien contourner la loi de temps à autre, non ? Se dégoter des petits extras. C'est tout ce que je fais ici. Trouver du gibier pour me nourrir.

Jouer la carte de l'empathie me semblait la meilleure approche.

L'homme a baissé son fusil et hoché la tête.

— Oui, on le fait tous, a-t-il admis en avançant vers moi.

J'ai déposé le sachet et j'ai reculé. J'ai attendu qu'il le prenne pour le questionner.

— C'est un sacré bivouac, vous êtes une bande d'amis en balade dans la montagne ? Si vous avez besoin d'un guide, je connais les lieux comme ma poche.

Une lueur de méfiance a brillé dans son regard.

— J'aime pas trop qu'on me pose des questions, monsieur.

Sa main était crispée sur son fusil. Ses paupières tressautaient davantage.

J'ai haussé les épaules.

— Pas de soucis, je faisais juste la conversation. Vous êtes la première personne que je croise en trois mois. Je crois que… je crois que j'avais besoin de parler un peu. Je m'appelle Florian.

Et je lui ai tendu la main.

Il s'est relevé et a fourré le sachet dans une poche de son short. Son visage s'est décrispé et nous avons échangé une poignée de main.

— Kevin.

Puis il a ajouté :

— Les zones rurales ne sont plus très sûres, vous devriez éviter de vous promener seul, monsieur. Surtout avec cet appareil que vous portez autour du poignet. Faites gaffe, conseil d'ami.

Il a appuyé sa phrase d'un sourire sans joie.

Une menace prononcée à demi-mot.

— Promis, mais d'abord j'ai un chamois à traquer. Bonne journée.

Je l'ai salué et j'ai continué ma route pendant une vingtaine de mètres sans me retourner.

À partir de ce moment, j'avais le choix. Considérant que le danger était écarté, je pouvais poursuivre ma chasse, ou le pister pour en apprendre plus sur son groupe.

Je n'ai pas hésité longtemps.

Chapitre V

J'étais expérimenté dans la traque des humains et doté d'une aisance naturelle pour le déplacement silencieux.

Mais je devais rester prudent. Le dénommé Kevin marchait à une cadence élevée sans souci de discrétion. Sans doute était-il pressé de rejoindre ses amis, mais la moindre erreur pouvait me coûter cher. À moins de décocher une flèche en premier (et je n'avais pas du tout prévu de le faire), j'étais désavantagé face à un fusil.

Je me suis donc tenu à bonne distance, évoluant dans son sillage, de rocher en rocher, puis d'arbre en arbre lorsque nous avons atteint la forêt.

Comme je l'avais anticipé, le pillard se dirigeait vers le lac de Montriond. En empruntant ce chemin, je craignais qu'il ne découvre ma cabane. Ou pire : la communauté d'Ashik. Ses membres, malgré leur nombre, ne pouvaient pas lutter contre des bandits.

Un troupeau d'agneaux face à une meute de loups.

Kevin a rejoint une partie de sa bande aux alentours de neuf heures du matin.

Le ciel avait pris une teinte inquiétante, obscurci par des nuages noirs. Le pillard avait retrouvé trois autres hommes rassemblés à proximité du lac. Tous étaient armés et vêtus comme des chasseurs. L'un d'eux entassait des gourdes et des bouteilles pendant qu'un autre ébouillantait de l'eau pour la purifier. Ils attendaient le reste de leur groupe, sans doute avec l'objectif de s'attaquer à un village dans la foulée.

Je me suis tenu à bonne distance pour ne pas dévoiler ma présence. J'aurais pu (j'aurais même dû) partir et rejoindre ma cabane, mais je craignais que d'autres personnes ne se pointent pour se ravitailler.

Une crainte vite confirmée.

Un homme et une femme, accompagnés d'une fille âgée d'une dizaine d'années, marchaient sur le chemin de terre qui bordait la forêt. Certainement des membres de la communauté. L'homme portait un sac à dos volumineux ainsi que deux bidons d'eau. La femme soulevait deux paniers en osier chargés de victuailles. Ils revenaient du marché éphémère qui se montait toutes les deux semaines sur les berges du lac.

Les quatre pillards se sont tournés vers les nouveaux arrivants. Ils se sont échangé quelques mots avant de partir à la rencontre du couple et de l'enfant.

J'ai serré les dents et me suis crispé sur mon arc en me préparant déjà au pire. Kevin m'avait laissé tranquille, mais avec mon mètre quatre-vingt-douze et mon physique de baroudeur, je suis plutôt du genre imposant. Pas le type à qui on veut chercher des noises, fusil en main ou pas.

Toujours en maintenant mes distances, je me suis rapproché de la lisière de la forêt afin d'obtenir un meilleur poste d'observation. J'avais agi naturellement, sans réfléchir.

Deux des quatre pillards ont hâté le pas, fusil à l'épaule. Kevin et un autre, deux fois plus large et dont le crâne chauve luisait de sueur, sont restés en retrait. En apercevant les deux bandits aux mines patibulaires foncer sur eux, la fille a poussé un cri strident et s'est calfeutrée auprès de la femme – sans doute sa mère – qui l'accompagnait.

La situation n'allait pas tarder à dégénérer.

Le père de famille a posé les bidons et a marché en direction des pillards, les mains en l'air et le sourire tendu. La femme et la fille, tétanisées, se blottissaient l'une contre l'autre.

Le plus grand des bandits, un type sec et légèrement voûté, a pointé les jerricans d'eau du canon de son fusil puis a désigné le sac à dos.

Son acolyte, trapu et buriné par le soleil, baladait son arme entre l'homme et la femme en affichant un visage menaçant.

Je me suis rapproché davantage. Et caché derrière un vieux sapin, j'ai pu capter des bribes de conversation.

« … des outils… marteau… tournevis… »

Le père de famille détaillait le contenu de son sac tout en l'ouvrant sous l'œil inquisiteur du bandit.

« Nous en avons besoin pour les réparations et les constructions… s'il vous plaît. Prenez l'eau, mais laissez-nous ce sac… »

Il n'a pas eu le temps de finir sa phrase.

Le grand dégingandé lui a assené un violent coup de crosse à l'arrière du crâne. L'homme s'est affalé de tout son long, sous les cris d'épouvante de la femme et de la fille.

Le trapu s'est rapproché d'elles pour les menacer :

« Vos gueules, ou j'explose sa tête et après je m'occupe de vous… »

Le plus maigre fouillait le sac pendant que le père de famille se frottait les cheveux déjà poisseux de sang en poussant des gémissements.

J'enrageais dans mon coin. Je ne pouvais pas rester les bras croisés, mais je ne voyais pas comment me débarrasser de quatre types armés.

J'avais promis de survivre. Je le devais à ma fille et à ma femme.

Survivre pour qu'elles continuent d'exister à travers moi.

J'ai rapidement analysé mes options. Je pouvais me rapprocher pour augmenter mes chances de toucher au but ou bien me tenir en embuscade et frapper de loin.

Rien de tout cela, papa, hurlait Sandra dans ma tête. *Tu dois rester en vie, tu m'as promis.*

J'étais figé sur place. Incapable de prendre une décision. Tiraillé entre la promesse faite à ma fille et mon sens de la justice.

Le temps que je tergiverse, Kevin a couru vers les autres pillards.

« … C'est bon, Jérôme, je crois qu'il a compris. »

Il s'est tourné ensuite vers la femme.

« Donnez votre sac, votre eau et nous vous laisserons en vie. Vous avez ma parole. »

Le ciel noir s'est zébré d'un éclair jaunâtre.

Pendant que les membres de la communauté d'Ashik repartaient bredouilles, les pillards riaient et se congratulaient de leur prise.

J'ai senti mon ventre se liquéfier.

— Tu es un lâche, Florian. Tu es un putain de lâche.

Mais à peine avais-je lâché ce murmure entre mes dents que Sandra venait me défendre.

Non, papa. Tu sais bien que non. Tu as juste tenu ta promesse.

Quelques feuilles ont dansé dans une rafale tourbillonnante alors que je me redressais. Ce n'était pas bon signe. J'ai pris la direction de la cabane, honteux.

*

Les éclairs, le vent fluctuant. Une tornade se préparait. Un phénomène rare en pleine montagne.

Et pourtant, j'en reconnaissais les signes.

Ma cabane, mon potager ; tout ce que j'avais construit en souvenir de ma famille risquait d'être détruit par les rafales.

J'ai hâté le pas – une réaction irrationnelle, car ma présence sur les lieux n'allait rien changer –, franchissant en marche rapide les trois kilomètres en pente raide qui me séparaient de mon habitation.

J'étais plongé dans un état second, obnubilé par des visions de ma cabane ravagée, mes cultures arrachées de la terre. L'air dense à la limite du respirable ne ralentissait pas ma cadence effrénée. J'avançais avec l'impression que la nature me piégeait.

À mi-parcours, le smartphone à mon poignet s'est mis à vibrer.

Le visage souriant de ma sœur s'est affiché sur l'écran translucide. Elle m'avait envoyé un message.

« Attention, Florian. On signale une tornade dans ton secteur, sois prudent. Bises. »

Prudent.

Je ne l'avais jamais autant été depuis la décimation de ma famille. La prudence, c'était mon quotidien.

J'ai regagné mon abri, la boule au ventre à l'idée de tout perdre, tout en maudissant les prétendus nouveaux algorithmes de prédiction météorologique que les IA et les ordinateurs quantiques avaient permis de développer.

Ils n'étaient pas encore infaillibles, sans quoi ma sœur m'aurait prévenu bien avant la formation de la tornade.

À cette distance du lac, les éléments semblaient se calmer. Mais parvenu aux abords de mon potager, j'ai poussé un cri de rage.

Il avait été saccagé. Les légumes qui n'avaient pas été emportés avaient été piétinés.

La porte du poulailler était entrebâillée. Les poules avaient disparu.

La nature n'était pas à l'origine de ce désastre.

C'étaient ces foutus pillards.

Comment ces salopards étaient-ils tombés sur mon abri, pourtant assez isolé et loin des routes et chemins ? Le manque de chance ?

Non, une baffe karmique, un retour de boomerang ; je n'avais pas aidé ces pauvres gens et j'en payais désormais le prix.

Je marchais d'un pas lent, le souffle coupé et la sueur collée au front.

Une catastrophe.

Les bidons ainsi que les sacs de grains avaient été dérobés. Mon chargeur solaire, mes pièges à eau de pluie et même mon thermomètre avaient disparu. Il ne restait que la cabane, quelques couverts et pots d'argile, ainsi que mon cahier de notes.

Il était ouvert sur la table. Sans doute avaient-ils dû le parcourir, mais ils n'avaient pas jugé bon de le prendre.

J'éprouvais une étrange impression, comme s'il m'appelait à écrire dans ses pages pour ajouter quelques lignes :

« Aujourd'hui, on se fout de la météo et on encule l'effet Maunder. Ma lâcheté vient de me coûter le havre que j'avais promis à ma famille. Je suis fini. »

Pas grave, papa. Tu recommenceras, me soufflait Sandra d'une voix quasiment inaudible.

Non. Pas cette fois.

Je n'allais pas laisser passer ça. Je n'allais pas laisser ces fumiers s'en tirer.

Et que comptes-tu faire au juste ? Estime-toi heureux. Si tu avais été présent, tu serais peut-être mort, a repris Sandra.

Ma fille avait raison. Je n'aurais rien pu faire. J'avais quatre ans de Légion étrangère derrière moi, mais je n'étais qu'un homme. Rouillé, qui plus est.

Face à un seul pillard ou deux, j'avais mes chances. Face à une bande, aucune.

Je me suis assis, dos contre un arbre, et j'ai pleuré comme un enfant. Je n'avais pas lâché une larme depuis l'enterrement. Mais la digue s'était rompue.

Les pleurs se sont mués en sanglots, les sanglots en spasmes.

Un craquement a fendu le ciel, suivi de près par le fracas de la grêle.

Malgré la protection offerte par les frondaisons, ma cabane se retrouvait bombardée par des grêlons de la taille de grosses cerises.

J'assistais, impuissant, au démantèlement de la toiture, dont les feuilles se déchiraient comme du papier mouillé.

Après un aller douloureux, la baffe karmique m'expédiait maintenant son revers de main.

Les rafales ont commencé à secouer les arbres. Signe qu'il fallait que je déguerpisse au plus vite.

Je me suis redressé et j'ai couru vers l'orée la plus proche ; la forêt était le pire endroit où rester en cas de tornade.

Malgré la fatigue, j'ai sprinté sous les encouragements de Sandra. Je savais pertinemment qu'il était impossible de quitter les bois, mais je cherchais un abri.

Alors que la tempête gagnait en puissance, que le vent hurlait, que les branches craquaient, je filais au maximum de ma vitesse.

J'ai repéré une énorme pierre tapissée de mousse, suffisamment élevée pour me couvrir. Pas une protection optimale, mais c'était mieux que rien.

Je me suis glissé dessous en espérant que ma cachette pourrait constituer un rempart contre les rafales.

J'ai attendu une heure, plaqué contre la roche, alors que les bourrasques se déchaînaient autour de moi et déchiquetaient la forêt.

Mais après avoir maltraité la végétation, amputé des centaines de branches et soulevé des arbres au point de faire saillir leurs racines, la tempête a fini par se rétracter.

Je suis resté quelques minutes encore, calfeutré sous mon abri de fortune avant de reprendre ma route.

Que faire maintenant ?

La seule chose qui me venait à l'esprit, c'était de m'en remettre à Ashik.

Lui proposer mes services pendant un temps. En échange de nourriture, d'eau et de grains.

Je suis sorti des bois, abattu.

Au loin, l'entonnoir gris de la tornade épousait les nuages et semblait aspirer le ciel.

*

Globalement, la tornade avait épargné la communauté. Ses membres avaient eu la chance d'en éviter l'épicentre et le camp avait juste à déplorer l'envol de quelques tentes ainsi que des dégâts mineurs dans les cultures. Les habitants avaient réussi à se regrouper à l'intérieur du chalet avant que les vents déchaînés ne frappent.

À mon arrivée, j'ai très vite remarqué qu'un événement grave avait dû se produire. Hommes et femmes affichaient des mines déconfites. Certains pleuraient même.

Le passage de la tornade n'expliquait pas la morosité ambiante et la tension sur les visages. Je récoltais des œillades suspicieuses, parfois hostiles, de la part de ceux qui réparaient les dégâts.

J'ai repéré le couple et la fille agressés par les pillards. La femme appliquait un bandage autour de la tête de son mari. La petite jouait aux dés à même le sol. J'ai à peine osé les regarder, trop honteux.

Constatant que personne ne venait à ma rencontre, j'ai interpellé un homme (le grand barbu à la bouche lippue aperçu dans la tente d'Ashik) qui transportait un sac de graines.

— Désolé de vous interrompre, mais je voudrais voir Ashik. Vous pouvez lui dire que Florian est là ?

En guise de réponse, le type a désigné le chalet de la tête et a repris sa marche.

Logique, ai-je pensé. Le Bangladais devait s'occuper de la réorganisation de sa communauté.

J'étais loin de la vérité.

La plupart des habitants étaient amassés à l'intérieur de la bâtisse, dans une pièce qui avait dû autrefois être la salle à manger d'un restaurant. La sinistrose était encore plus prononcée ici que dehors. Les pleurs rivalisaient avec les reniflements, les mines ternes et les regards rougis. J'avais l'impression que toute la communauté s'était agglutinée dans cette pièce et j'ai joué des coudes pour me frayer un chemin vers le centre.

J'ai d'abord remarqué le sang. Il s'écoulait en une grande mare sur le parquet.

Et puis j'ai aperçu la table autour de laquelle s'affairait un petit homme grisonnant. Ses bras étaient couverts de croûtes séchées. Il portait un masque et une paire de pinces.

Et enfin, j'ai vu Ashik.

Étendu, livide. Un bout de bois pendait de sa bouche entrouverte, encore coincé entre ses dents, comme un mors de fortune. J'ai eu l'impression que le Bangladais me regardait, mais ses yeux avaient perdu leur éclat. Deux larges taches rouges maculaient sa chemise au niveau de son torse.

Des blessures par balles.

Le petit homme a retiré son masque et a posé la paire de pinces, puis il a secoué la tête d'un air grave.

Les sanglots ont repris de plus belle.

Je suis sorti sans prononcer un mot.

Dans ma tête, Sandra restait silencieuse.

Sans même réfléchir, j'ai appuyé sur l'icône qui représentait ma sœur.

Elle a décroché au bout de deux sonneries.

— Salut, Claire. Je suis partant, mais à une condition.

Chapitre VI

Depuis l'incident de Miami, j'étais persuadé que je ne retournerais jamais aux États-Unis. Mais la mort d'Ashik et la dévastation de mon refuge m'avaient poussé à accepter le poste d'entraîneur, et par la même occasion à travailler pour la DGSE.

La voix de Sandra s'était tue depuis que j'avais passé ce coup de téléphone à ma sœur. Culpabilité oblige, j'avais attribué ce silence à une condamnation de sa part. J'avais le sentiment de trahir doublement ma promesse, en m'exposant à un danger potentiel et en abandonnant mon projet de créer un environnement autosuffisant.

La sensation d'avoir agi pour une bonne cause ne contrebalançait pas l'angoisse de ne jamais plus entendre ma fille.

En échange de mes services, Claire m'avait garanti une surveillance accrue de la communauté. Une protection. Je lui avais également fourni une description des pillards, même si je ne m'attendais à rien de concret.

Et voilà comment je me suis retrouvé passager d'un vol transatlantique, à bord – pour la première fois – d'un avion hypersonique. Les premiers prototypes de ce long courrier étaient apparus au début de l'année 2025 et pouvaient atteindre des vitesses dépassant les Mach 5. Trop gourmands en kérosène, leur introduction avait été un fiasco jusqu'à leur remplacement par un modèle électrique à base de cellules d'hydrogène cryogénisées.

Autour de moi, j'observais les derniers représentants du capitalisme moderne. Un système en bout de course, fragilisé par sa voracité sans limites et son autophagie. Le monde économique tournait encore, mais au ralenti. Il cherchait un nouveau souffle et laissait de côté les inutiles et les marginaux. À côté de moi, un homme tapotait sur sa montre de poignet, un sourire béat aux lèvres. Un peu plus loin, un autre semblait hypnotisé par le film qui défilait sur le verre de ses lunettes. Je ne voyais plus personne lire sur un autre support que des écrans ou des journaux électroniques, pourtant amenés à disparaître en raison de l'épuisement prochain des terres rares.

À peine arrivé à l'aéroport, j'ai constaté que le pays était davantage marqué par la crise que la France et les autres nations européennes.

Afflux des migrants, conflits aux frontières, multiplication des catastrophes météorologiques : les États-Unis avaient dû faire face à une explosion de violence sans précédent. Et la plupart des citoyens étaient armés.

Les collapsologues américains spéculaient sur l'imminence d'une éruption du super volcan de Yellowstone ou l'avènement du Big One.

Pour ma part, je pensais qu'il n'y avait pas besoin d'un super volcan ni d'un tremblement de terre dévastateur pour achever l'humanité. Elle y parvenait très bien toute seule et je craignais bien plus l'inquiétante montée en puissance des groupes religieux militarisés et autres sectes. Elles foisonnaient ici plus qu'ailleurs. Le président Johnson, plutôt que les combattre, les avait laissées croître et se propager comme un cancer dans l'ensemble de la société américaine.

Après une première escale à New York, nous avons atterri à Seattle.

Tout comme à Charles de Gaulle, la présence militaire était renforcée dans les aéroports américains. Les soldats étaient venus prêter main-forte à la police. Outre-Atlantique, ils n'échappaient pas non plus aux émeutiers affamés ni aux pillards. Sauf que ceux-ci étaient bien plus dangereux, car équipés de fusils d'assaut et d'armes de poing.

La production m'a tout de suite pris en charge. À peine avais-je atterri que mon smartphone de poignet m'envoyait la description de mon hôtesse, sous la forme d'une photographie et d'une invitation. En confirmant la synchronisation, j'ai pu la localiser dans la foule grâce à la réalité augmentée de mes lunettes dont je voyais enfin l'utilité.

L'employée de Perez – Nina Hawthorne, vingt-sept ans, d'après les données affichées en surimpression sur le verre de mes lunettes –, une grande brune vêtue d'un tailleur bleu nuit, m'a gratifié d'un sourire avant de me guider vers un véhicule garé à l'extérieur de l'aéroport. Une berline électrique autonome. La norme ici.

En traversant la ville de Seattle sous un ciel couvert, j'ai retrouvé l'ambiance dominante de Paris : la résignation.

On la lisait sur les mines mornes, dans la nonchalance des démarches.

Comme en France, on tentait d'entretenir l'espoir avec le minimum de Maunder. Les médias mettaient en avant les progrès en génétique et l'éradication imminente de toute forme de cancer. Dans la voiture – hyper silencieuse et dépourvue de chauffeur –, un écran incrusté au pare-brise exposait les dernières théories d'un géo-ingénieur allemand qui proposait la dispersion d'un gaz dans l'atmosphère pour réfléchir les rayons du soleil.

J'étais tellement absorbé que j'avais omis de poser une question importante à mon accompagnatrice.

Avant de me rendre sur le terrain choisi par la production pour tourner leur émission, j'étais censé rencontrer les autres instructeurs et les candidats au studio, pour une semaine d'entraînement avant le lancement du jeu.

Du moins le pensais-je à ce moment-là.

J'étais donc persuadé que j'allais voyager dans un bus avec les autres, or je me baladais en voiture dans les rues de Seattle.

— Excusez-moi, pouvez-vous me dire où nous allons ?

Nina a éteint son appareil et m'a gratifié d'un grand sourire.

— Désolée, monsieur Starck, c'est une surprise. Je ne peux rien vous dire.

Et puis elle est retournée à sa tablette et a affiché un air concentré.

Un peu plus loin, nous avons croisé un large convoi militaire qui prenait la route du Nord. Il nous a forcés à l'arrêt pendant dix minutes. Blindés, tanks, nuée de drones et camions armés de lance-missiles. Je n'ai pas eu besoin de demander à ma voisine la raison d'une telle démonstration de force. Nous roulions à proximité de la frontière canadienne et le conflit entre les deux pays n'était pas encore réglé.

Évidemment, le Canada ne pouvait pas lutter et allait fournir son eau à moindre prix pour apaiser les tensions. C'était joué d'avance.

La voiture autonome a repris la route pour s'engager sur un pont avant d'emprunter une file réservée à l'usage des véhicules premium ou VIP.

L'édifice enjambait le lac Washington qui séparait Seattle de Bellevue.

Je connaissais cet endroit de réputation. Les quartiers de Hunts Point et Medina étaient célèbres pour leurs maisons d'exception et leurs milliardaires.

C'était peu de le dire. Nous avons roulé devant nombre de villas, dont les plus prestigieuses donnaient sur les berges du lac et possédaient leur ponton et leurs bateaux. Elles étaient bien sûr lourdement gardées par des miliciens et des drones de combat.

La voiture a bifurqué vers une cour sobrement décorée de quelques haies encadrant un chemin de gravier. Au bout de l'allée, une immense bâtisse impressionnait autant par ses dimensions que par son architecture sphérique. Un énorme dôme construit en bois et en verre émergeait d'une vaste pelouse rase. Il était couvert de la même peinture blanche qui enduisait la majorité des immeubles et maisons dans la plupart des métropoles. Un revêtement à effet albédo élevé, qu'on appelait vulgairement revêtement *hyperalbédo*, censé amoindrir l'impact du soleil.

Une fois la voiture à l'arrêt, la femme s'est tournée vers moi.

— Nous sommes arrivés, monsieur Starck.

— J'ai comme un doute, vous ne vous êtes pas trompée de personne ?

Elle s'est contentée de sourire avant de retourner à sa tablette.

La porte s'est ouverte quasiment sans un bruit.

J'ai salué mon accompagnatrice et je suis sorti du véhicule, légèrement déboussolé par le jet lag.

Le soleil au zénith, dont les rayons se réverbéraient sur la bâtisse, me fit plisser les yeux.

Le prix Nobel Alejandro Perez, peut-être le dernier homme ayant aperçu mon frère avant qu'il ne disparaisse des radars, m'accueillait en personne.

*

Le milliardaire excentrique est venu à ma rencontre, conforme aux photographies que j'avais pu consulter : un sexagénaire d'un mètre soixante-cinq qui paraissait facilement dix ans de moins, le visage anguleux et la peau marquée par le soleil. Il était habillé d'un simple pantalon de lin beige et d'un polo mauve échancré qui laissait dépasser quelques poils blancs.

Perez a ouvert les bras comme si j'étais un vieil ami qu'il n'avait pas vu depuis une éternité.

J'ai tout de suite remarqué d'où provenait son charisme : un sourire franc et éclatant, une intelligence qui pétille dans le regard.

— Monsieur Starck ! J'ai beaucoup entendu parler de vous.

J'ai tout d'abord pensé à mes passages à la télévision et mes coups de gueule à l'antenne. Et puis j'ai réalisé. Pierrick avait passé beaucoup de temps avec lui.

Nous avons échangé une poignée de main chaleureuse.

— Enchanté, monsieur Perez.

Il s'est tourné vers la maison qui venait d'effectuer une légère rotation vers l'ouest et m'a adressé un clin d'œil.

— Elle s'oriente en fonction de l'exposition solaire, a-t-il commenté.

Il a posé sa main sur mon épaule et a pointé l'entrée.

— Allez, suivez-moi. J'ai à vous parler. Mon emploi du temps est chargé, alors je vais tenter d'être bref.

Étrangement, j'ai retrouvé en Perez la même ferveur bienveillante que j'avais décelée chez Ashik. Mais je n'allais pas me laisser endormir.

Alejandro m'a guidé à travers sa maison au pas de course.

L'intérieur de son dôme était sobre : un design épuré, un éclairage indirect bleu et mauve sur les murs. Les cloisons en pierre de taille contrastaient avec l'armature en métal céruse. Le sol en parquet sombre cédait quelquefois sa place au marbre blanc ou à des plaques de verre aux lumières colorées changeantes. Et bien entendu, l'édifice était à la pointe de la domotique. De nombreux écrans incrustés çà et là s'allumaient ou s'éteignaient au gré de commandes vocales. Il en allait de même pour les portes coulissantes qui évoquaient les sas d'un vaisseau spatial.

Je me retrouvais aux antipodes de ce que j'avais connu durant ces quatre années passées dans la forêt ; dans un temple de la modernité.

Je me contentais de le suivre en observant mon environnement avec les yeux d'un enfant. J'avais mille questions en tête, mais j'attendais le moment propice pour les lui poser.

Je lui ai tout de même demandé, alors que nous grimpions un escalier dont les marches semblaient flotter dans l'air :

— Tous vos employés sont accueillis de la même façon ?

Il s'est tourné vers moi.

— J'aimerais tant vous dire que oui, mais ce serait mentir. Non, votre cas est particulier.

Il a levé son index vers le plafond et a agité sa main.

— Un tout petit peu de patience, je vais tout vous expliquer.

Nous avons encore traversé une vaste pièce lumineuse dont la grande baie vitrée donnait sur le lac Washington. Plusieurs transats entouraient une piscine intérieure à débordement et quelques drones brumisateurs décrivaient des cercles sur la terrasse attenante.

Et puis, sur injonction vocale, Alejandro a ouvert une porte coulissante en bois.

Nous sommes entrés dans une pièce dominée par un immense écran plat qui épousait la paroi sphérique de la maison et semblait faire corps avec le verre teinté de la baie vitrée.

Un bureau métallique en forme de banane exposait le dernier modèle d'ordinateur de chez Lys, la marque fondée par Perez.

Il s'est installé dans son siège et a désigné une chaise en face de lui.

— Vous désirez boire quelque chose ?

J'ai décliné d'un signe de la tête en m'asseyant.

Alejandro a tapé dans ses mains.

— Ambre, pouvez-vous m'apporter une bouteille de whisky et…

Il m'a interrogé du regard, au cas où j'aurais changé d'avis. J'ai confirmé mon choix et il a poursuivi.

— … un verre.

Quelques secondes plus tard, une femme blonde (du moins l'ai-je pensé dans un premier temps) habillée d'un tailleur gris déambulait dans la pièce, la démarche et les gestes saccadés, un plateau à la main.

Elle a posé le plateau sur le bureau avant de repartir sans un mot. Lorsqu'elle est passée près de moi, j'ai compris. Son regard trop fixe, sa peau légèrement plastifiée. Un androïde, le premier que je rencontrais malgré leur apparition au début des années 2030.

Perez a remarqué mon étonnement.

— Un prototype de notre dernière gamme. Nous comptons la commercialiser dans deux ans. D'ici là, elle sera beaucoup plus réaliste et moins gauche. Nous avons réalisé d'énormes progrès dans la conception de chair synthétique.

Dans deux ans… si le monde tient encore debout, ai-je complété dans ma tête.

Le milliardaire s'est servi un verre qu'il a descendu d'une seule rasade.

— Vous devez avoir quelques questions, j'imagine.

— Oh, un bon millier. Déjà, pourquoi cet accueil particulier ?

Alejandro a saisi une paire de lunettes posée sur son bureau et a fixé l'écran géant avant de porter son attention sur moi.

— Pour deux raisons. La première concerne votre frère. J'ai beaucoup d'estime pour Pierrick et je voulais avoir des nouvelles. Cela fait deux semaines que je ne l'ai pas vu, alors j'espérais que vous pourriez m'en apporter. Pour être franc, je suis vraiment inquiet. Nous avions encore beaucoup de travail devant nous.

J'ai hésité avant de répondre. J'étais venu pour découvrir ce qui était arrivé à mon frère et voilà qu'Alejandro m'avouait d'emblée qu'il ne l'avait pas vu depuis deux semaines. Par ailleurs, si son objectif était d'avoir des nouvelles, il aurait pu se contenter de me contacter, sans se donner la peine de m'inviter chez lui.

Et puis, il y avait cette attitude. Perez avait joint les doigts de ses mains pour former un prisme et me fixait d'un regard quasi hypnotique.

Je me suis contenté de dire la vérité.

— Désolé, je ne suis pas très proche de Pierrick et comme il vous l'a peut-être raconté, je vivais en ermite.

Il a hoché la tête et a porté l'attention sur son écran.

— Je suis au courant… pour tout. Pour votre accident. Pour votre famille.

Silence.

— Et la deuxième raison? ai-je demandé pour couper court à l'inconfort naissant.

— Pierrick m'a vanté vos nombreuses qualités. Connaissance approfondie de la nature, survie en milieu hostile et bien sûr un passé militaire plus qu'intéressant. Du courage, de la détermination…

Du courage. Au moment où il prononçait ces mots, je revoyais l'homme se prendre un coup de crosse près du lac.

— OK, OK. J'ai compris l'idée. À mon avis, Pierrick a gonflé mon CV.

— Sans doute, mais je tenais à faire votre rencontre. Et je dois dire que pour l'instant, vous faites honneur au portrait dressé par votre frère.

— Quoi ? Comme ça ? Vous me jugez en un coup d'œil et sur la base de quelques mots échangés ?

Son expression a soudainement basculé. L'espace d'une seconde, le milliardaire de soixante ans, un génie dans son domaine, a laissé sa place à un gamin espiègle. Il a ajusté sa paire de lunettes et a dit sur un ton enjoué :

— Vous voulez que je vous montre quelque chose ?

Question rhétorique. J'ai souri pour l'inciter à poursuivre.

— J'aurais besoin d'une autorisation. Je vais vous envoyer un flux de données à travers vos lunettes.

Une demande de connexion est parvenue sur mon téléphone.

Au moment où j'ai accepté, une silhouette de femme s'est matérialisée en réalité augmentée dans mon champ de vision, juste derrière la chaise d'Alejandro.

— Je vous présente Chloé. Vous pouvez la voir ?

Je suis resté silencieux, détaillant l'apparition. Une grande rousse dans une robe de soirée. La copie conforme de Jessica Rabbit, la bimbo fatale dans le très vieux film *Qui veut la peau de Roger Rabbit*.

Perez affichait un sourire étincelant. En cet instant, il m'évoquait un autre Alejandro. Un réalisateur que mon père portait aux nues et dont nous avions visionné l'œuvre en boucle à l'adolescence : Alejandro Jodorowsky.

— C'est notre dernière IA. Elle n'est pas physiquement présente, mais nous pouvons choisir la géolocalisation de son avatar.

Perez me pensait plus bête que je ne l'étais, sans doute en raison de mes cheveux hirsutes et de ma barbe de trois jours. D'autant que la réalité augmentée ne datait pas d'hier. Je n'ai pas relevé.

Chloé. Était-ce cette fameuse IA qui intéressait mon frère ?

— Je peux changer son apparence si celle-ci vous incommode, a-t-il continué.

— Ce ne sera pas la peine. Mais vous n'avez pas répondu à ma question.

Il m'a pointé les angles de la pièce, qui devaient sûrement cacher des micros et des caméras.

— En fait, depuis que vous êtes entré, vous avez été observé et étudié. Votre démarche, votre ton, vos expressions faciales, le choix de vos mots. Tout cela a été transmis à Chloé qui l'a analysé et m'a fourni un profil psychologique. Vous voulez le consulter ?

— Pas vraiment. Et je doute que l'approche soit très scientifique. C'est quoi votre méthode, un dérivé de la morphopsychologie ?

Perez a grimacé, comme si je venais de l'insulter.

— Non, non, non, pas du tout. C'est un algorithme complexe. Disons que pour opérer, Chloé compare les éléments collectés à une banque de données gigantesque, elle procède par unc lecture heuristique qui…

— OK. J'ai compris l'idée. Je ne suis pas convaincu pour autant.

— Et pourtant, le rapport qu'elle vient de me fournir est assez proche du portrait dressé par votre frère. D'après ce que je lis, vous feriez aussi preuve d'une grande franchise.

— Pas besoin de Chloé pour le deviner, non ?

— En effet. Il semblerait également que vous nous cachiez quelque chose. Que votre venue ne soit pas seulement motivée par l'emploi que je vous offre.

Était-ce du bluff ? Perez pouvait très bien être lié à la disparition de mon frère et tenter de me déstabiliser pour me sonder.

— Ne vous inquiétez pas, cela figure sur les rapports de chacun de mes employés. Nous dissimulons tous quelque chose.

J'ai souri.

— Vous aussi. Vous ne m'exhibez pas votre dernière IA en date juste pour me faire une démonstration de ses talents d'analyste. Il y a quelque chose d'autre.

— On ne peut rien vous cacher, monsieur Starck.

*

— Savez-vous pourquoi j'ai créé le programme *Survivre* ?

On entrait enfin dans le vif du sujet.

— D'après votre petite démonstration, je dirais : utiliser le prétexte d'une émission de divertissement pour collecter des données sur les participants ?

Il a claqué dans ses mains. Si fort que j'ai eu l'impression que mon tympan gauche avait explosé.

— Presque ! Pas tout à fait. Enfin, il y a un peu de cela bien sûr. Chloé est bien au cœur du programme.

C'est elle qui a choisi les candidats et trouvé les meilleurs coachs.

— Attendez, je croyais que Pierrick m'avait recommandé.

Perez s'est enfoncé dans son fauteuil et m'a adressé un clin d'œil.

— Oui, mais en vérité, vous figuriez déjà sur notre liste initiale. Et lorsque votre nom est sorti, je lui ai demandé de me parler de vous.

— Comment avez-vous fait ? Comment avez-vous collecté vos données sur moi ? Je vivais dans les bois.

— Ne soyez pas surpris. L'information, c'est le pouvoir. Je ne vous apprends rien, si ?

Traduction : du lobbying intensif. Utilisation de ses ressources pour bénéficier de passe-droits. Des gens comme Perez s'étaient sortis de bien des scandales. Discriminations génétiques dans leurs processus d'embauches, non-respect des réglementations éthiques dans la recherche…

— OK, admettons. Vous vouliez en savoir plus sur moi. Mais sur quels critères ? Mon activisme ? Mes émissions consacrées au *bushcraft* ?

Son visage s'est fermé.

— Ça, hélas, je ne peux pas vous le divulguer… pour l'instant. Tout ce que je peux vous dire, c'est que vous êtes un des seuls, peut-être même *le* seul, à n'avoir pas postulé. Nous avons reçu des milliers, voire des centaines de milliers de candidatures à travers le monde.

— Et cela tombe sur moi, alors que je n'ai rien demandé ?

— Il y a vingt participants, et chacun aura son coach. Mais oui, c'est tombé sur vous, comme vous dites.

Un silence s'est installé. Alejandro me détaillait du regard. Je pouvais presque observer les rouages de son cerveau bouger derrière ses yeux bleu-gris.

— Bien. Mais en quoi va consister mon travail, au juste ?

— C'est très simple. Vous devrez faire de votre candidat le meilleur survivant. L'aider à remporter le jeu.

— Et que gagne le vainqueur ?

— Une somme d'un million de dollars et… autre chose de bien plus important, que je ne peux pas encore divulguer.

Comme je le pensais, un épais mystère entourait cette émission. Je n'avais pas suivi le buzz qui avait accompagné l'annonce de son lancement, mais je me doutais que cela devait faire partie de la stratégie pour faire monter l'attente et s'octroyer une audience record dès la première diffusion.

— Si j'ai bien compris, nous avons d'abord quelques jours d'entraînement. Et ensuite ? Vous lâchez les candidats en pleine nature, c'est ça ?

Alejandro a joint le bout de ses doigts pour en faire une pyramide.

— Oui… mais c'est un peu plus subtil que ça, si vous me permettez. Il y a d'autres épreuves, mais je ne voudrais pas vous gâcher la surprise. Ce serait dommage. D'autant que vous allez très bientôt en apprendre plus.

Il s'est levé et m'a désigné la porte du bureau d'un geste de la main.

— Alors, vous êtes prêt ?

Devant mon regard ahuri, il a précisé :

— Nous partons sur-le-champ. Vous êtes le dernier coach engagé, tous les candidats et le staff sont déjà sur place.

Chapitre VII

Nous avons roulé depuis Seattle en compagnie d'une lourde escorte. Ici, davantage qu'en France, une nouvelle forme de piratage ravageait les routes. Des pillards s'attaquaient aux automobilistes en profitant du manque de couverture des drones de surveillance.

Nous avons croisé deux carcasses de voitures sur notre parcours ; l'une d'elles fumait encore.

Mais nous n'avions rien à craindre. D'après Perez, notre véhicule était blindé et une supervision satellite pouvait nous alerter et déclencher la sortie des drones de combat. Une défense dont seuls les plus nantis bénéficiaient et dont l'existence dissuaderait le plus hardi des pillards.

Nous avons atteint notre destination sous un ciel sans nuages et un soleil écrasant ; un large complexe au nord de la route 20, à une vingtaine de kilomètres d'Idaho Falls en direction d'Atomic City.

On distinguait de loin l'enceinte en béton qui masquait en partie les édifices pour ne laisser dépasser que deux immenses hémisphères.

Perez a l'obsession des dômes, ai-je pensé.

Le SUV électrique – conduit cette fois par un chauffeur – a fait voler la poussière en s'aventurant sur le chemin de terre qui séparait les studios de la route.

Deux drones nous ont escortés jusqu'à la porte d'entrée. Une fois sur place, un garde armé comme un militaire en campagne nous a salués avant d'ouvrir.

Perez s'est tourné vers moi, anticipant ma question.

— J'ai beaucoup d'ennemis. Les sectes religieuses anti-IA ont pris énormément d'importance ces cinq dernières années. Certains hommes politiques les soutiennent, et elles ont recruté à tour de bras parmi les nombreuses victimes de l'impact climatique. Comment les blâmer? Que nous reste-t-il quand nous n'avons plus à manger ni à boire?

J'avais tout de même du mal à comprendre qu'un studio consacré à une émission de divertissement puisse à ce point ressembler à Fort Alamo.

— Et je ne parle même pas des hacktivistes qui multiplient leurs attaques sur nos serveurs. Je remercie l'avènement du cryptage quantique, nous n'avons déploré aucune fuite jusqu'à maintenant.

La porte s'est refermée derrière nous et le SUV s'est engagé sur une route d'asphalte.

L'intérieur ressemblait à une petite ville, peuplée de techniciens, de miliciens, mais aussi de leurs familles.

— J'ai fait venir des restaurateurs, pâtissiers et boulangers. Vous pouvez faire vos courses, si cela vous chante. Comme dirait un célèbre personnage de fiction : j'ai dépensé sans compter. Pour le staff, il y a une cantine, bien sûr. Pour vous divertir, vous trouverez un cinéma et des salles de jeux. Nous avons fait installer une arène pour les sports en réalité augmentée.

D'après ce qu'il m'avait confirmé sur le chemin, nous étions ici pour une durée limitée, le temps de former les candidats pour la première épreuve en extérieur dont je connaissais approximativement la localisation, l'Idaho.

L'information était vague, mais l'emplacement exact ne devait être révélé qu'à l'issue de la phase préliminaire, qui comporterait son lot d'épreuves éliminatoires.

À ce stade, tout cela était bien abscons.

Le SUV a continué son chemin au ralenti, ne freinant que pour éviter un petit garçon qui courait après un drone canin, sous les cris d'un père qui en avait perdu le contrôle.

— La première zone est résidentielle. Sur votre droite, vous trouverez vos quartiers, sur votre gauche, ceux des candidats.

Les bâtiments ressemblaient vaguement à des motels construits en bois et peints en blanc.

— Ne vous inquiétez pas de l'aspect spartiate. Vous ne manquerez pas de confort.

Perez avait un certain sens de l'humour.

Je n'avais connu pendant des années que la terre spongieuse et irrégulière d'une forêt des Alpes et cela ne faisait que quelques jours que je dormais sans me réveiller avec des aiguilles de pin collées à l'épiderme.

— Ça devrait aller, me suis-je contenté de répondre.

Cette traversée du complexe en voiture me paraissait interminable et j'avais hâte de poser mes pieds sur le sol. Mais Perez m'avait invité pour la totale.

Studios, salles d'entraînement, parcs, cinéma. Et bien sûr les joyaux, les deux dômes destinés à simuler les conditions que les candidats rencontreraient sur le terrain.

Et tout cela pour une simple émission de télé-réalité ? J'avais du mal à y croire.

Quelles données voulaient-ils collecter qui justifiaient un tel investissement ?

Avant de me déposer à mes quartiers, nous sommes passés devant un bâtiment sur deux étages, dont deux gardes sécurisaient l'accès. Perez restant pour une fois muet, je lui ai demandé :

— Et ce bâtiment un peu à l'écart ?

Il secoua sa main, comme s'il écartait une mouche.

— Oh, rien qui vous concerne. Notre soupe interne.

Le ton m'indiquait qu'insister était inutile. Mais s'il avait voulu que je m'y intéresse, il n'aurait pas pu s'y prendre autrement.

La voiture a terminé son circuit en me déposant devant mon « motel ».

— Je vous souhaite le meilleur au sein du studio de l'émission *Survivre*. À très bientôt, monsieur Starck !

J'ai à peine eu le temps de le saluer à mon tour que l'automobile a redémarré.

À vrai dire, je ne pensais qu'à une seule chose : dormir.

Neuf heures du matin ici… minuit à mon horloge interne.

J'ai poussé la porte du bâtiment en bâillant, les jambes en coton.

J'étais content de voir un humain tenir l'accueil du motel. Avec Perez, je m'étais presque attendu à ce qu'un androïde m'annonce mon numéro de chambre sur un ton monocorde et métallique.

Le jeune homme a pris l'empreinte de ma main et m'a indiqué la chambre 208.

Arrivé devant ma porte, j'ai pesté contre ma poisse. L'ouverture à détection palmaire clignotait en rouge.

J'ai dû refaire l'empreinte deux fois à l'accueil avant de pouvoir rentrer. Et c'était il y a une semaine. Ils étaient censés revoir le logiciel.

Je me suis retourné pour apercevoir une femme qui arrivait à hauteur de mon torse me sourire. Une Asiatique d'environ quarante ans, les cheveux tirés en arrière.

Elle m'a tendu la main.

— Sofia Lee, je suis psychiatre pour l'émission.

— Florian Starck. Je suis coach. Désolé d'être aussi abrupt, mais la production nous colle des psy sur le dos ?

Elle a retiré sa main comme si elle avait touché un brasier ardent.

— Seulement pour ceux qui manquent de manières. Non, je m'occupe des candidats. Et je suis la seule psy sur le complexe, à ma connaissance.

— Désolé si je vous ai blessée. Mais cela ne s'est pas toujours bien passé entre les psy et moi.

— Pas de soucis. Vous venez ? On a une réunion de présentation. On va enfin rencontrer les candidats.

— Quoi, maintenant ?

— En fait, je suis même un peu en retard. Mais vu que vous avez l'air perdu, je peux bien patienter cinq minutes de plus.

Et que je m'asperge le visage d'eau, que je fasse une sieste et, bien que je n'en aie pas bu depuis des lustres, que je prenne un café bien serré.

— Merci, juste le temps que…

J'ai désigné la serrure défectueuse.

— Je vous attends à l'accueil.

Dix minutes plus tard, nous pénétrions dans le premier dôme.

*

Nous étions tous réunis – coachs, psychiatre, membres de la production – dans le hall, transformé pour l'occasion en salle de spectacle. Question ambiance, j'avais l'impression d'être dans la file d'une attraction de parc pour enfants. Plongés dans une semi-obscurité, sous une voûte céleste reconstituée par de minuscules lampes LED, nous attendions l'arrivée des candidats dans un brouhaha incessant. Selon le docteur Lee, Alejandro Perez lui-même devait présenter les « futures stars » de son émission. Un événement, car leur identité était restée secrète durant des mois. Vie d'exilé oblige, j'avais bien entendu manqué le matraquage médiatique et je ne souffrais pas de la *« hype »* qui mettait mes collègues en effervescence.

Ce n'était pas tout ce qui me séparait de mes confrères.

J'étais le dernier arrivé et tous se connaissaient déjà depuis quelques jours. N'étant pas du genre à socialiser facilement, je me suis tenu à l'écart, le dos collé à un mur. Sofia m'a rejoint, peut-être alertée ou intriguée par ma moue taciturne.

— C'est moi ou vous n'avez pas envie d'être ici ?

— Vous avez commencé votre analyse ? Je pensais que vous étiez là pour les candidats.

Mon ton était plus sec que je ne l'aurais voulu, mais plutôt que se braquer, elle a rebondi en souriant.

— Vous déviez toujours les questions en en posant une autre. Si je devais vous analyser comme vous dites, je vous expliquerais que c'est un mécanisme de défense.

— Vous voyez, je ne suis pas psy et je serais arrivé à la même conclusion. Mais vous avez raison. Je n'ai pas envie d'être ici.

Ce qui n'était pas tout à fait vrai. Oui, participer à cette émission était loin de me transporter, mais je n'étais pas insensible au charme du docteur Lee. Le ton de sa voix, doux et posé, sa gestuelle gracieuse et la profondeur de son regard ne me laissaient pas indifférent.

— J'avoue que je ne vous comprends pas. La plupart d'entre nous se sont battus pour venir travailler dans ce studio, moi y compris.

— Je ne vous comprends pas non plus. La planète crève et vous rêvez de bosser pour une émission à la con ? Pas étonnant que le monde en soit arrivé là.

Peut-être m'étais-je montré trop agressif, mais c'était plus fort que moi.

Sofia a hoché la tête et levé les yeux au ciel puis m'a adressé un sourire gêné avant de partir se joindre à un groupe qui l'interpellait.

Dommage. Je n'avais pas voulu la vexer. J'avais seulement exprimé le fond de ma pensée. J'étais une anomalie, ici. On était venu me chercher, je n'avais pas postulé. Je ne vouais pas de culte particulier à Alejandro Perez, alors que beaucoup le considéraient comme un génie et un philanthrope.

« Un deux, test. »

Le son du micro (un peu trop fort) a fait trembler les enceintes.

Le brouhaha a cessé et la lumière s'est diffusée progressivement, dévoilant une estrade vide hormis un grand écran. Tous ceux qui, comme moi, n'en étaient pas encore équipés ont enfilé leur paire de lunettes.

Quelques secondes plus tard, Alejandro apparaissait sous une salve d'applaudissements et dans un déluge d'effets spéciaux en réalité augmentée. La scène avait été transformée en jungle luxuriante peuplée de plantes gigantesques. Perez était habillé virtuellement d'une tenue d'explorateur des années 1930.

« Bonjour à tous ! Je sais que vous êtes impatients de rencontrer les candidats et de vous préparer pour la grande première de *Survivre*. Je tenais à être présent et encourager cette merveilleuse équipe, recrutée parmi l'élite de l'élite. »

Il a marqué une pause, le temps que les clameurs et les applaudissements se calment.

« Je suis certain que vous vous êtes tous lancés dans l'aventure avec une vague idée du contenu de l'émission. Et comme beaucoup de secrets et de rumeurs entourent ce projet, vous avez hâte d'en savoir plus. Encore un peu de patience, nous y sommes. Déjà, je peux vous garantir que vous ne serez pas déçus. Une critique est souvent revenue ces derniers temps dans les médias : le concept de *Survivre* n'est pas nouveau. C'est vrai. Par le passé, de nombreux programmes du même genre ont été diffusés. Je pense notamment à *Naked and Afraid.* »

Quelques rires ont fusé. Alejandro a repris.

« Mais à cette époque, seul le divertissement comptait. Peu de gens étaient conscients du changement radical que l'impact climatique allait produire. Et pourtant, nous y sommes. L'humanité n'a jamais été aussi proche de son extinction. »

Perez a marqué une pause pour appuyer la gravité de ses propos.

« C'est pour cela que *Survivre* ne sera pas qu'un simple programme de divertissement. Il sera porteur de sens et d'espoir pour notre génération et celle de nos enfants. L'émission sera didactique, intéressante, nourrie de conseils éclairés. Nous avons un rôle à jouer dans les années futures, pour... »

J'ai décroché à ce moment-là. Étrangement, je ne croyais pas à ce discours. Les autres buvaient les paroles du milliardaire comme s'il était notre sauveur, mais de mon côté, je n'avais pas besoin d'une Chloé pour deviner qu'il nous cachait quelque chose. Divertissement, mission d'intérêt général ? Peut-être pour la forme. Collecte de données sur les candidats, oui. Mais pour quoi ?

Alors que la mascarade orchestrée par Perez captivait son auditoire, j'ai acquis la conviction que mon frère avait plongé le nez dans ses affaires et que sa découverte l'avait mis en danger.

Je commençais à croire que les craintes de ma sœur étaient justifiées. Perez ne m'avait pas donné l'impression d'être un meurtrier, mais les gens qui sont à ce point animés par leur passion, dont l'existence entière est dédiée à l'aboutissement d'un projet, sont susceptibles d'écraser toute forme d'adversité.

Et si mon frère avait mis au jour un dossier compromettant ? Et si, comme Claire le pensait sans l'avoir jamais vraiment formulé, il l'avait payé de sa vie ?

Je pouvais déjà entendre Sandra me supplier de ne pas prendre de risques inconsidérés. De tout plaquer et de retourner vivre dans les montagnes, de tout recommencer.

C'était trop tard. Je ne pouvais plus faire marche arrière.

Je serai prudent, ma puce, ai-je répondu. *Ne t'inquiète pas.*

Et pendant que j'étais égaré dans mes pensées, Alejandro continuait son discours aux accents de patriotisme. Nous en étions au point où il remerciait

Dieu d'être né américain et d'avoir la possibilité d'utiliser ses ressources pour le bien de l'humanité.

Je me suis éloigné de la scène, remarquant au passage qu'un homme m'observait. La quarantaine, replet, dégarni au niveau du front, il me fixait avec attention depuis le fond de la salle.

Voyant que je l'avais repéré, il a hoché la tête pour me saluer.

J'étais sur le point de venir à sa rencontre quand un tonnerre d'applaudissements a ponctué la fin du speech de présentation.

Perez a saisi un gobelet d'eau et a bu une rasade avant de poursuivre.

« Et maintenant, sans plus attendre, voici nos vingt candidats. Je vous demande de les applaudir, car ils le méritent ! »

Le milliardaire a reculé de quelques pas et les nouvelles stars ont envahi l'estrade, encouragées par plus d'une centaine de personnes hystériques. Nouvelle explosion d'effets visuels : feux d'artifice, apparition d'un tyrannosaure dans un rugissement assourdissant et finalement désintégration de la jungle dans un trou noir.

Le nouveau décor nous plongeait dans l'espace, avec la Terre en arrière-plan.

Niveau casting, si Alejandro avait voulu surprendre, il avait réussi son coup. Les candidats étaient très loin de l'image habituelle des participants à une émission de télé-réalité.

Hommes, femmes, mais aussi filles et garçons – certains devaient avoir quinze ans tout au plus.

Des physiques très différents, allant de la minceur à l'obésité.

Et surtout, aucun canon de beauté photogénique ni surfeur au corps de rêve.

Tous les spectateurs assistaient, médusés, au défilement de la normalité, de l'ordinaire.

Sous des applaudissements timides, les participants se sont alignés sur le rebord de l'estrade avant que Perez, comme un Moïse fendant les eaux, ne s'incruste au milieu.

« Cet après-midi, chacun des coachs fera la connaissance de son ou de sa protégée. Et demain, le véritable entraînement pourra commencer. Je vous en dirai bientôt plus sur les épreuves, ainsi que sur le déroulement de l'émission. En attendant, si vous avez des questions, je vous encourage à contacter Chloé par le réseau. Ne soyez pas intimidés, elle est parfaitement apte à vous répondre. Pour ma part, je vais me retirer. Bonne journée à tous. Un buffet est servi au restaurant. Profitez-en, car bientôt les journées seront intenses. »

Une dernière salve d'applaudissements a accompagné le départ de Perez, avant que les candidats ne le suivent. Fin du show.

Je suis ressorti du dôme, un peu déboussolé. Je me demandais si je n'étais pas victime d'une mauvaise blague. Cette présentation me paraissait surréaliste. Je m'étais attendu à d'autres participants : des survivalistes, des adeptes du *bushcraft* ou encore des collapsologues. Ces candidats semblaient si… ordinaires.

Ce choix devait pourtant correspondre à une certaine logique : l'IA les avait sélectionnés.

Chloé avait dû avoir accès à une banque de données colossale : état civil, domicile, comptes, factures, curriculum vitae, employeur et poste occupé, fiches de paye, dossiers médicaux, sans oublier les drones recenseurs qui avaient fait leur apparition à la fin des années 2020 pour devenir la norme dès 2031. Des caméras et des scanners qui sillonnaient les rues pour répertorier les citoyens et nous restituaient leurs fiches signalétiques dans le verre de nos lunettes, de nos lentilles de contact ou de nos implants rétiniens. Les plus nantis pouvaient même faire l'acquisition de données supplémentaires.

Je me dirigeais vers la cantine quand ma montre-bracelet s'est mise à vibrer.

C'était ma sœur.

— Bonjour, Florian.

— Claire ? Tu n'as pas mieux à faire que de m'appeler ? Genre restaurer la sécurité en France ? Et tu n'as pas non plus de subalternes à qui confier la besogne ?

— Cela va être compliqué de communiquer avec toi si tu es toujours aussi tendu et sarcastique. Pour répondre à ta question : c'est la disparition de Pierrick dont on parle, ne sois pas étonné que je le prenne personnellement.

À son ton, je sentais qu'elle culpabilisait encore de l'avoir embarqué dans cette histoire d'espionnage.

— Désolé. Tu veux quoi ?

— Juste prendre le pouls. Tu as des nouvelles ?

— Tu imagines bien que non, je viens juste d'arriver. Mais je t'enverrai un rapport dès que j'aurai du nouveau, promis.

Elle a marqué un silence.

— N'oublie pas… et fais attention à toi.

— Bien sûr.

J'ai raccroché et suivi la file qui se dirigeait vers le bâtiment jouxtant notre motel.

J'espérais y apercevoir Sofia et avoir une chance de rattraper ma goujaterie.

J'ai hâté le pas, mais une main s'est posée sur mon épaule.

C'était le type qui m'avait observé.

— Excusez-moi, vous êtes bien le frère de Pierrick Starck ?

— Ça dépend qui le demande.

Son visage crispé s'est détendu.

— Il faut que je vous parle, c'est important. Retrouvez-moi au restaurant.

*

Le restaurant « Le Verne » proposait un immense buffet, composé de plusieurs îlots disposés dans une vaste salle circulaire qui agrémentait une décoration épurée – tables métalliques, murs blancs tapissés d'écrans ultraplats, projecteurs holographiques – de quelques touches orientales, statues de dragons, fontaines, bonsaïs.

Je n'ai pu m'empêcher de grimacer devant un tel étalage de nourriture. Alors qu'une partie de la population peinait à s'alimenter correctement, d'autres se goinfraient comme des rois. Avant les grandes crises, cela ne choquait personne, mais à notre époque, ce spectacle frôlait l'indécence.

Et on s'étonnait encore des hordes d'affamés qui assaillaient les villas ?

J'ai atténué mon jugement après m'être rapproché du buffet. Les mets se composaient de légumes de saison, d'œufs et de volaille. L'espace consacré au bœuf spécifiait son origine : une ferme locale certifiée « hydroresponsable », la nouvelle norme internationale adoptée – hélas un peu tard – pour limiter l'impact hydrique de l'élevage bovin.

En me voyant détailler un plat en sauce, un homme fluet et sec qui m'évoquait un prof de yoga à la retraite m'a interpellé.

— Vous pouvez y aller. Tout est cultivé sur place en utilisant la permaculture. La viande provient d'un petit élevage de l'Idaho financé par Alejandro Perez. Ce type est génial, il n'est pas comme tous ces millionnaires qui vivent dans leur tour d'ivoire. Il s'investit.

— Je suis bien d'accord, il n'est pas comme les autres, ai-je répondu sur un ton neutre avant de m'éclipser.

Pour le reste, je réservais encore mon jugement.

Je me suis servi et j'ai déambulé dans la salle en tentant de localiser l'homme qui m'avait interpellé.

Le restaurant résonnait déjà du cliquetis des couverts et des conversations bruyantes. J'étais étonné du nombre de personnes présentes.

J'ai repéré Sofia, seule à une table. Elle a levé les yeux vers moi au moment où je passais, mais j'ai fait semblant de ne pas la voir. Je voulais éviter de me laisser distraire et de manquer l'occasion de parler à mon mystérieux interlocuteur.

J'ai aperçu l'homme un peu plus loin, dans un coin plus ombragé de la pièce. Il n'avait pas encore touché à son assiette et son attention se fixait sur l'extérieur, par-delà la grande baie vitrée du restaurant.

Je me suis assis en face de lui.

— Bon, maintenant que je suis là, je peux savoir qui vous êtes ?

Il m'a dévisagé un long moment, le regard absent.

— Je suis le professeur Anton Park.

— Mais encore ? Vous pouvez développer ?

Il a poussé un soupir.

— Je travaille pour Alejandro Perez, je suis chercheur et concepteur. Entre autres choses, je suis chargé de l'empathie des intelligences artificielles.

— De… l'empathie ?

Il a confirmé d'un hochement de tête.

— Oui… et je ne peux pas vous en dire plus. Ce n'est pas pour cela que je voulais vous rencontrer.

— Pourquoi toutes ces précautions ?

Il a essuyé son front luisant de sueur.

— Je voulais… je voulais savoir si vous aviez des nouvelles de Pierrick.

Décidément. Je cherchais des réponses et tout le monde ici me posait la même question.

— Et vous ne pouviez pas m'en parler dehors ?

Il a regardé à droite et à gauche.

— Je pense qu'il est arrivé quelque chose à votre frère.

J'ai accusé le coup, mais j'ai conservé mon aplomb.

— OK. Et qu'est-ce qui vous fait penser ça ?

Il a dégluti et s'est frotté les tempes. Sa bouche s'ouvrait mécaniquement, comme celle d'un poisson qu'on aurait sorti de l'eau.

— Oubliez ça. Je voulais juste avoir des nouvelles. Et je viens de comprendre que vous n'en avez pas non plus. Excusez-moi, je dois y aller.

Il a écarté son plateau – il n'avait rien mangé – et a commencé à se lever. J'ai plaqué ma main contre son poignet. Anton s'est figé comme si un *taser* l'avait électrocuté.

— Pas si vite. Vous ne pouvez pas partir et me laisser en plan comme ça. Pourquoi ces questions sur mon frère ? Quel est votre lien avec lui ?

Il a tenté de se dérober, mais j'ai raffermi ma prise et durci mon regard.

— Je l'ai aidé à rentrer dans le laboratoire. C'était pour son prochain article.

— Le laboratoire ? C'est quoi cette histoire ?

J'avais plus ou moins deviné de quoi il parlait, mais je voulais en avoir le cœur net.

— Le bâtiment isolé, près des quartiers résidentiels de l'exécutif. C'est là-bas que je travaille.

— Je ne vous crois pas. Pourquoi auriez-vous aidé un journaliste à entrer dans votre laboratoire ?

Son front s'est plissé et ses yeux se sont embués de larmes.

— Parce que nous étions amants !

J'ai lâché le poignet du professeur sous le coup de la surprise.

— OK. Je comprends. Asseyez-vous et calmez-vous.

Mauvaise approche.

Anton s'est dégagé et a détalé, bousculant une femme au passage.

S'il avait cherché la discrétion, c'était raté.

J'avais néanmoins obtenu un embryon de piste. Comme l'avait anticipé Claire, la disparition de mon frère était bien liée à sa visite dans le laboratoire. Et Pierrick était prêt à tout pour son enquête, même coucher avec un type peu avenant.

J'ai expédié mon repas – pourtant un des meilleurs depuis de longues années –, perdu dans mes conjectures.

Que pouvaient-ils bien fabriquer dans ce laboratoire ? Et pourquoi l'avoir installé ici, dans ce complexe dédié à l'émission ?

Cela devait forcément être lié à l'analyse des données. Qu'avait découvert Pierrick qui avait pu provoquer sa disparition ?

Le fracas d'un plateau posé avec force sur la table m'a fait lever la tête.

Le docteur Sofia Lee venait de s'installer devant moi.

Exit le doux visage et la bienveillance qui éclairait ses traits.

Je faisais face à un volcan sur le point d'entrer en éruption.

— Je pense que vous me devez des excuses, a-t-elle lâché.

— Je vous demande pardon ?

Elle s'est tournée et a désigné les tables de la main.

— Que voyez-vous ici, dans cette salle ?

— Heu… Des gens qui mangent ?

— Parfaitement. Des gens qui mangent. Et pourquoi le font-ils ? a-t-elle demandé sur le ton qu'aurait pris un professeur énervé par une classe turbulente.

Cela devenait ridicule. Aussi séduisant que fût, même avec ses yeux sombres chargés d'éclairs, le docteur Lee, je sentais monter l'envie de la planter sur place et de me ruer vers ma chambre.

— Où voulez-vous en venir ? Ils mangent pour survivre. Comme nous tous.

— Survivre. Le choix des mots est intéressant. Vous avez raison. Certaines personnes le font pour survivre. Et vous avez l'air de penser que c'est également votre cas.

— Ça l'est.

— Alors j'ai un scoop pour vous. Tous ces gens autour de vous, à commencer par moi, mangent pour vivre. Vous saisissez la nuance ?

— Je la saisissais il y a quelques années. Ces deux mots sont synonymes désormais, et pas que pour moi.

— Dans votre référentiel de collapsologue, je n'en doute pas une seconde.

— Je vous arrête tout de suite. Je ne suis pas collapsologue. J'ai passé mon temps, dans les années 2020, à alerter sur le climat et sur les périls que nous faisait courir notre civilisation consumériste. Mais je n'étais pas convaincu de son écroulement. Maintenant, il faudrait être fou pour nier que nous allons droit dans le mur.

— Certes. Mais certains d'entre nous pensent qu'on peut encore construire un… air bag.

Sofia parlait avec ferveur, son ton montait, sa gestuelle s'amplifiait.

— Où voulez-vous en venir ? Vous venez m'agresser à table pour me dire quoi au juste ?

— Que nous ne sommes pas ici pour participer à une (elle a mimé des guillemets) émission à la con, mais pour bâtir ce foutu air bag !

J'ai haussé les épaules.

— Alors vous devriez en parler à Perez et pas à moi. Il aurait peut-être dû intituler son programme *Vivre* plutôt que *Survivre,* non ?

Elle a levé les bras, puis mimé un étranglement.

— Vous êtes con ou vous le faites exprès ? C'est du marketing. C'est plus « catchy ».

J'ai répondu sans me départir de mon sang-froid.

— Je ne suis pas psy, mais j'ai l'impression que vous auriez besoin de prendre des calmants. Vous semblez stressée. Vous avez l'insulte facile.

— *Oh my God.* Vous êtes…

— … simplement un type qui voudrait avoir un peu de paix. Excusez-moi si je vous ai blessée. Voilà, c'est mieux ?

— Avec de la sincérité dans l'expression, ce serait mieux, mais je vais m'en contenter.

Elle a expiré et fermé les yeux, comme si elle entrait en méditation.

— Voilà. Désolée, mais il fallait que cela sorte. Je n'aurais pas postulé au simple motif de divertir des gens…

— Vous pourriez peut-être m'en dire plus à ce sujet, justement. Vous avez l'air mieux informée que moi. Je sais seulement qu'une certaine Chloé va analyser le comportement des candidats, qui soit dit en passant ressemblent fortement à un échantillon ethnique et culturel. D'ailleurs, maintenant que j'y pense, la présence d'une psychiatre a également quelque chose de déroutant.

— Je suis juste là pour vérifier que les participants vont bien. Rien d'autre. Je suis une professionnelle de santé. Mon unique préoccupation, c'est le bien-être des candidats, pas de les façonner et encore moins d'en extraire des informations.

Je voulais rebondir, mais le téléphone à mon poignet a vibré. Je me suis excusé auprès de Sofia avant de répondre.

— Bonjour, monsieur Starck.

— Bonjour… et vous êtes ?

— Chloé. Pourriez-vous accepter mon invitation à converser ? J'aimerais vous présenter votre candidate.

Chapitre VIII

Je me retrouvais pour la première fois en pleine conversation avec une IA, et je ne savais pas quoi dire, incapable de prononcer un mot.

— Monsieur Starck ? Tout va bien ?

J'étais bluffé. L'intonation semblait humaine. Une voix féminine suave, légèrement voilée. Comment avait-elle été créée ? À partir d'échantillons ? D'une modélisation numérique de cordes vocales ?

— Oui, excusez-moi.

Les mots m'avaient échappé. Je venais de présenter mes excuses à un programme informatique.

— Il n'y a pas de problème. Je n'ai pas non plus l'habitude de communiquer avec d'autres interlocuteurs que mes concepteurs.

Je me demandais si elle analysait mes réponses et allait piocher dans une base de données pour trouver la meilleure réplique. Trop y réfléchir me donnait le tournis. J'ai préféré rentrer dans le vif du sujet et couper court à cet échange surréaliste.

— Vous deviez me parler de ma candidate.

— Exact. Je vais vous dresser son profil. Il s'agit de Zoé Pelletier, une jeune Afro-Américaine de seize ans.

Une photo est apparue en surimpression sur le verre de mes lunettes. Une gamine un peu grassouillette, flottant dans un survêtement gris trop large pour elle, coiffée de longues nattes tressées. J'ai tout de suite remarqué un regard sombre et un air de défiance.

— Zoé a grandi dans la banlieue de Détroit, élevée par une famille modeste de religion catholique. Son père est un ancien infirmier haïtien porté disparu et sa mère est esthéticienne. Elle vit avec trois frères aînés. Le plus âgé, Zachary, est incarcéré au Detroit Detention Center pour vol à main armée et trafic de drogue. Avant d'être sélectionnée pour l'émission, Zoé était bénévole dans le programme de distribution d'aliments et nutriments de l'État du Michigan.

Le fameux programme initié par Alejandro. Peut-être l'avait-on repérée par ce biais.

— Que savez-vous d'autre? ai-je demandé, victime de ma curiosité.

— Zoé souffre de quelques problèmes de santé. Sa tension artérielle est élevée et sa capacité pulmonaire amoindrie. Ce sont des paramètres dont il faudra tenir compte dans votre coaching.

Cela commençait bien.

— En outre, Zoé a un quotient intellectuel de 141 et adopte un comportement rebelle lorsqu'elle est confrontée à l'autorité.

De mieux en mieux.

— J'ai prévu une rencontre à quatorze heures avec elle, pour une première session d'entraînement. Dans la salle 4 du dôme. Pouvez-vous confirmer votre présence ?

*

La salle 4 n'était pas une pièce, mais la reconstitution impressionnante et fidèle d'une jungle amazonienne. Une végétation luxuriante, l'hygrométrie étouffante, une partie de la flore et de la faune. Je n'y avais mis les pieds que depuis deux minutes et j'entendais déjà les moustiques siffler à mes oreilles.

J'attendais, assis sur une pierre à proximité d'un cours d'eau et de grandes fougères près desquelles une armée de fourmis remontait leur prise, une sorte de hanneton, vers leur fourmilière.

Les premiers entraînements devaient se dérouler ici.

Au vu de la taille immense du dôme, il était facile d'imaginer le reste.

D'autres environnements. D'autres biotopes. D'autres techniques de survie.

L'équivalent de plusieurs simulateurs de vol destinés à l'apprentissage des pilotes.

En attendant l'arrivée de ma candidate, je repensais à ma discussion surréaliste avec Chloé.

J'avais déjà entendu parler des progrès fulgurants accomplis en génétique, en robotique, en informatique et en biologie. Je me demandais combien de temps nous possédions encore avant de voir débarquer des modèles d'androïdes nous singeant parfaitement. Et si c'était eux, notre avenir ?

L'empathie des IA me posait une colle. Ce concept revenait en boucle dans ma tête. Était-ce pour analyser le comportement humain ? Pour mieux l'imiter ? Les deux ?

Mon père était fan d'un film des années 1980 tiré d'une nouvelle de Philip K. Dick. Son protagoniste, Rick Deckard, était chargé de faire passer des tests (l'équivalent d'un test de Turing) afin de déterminer si un individu était un humain ou un androïde. En étions-nous déjà là ?

Je me suis épongé le front. La température avait augmenté de quelques degrés, j'en étais certain.

Tu es tombé dans un piège, papa. Tu es seul et tu vas mourir de soif.

Les propos de Sandra avaient explosé comme une bulle dans mes pensées.

Une idée ridicule, ma chérie, lui ai-je répondu. Tout va bien se passer.

— Vous êtes monsieur Starck ?

La voix légèrement voilée provenait de derrière moi. Je me suis retourné.

Zoé me fixait de ses yeux verts. Pas de survêtement gris comme sur la photo, la gamine portait un large bermuda beige et un débardeur blanc. De longues dreadlocks tombaient en queue-de-cheval dans son dos.

Elle était grande pour son âge, environ un mètre soixante-quinze.

— C'est bien moi. Et tu dois être Zoé.

J'ai tendu une main qu'elle n'a pas saisie. Elle a reculé d'un pas, a plissé ses paupières et m'a dévisagé avec méfiance.

— On m'a dit que vous étiez mon coach. Mais je ne vous connais pas. Comment je peux savoir si c'est bien vous ?

— Je peux te montrer une pièce d'identité, si cela peut te rassurer.

Sans me répondre, elle a désigné la végétation autour de nous.

— Vous allez m'apprendre à survivre dans la jungle ? C'est ça, le principe de l'émission ?

J'ai tapé sur ma nuque, à l'endroit où un moustique s'était posé.

— J'imagine que oui. Pour l'instant, on va juste faire connaissance. Je pense que nous en saurons plus demain.

Zoé a hoché la tête à la manière des figurines Boobleheads.

— Vous imaginez ? Donc vous savez que dalle, en fait ! La vache, c'est rassurant.

De la franchise qui confinait à l'insolence. D'habitude, cette attitude n'était pas pour me déplaire, mais il y avait quelque chose d'agaçant chez cette gamine.

— T'as même pas idée à quel point je suis dans le flou. Et tu sais quoi ? Je n'ai même pas envie d'être ici et encore moins de m'occuper de toi.

Ma désinvolture a semblé la déraidir, mais elle ne saisissait toujours pas ma paume tendue.

— Vous avez l'air au top comme coach ; le roi de la motivation. J'espère que vos connaissances en survie sont meilleures que votre capacité à insuffler de l'énergie.

— Je ne sais pas, mais c'est vraiment important ? Tu n'as pas l'air plus heureuse que moi de participer, je me trompe ?

Elle a haussé les épaules et fixé son attention sur un papillon couleur lapis-lazuli qui voletait entre nous.

— J'aimerais gagner le prix, même si je ne me fais pas d'illusions. La nature, c'est pas trop mon truc, en fait. Mais en échange de ma participation, la production a payé ma famille. Vingt mille dollars. Je ne pouvais pas dire non.

Le processus de sélection des candidats était au diapason de l'aura de mystère qui entourait l'émission. Payer les familles en échange d'une participation à un programme dont on connaissait le thème général, mais pas le principe.

— Bon, puisqu'on est tous les deux plus ou moins des imposteurs, tu me serres la pince ou je dois attendre de choper une tendinite ?

Nous avons finalement échangé une poignée de main, ou plutôt elle a saisi mes premières phalanges dans sa main. Puis elle s'est dirigée vers les fougères.

— Vous n'êtes pas un vrai coach, alors ? C'est con, je ne serais pas contre gagner le prix. Enfin… à condition de ne pas trop me fouler. Je ne suis pas vraiment une athlète.

J'ai secoué la tête.

— On ne gagne jamais rien sans se fouler, comme tu dis. Et non, je ne suis pas plus un entraîneur que tu n'as l'air de posséder des notions de survie.

— Ça dépend. Survivre à Détroit en plein effondrement social, ça compte ?

— Oui. Peut-être même plus qu'ici.

— Alors j'ai mes chances…

Zoé s'est assise sur une pierre et a saisi une branche à ses pieds. Elle me regardait en décrivant des moulinets dans l'air comme si elle chassait des moucherons. Elle avait beau se la jouer rebelle, cette fille était encore une gosse. Le silence s'alourdissait. Je ne savais pas quoi dire, ni même s'il fallait lui parler.

— Écoute, je ne suis pas doué avec les gens…

— Ça, j'ai remarqué, a-t-elle coupé.

— … alors je te propose un deal. Puisqu'on va passer pas mal de temps ensemble et que nous sommes un peu sauvages, chacun à notre manière, on va se contenter du minimum. On ne se prend pas la tête et on se tient à distance. L'émission suit son cours et on peut tous retrouver nos vies d'avant.

— Ça me va. Vous n'êtes pas trop mon genre, en plus.

La surprise m'a fait ouvrir la bouche.

— Putain, mais je n'aurais jamais…

— Ça va le vieux, on stresse pas. Je blague. Bon, puisqu'on a du temps, vous pouvez m'en dire un peu plus sur la jungle ? Vous pensez qu'un tigre pourrait nous sauter dessus ?

— Aucune chance. Ce biotope est une imitation de la forêt amazonienne. Si je devais parier sur la présence d'un félin, ce qui me semble hautement improbable, alors ce serait un jaguar. Ce qui n'est pas moins dangereux. Mais comme les tigres et les lions, ils sont eux aussi sur le point de disparaître.

Zoé a donné un coup dans les fougères.

— J'ai lu qu'après le changement climatique, de nouvelles espèces avaient émergé. Le pizzly, un croisement d'ours brun et d'ours blanc. Peut-être aurons-nous affaire à un taguar ?

J'ai voulu répondre, mais je voyais bien l'éclat moqueur dans son regard.

— Il y a eu des croisements, oui. Mais en fait, les pizzlys ou les grolars, c'est la même chose, sont apparus dans les années 1970, même si on en parle surtout depuis les années 2010. Par contre, je peux me tromper, mais je ne suis pas certain que l'hybridation des espèces soit au programme de l'émission.

— Dommage. J'aurais bien aimé voir des animaux sauvages en vrai.

Zoé a basculé en position couchée sur la pierre. Elle pointait la branche vers le sommet du dôme, les yeux mi-clos.

— Bon, il nous reste un peu de temps. Tiens, tu veux apprendre au moins un truc utile avant que le véritable entraînement ne commence ?

— Je croyais que vous ne vouliez pas m'entraîner ?

— Tu veux ou pas ?

Elle a poussé un long soupir, puis elle s'est redressée.

— Je n'ai rien d'autre à faire, alors pourquoi pas.

— OK. On va commencer par un truc élémentaire. Imagine que tu te retrouves perdue en forêt, sans téléphone. On est en plein été et…

— C'est débile. Je n'irais jamais en forêt sans téléphone. Et puis j'aurais pris un sifflet et…

— Bien. Admettons. On va laisser tomber les préliminaires. Tu es toujours perdue en forêt. Tu as soif et tu n'as aucune gourde. Tu ne possèdes pas non plus de paille filtrante pour éliminer les bactéries. Comment comptes-tu t'y prendre pour boire ?

Zoé s'est levée et s'est rapprochée du cours d'eau en le désignant avec sa branche.

— L'eau me paraît claire, transparente.

— Et tu penses que tu pourrais la consommer ?

Elle a haussé les épaules en guise de réponse.

— Tu pourrais. Mais tu aurais toutes les chances d'être infectée par une parasitose qui s'appelle la giardiase. Elle provient des selles et de l'urine des animaux.

— OK, je vois le genre. De la diarrhée, des vomissements et donc de la déshydratation.

— Exactement. Bien vu.

Elle percutait vite, je le voyais à la lueur d'intérêt dans ses yeux.

— J'imagine que je pourrais la chauffer, alors ?

— Admettons que tu ne puisses pas la chauffer, que tu n'aies pas d'équipement pour le faire.

— Je pourrais la filtrer ?

Oui… rapide. Elle répondait du tac au tac avec un bon instinct.

— Bien. Mais comment ?

Zoé secouait lentement la tête. Mais l'acuité de son regard suggérait un travail intense de ses méninges. Elle a capitulé au bout d'un moment.

— J'avoue que je ne vois pas.

Je me suis avancé vers elle, la main tendue.

— Tu peux me donner ta branche ?

J'ai saisi le bout de bois et je me suis approché des berges.

— Si tu n'as vraiment rien sur toi, alors il faut creuser un petit puits près de l'eau. Essaie d'éviter la proximité d 'empreintes d'animaux. Rapport avec ce que je t'ai dit sur les bactéries.

J'ai plongé la branche et j'ai touillé la terre sablonneuse.

L'eau s'est infiltrée presque jusqu'à la surface de ce mini puits.

— Le sable et la roche agissent comme un filtre naturel. Ce n'est pas optimal, mais déjà plus acceptable.

Zoé a tapoté sa tempe en m'adressant un sourire satisfait.

— Pas mal. C'est bon, j'ai enregistré l'info.

— Tant mieux, et content d'avoir pu être utile.

Je lui ai rendu sa branche.

— Et s'il n'y a pas d'eau ? Mon pote Jack m'a dit qu'on pouvait boire son urine.

— Mauvaise idée, surtout si tu es déjà déshydratée. Ton urine sera chargée de sels minéraux et de toxines…

— Et le sel va chasser l'eau. Cela s'appelle l'osmose, a-t-elle complété.

— Tu apprends vite.

— J'ai surtout une très bonne mémoire, et je lis beaucoup. Mais merci.

Zoé a jeté un œil à son bracelet-montre et s'est levée d'un bond.

— Je vais devoir vous quitter, j'ai rendez-vous avec ma psy. Je sens que je vais bien m'amuser.

— Passe-lui le bonjour de ma part.

— Non. Désolée, mais je ne suis pas entremetteuse. On se voit demain… coach.

J'ai regardé Zoé partir vers l'entrée de la jungle artificielle, convaincu que malgré notre « pacte », mon travail d'entraîneur n'allait pas être de tout repos.

Chapitre IX

Je me suis réveillé à l'aube. J'ai pris la direction du premier dôme vers six heures, après un passage express à la cantine pour un petit déjeuner expédié.

Nous devions nous regrouper près du ruisseau où j'avais rencontré Zoé.

La majorité des vingt coachs convoqués semblaient en pleine forme, au contraire des candidats qui, pour la plupart, dormaient à moitié debout. J'ai repéré Zoé un peu à l'écart de l'attroupement, assise à même le sol, les jambes croisées, la tête reposant sur sa paume. D'épais cernes alourdissaient ses yeux gonflés.

Je me suis adossé à un arbre, observateur silencieux et méfiant. Je n'avais pas envie de me mêler à mes pairs et ils me le rendaient bien.

Au bout de quelques minutes d'attente, un homme vêtu d'un bermuda noir et d'une chemise de la même couleur a accouru vers nous. Un blond à l'allure athlétique, coiffé avec soin et rasé de près. Une gueule d'ange aux pommettes saillantes et à la mâchoire carrée.

À la clameur retentissante qui a parcouru les rangs des candidats et des coachs, j'ai compris que le type devait être un présentateur célèbre, une star de la télé-réalité américaine.

Un journaliste équipé d'une caméra à l'épaule et un membre du staff de l'émission tirant une large valise métallique sur roulettes le suivaient. Un drone caméra en lévitation se déplaçait en cercles à quelques centimètres au-dessus de sa tête.

Le show avait commencé. J'imaginais déjà les premiers épisodes, centrés sur le début des épreuves. Je visualisais le montage, les effets dramatiques, les musiques.

Tout ce que je détestais.

L'homme s'est assis aux abords des berges du ruisseau et nous a invités à nous rapprocher de lui.

Il a attendu que le brouhaha se calme avant de parler.

— Bonjour et bienvenue à tous. Certains me connaissent. Pour les autres, je suis Samuel Romanov, le coordinateur des épreuves et le présentateur de l'émission *Survivre*. Je suis vraiment fier et heureux d'être avec vous, ici dans ce superbe complexe. La plupart d'entre vous savent que j'ai déjà animé un grand nombre de shows télévisés. Mais je peux vous garantir une chose : celui-ci sera unique en son genre.

Il a marqué une pause.

— Je suis conscient que vous êtes très curieux et impatients de découvrir la suite du programme. Rassurez-vous, l'attente touche à sa fin.

Quelques applaudissements timides gratifièrent son introduction. Son ton autant surjoué qu'édulcoré – un calcul pour s'octroyer la plus large audience – ne m'impressionnait pas.

— Bien, dans un premier temps, je vais vous distribuer une boîte. Elle contient des instructions ainsi que du matériel nécessaire au déroulement de cette première épreuve.

Des murmures dubitatifs ont traversé le groupe.

— Oui, vous avez bien entendu. C'est bien une épreuve qui attend les candidats aujourd'hui. Celle-ci n'est pas éliminatoire, mais l'échec sera sanctionné par un malus appliqué à la prochaine étape.

Il a convoqué l'employé d'un signe de la main.

L'homme a ouvert la valise et en a sorti vingt boîtes noires d'environ quinze centimètres sur vingt et d'une épaisseur de dix centimètres, qu'il a ensuite empilées sur le sol en quatre tas distincts.

— J'invite chaque coach à en saisir une au hasard, en commençant par le premier tas. Qui se lance ? Allez, ne soyez pas timides.

Nous nous sommes tous regardés et le yogi aux cheveux gris que j'avais croisé à la cantine s'est emparé de la première boîte.

Je me suis servi en dernier, profitant du fait que les autres entraîneurs ne faisaient pas attention à moi, captivés par l'objet qu'ils tenaient entre leurs mains.

— Voilà, maintenant vous pouvez rejoindre vos candidats et découvrir ensemble le contenu.

Le caméraman s'est déplacé entre les différents duos, imité par le drone.

Zoé n'avait pas bougé et, sans ses grands gestes de la main pour chasser les moustiques, j'aurais pu croire qu'elle somnolait.

Je me suis approché d'elle la boîte sous le coude.

— Ça ne t'intéresse pas de connaître la suite ?

— Hello coach, désolée, je ne suis pas en forme aujourd'hui. J'ai à peine dormi cette nuit.

Elle a désigné ses yeux rougis.

— Tu peux m'appeler Florian.

— Je ne préfère pas. Alors on a déjà gagné un cadeau ? Je peux l'ouvrir ?

— Fais-toi plaisir.

Elle a poussé un long bâillement à se décrocher la mâchoire et s'est levée pour saisir la boîte. Elle contenait un couteau *bushcraft* Mora, une paille de purification, une carte et un mini drone.

Zoé a sorti la paille pour l'exhiber en souriant.

— Vous voyez, je n'aurai pas à creuser un puits avec une branche et boire de l'eau brunâtre dégueulasse.

— Et avec ce genre d'outil, tu pourras t'allumer un feu facilement. Mais ne te réjouis pas trop vite, c'est le premier jour, ils sont gentils avec vous.

Je ne connaissais pas le programme – les entraîneurs étaient logés à la même enseigne que les participants – mais j'avais l'intuition que les épreuves ne tarderaient pas à monter en puissance et en difficulté.

Autour de nous, candidats et coachs déployaient la carte sous les lueurs artificielles du dôme.

Les plus âgés n'étaient pas surpris de tenir du papier entre leurs mains, au contraire des plus jeunes, plus habitués aux flux de données en surimpression sur le verre d'une paire de lunettes.

Le présentateur a frappé dans ses mains pour capter notre attention.

— Bon, maintenant que vous avez le matériel, je vais vous expliquer l'épreuve de la journée. Les vingt coachs et les vingt candidats sont répartis en cinq groupes pour rejoindre différentes zones de la jungle. Chaque groupe devra rallier la zone indiquée sur sa carte. Les coachs en profiteront pour apprendre à leurs candidats comment se repérer et atteindre leur objectif en se passant de données ou de GPS.

Il a marqué une pause et laissé le journaliste changer d'angle de vue.

— Une fois arrivé à destination, chaque binôme devra alors bâtir un abri à partir de ce qu'il trouvera sur place. L'épreuve sera terminée à la fin de la construction ou à vingt-deux heures. Un jury jugera ensuite la qualité de votre construction et vous attribuera une note. Comme je l'ai expliqué, cette épreuve n'est pas éliminatoire, mais peut donner lieu à une pénalité en cas de non-atteinte de l'objectif.

— Comment vont se passer les repas ? a demandé un homme assez grand habillé en chemise à carreaux.

— La consigne est simple. Attendez le dîner, ou bien débrouillez-vous. Pour vous hydrater, vous avez la paille. L'environnement est une fidèle imitation de la jungle amazonienne, alors je vous déconseille de boire l'eau sans l'avoir filtrée. Sinon, vous pouvez à tout moment vous adresser à votre drone caméra et déclarer forfait, mais vous écoperez d'une pénalité pour la prochaine épreuve.

Les paroles du présentateur ont provoqué de l'agitation dans le groupe.

— Pas de problème Zoé, si tu as faim, on trouvera de quoi te nourrir.

— Vous rigolez ? Vous croyez que je mange combien de fois par jour habituellement ? Vous avez déjà oublié d'où je viens ?

Je n'ai pas répondu. Comme de nombreuses personnes, elle avait dû subir de plein fouet les restrictions alimentaires et le rationnement d'eau. Le Michigan avait été durement frappé par une succession de crises économiques avant d'être mis K.O. par la révolution climatique.

Cinq minutes plus tard, le coup d'envoi était donné et je me retrouvais en compagnie de quatre autres entraîneurs : le « prof de yoga », un Colombien prénommé Eduardo ;

Edmund, un chasseur roux aux larges moustaches, originaire de l'Alaska ; Tara, une Italo-Roumaine, ancienne championne de tir à l'arc ; et Taki, un ex-coiffeur de star d'Hollywood, collapsologue de la première heure et reconverti en conseiller en survie.

Du côté des candidats, nous avions Hwang, un grand Coréen d'à peine vingt ans qui s'exprimait dans un anglais approximatif ; Tiffany, une femme musclée, coach de fitness ; Barnaby, un cadre de vingt-huit ans constamment en sueur; et Zachary, un artiste polonais punk, sourd et muet.

Un *melting pot* des plus intrigants qui suscitait encore une fois des interrogations sur l'algorithme de sélection.

Eduardo avait pris la direction du groupe et puisqu'il semblait de ne pas faire d'erreurs d'orientation, je l'ai laissé nous mener à destination sans intervenir. J'étais resté en retrait de quelques mètres en compagnie de Zoé.

Ma protégée marchait en observant son environnement avec un mélange de fascination et d'intérêt. Sa concentration était tout aussi palpable que son éveil. Je pouvais presque percevoir les rouages de sa pensée s'imbriquer derrière son air affable.

— Tout va bien? lui ai-je demandé.

Elle a haussé les épaules.

— Vous ne trouvez pas bizarre qu'on doive s'entraîner dans un studio plutôt que... dans une vraie jungle?

— Je ne sais pas. Tu connais beaucoup de jungles aux États-Unis, toi?

— Non, mais nous aurions pu aller au Brésil ou en Colombie.

Elle a désigné l'apex du dôme qui culminait à plus de vingt mètres au-dessus de nos têtes.

— Ce truc a dû coûter une fortune... c'est colossal. Vous avez remarqué comment la lumière varie déjà? Il n'est même pas sept heures du matin et on se croirait en plein après-midi dans la jungle. Je n'arrive pas à comprendre pourquoi ils tournent l'émission ici.

Je n'ai pas rétorqué, même si la réponse était évidente. Ici, nous étions observés et les données étaient transmises à Chloé à je ne sais quel dessein. Quant à cet environnement, il donnait effectivement l'impression d'être un laboratoire géant. Et si Alejandro était le scientifique, alors nous étions les petites souris blanches évoluant dans le labyrinthe.

Nous avons marché dix minutes supplémentaires pour finalement atteindre notre destination sous une acclamation satisfaite du yogi.

— Et voilà. Nous y sommes. Les drones caméras devraient le confirmer.

Avant d'ouvrir la valise et de sortir le couteau, j'ai pris la mesure de notre environnement. Une jungle dense à l'atmosphère moite et étouffante. Plus encore qu'à l'entrée du dôme, les moustiques sifflaient à nos oreilles et j'étais déjà en sueur. Quelques cris de singes et rugissements de fauves au loin provoquaient l'inquiétude des participants. Selon moi, ces bruits provenaient d'enceintes, qui les diffusaient pour nous plonger dans l'ambiance. L'absence d'une source d'eau à proximité représentait un plus gros problème. Pour le reste, nous avions tout à disposition pour construire l'abri, notamment des bananiers dont les feuilles allaient servir à l'élaboration de la toiture.

Tara (que j'allais assez vite surnommer la Chasseresse) faisait les cent pas autour de nous.

— Je vais faire du repérage, a-t-elle déclaré sur un ton zélé.

Puis elle est partie en compagnie de Tiffany, sa candidate.

Barnaby, épuisé par la promenade, s'était assis à même le sol et s'épongeait le front, tandis que Taki lui expliquait déjà comment utiliser son couteau pour faire du feu. Zoé me lançait des regards inquiets.

— Et nous ? On commence pas ?

— Je voulais seulement m'assurer qu'on puisse trouver de l'eau. On va rapidement en avoir besoin avec cette chaleur. Et puis il va falloir être intelligents et ne pas se marcher sur les pieds. Il y a suffisamment de bois pour tous, mais j'aimerais dénicher un endroit un peu plus sec et j'ai repéré des fourmis sur le sol.

— Et ? C'est juste un abri éphémère, même s'il y a des fourmis, c'est pas grave, si ?

— Tu veux savoir comment t'en sortir en cas de pépin ou tu veux juste passer l'épreuve ?

Son sourire s'est élargi et lui a creusé deux petites fossettes, mais il n'exprimait aucune joie, juste du sarcasme.

— Vous êtes vraiment spécial comme type. Hier, vous vous en foutiez, et là vous faites du zèle.

— Ce n'est pas du zèle. J'aime les choses bien faites. Si je dois travailler, alors autant le faire correctement.

Les yeux verts de Zoé restaient fixés sur moi. Elle avait cette capacité déstabilisante de vous mettre mal à l'aise, comme si vous étiez soudainement devenu l'objet d'étude d'un scientifique.

— OK, ça me va, a-t-elle déclaré après un long silence.

— Bien. Il nous faut une zone dégagée, à proximité d'arbrisseaux. Un sol sec et sans fourmis. Et je ne sais pas si tu as remarqué, mais la jungle est dense. Nous devrons terminer bien avant vingt-deux heures ou allumer un feu, car dès dix-neuf heures, nous serons plongés dans le noir.

Zoé a acquiescé en silence. Pour la première fois, je décelais un vif intérêt dans son expression.

La Chasseresse est revenue au moment où je me détachais du groupe.

— Vous savez quoi ? Je pensais que la prod' voulait mettre de l'ambiance, mais non. J'ai repéré des singes et même la trace d'une panthère. Ce n'est pas tout, j'espère qu'il n'y a pas de phobiques ici, car j'ai croisé des serpents.

*

Nous avons commencé la construction de l'abri « en A », à une dizaine de mètres de l'endroit où le reste du groupe s'était installé. Zoé avait raison sur un point, nous n'avions pas besoin de prendre autant de précautions. Après tout, ce n'était qu'une épreuve et j'étais persuadé que les animaux repérés par Tara étaient inoffensifs et que contrairement à ce qu'elle pouvait croire, ils participaient à l'ambiance.

Notre environnement soulevait néanmoins quelques questions. Par exemple, ni Zoé ni moi n'avions été piqués par les moustiques alors qu'ils pullulaient autour de nous. Comment les équipes de la production étaient-elles parvenues à créer cette illusion ?

J'ai repensé aux drones-abeilles et aux dernières avancées en robotique et en génétique. Après avoir conçu des drones-soldats (le premier véritable humanoïde avait été présenté en 2025 par Boston Dynamics), nos scientifiques étaient tout à fait capables de fabriquer de faux animaux ou de faux insectes, et de leur programmer des routines.

À bien y regarder, ce dôme m'apparaissait comme une attraction. Un parc à animatroniques géant. Mais je ne voulais surtout pas que Zoé le perçoive ainsi. J'avais été sincère avec elle ; si je devais la former, alors ce serait à la dure.

La survie ne souffrait d'aucune approximation ni légèreté.

J'ai tout d'abord montré à Zoé comment sélectionner ses arbrisseaux, dégager le sol avec un bout de bois pour éviter les mauvaises surprises, ou encore choisir et disposer les feuilles pour confectionner une toiture étanche.

Je me suis vite rendu compte de sa grande maladresse et d'un manque flagrant de dextérité. Zoé était aussi brillante et affûtée intellectuellement qu'elle était gauche.

Nous ne possédions qu'un couteau et je n'ai pas voulu lui mâcher le travail. Je lui ai expliqué comment utiliser le Mora pour trancher des branches en utilisant une pierre comme marteau pour taper sur le manche.

Cela n'a pas loupé. Après quelques découpes où je l'entendais pester contre le monde entier, elle a poussé un hurlement.

— Bordel, je me suis coupée ! Putain de jungle de merde. Fait chier !

S'en est suivi un second cri de rage, qu'elle a laissé échapper entre ses dents.

Pas bon pour son hypertension, ai-je pensé.

J'ai senti que c'était le moment de calmer le jeu avant qu'elle n'entre en éruption ou qu'elle ne s'évanouisse. Je me suis approché d'elle pour mesurer l'étendue des dégâts. La blessure était superficielle, une simple coupure sur la tranche de son index gauche.

— Pose ton couteau. On va aller chercher de l'eau.

— Je n'ai pas soif. Et je n'aime pas recevoir d'ordres.

Chloé avait mentionné le caractère rebelle de ma candidate, mais je pouvais déceler autre chose de plus profond enfoui chez elle. Une fêlure.

— Alors déjà, ce n'est pas un ordre, mais un conseil. Il va falloir te calmer et t'hydrater.

— Je m'en tape de vos conseils. Si vous avez soif, prenez cette foutue paille ou creusez-vous un puits à la con, mais laissez-moi tranquille.

Elle a frappé son poing contre un tronc d'arbre.

Claire, dans quel merdier m'as-tu plongé, ai-je pensé.

En temps normal, je l'aurais abandonnée là. Je n'avais jamais été du genre patient, et encore moins depuis que je vivais reclus dans une forêt de Haute-Savoie. Mais je devais jouer mon rôle jusqu'au bout pour mener à bien la mission que m'avait confiée ma sœur.

Et puis, il y avait autre chose. Zoé dégageait une fragilité et une sensibilité qui ne me laissaient pas indifférent.

Alors j'ai expiré pour chasser l'agacement qui montait en moi.

— Allez, c'est bon, calme-toi, je vais prendre le relais un moment. Repose-toi en attendant.

J'ai tendu la main pour récupérer le couteau, mais Zoé ne bougeait toujours pas, boudeuse, les larmes aux yeux. Je sentais bien qu'elle avait envie de céder, mais elle me tenait tête par pure fierté.

— Écoute, Zoé. J'ai remarqué que tu étais une fille brillante. Je ne connais pas encore les autres candidats, mais si je devais parier sur quelqu'un parmi les cinq dans cette zone, ce serait sur toi. Il faut juste que tu t'accordes un peu de patience. On ne devient pas une survivaliste chevronnée du jour au lendemain. J'ai des années de pratique et…

— Ne vous fatiguez pas à me convaincre… je vais continuer.

Je n'ai rien dit, mais c'était ce que je voulais entendre.

— Tiens, avant que tu ne reprennes, je vais te montrer quelque chose. Enfin si cela te tente.

Zoé a reniflé et hoché la tête.

— Tu n'auras pas toujours un couteau ni une carte et encore moins une paille. Cette première épreuve est importante. Si tu te retrouves un jour coincée dans la forêt, construire un abri est primordial, surtout avant la tombée de la nuit. Mais que faire si tu n'as pas de couteau ?

J'ai désigné deux cailloux sur le sol.

— Tu t'en fabriques un.

J'ai saisi une pierre assez lourde pour m'en servir comme heurtoir et une autre plus plane destinée à la taille.

— C'est comme ça que l'on construisait les outils à l'âge de pierre.

J'ai frappé sur les rebords de la roche plate avec mon marteau de fortune afin de la biseauter pour la rendre tranchante.

En moins de cinq minutes, j'étais équipé d'un couteau primitif.

— Allez viens, on ira plus vite à deux.

Zoé s'est levée sans prononcer un seul mot.

— Ça va mieux ton doigt ?

— Oui, merci, je ne sens déjà plus rien.

— Parfait, alors ne perdons pas plus de temps.

En me dirigeant vers un arbre, j'ai remarqué le drone caméra qui flottait à quelques centimètres de moi.

Il avait dû filmer toute la scène et nul doute que cette séquence viendrait très vite alimenter les premiers moments forts de l'émission. Une blessure, de la solidarité et une leçon de survie. Il suffisait de rajouter un peu de violons sur un montage parfaitement rythmé et le tour était joué.

Nous avons donc continué la fabrication de notre abri. Zoé pestait moins et semblait plus concentrée.

Elle ne s'était pas transformée en *bushmaster*, mais elle se donnait du mal et cela se reflétait dans son travail. La sueur perlait sur son front et l'arête de son nez.

À ce rythme, pensais-je, nous étions prêts à remporter l'épreuve haut la main.

J'avais toutefois des craintes pour sa condition physique. Elle grimaçait de douleur et marquait des pauses de plus en plus fréquentes et de plus en plus longues.

Mais à chaque fois que je m'enquérais de son état, la réponse était invariable.

— C'est bon, ne vous occupez pas de moi. Je vais bien. Puis elle s'essuyait le front et continuait sans que son état s'améliore.

Il était encore tôt (peut-être aux alentours d'une heure de l'après-midi), mais l'éclairage à l'intérieur de l'hémisphère donnait l'impression que nous étions en fin de journée. Et nous allions attaquer la toiture en feuille lorsqu'une alarme a retenti. Une intense lumière rouge émanant de la voûte du dôme s'est diffusée dans toute la jungle.

— Il se passe quoi ? a demandé Zoé.

— Rien de bon.

Ma montre de poignet a vibré pour m'alerter de la réception d'un message vocal.

C'était Chloé. Ses propos étaient à destination de l'ensemble des coachs.

« Merci de regagner la sortie au plus vite. L'épreuve est suspendue. Elle reprendra demain. »

Nous avons rapidement rallié les autres membres du groupe. Tous semblaient aussi curieux et inquiets que nous. En m'apercevant, le yogi est venu à ma rencontre pour me faire part de sa théorie. J'ai remarqué pour la première fois sa dentition chevaline, la maigreur de son visage et ses larges narines.

— La dernière fois qu'une alarme a sonné, c'était en raison d'un attroupement de véhicules. Ces tarés de rédempteurs s'étaient massés autour du complexe. Ils se sont barrés juste avant que l'armée ne pointe son nez. À mon avis, ça recommence.

— Les rédempteurs ? ai-je demandé.

— Oui. Des fanatiques religieux qui veulent qu'on revienne à l'âge de pierre. Vous n'avez pas entendu parler de l'attentat contre le sénateur de Californie l'année dernière ?

Non. Encore une info qui m'était passée sous le nez.

— Le problème, a-t-il continué, c'est que comme le KKK à l'époque, ces fous furieux ont des appuis politiques. Ils ont une véritable petite armée privée du style Academi, mais ils sont financés autrement. Et vu le chaos ambiant, c'est à peine s'ils sont inquiétés.

— Et ils étaient venus avec quel genre de véhicules ?

— Du genre qui fait mal, a répondu le yogi en haussant les sourcils. Des blindés et des chars.

Nous sommes ressortis du dôme pour nous retrouver nez à nez avec les forces de sécurité du complexe.

Deux gardiens se sont détachés pour venir à ma rencontre. L'un des deux, un grand moustachu aux joues rosies par le soleil, me toisait avec sévérité.

— Monsieur Starck ?

— C'est moi.

— Veuillez nous suivre, s'il vous plaît. Nous avons des questions à vous poser.

Chapitre X

J'ai pensé que ma couverture avait sauté, que Chloé et ses algorithmes m'avaient percé à jour et que j'allais finir ma vie dans une prison américaine, inculpé pour espionnage.

Mais ce n'était pas la raison de mon interrogatoire. Le professeur Anton Park s'était *a priori* suicidé. La thèse du meurtre n'était pas encore exclue.

La nouvelle m'a ébranlé plus que je ne l'aurais imaginé. Si quelqu'un avait assassiné Anton, alors mon frère était en danger.

Sandra est montée à la charge pendant que la milice m'expliquait les faits. Je tentais de comprendre les propos du responsable de la sécurité du studio, mais une partie de mon cerveau subissait les angoisses de ma fille.

Fais gaffe papa, tu pourrais te faire tuer.

Papa, tu vas finir en prison.

Contacte Claire et fous le camp!

Peut-être allais-je rentrer en France plus rapidement que prévu. Un suicide – *a fortiori* un meurtre –

pouvait mettre en péril l'émission, voire conduire à son annulation pure et simple.

Vers quinze heures, la milice m'a escorté en direction d'un bâtiment haut de deux étages, proche de l'entrée principale. Deux androïdes de combat et quelques drones gardaient les locaux. Trois autres personnes m'accompagnaient. Deux inconnus et le docteur Lee. J'avais une vague idée du motif de ma convocation. On m'avait aperçu la veille en train de manger avec lui, juste avant qu'il ne parte en trombe.

J'aurais bien voulu échanger quelques mots avec Sofia, mais nous avons été séparés. J'ai attendu la venue d'un inspecteur de police dans une pièce sans fenêtre, meublée d'une simple table en acier et de deux chaises. Un verre d'eau était posé devant moi.

Je n'avais pas eu non plus l'occasion de prévenir ma sœur, mais la milice avait confisqué mon téléphone le temps de l'interrogatoire.

Pas loin de deux heures plus tard – difficile d'être certain en l'absence de repères –, la porte de ma salle s'ouvrait et laissait entrer un homme massif, aux avant-bras aussi velus que noueux. Un chauve au goitre prononcé, doté d'un large cou plissé par une série de bourrelets au niveau de la nuque. À l'inverse de sa corpulence simiesque, son visage exprimait une douceur presque féminine. Ses yeux bleus s'ornaient de grands cils recourbés et ses sourcils se limitaient à un fin duvet.

— Ah, monsieur Starck, désolé pour l'attente, vous êtes le dernier. Mais pas le moindre.

Il a tendu sa main et s'est fendu d'un sourire amical.

— Lieutenant Newton. Oui, comme le physicien. Mais nous ne sommes pas de la même famille. Et non, mon prénom n'est pas Isaac, mais Phillip.

Nous avons échangé une poignée de main et il s'est installé sur la chaise qui me faisait face. Il a désigné le verre que j'avais laissé intact.

— Vous permettez ? Je meurs de soif.

— Je vous en prie.

Il l'a englouti d'une seule gorgée avant de réprimer une régurgitation et de laisser échapper quelques gouttes à la commissure de ses lèvres, qu'il a chassées d'un revers de la manche.

— Désolé. Je vais essayer de ne pas être long. Vous êtes fatigué, je suis fatigué. Et une longue route m'attend pour rentrer chez moi.

— Prenez votre temps, ai-je répliqué en gardant mon calme. Une personne est décédée.

Il a approuvé mes propos de plusieurs hochements de tête.

— C'est précisément la raison de ma présence ici. D'ailleurs, puis-je connaître la vôtre ?

J'imagine qu'il le savait déjà, mais j'avais appris depuis longtemps à ne pas jouer avec la police.

— Je suis employé par Alejandro Perez en tant que coach pour l'émission. J'entraîne une candidate. Zoé Pelletier.

— C'est bien ce que j'avais cru comprendre. Mais je voulais en être sûr.

— Vous n'êtes pas deux ?

— Je vous demande pardon ?

— Du temps où je vivais aux États-Unis, les interrogatoires se dansaient à trois.

— Les lois ont changé depuis. Déjà, on manque d'effectifs. Je ne sais pas si vous avez suivi, mais la situation est chaotique chez nous. C'est même un gros bordel. Les gens sont assoiffés, affamés, se révoltent. Alors non, désolé, pas de *good cop, bad cop*. Juste ce bon vieux Phillip Newton. D'ailleurs, vous n'avez pas manifesté votre droit de contacter un avocat. Vous voulez le faire ?

Il me paraissait sympathique, mais je me méfiais de ce genre de type. Je n'avais rien à me reprocher, du moins en ce qui concernait le meurtre, mais je devais faire attention à ne pas me trahir.

— Non. Jusqu'à preuve du contraire, je ne suis pas arrêté et je n'ai rien à me reprocher.

— C'est parfait. Alors on va pouvoir commencer.

Le lieutenant Newton s'est doté d'une paire de lunettes sortie de la poche avant de sa chemise.

— La seule chose que j'apprécie à notre époque. La technologie. Pas besoin de détecteurs de mensonges lorsque nous sommes équipés de logiciels aussi puissants. D'habitude, je me fie à mon nez, mais avec l'âge, les journées m'épuisent plus rapidement.

Il a ajusté son téléphone de poignet, puis m'a fixé avec un étrange sourire.

J'allais passer un scanner. Un peu dans le genre de celui que j'avais subi à mon insu chez Perez, mais beaucoup plus ciblé, cette fois.

— Bien. À nous deux. D'après plusieurs témoignages, vous avez été aperçu au restaurant en compagnie du professeur Park. Le connaissiez-vous avant votre arrivée ici ?

Newton avait posé ses coudes sur la table et appuyait son menton sur ses doigts croisés.

— Non. Après la présentation des candidats, il s'est dirigé vers moi et m'a demandé de le rejoindre lors du repas.

— Ah ? Et vous n'avez pas trouvé cela étrange ? Je me promène souvent dans les rues et pas une fois je n'ai été abordé pour partager un dîner avec un inconnu.

— Curieux plutôt qu'étrange. Mais je suppose qu'il m'a reconnu.

Le lieutenant a marqué une pause et s'est épongé le front.

— Reconnu ? Vous êtes donc une personnalité publique ?

Newton devait déjà connaître mon historique, mais là encore, j'ai joué le jeu.

— Il y a quelques années, j'ai animé une émission sur la survie. J'étais également célèbre pour mes attaques contre les gouvernements qui ne se bougeaient pas assez vite sur le climat. J'étais un agitateur de l'espace public, si vous voulez.

Le policier hochait la tête en silence. Il m'a invité à continuer d'un moulinet de la main.

— Et j'imagine que certains savent que je suis le frère de la ministre de l'Intérieur du gouvernement français.

Newton tapotait ses doigts boudinés sur la table. Ses yeux étaient orientés vers moi, mais son regard se focalisait ailleurs. Il lisait les métriques du scan. Ma fréquence cardiaque, les tressaillements, les mouvements oculaires, le taux de sudation. Autant d'indices qui lui permettaient d'établir ou non la véracité de mes propos.

— Donc était-ce parce que vous étiez un ancien présentateur ou le frère d'une ministre qu'Anton Park a demandé à vous parler ? a-t-il répliqué du tac au tac.

Il m'observait avec attention. Je devais aborder le sujet Pierrick avec prudence.

— Non. Tout comme monsieur Perez avant lui, Anton Park voulait des nouvelles de mon frère.

— Et il avait besoin de vous rencontrer au restaurant pour en discuter ? Pourquoi pas avant, dans la rue ?

— J'ai peut-être une explication.

Nouvelle pause du lieutenant, qui semblait absorber les données.

— Sans être indiscret, pouvez-vous me révéler laquelle ?

C'était à ce moment-là que je devais marcher sur des œufs.

— C'est assez indiscret. Mais je vais tout de même vous le dire. Anton m'a confié que mon frère et lui étaient amants. Alors je pense qu'il voulait s'isoler à une table à l'écart pour m'en parler. Nous sommes en 2035, mais certaines choses ne changent pas et ne changeront sans doute jamais.

Une semi-vérité que j'espérais invisible au détecteur incrusté dans les lunettes de mon interlocuteur.

— Bien. Mais pourquoi est-il parti si précipitamment alors ? La conversation s'est-elle envenimée ?

— Non. Il était très inquiet pour mon frère et devant le manque d'informations, il s'est mis à paniquer. J'avoue que je n'ai pas tenté de le rattraper.

J'ai regretté immédiatement ma réponse.

— Paniqué ? Vous pensez qu'il avait une raison de l'être ?

Il n'y avait plus aucune trace de sympathie dans les propos du lieutenant, ni aucune douceur dans ses traits. Newton avait adopté une posture de prédateur.

J'ai décidé de jouer la carte de la déviation en dévoilant une information importante.

— Il faudrait demander à Alejandro Perez. Car la dernière fois qu'Anton Park a vu mon frère, c'était après l'avoir fait rentrer dans un bâtiment hautement sécurisé.

Le lieutenant a hoché la tête un instant, le regard absent, avant de s'illuminer à nouveau d'un grand sourire.

— Merci, monsieur Starck, j'en ai fini avec vous pour le moment. Si j'ai des questions…

— Vous saurez où me trouver, je n'ai pas prévu de bouger de sitôt. Je suis à votre disposition.

*

À ma grande surprise, le docteur Sofia Lee m'attendait à la sortie du bâtiment. Elle s'était collée contre le mur de l'édifice afin d'échapper au soleil mordant de fin d'après-midi.

Elle s'est précipitée vers moi, les traits du visage déformés par l'anxiété.

— Alors, vous avez des nouvelles ? a-t-elle demandé.

— Merci, tout va bien, ai-je répondu sur un ton sarcastique.

— Désolée, je voulais parler d'Anton Park.

— Il est toujours décédé, aux dernières nouvelles.

— Vous n'êtes vraiment pas possible. Vous en savez plus sur la cause de sa mort ? Est-ce un suicide ? A-t-il été tué ? S'il vous plaît, c'est important.

Sa voix avait vrillé pour s'étrangler dans les aigus.

— Je ne sais pas si vous connaissez le fonctionnement de la police, mais c'est eux qui interrogent et non l'inverse.

Son visage s'affaissait.

— Désolé, vous le connaissiez bien ? Vous avez l'air ébranlée.

Sofia a hoché la tête et séché ses larmes naissantes.

— C'était un ami. Je le connaissais depuis des années. Il travaillait déjà pour Perez avant de venir ici, sur les intelligences artificielles. C'est lui qui m'a prévenue que l'émission *Survivre* prévoyait d'engager un psychiatre. C'est grâce à lui que je suis ici.

J'ai dévisagé Sofia. Était-ce l'IA ou bien Alejandro qui l'avait embauchée ? Anton Park avait-il pu appuyer sa candidature comme Pierrick l'avait fait avec moi ? Perez avait prétendu n'avoir aucune influence sur les recrutements, mais j'avais désormais du mal à y croire.

Autre chose. Sofia connaissait-elle mon frère? Anton lui en avait-il parlé?

Je n'ai pas laissé transparaître mes interrogations et j'ai posé ma main sur son épaule.

— Cela ne vous dirait pas de marcher vers l'hôtel? Je ne suis pas spécialement fan du local de la milice. C'est inconfortable, et ils ne servent que de l'eau.

— Oui, bien sûr.

À cette heure, le complexe était presque désert. Quelques employés flânaient dans les ruelles piétonnes ou s'étaient installés dans l'un des nombreux espaces verts. Des miliciens patrouillaient sur leurs plates-formes volantes, des voitures autonomes véhiculaient le personnel. Vu de l'intérieur, le studio évoquait un paisible (et futuriste) quartier résidentiel d'une banlieue américaine.

— Vous avez vu qu'il avait mangé avec moi hier midi, c'est pour ça que vous m'attendez, non?

Ses yeux se sont agrandis.

— Non. C'est pour ça que vous avez été convoqué? Je me posais justement la question. Vous le connaissiez?

— Pas vraiment, nous avons discuté quelques minutes seulement, mais il connaissait mon frère… Pierrick.

Sofia a détaché ses cheveux. Je la préférais coiffée ainsi.

— Vous êtes le frère de Pierrick?

— Oui. Anton voulait avoir de ses nouvelles. Vous avez rencontré Pierrick ?

— Non, mais j'en ai entendu parler. Assez souvent en fait. C'était un bon ami d'Anton, visiblement.

— Il était même un peu plus que ça. Ils étaient amants.

— Je l'ignorais. Je veux dire, je savais qu'Anton était gay, mais…

— Vous saviez sur quoi travaillait Anton ? ai-je coupé.

— L'empathie des IA, enfin grosso modo. Il ne rentrait jamais dans le détail. Ou bien s'il le faisait, il me perdait rapidement. Ce n'était pas un pro de la vulgarisation.

Nous étions proches de l'hôtel. Deux drones de défense patrouillaient en lévitation au niveau de l'entrée.

— Visiblement, il travaillait dans un bâtiment sur le site. Celui que nous ne sommes pas autorisés à visiter. Vous voyez lequel ?

— Je n'étais pas au courant. Je suis psychiatre, pas inspectrice ou journaliste. Et quel est le rapport avec la mort d'Anton ?

Et la disparition de mon frère…

— C'est ce que j'aimerais bien savoir.

J'ai raccompagné Sofia jusqu'à sa chambre avant de regagner la mienne. Dans d'autres circonstances, je l'aurais sans doute invitée à prendre un verre, mais j'étais trop éprouvé par les récents événements.

Après m'être lavé – le complexe était équipé du tout dernier modèle de douche à récupération d'eau –, je me suis allongé sur le lit puis j'ai appelé ma sœur.

Claire a répondu au bout de deux sonneries.

— Florian, c'est toi ? Tout va bien ?

Sa voix était paniquée. J'avais oublié le décalage horaire : il était neuf heures de plus en France.

— Désolé, c'était pour te faire le débriefing de la journée.

Et lui confirmer ses craintes à propos de Pierrick.

Chapitre XI

J'avais à peine dormi, tourmenté par mes pensées et les cauchemars intermittents qui m'assaillaient dès que je fermais les yeux. Mais pires encore étaient ces rêves qui me réunissaient avec ma femme et ma fille.

Dans le dernier, je partageais un repas avec ma famille dans un jardin immense qui surplombait une falaise attaquée par un océan déchaîné ; et le moment d'après, nous apparaissions dans la maison auvergnate de mes parents, où Ashik nous préparait un thé.

Sandra enfilait des perles, habillée de la petite robe bleue qu'elle portait lors de son huitième et ultime anniversaire.

« Tu feras attention, papa », m'a-t-elle dit en souriant.

Je me suis réveillé avec l'écho de la voix de ma fille encore vibrant dans les oreilles et j'ai mis de longues secondes avant de réintégrer la réalité.

En posant le pied sur le plancher de ma chambre, j'ai su que cette journée serait pénible.

Au petit déjeuner, Chloé m'avertissait que les candidats avaient été convoqués une heure avant le début officiel de l'épreuve. La production voulait étudier leurs capacités de survie sans l'aide de leur entraîneur. L'idée n'était pas mauvaise, mais j'aurais aimé être informé plus tôt de ce changement.

J'ai quitté l'assemblée de coachs d'humeur massacrante, suivi par un drone caméra bourdonnant.

Je suis parvenu à notre abri pour me rendre compte que Zoé avait recouvert la moitié de la toiture de feuilles de bananes.

Je me suis approché pour la féliciter, mais elle s'est dérobée en m'adressant un vague « Salut », les yeux rivés sur le sol, avant de se détourner carrément.

— C'est quoi ton problème, Zoé ? Je te préviens, je ne suis pas d'humeur aujourd'hui.

En haussant le ton, je venais d'enfoncer une pique dans le flanc d'un taureau enragé.

Elle a fait volte-face. Avec ses dreadlocks détachées, elle ressemblait à une gorgone. La colère tempêtait dans son regard et je la sentais prête à me bondir dessus. J'étais paré à surenchérir, et puis j'ai remarqué son œil gauche. Il était orné d'une cocarde violacée tirant sur le brun.

— Je ne suis pas d'humeur non plus, alors me faites pas chier, a-t-elle fini par lâcher.

Je me suis détendu.

— OK. Tu peux au moins m'expliquer ? Tu t'es battue ? C'est quoi cette histoire ?

Elle a m'a gratifié d'un soupir et a poursuivi son empilement de feuilles.

— Rien d'important. J'ai l'habitude, de toute façon.

Sa vie à Détroit n'avait sans doute pas été une promenade de santé. Comme le sont souvent les personnes surdouées ou singulières, elle avait dû être prise pour cible, raillée pour son surpoids ou sa différence.

— Je te propose un marché. Je te donne des explications à propos de ma convocation hier soir et en échange tu me racontes ce qui s'est passé avec ton œil.

Elle s'apprêtait à reprendre une feuille de bananier posée sur le sol, mais elle s'est tournée vers moi. La colère avait déserté les traits de son visage et Zoé me fixait désormais avec intérêt.

J'avais déjà constaté sa curiosité dévorante. Cette façon qu'elle avait d'observer en silence, d'enregistrer les informations, d'analyser. Toute une mécanique mentale cachée sous une armure faite d'un alliage de rébellion et de mauvais caractère.

Elle a désigné le drone caméra en vol stationnaire entre deux arbres à deux mètres de moi pour me faire comprendre qu'elle n'avait pas envie d'exposer son histoire aux futurs spectateurs de l'émission.

En réponse, j'ai pointé l'endroit où nous avions arraché des lianes pour la construction de notre abri ; une zone dense où un drone aurait des difficultés à nous suivre.

Elle a consulté sa montre.

— Et pour l'abri ?

— Tu t'es pas mal débrouillée. Je suis impressionné.

Son regard s'est durci en une fraction de seconde.

— Ne me mentez pas.

— Je ne mens jamais. Tu n'es pas encore très rapide, mais tu as le coup de main. Je suis sincère. Et crois-moi, tu partais de loin.

Nous avons marché quelques mètres pour franchir un enchevêtrement de lianes. Nous nous sommes assis sur une large pierre moussue.

— Ils peuvent quand même nous entendre, ils ont de bons micros, a-t-elle murmuré.

— Alors lis sur mes lèvres, ai-je répliqué sans émettre un son.

— Je sais que vous avez été arrêté hier soir et que quelqu'un est mort. Qu'est-ce qui s'est passé ?

— Pas arrêté, mais interrogé par la police, ai-je rectifié. Un professeur du complexe est décédé, Anton Park.

Ses yeux se sont écarquillés.

— Anton Park ? Je ne savais même pas qu'il travaillait ici.

— Je suis étonné que tu le connaisses.

— Vous rigolez, c'est une pointure en IA. Il y a cinq ans, il a participé à la création d'*Alter*. C'est un des cerveaux derrière l'écosystème génial du jeu. C'est dingue. Un esprit si brillant.

J'avais vaguement entendu parler de ce jeu vidéo. À l'époque, je pensais que toute cette industrie allait voler en éclats, balayée par des problématiques sociales bien plus importantes. Mais malgré les dégâts causés par le réchauffement climatique, les loisirs électroniques continuaient d'être populaires.

— C'est un monde virtuel qui a été généré par des intelligences artificielles. Park a dû être recruté par Perez après le succès d'*Alter*. Je crois même que Perez Industries a dû acheter Golden Number, la compagnie à l'origine du jeu. C'est vraiment une grande perte. Il est mort comment ?

— Suicide.

Ou meurtre. Mais j'ai préféré ne pas mentionner cette possibilité.

— Alors pourquoi la police voulait vous parler ? Vous le connaissiez ?

Zoé enchaînait les questions et j'avais du mal à lire les mots sur ses lèvres. Le drone tournait toujours autour de nous. Nous devions l'empêcher de nous filmer au risque qu'il décrypte notre conversation.

— J'ai fait sa connaissance il y a deux jours. Nous avons mangé ensemble, il voulait des nouvelles d'un ami commun. Bon, j'ai répondu à ta question. À ton tour, maintenant.

Zoé a lâché un long soupir et réajusté ses cheveux pour refaire sa natte.

— Un truc stupide. Nous discutions des rédempteurs qui avaient encerclé le complexe il y a quelques jours. Et ils étaient tous partis dans leurs trips débiles, comme quoi le studio serait attaqué et qu'on risquait d'y passer. N'importe quoi.

Elle s'est machinalement frotté la joue.

— Je n'ai pas l'habitude d'intervenir, mais ils me saoulaient. Alors j'ai simplement précisé que s'ils avaient vraiment voulu nous attaquer, ils auraient utilisé des drones volants et pas des véhicules blindés. Enfin, c'est ce qui me paraît le plus logique, non ?

J'ai hoché la tête pour l'inciter à continuer.

— La réponse du gars dont j'ai oublié le nom a été très intelligente. *Ta gueule la grosse, t'y connais rien*. J'ai l'habitude qu'on me traite de grosse, mais là j'ai vu rouge et je lui ai collé une baffe. Ce connard de macho n'a pas supporté et m'a frappée.

Elle a désigné son œil.

— Un coup de poing, juste ici. Je suis tombée à la renverse. Et il en a profité pour me larder de coups de pied dans le ventre. Pendant qu'il me frappait, il me traitait de grosse truie. J'ai eu l'impression qu'il s'est écoulé une heure avant que les autres ne le maîtrisent. C'est dingue quand même. Ils auraient pu bouger leur cul.

— Et dire que je pensais que la production avait trié les candidats sur le volet. Je suis désolé pour toi.

— Justement. Et si l'émission l'avait choisi pour sa violence ? Il faut toujours un bas du front dans le casting pour mettre de l'ambiance. Là, j'ai plus l'impression de participer à une expérience sociale qu'à une épreuve de survie. Finalement, c'est une téléréalité comme les autres.

Pour l'expérience sociale, j'étais d'accord. Pour le reste, beaucoup moins. *Survivre* était loin d'être une télé-réalité comme les autres.

Une fourmi a grimpé sur mon bras. De plus près, les défauts de l'insecte me sautaient aux yeux. Une démarche un peu mécanique qui m'évoquait la rencontre avec l'androïde dans le bureau de Perez. Les antennes ne bougeaient presque pas. Les concepteurs n'avaient pas encore atteint un degré de réalisme absolu, mais la prouesse technologique restait quand même incroyable.

— Vous avez l'air fasciné par cette bestiole. Vous êtes drôle, on dirait un enfant.

— Pas toi? Je trouve que c'est complètement dingue. Quand j'étais jeune, je regardais une série sur un parc d'attractions peuplé d'androïdes intelligents : *Westworld*. À l'époque, c'était de la science-fiction. Mais là, nous y sommes.

Zoé a émis un petit ricanement moqueur.

— C'est normal, vous êtes vieux. Et vous n'avez pas fini d'être surpris. Nous sommes vraiment à la bascule, le moment où les IA deviennent plus performantes que nous. Bientôt, nous n'aurons plus besoin de prendre des médicaments antirejet pour les organes artificiels, et les implants oculaires seront à 99 % sûrs. On peut déjà étendre nos mémoires, remplacer certains de nos organes, on a quasiment vaincu le cancer. Dans les dix prochaines années, les médecins estiment qu'on pourra régénérer les cellules. La fontaine de jouvence n'est plus une chimère. Je trouve ça beaucoup plus dingue qu'une fourmi artificielle.

À condition que le monde soit toujours là, ai-je pensé. J'avais ce réflexe dès qu'on évoquait le futur de l'humanité. Surtout lorsqu'on mettait en avant ses progrès. Et puis, seuls les très riches pourraient bénéficier des améliorations à venir. Certains s'étaient déjà réfugiés dans des tours d'ivoire technologiques où ils vivaient en quasi-autonomie, avec un minimum de présence humaine. Les démiurges d'un monde robotisé.

Le drone caméra a décrit plusieurs cercles pour finalement revenir se fixer derrière le mur de lianes. Zoé a pointé ma paire de lunettes.

— Vous voulez que je vous montre quelque chose de complètement cramé ?

— Oui, pourquoi pas ?

— Alors acceptez la demande de synchronisation que je vais vous envoyer.

— Je pensais que les candidats n'avaient pas accès à…

En guise de réponse, Zoé m'a adressé un sourire énigmatique. Elle ne portait pas de montre ni de lunettes.

— Vous attendez quoi ? Dépêchez-vous, on a un abri à construire et le drone va bien finir par trouver un moyen de nous filmer.

J'ai accepté la synchronisation et, quelques secondes plus tard, une voix ressemblant à celle de Zoé sortait des micros haut-parleurs implantés dans les branches de mes lunettes.

— Alors, vous en *penchez à quoi* ? Oups, désolée, problème de calibrage. Vous en pensez quoi ?

Ses lèvres n'avaient pas bougé. Et pourtant je l'entendais parfaitement. Le timbre était différent, plus mécanique, mais c'était bien Zoé.

Puis son champ de vision s'est superposé au mien, incrusté dans le verre. Je pouvais me voir à travers ses propres yeux. Seules les focales étaient mal retransmises et quelques couleurs semblaient trop pâles ou bien viraient au blanc, comme surexposées.

— C'est... dingue. Comment tu fais ?

Je n'avais pas pu murmurer, sous le coup de la surprise. Elle a plaqué son index sur ses lèvres pour m'intimer le silence.

— C'est un implant neural. La technologie a été mise au point il y a deux ans et ils ne sont commercialisés que depuis l'année dernière. En gros, le système est capable d'analyser les signaux électriques et de les convertir en informations visuelles et auditives. Il y a encore quelques bugs et artefacts, mais c'est hyper prometteur.

J'avais entendu parler de la technologie, mais aux dernières nouvelles, un implant de ce genre coûtait une fortune et les quelques modèles en circulation étaient uniquement accessibles à certains volontaires triés sur le volet ou privilégiés. Des prototypes valant des centaines de milliers de dollars, voire plus.

— Comment ? Je veux dire comment as-tu mis la main sur ce truc ?

Son visage s'est fermé et elle a baissé les yeux.

— Je ne peux pas répondre. C'est un secret. Mais c'est cool, non ?

Cool et pratique. Mais également dangereux pour la santé, car les scientifiques manquaient encore de recul.

J'ai pensé aux possibilités offertes par cette technologie et à l'aide qu'elle pouvait apporter à mon enquête. Mais Zoé était une gamine. Je ne pouvais pas l'impliquer.

— OK, là j'avoue que je suis bluffé. Dis-moi, tu as l'air d'être calée en informatique ?

— Oui, c'est mon super pouvoir. Je compte bien intégrer une école spécialisée dans la création d'univers virtuels. Mes profs pensent que je peux dégotter une bourse au M.I.T. Mon rêve est de concevoir mes propres jeux vidéo. C'est fascinant ce que l'on peut construire.

— C'est vrai, mais en ce moment c'est notre abri qui a besoin de construction. Tu es prête ?

*

Je faisais de mon mieux pour épauler Zoé, mais mon cerveau planait ailleurs. Je repensais à ma discussion avec Anton. Aurais-je pu empêcher sa mort ? Je ressassais également les échanges avec ma sœur et ma désinvolture lorsqu'elle évoquait le sort probable de Pierrick.

Qu'avait pu découvrir mon frère ? Et qui d'autre qu'Anton pouvait m'orienter ?

Quelqu'un devait forcément savoir. Un collègue d'Anton, un garde, un témoin, n'importe qui. J'étais convaincu que le laboratoire mentionné par Park était la clé. Je devais trouver un moyen d'entrer dans le building.

Zoé pouvait peut-être m'aider. Sans même parler de son interface neurale, cette gamine semblait disposer de solides connaissances en informatique.

Plusieurs fois, j'ai hésité à aborder le sujet alors que nous finissions la construction de l'abri.

Une question en particulier me brûlait les lèvres. Pouvait-on forcer la sécurité du bâtiment ? Je savais que les progrès en physique quantique avaient permis l'élaboration de cryptages inviolables, mais on réussissait toujours par trouver un moyen de pirater, non ?

Je pouvais lui raconter des salades pour justifier mes motivations. Un reportage sur l'émission *Survivre* et ce qu'elle pouvait cacher de plus honteux. J'étais journaliste, après tout. Mais Zoé était trop intelligente. Elle aurait détecté mes mensonges et sa curiosité maladive l'aurait sûrement mise en danger.

Je disposais d'une autre option : en parler à Perez. Le milliardaire avait réclamé des nouvelles de mon frère et j'étais en mesure de lui en donner. Anton l'avait fait rentrer dans le laboratoire. Et c'est la dernière fois qu'on l'avait aperçu. Je comptais me servir de cette révélation pour obtenir la permission de mener une recherche approfondie dans le building sécurisé.

Nous allions placer la toiture lorsque j'ai remarqué que Zoé n'était pas dans son état normal. Sa sudation beaucoup trop abondante et son souffle court m'ont alerté. Elle a posé un genou sur le sol.

— Ça va ? Tu as l'air fatiguée, laisse-moi terminer seul.

Elle m'a foudroyé du regard.

— Non ! C'est bon. J'en ai marre qu'on me prenne pour une faible ou une grosse ou…

— Hey, je n'ai jamais dit que….

— Pas besoin de le verbaliser, ça se voit sur votre visage.

La hargne déformait ses traits, mais ses yeux exprimaient plus d'affolement que de colère.

— Tu es complètement à côté de la plaque, je suis…

— Quoi ? Inquiet ? a-t-elle coupé. Pas la peine de vous en faire. Je me suis toujours démerdée seule dans la vie, et ce n'est pas maintenant que ça… va… changer.

Les trois derniers mots avaient eu du mal à franchir ses lèvres.

Je la connaissais suffisamment pour ne pas insister. Mais son état empirait. Elle a pris appui sur le sol pour se redresser et a indiqué l'assemblage de feuilles et de branches.

— Aidez-moi à porter la structure plutôt que de me couver, a-t-elle dit avant de s'agenouiller à nouveau et lâcher la toiture en gémissant.

Je me suis précipité vers elle.

— Hey ! Zoé !

Un grondement a retenti au même moment, suivi d'un coup de tonnerre déchirant.

J'ai tout d'abord cru qu'un orage avait explosé au-dessus du complexe. Mais la météo du matin – un ciel d'azur sans l'ombre d'un nuage – rendait cette explication peu probable.

J'ai rapidement eu ma réponse. Toutes les lumières se sont coupées, la voûte du dôme s'est zébrée d'éclairs et moins de cinq secondes plus tard, une pluie torrentielle s'abattait sur nous, crachée depuis un système d'arrosage ancré sur le toit. Nous étions plongés en plein déluge tropical.

Je suis resté pantois devant ces quantités d'eau déversées. J'espérais que la production avait installé un dispositif de recyclage. À quoi bon s'équiper de douches à consommation zéro si c'était pour tout dépenser dans une averse ?

La surprise passée, j'ai reporté mon attention vers Zoé. La gamine ne se relevait toujours pas, ses cheveux se gorgeaient sous les trombes, elle tenait encore la toiture à bout de bras.

Tant pis pour l'épreuve, me suis-je dit. Je devais intervenir et la faire sortir d'ici.

— Place ton bras autour de mon cou, je vais te porter jusqu'à…

Elle s'est tournée vers moi, les yeux mi-clos et le visage affaissé.

— Je me sens bizarre.

Elle s'est écroulée devant moi, la bouche entrebâillée, le regard fixe.

J'ai juste eu le temps de la saisir. J'ai vérifié ses signes vitaux. Le pouls était normal quoiqu'un peu lent.

Un évanouissement.

Je lui ai donné une petite baffe sur la joue, puis une deuxième. Elle a ouvert les yeux, hagarde, puis a cligné des paupières, chassant les gouttes de pluie.

— Qu'est-ce qui se passe ? m'a-t-elle demandé du bout des lèvres.

— À mon avis, c'est un malaise vagal, tu as dû faire une chute de tension.

Elle a hoché la tête en signe d'acquiescement.

— Oui. Cela m'arrive d'en faire.

— Allonge-toi.

Je n'avais pas de sucre sur moi, ni d'eau, et je n'avais pas le temps d'aller en chercher.

J'ai maintenu ses jambes inclinées pour faire revenir le sang au cerveau.

— Je vais appeler les secours, ne t'inquiète pas.

— C'est vous qui êtes inquiet. Pas moi.

Je n'ai pas eu besoin de les alerter. Un drone flottait à quelques centimètres de moi. La production avait assisté à la scène.

Zoé a tiré sur mon bras.

— Je veux continuer, promettez-le-moi. Je veux continuer !

La montre-bracelet m'a expédié un message.

« Restez sur place, ne la bougez pas, nous arrivons. »

Chapitre XII

La production avait prévenu le docteur Lee à la seconde où on avait conduit Zoé à l'infirmerie. Sofia m'avait expédié un message pour me donner rendez-vous au bar du motel.

Zoé était encore en observation et je n'étais pas autorisé à communiquer avec elle. J'avais pu l'accompagner avec les secours avant qu'un médecin-urgentiste ne prenne le relais. Le personnel hospitalier m'avait ensuite maintenu à l'écart pendant que le staff infirmier s'agglutinait autour d'elle.

Compte tenu de l'état – elle n'était pas à l'article de la mort – de ma candidate, j'avais trouvé sa prise en charge un peu exagérée. Elle avait été victime d'un malaise, mais elle était parfaitement consciente lorsque les secours l'avaient embarquée. Mais je comprenais aussi la position délicate de la production. L'émission souhaitait minimiser les risques et se préserver d'une annulation ou d'un scandale. Surtout après la mort récente d'Anton Park. Pour l'instant, les médias demeuraient silencieux à son sujet – les avocats de Perez devaient faire pression pour contenir la presse –, mais les fuites étaient inévitables.

Un dilemme me tiraillait. Zoé désirait aller jusqu'au bout, même si elle avait laissé entendre qu'elle n'était pas très motivée pour participer à l'émission, du moins au début. Mais si les futures épreuves comportaient un risque pour sa santé, alors sa disqualification semblait inéluctable.

Et cette éviction prématurée me catapultait *de facto* hors du complexe. Plus de candidate, plus de coach. Et donc fin de mon enquête.

Sandra s'était engouffrée dans la brèche et me suppliait déjà de partir. L'occasion était rêvée, j'avais accompli ma part du contrat aux yeux de ma sœur et je pouvais recommencer notre projet, loin d'ici.

En vérité, si la question de l'éviction de Zoé devait se poser, je n'aurais aucune influence sur la décision. Un rôle de consultant, tout au plus.

Sofia est arrivée presque au pas de course, la coiffure lâchée et le visage grave. Elle s'est assise sur le tabouret à ma droite et a plaqué sa paume contre le comptoir.

— Dites-moi que vous allez l'inciter à arrêter. Dites-moi que vous êtes quelqu'un de raisonnable. Je sais que cela n'a pas débuté très fort entre nous, mais j'ai tout de même l'impression que vous avez la tête sur les épaules.

Même pas un bonjour. Cela commençait bien.

— C'est un peu précipité pour prendre une décision, non ?

Elle m'a regardé comme si je venais de lui coller une gifle.

— Eh bien non. On dirait que je me suis trompée. Vous êtes complètement irresponsable !

Peut-être en raison d'un trop-plein d'émotions, j'ai plaqué ma main à mon tour, à en faire trembler le verre d'eau posé devant moi.

— Stop. Ça suffit les conneries. Premièrement, je n'ai aucune autorité sur elle. Zoé n'est pas majeure, et ses parents ont signé un accord. C'est à eux de prendre la décision, pas à moi. Deuxièmement, faites confiance aux médecins. Ils ne sont pas débiles, quand même.

Le docteur Lee est restée interdite quelques secondes, à me dévisager. J'avais parlé d'une voix forte et je connaissais mon pouvoir d'intimidation lorsque j'étais contrarié.

Pendant qu'elle me fixait, je remarquais ses traits délicats, son petit nez légèrement retroussé, ses fins sourcils, ses pommettes saillantes. Une femme magnifique, dès lors qu'elle se départait de son air professoral arrogant.

— Inciter. J'ai dit inciter. Pas la peine de partir sur vos grands chevaux et me faire votre numéro d'homme des cavernes. J'ai eu ma dose de types violents dans ma vie, vous ne me faites pas peur.

— Hey, mais bon sang, vous mélangez tout. Je… merde, c'est impossible de parler avec vous !

J'ai fermé les yeux et pris une inspiration.

— On pourrait discuter calmement ? Sans que vous me traitiez d'irresponsable ni de sauvage ?

— Je veux bien, mais avez-vous au moins consulté le dossier médical de Zoé ?

— Je l'ai parcouru en diagonale, je n'ai pas tout lu.

L'expression professorale, à nouveau. Assortie d'un petit tic au niveau de la commissure des lèvres.

— Je m'en doutais. Demandez à Chloé de vous le fournir. Vous verrez, c'est assez édifiant. En fait, je ne comprends même pas pourquoi Zoé participe.

Zoé et les autres candidats, ai-je pensé. Le fameux algorithme de sélection de l'IA suivait une logique qui m'échappait. Perez devait avoir une confiance aveugle en son bébé pour s'en remettre à elle sans réserve.

Je commençais à taper sur ma montre pour contacter Chloé quand la main de Sofia s'est posée sur mon poignet.

— Pas la peine, je vais vous donner les grandes lignes.

Zoé subit des baisses de tension fréquentes. Elle est aussi sujette à des crises d'épilepsie et, j'imagine que vous l'avez remarqué, elle est bipolaire. Ajoutons à cela qu'il lui manque un poumon et un rein, qu'elle a remplacés par des organes artificiels. Elle possède une interface neurale récupérée on ne sait où. À mon avis, une réplique installée par des pseudo-scientifiques qui exploitent la misère humaine.

— OK, je vois, mais…

— Je n'ai pas fini, a-t-elle continué en maintenant sa pression sur mon poignet. La famille de Zoé est pauvre. Alors je pense qu'elle a dû vendre ses véritables organes pour se les faire remplacer par des prothèses. C'est assez commun et dramatique chez les jeunes de sa génération. Un premier pas vers la transhumance qui les pousse à se débarrasser petit à petit de leurs corps humains. Et vu le contexte dans lequel on vit, je peux presque comprendre l'engouement. J'ai eu de nombreux patients récupérés après des traumas. Ils se font un idéal, avant de se rendre compte que la réalité n'est pas à la hauteur de leurs fantasmes. Car il y a un coût. Un traitement à vie. Des antirejets. Et je pense que Zoé n'a pas les moyens de se payer la thérapie complète, alors elle doit prendre un traitement de substitution.

Je suis resté la bouche ouverte. Imaginer qu'on puisse volontairement se transformer en androïde dépassait mon entendement.

— J'ai eu un entretien avec elle, a continué Sofia. Je reconnais que c'est une fille très intelligente. En fait non, ses capacités cognitives sont bien supérieures à la normale. Néanmoins, à la suite de ma conversation, j'ai dû rédiger un rapport à la production.

— Et que dit votre rapport ?

— Rien qui vous concerne. Les sessions entre un médecin et son patient sont sous le sceau du secret médical.

Je n'avais pas besoin d'en savoir plus. Son avis devait être à charge et préconisait une disqualification de ma candidate.

— Bon, vous comprenez mon inquiétude ? a-t-elle continué.

— Et si elle suivait un traitement complet ? Les crises disparaîtraient, non ?

— Disons que physiquement, on constaterait une amélioration, mais…

Elle a pointé son index vers son front.

Elle n'a rien dit de plus, mais j'avais saisi. C'était l'instabilité mentale de ma candidate qui alarmait Sofia.

— Je vais voir ce que je peux faire. Comme je vous l'ai dit, je ne suis pas un parent. Je pourrai donner mon avis, mais le vôtre aura plus de poids que le mien.

— Et je compte bien le faire valoir avec énergie. Mais j'aimerais votre appui. Plus nous serons nombreux, plus nous aurons de chances de faire entendre raison à Perez.

— Je vais y réfléchir.

— Réfléchissez-y bien. Car si vous faites des efforts, je pourrais avoir quelque chose d'intéressant pour vous.

Elle me fixait avec une moue mi-charmeuse, mi-énigmatique.

— Ne me faites pas languir. Franchement, j'ai passé une matinée de merde.

— Il m'est revenu quelque chose à propos d'Anton et de votre frère.

*

Sofia Lee avait promis de me divulguer une information en échange de ma coopération. Sa proposition tenait plus du chantage que d'un marché entre nous.

Sandra avait une fois de plus profité de la faille. Plus déterminée que jamais.

Saisis ta chance, papa. Fais ce qu'il faut. Tu vois bien que c'est une pauvre gamine…

… qui m'a supplié de l'aider, Sandra. Elle m'a supplié.

Comme bien souvent, ma fille n'argumentait jamais longtemps et se terrait quelque part dans un espace insondable de mon esprit.

Le docteur Lee pouvait également bluffer. Peut-être tentait-elle de me manipuler? Mais son caractère me faisait douter d'une telle hypothèse.

J'étais en route pour parler aux médecins et prendre des nouvelles de Zoé. Le soleil de plomb de midi écrasait l'asphalte qui semblait se gondoler à l'horizon. Les édifices, recouverts de peinture *hyper-albédo*, scintillaient de mille lueurs aveuglantes. À ce moment de la journée, et sous certains angles, le complexe évoquait une base coloniale implantée sur une planète inconnue.

J'étais sur le point de pousser les portes du bâtiment hospitalier quand j'ai reçu une demande de synchronisation de la part de Chloé.

— Bonjour, monsieur Starck. Seriez-vous disponible pour un bref entretien?

— Avec vous?

Je n'arrivais pas à tutoyer Chloé.

— Non. Avec monsieur Perez. Il souhaite vous parler.

— Bien sûr… quand?

— Maintenant. Restez sur place, une voiture va venir vous chercher.

La conversation s'est coupée. Je n'en revenais toujours pas de dialoguer avec une IA et je me demandais si je m'y habituerais un jour.

*

Alejandro Perez m'avait donné rendez-vous dans son appartement, situé au dernier étage du bâtiment le plus proche du laboratoire. Un petit immeuble où les producteurs et la direction avaient établi leurs quartiers. Nous étions loin du faste que j'attendais d'un multimilliardaire de son gabarit. L'aspect spartiate de l'édifice, lui aussi recouvert de peinture *hyper-albédo*, évoquait un bloc de glace encastré dans un jardin japonais.

Deux soldats et un androïde de combat gardaient l'entrée. Ce modèle de robot noir obsidienne terrifiait par sa taille, mais surtout par sa tête sans visage et sans yeux. Ce dispositif de protection renforcé avait été mis en place suite à la visite des rédempteurs.

On m'a escorté en silence jusqu'à la plate-forme ascensionnelle donnant accès au pied-à-terre de Perez. La servante androïde maladroite m'a ouvert la porte. J'ai compris qu'Alejandro préférait sa compagnie à celle des humains.

À l'image de l'ensemble du bâtiment, l'appartement offrait de larges volumes et une décoration épurée. L'entrée donnait sur un immense salon carré, au centre duquel deux canapés en cuir couleur crème se faisaient face. Pas de tableaux, pas de statues. Quelques sculptures métalliques abstraites ornaient des murs désespérément blancs. Perez patientait, un verre de whisky à la main, les jambes croisées, enfoncé dans le divan de droite.

Il m'a indiqué l'autre canapé.

— Asseyez-vous, monsieur Starck.

Pas d'accolade chaleureuse, cette fois-ci, ni même un simple bonjour. Le ton était plus froid. Je me suis installé en silence. Alejandro a décroisé les jambes et s'est redressé.

— Vous avez une idée de la raison pour laquelle vous êtes là ?

Plusieurs, en fait. Anton Park, la DGSE, mon frère, Zoé.

— Non, mais j'aimerais bien la connaître.

Il a hoché la tête, comme si j'avais donné mon approbation à une question.

— Elle va continuer. C'est important qu'elle continue. Non, c'est capital.

C'était donc Zoé.

— Tout le monde a l'air de penser que j'ai mon mot à dire. Même vous.

— Bien sûr que vous avez votre mot à dire. Tout comme le docteur Lee. J'avais déjà lu son rapport préliminaire et je l'avais également soumis à Chloé. Là, on vient de me confirmer que Sofia recommandait sa disqualification. Je regrette, mais ce n'est pas possible.

Il a marqué une pause. Dehors, un drone de surveillance volait à quelques centimètres de sa baie vitrée.

— Je vais faire le nécessaire pour la soigner. Nous savions qu'elle suivait un traitement pour ses greffes. Nous ignorions qu'il n'était pas complet. Nous avons manqué de vigilance.

— Pourquoi?

Son regard est revenu sur moi. Pour la première fois, je pouvais lire l'incompréhension sur ses traits.

— Je ne vous suis pas.

— Pourquoi tenir à tout prix à ce qu'elle soit candidate? Pourquoi est-elle indispensable? Il en reste dix-neuf autres. Et si je ne m'abuse, un seul vainqueur l'emportera, non? Il y aura forcément des abandons, des disqualifications.

Son visage a recouvré son expression d'assurance habituelle.

— Je vous ai déjà expliqué que tous ont été choisis selon un algorithme très précis. Lorsqu'elle se produira, une élimination dans le cadre de l'émission alimentera nos bases de données et contribuera à nos analyses. Le cas de Zoé est complètement différent. Son état subit l'influence de facteurs exogènes.

— Ça ne me parle pas, désolé. Vous pourriez aussi bien me dire que les participants ont été sélectionnés en raison de leur réincarnation précédente. À ce stade, vos justifications scientifiques sont aussi ésotériques que des prédictions astrologiques.

Ma remarque lui a arraché un petit rire.

— Je suis navré, mais il faudra vous en contenter pour l'instant. Une fois que l'émission sera arrivée à son terme, vous comprendrez, je vous le promets. Et vous verrez que cela n'a rien d'une élucubration. Je vous demande juste d'être patient. Et franchement, vous ne serez pas déçu. Ça aussi, je vous le garantis.

— Non, monsieur Perez. Il va falloir faire un pas vers moi. Me donner quelque chose à manger. J'ai bien saisi votre effet de suspense, mais il ne prend pas. J'en veux plus. J'ai besoin de comprendre.

J'ai senti le regard de Perez se durcir. Le milliardaire ne devait pas être habitué à l'opposition. Il maintenait son masque social, mais pour la première fois j'avais un aperçu de la volonté implacable qui l'animait.

— Je pourrais vous renvoyer, monsieur Starck.

Il a claqué des doigts.

— Comme ça.

Cette petite démonstration de sa part me confortait dans le sentiment que je possédais l'avantage.

— Et pourtant, j'en doute. Je commence à vous connaître. Vous avez une foi quasi dogmatique en Chloé et ses précieux algorithmes. J'ai été choisi pour former une équipe avec Zoé. Pas le yogi, pas le chasseur allemand, la championne de tir à l'arc ou le coiffeur. Moi. En fait, je pourrais vous menacer de partir. D'ailleurs, pour être tout à fait honnête, j'y pense très sérieusement.

Perez hochait la tête. Pas d'approbation, cette fois-ci. Un geste mécanique.

— C'est vrai, je désire que Zoé continue les épreuves et elle ne peut pas le faire sans vous. C'est essentiel que vous soyez en phase avec elle. Votre duo est important. Et, bien qu'il ne soit pas obligatoire, j'ai besoin de votre assentiment.

Le lui donner allait à l'encontre de ce que j'avais promis à Sofia Lee, mais je pouvais peut-être jouer une autre carte.

— Imaginons que j'abonde dans votre sens. Peut-être pourriez-vous m'accorder une faveur ?

De nouveau, son regard s'est acéré et j'ai senti tout le poids de son intelligence peser sur moi.

— Cela va vraiment dépendre de votre requête, mon ami.

« Ami » avait presque été prononcé sur le ton d'une menace.

— Vous voulez toujours savoir ce qui est arrivé à mon frère, non ?

— Bien sûr. Je vous l'ai déjà dit. Je ne vais pas me répéter.

C'était le moment de dévoiler mon jeu.

— Anton Park est venu me parler. Lui aussi souhaitait avoir des nouvelles.

Perez tentait de contenir son étonnement, mais je le sentais osciller, légèrement décontenancé par mes propos. J'étais parvenu un court instant à écailler son masque. Il n'osait pas me poser la question, mais sa posture autant que son regard m'incitaient à poursuivre.

— Mon frère voulait avoir accès à votre laboratoire et aurait demandé de l'aide à Park.

Cette fois-ci, Perez n'a pas caché sa surprise. Il s'est détendu et a lâché un rire. Et à travers ses éclats sans joie, je pouvais presque sentir sa déception.

— C'est vraiment ridicule, a-t-il dit, le mépris aux lèvres.

— Qu'est-ce qui est ridicule ?

— Votre frère n'avait pas besoin de l'aide de Park. Il était déjà accrédité à y circuler.

Chapitre XIII

Pourquoi Park m'avait-il menti ? Que cachait-il et que dissimulait réellement sa mort ? J'étais convaincu que le professeur spécialiste en empathie des intelligences artificielles ne s'était pas suicidé. On l'avait assassiné. Restait à en déterminer la raison et surtout le rapport avec mon frère.

J'espérais être en mesure d'en découvrir bientôt davantage. Perez m'avait promis un accès provisoire au laboratoire. Une promesse assortie d'une condition. Je devais mener Zoé au terme de la première phase éliminatoire. Une tâche qui, selon lui, requerrait toute mon attention.

« Pas de dispersion, monsieur Starck. Je tiendrai ma part du marché si vous tenez la vôtre. »

Ça, ou bien Alejandro gagnait du temps afin de préparer son équipe à ma venue et de faire disparaître des éléments compromettants.

J'errais sous le soleil avec ces questions en tête, la gorge sèche et avec une sérieuse envie d'uriner.

La journée était loin d'être finie. Il me restait à accomplir le plus dur. Avouer à Sofia que je soutenais la production. J'anticipais déjà sa fureur, son regard accusateur et ses propos désobligeants. Tant pis. Cela lui passerait.

Avant cela, je devais rendre visite à Zoé pour la rassurer et joindre ma sœur pour lui faire part de mes avancées. J'avais également prévu de mener quelques recherches. L'empathie des IA avait titillé ma curiosité de journaliste. D'autant que je pressentais une connexion entre ce sujet et la mort de Park. Rien de concret, juste une intuition.

J'ai retrouvé Zoé engoncée dans un fauteuil accoté à son lit. Les yeux fermés et le visage orienté vers le plafond, ses lèvres remuaient, comme si elle murmurait. Elle ne m'avait pas remarqué et semblait si concentrée que le bâtiment aurait pu s'écrouler sans qu'elle bouge d'un pouce.

Je me suis raclé la gorge. Rien.

Une deuxième fois. Toujours aucune réaction.

— Zoé ?

Elle a levé un index.

— Chut, je termine ma partie !

Moins d'une minute après, elle ouvrait les paupières et se tournait enfin vers moi.

— Désolé, je profitais une dernière fois de mon accès avant qu'il ne soit désactivé.

Elle s'est redressée. Peut-être était-ce dû à sa médication, mais elle paraissait en bien meilleure forme. Elle se fendait même d'un large sourire, qui laissait percevoir une expression que je n'avais pas encore vue chez elle : de la joie.

— Je n'ai pas tout saisi, mais j'imagine que tu étais dans quoi… un monde virtuel ?

Elle me l'a confirmé d'une série de hochements de tête.

— Oui. *Alter* a eu le droit à une mise à jour hier et je n'avais pas encore pu la tester. Mais je risque de ne pas y retourner avant un bon bout de temps. La production estime que mon interface neurale peut être considérée comme de la triche. Ils vont bloquer son accès au réseau. Sans ce verrou, j'aurais pu consulter des données sur la faune et la flore, ou encore chercher sur le net comment construire un abri. Et donc vous rendre inutile, coach.

Son débit de parole était rapide, comme si ses mots devaient compenser un retard par rapport au flux de ses pensées. Elle a ponctué sa dernière phrase d'un clin d'œil.

Comportement bipolaire, aurait conclu Sofia Lee.

— Je vois. Je ne vais pas rester longtemps, je voulais juste vérifier si tout allait bien pour toi. On reprend l'entraînement demain. On m'a promis des épreuves (j'ai mimé des guillemets) excitantes.

— Parfait ! Et merci d'être venu me rendre visite. Je suis prête pour la suite, ne vous inquiétez pas.

Elle a rejoint son lit d'un bond et s'est assise en position de yogi en calant son dos sur l'édredon.

— Je peux te poser une question ?

— Oui, allez-y.

— Quand on s'est rencontrés la première fois, tu m'as fait comprendre que tu n'étais pas ici pour gagner, ou alors seulement si tu n'avais pas à te fouler. Pourquoi avoir changé d'avis ?

Elle m'a de nouveau adressé un clin d'œil.

— Il faudra vous y faire. Je change souvent d'avis.

— Ce n'est pas une réponse.

— Désolée, coach, mais c'est la seule que vous aurez.

En guise de ponctuation, Zoé a lâché un petit éclat de rire.

J'attendais la suite, persuadé que la gamine plaisantait. Mais non, elle était tout à fait sérieuse et venait officiellement de rejoindre Sofia et Alejandro sur ma liste des dissimulateurs énigmatiques. Je n'ai pas cherché à creuser davantage.

— Bon, sinon, j'ai aussi une bonne nouvelle. Tu vas bénéficier d'un traitement antirejet complet pour tes organes synthétiques.

Zoé a hoché la tête, sans manifester aucune joie.

— Je suis déjà au courant. Le médecin vient de me le dire. C'est très bien. J'espère simplement que je n'aurai pas à le payer après l'émission. Les médicaments coûtent une fortune. Une fortune.

— Connaissant Perez, cela m'étonnerait que tu débourses un centime.

Elle a haussé les épaules, puis s'est allongée sur le lit.

— Il ne faut pas rêver non plus. Mais qui sait. Si je gagne, je pourrai récolter une belle somme d'argent.

— Oui, mais pour ça, tu dois prendre du repos. La prochaine épreuve risque d'être éreintante. Je vais te laisser. Allez, on se voit demain.

Elle m'a salué d'un geste de la main.

— On se voit demain, coach.

Puis elle a basculé la tête en arrière et fermé les yeux.

La journée touchait à sa fin et je commençais moi aussi à ressentir la fatigue. Je suis retourné à ma chambre pour tenir ma sœur au courant. Je souhaitais m'isoler et profiter d'un peu de calme avant d'affronter Sofia.

Ma discussion avec Claire a été assez rapide, étant donné qu'une fois encore je n'avais pas tenu compte du décalage horaire.

— Florian? Tu le fais exprès? Je commence à regretter de t'avoir impliqué dans cette affaire. J'espère que tu m'appelles pour me donner des nouvelles de Pierrick.

— Anton Park m'a menti. Pierrick avait déjà accès au laboratoire. Je ne sais pas pourquoi il ne m'a pas dit la vérité. Cette histoire devient de plus en plus mystérieuse. J'aurai bientôt le droit d'entrer dans le bâtiment, mais je dois terminer l'entraînement de ma candidate. Ce n'est pas un mince exploit, crois-moi. À côté d'elle, tu passerais presque pour un enfant de chœur. Et sinon, quoi de neuf en France et dans le monde?

Claire m'a appris que le conflit en Amérique du Nord touchait à sa fin. Les Canadiens et les Américains s'étaient enfin mis d'accord sur le prix de l'eau. Plus grave, un nouveau morceau du glacier Totten, dans l'Antarctique, s'était détaché. Les scientifiques prévoyaient une montée des mers et des océans dans les prochains mois et les pays concernés se préparaient à y faire face. La côte atlantique de la France allait être touchée.

Toujours du côté français, le couvre-feu était maintenu suite à l'escalade des affrontements entre réfugiés climatiques et milices. Une grève menaçait d'éclater dans les centrales nucléaires, car les employés voyaient d'un mauvais œil l'ouverture des deux sites exploitant la fusion nucléaire prévue en 2040. Une partie du personnel devait être maintenue dans les vieilles centrales à fission, personne n'ayant encore trouvé de solution viable pour les démanteler. Enfin, le gouvernement prévoyait de placer les trois quarts des employés sous le régime de la rémunération universelle.

— On va avoir du mal à gagner contre l'extrême droite, m'a confié ma sœur, le cœur lourd. Ça explose de partout. Sans compter que les gens en ont marre du rationnement et des distributions de nutriments en pilule. C'est bien pire que la crise du pétrole de 2025. Bien pire.

Sur un chapitre plus personnel, Claire m'a appris avec regret que la police n'avait toujours pas retrouvé les pillards qui avaient saccagé mon potager et attaqué la communauté d'Ashik. Mais les recherches continuaient.

J'ai raccroché avec l'impression que ma tête allait exploser.

J'ai pris une douche avant d'aller combattre le dragon Sofia Lee.

*

Sofia n'a pas explosé. Elle n'a pas craché de jets de flammes ni de torrents d'insultes.

— J'en étais sûre. Je pouvais le sentir. Je ne sais même pas ce qui m'a pris de vous demander de me soutenir. La naïveté, sans doute. J'ai plus de quarante ans, mais que voulez-vous, je crois encore aux contes de fées.

— Désolé, mais je n'ai pas vraiment eu le choix. Zoé m'a confirmé sa motivation et Alejandro était déterminé à continuer. Avec ou sans moi. J'ignore ce qu'ils fabriquent, mais visiblement tous les candidats sont importants.

Je n'ai pas mentionné notre marché.

— Les renseignements que je détiens sur Anton et votre frère n'ont pas pesé dans la balance ? Même pas un peu ?

— J'étais persuadé que vous m'aideriez quand même. C'est votre caractère. Vous êtes plutôt le genre à donner qu'à échanger. Surtout si cela concerne une personne potentiellement en danger.

Sofia n'a pas pu s'empêcher de sourire.

— Wow. Me voilà victime de mon propre jeu. Oui, j'avais prévu de vous le dire quoi qu'il arrive. En fait, je culpabilisais déjà d'avoir tenté de marchander.

— Ça, je l'avais bien compris. Je ne suis pas tout à fait idiot.

Le docteur Lee a touillé les glaçons du mojito qu'elle n'avait pas encore entamé.

— Irresponsable, un peu macho, mais pas idiot, je confirme. Et franc, ce qui n'est généralement pas pour me déplaire.

— Alors où en sommes-nous ? Amis ?

Elle a secoué la tête avec vigueur.

— Non, pas encore amis. Mais pas ennemis non plus. J'espère simplement que vous serez vigilant avec Zoé. C'est une fille très fragile, malgré son caractère fort.

— Vigilance est mon deuxième prénom. Bon, que savez-vous sur Anton et mon frère ?

Sofia a bu une longue rasade de son cocktail.

— J'ai repensé à un voyage qu'Anton devait faire. J'avais trouvé son idée étrange. Il s'était mis en tête de voyager dans le nord du Canada. Une première pour lui, qui ne posait quasiment jamais un pied en dehors de son laboratoire.

J'ai haussé les sourcils. Je ne voyais pas trop le rapport avec mon frère.

— Quand je lui ai demandé pourquoi, il a esquivé ma question et m'a simplement répondu de ne pas m'inquiéter, qu'il savait ce qu'il faisait et qu'il devait partir avec un ami. Pierrick. C'est là que j'ai entendu parler de lui pour la première fois. Vous pensez que votre frère aurait pu partir sans Anton ?

J'ai mis plusieurs secondes à lui répondre. Je tentais de bien comprendre la situation. Pierrick aurait-il pu se rendre dans le nord du Canada ? Si oui, pourquoi ? Et pourquoi n'aurait-il prévenu personne ? C'était une éventualité étrange, mais plus rassurante qu'un assassinat.

— Aucune idée. Mon frère est encore plus sauvage que moi, alors je ne serais pas étonné.

— Plus sauvage ? C'est possible ?

Je n'ai pas répliqué à sa pique, préférant me concentrer sur le sujet.

— Merci. C'est peut-être une piste.

Elle a terminé son verre en trois gorgées avant de réclamer de l'eau au serveur qui passait à côté de notre table.

— Heureuse d'avoir pu vous rendre service. Et maintenant que j'ai accompli mon devoir, je vais aller manger. On se voit demain… ou plus tard.

Elle s'est levée.

Je ne sais pas ce qui m'a pris, mais j'ai placé ma main sur la sienne.

— Vous ne pouvez pas rester encore un peu ? On pourrait dîner ensemble ?

Elle s'est figée quelques secondes, sans pour autant retirer sa main.

— Je veux juste discuter. Je me sens seul et j'apprécie votre compagnie.

Elle s'est assise et s'est enfin détendue.

— Vous devez être masochiste alors. Vu ce que je vous ai balancé ces derniers temps.

— Vous parlez à un type qui possède un magnifique appartement à Paris et qui a pourtant passé les quatre dernières années à vivre comme un ermite en pleine nature. Ça vous situe mon niveau de masochisme.

— Vous auriez dû commencer par là. Je comprends mieux certaines choses.

Elle souriait.

— Racontez-moi comment vous survivez dans la montagne.

Normalement, j'aurais refusé. Mais je me sentais en confiance.

— Je peux vous faire la version courte, si vous voulez.

— J'ai le temps pour la longue.

Nous avons parlé pendant plusieurs heures. Et pas une seule fois nous n'avons abordé Zoé. Ni mon frère.

Chapitre XIV

J'ai appelé ma sœur avant le début des épreuves, pour l'informer d'un éventuel voyage de notre frère dans le nord du Canada. Claire ne croyait pas à cette théorie. Pierrick n'avait pas utilisé son passeport depuis son séjour chez Alejandro ; et par ailleurs, cela n'expliquait pas son silence radio. Malgré tout, elle a mis un agent des renseignements sur le coup.

Je me suis ensuite rendu au dôme, l'esprit surchargé de questions. Depuis que j'avais accepté le poste, je naviguais dans un bourbier opaque. Rien n'avait de sens pour l'instant. Les actions de mon frère, l'attitude d'Anton puis son « suicide ».

Et une autre pensée me troublait. Si je m'attachais à Zoé, comment réagirait Sandra ?

Je suis parvenu sur les lieux en bon dernier. Tous les coachs se sont tournés vers moi. En revanche, aucun candidat n'était présent.

Samuel Romanov était monté sur scène avec un drone, un caméraman et un employé. En m'apercevant, il a lâché un grand : « Ah, enfin, le voilà », afin de bien souligner mon arrivée tardive. Puis il a attendu que l'appareil se place pour commencer son show.

— Bonjour à tous. Comme vous pouvez le constater, les candidats ne sont pas parmi nous aujourd'hui. Et contrairement à la dernière fois, vous ne les rejoindrez pas.

Il a marqué un silence et ponctué sa phrase d'un sourire éclatant. Certaines de ses expressions faciales me faisaient penser à une statue de cire prenant la pose. Romanov devait travailler devant un miroir chaque matin. Chacun de ses gestes semblait étudié.

La majorité des coachs a accueilli la nouvelle sans rien manifester.

Parmi mes collègues, j'ai remarqué la présence d'Henry Garcia, un collapsologue de la première heure que j'avais connu aux États-Unis, à l'époque où j'intervenais dans des émissions outre-Atlantique. Henry m'avait accompagné une fois en Colombie pour un long stage de survie en forêt amazonienne. J'étais étonné de le retrouver dans ce contexte. Il avait perdu au moins vingt kilos depuis notre dernière rencontre et ses cheveux avaient totalement blanchi.

Romanov a repris.

— Mais rassurez-vous, vous resterez en contact avec vos protégés. Dans un instant, vous recevrez une demande de synchronisation sur vos téléphones. Tous les candidats sont équipés de micros et d'écouteurs. Lors de cette épreuve, vous pourrez les aider en leur communiquant vos consignes et conseils. Mais ils seront vos yeux sur le terrain.

— En quoi consiste l'épreuve ?

La question venait de Tara, l'ancienne championne de tir à l'arc.

Le présentateur a écarté l'interrogation d'un revers de main.

— J'y arrive. Il s'agit d'un test basé sur l'observation et la rapidité. Les candidats seront lâchés dans la deuxième partie du dôme. Ils devront collecter des baies et des champignons en un temps limité. Tout ce qui est comestible donnera des points, tout ce qui ne l'est pas en fera perdre. La rapidité comptera également dans le calcul du score. J'en profite pour rappeler que certains participants vont partir avec un malus en raison de leur échec dans la première épreuve.

C'était le cas de Zoé. Nous n'avions pas pu terminer l'abri dans les temps.

— Je tiens à préciser de nouveau que cette épreuve compte pour les éliminatoires. Alors, mes amis coachs, soyez concentrés et donnez le meilleur de vous-même. La réussite de vos candidats dépend de vos performances.

— Comment fonctionnent les éliminations ? Au bout de combien d'épreuves ? Il y aura un classement ?

Les trois questions ont fusé presque simultanément.

Samuel a plaqué ses paumes sur sa poitrine dans un geste théâtral.

— Je vois que vous êtes impatients. Ne vous inquiétez pas, j'allais justement vous en parler. Au bout de la première phase, qui comporte trois épreuves dont celle-ci, cinq candidats seront éliminés. Au terme de la deuxième phase, cinq autres le seront également. Dix participants seront donc sélectionnés pour la phase finale de l'émission.

Samuel a tendu sa main vers l'employé. Celui-ci lui a apporté un verre d'eau que le présentateur a englouti d'une seule rasade avant de poursuivre.

— Pour l'épreuve d'aujourd'hui, les vidéos prises par les drones seront analysées par le jury ainsi que par le docteur Lee et donneront lieu à des points qui viendront s'ajouter, ou au contraire se retrancher, à ceux obtenus à l'issue de la collecte. Inutile de m'en demander la raison. Vous comprendrez pourquoi à l'issue de l'épreuve.

Sofia allait donc participer. J'étais curieux de connaître son véritable rôle dans le jury.

*

Après la présentation de Romanov, chaque coach a rejoint le bureau, ou plutôt la cabine, qui lui était alloué. Nous disposions tous d'une fenêtre donnant sur la première zone du dôme, la jungle. Nous étions situés en hauteur et je bénéficiais pour ma part d'une vue imprenable sur un ruisseau alimenté par une mince cascatelle. À cette distance, je pouvais apercevoir distinctement un *rafflesia*, cette fleur géante rouge pourvue de cinq pétales. J'étais aussi émerveillé par la magnifique *Heliconia rostrata* dont les fleurs en pince de crabe pendaient en grappe au-dessous de larges feuilles. Encore une fois, la taille de ce dôme et la somme colossale d'efforts qu'avait nécessités son élaboration m'estomaquaient. Comment avaient-ils pu créer et maintenir une telle diversité ? La quasi-disparition des abeilles avait lourdement impacté la faune et la flore. Était-ce là le fruit des butineurs-collecteurs artificiels ?

Je n'ai pu entrer en contact avec Zoé que cinq minutes après mon installation, le temps que la communication s'établisse.

— Zoé ? Zoé, tu m'entends ?

— Oui. C'est bon, pas la peine de crier.

Une réplique sèche. Le ton énervé de la Zoé des mauvais jours.

La gamine était passée en mode « cactus ».

— Bien. Tu peux me décrire où tu te trouves ?

J'entendais ses halètements et les branchages craquer sous ses pieds.

— On vient de nous lâcher dans une forêt. Je suis partie seule. D'autres sont en groupe. Je ne savais pas quoi faire, j'ai bien fait, non ?

Tant mieux, je lui aurais de toute façon conseillé de s'isoler afin d'éviter un rush massif sur les ressources.

— Tu as très bien fait. Tu es dans une jungle ?

Nouveaux halètements.

— Non, rien à voir. Ça ressemble plutôt à nos forêts d'ici. Je ne connais pas le nom des arbres, mais j'en ai déjà vu. Pas à Détroit, hein. Mais chez ma tante dans le Montana. J'y allais quand j'étais petite ; on avait un peu plus d'argent à l'époque.

J'avais l'habitude de me promener dans les bois avec mon oncle et mes cousins.

Parfait. Certes, je possédais des connaissances sur la flore de la jungle, et notamment la jungle sud-américaine, mais j'étais bien plus à l'aise avec celle de l'Amérique du Nord, ou avec la flore européenne.

— Tu t'y connais en baies et en champignons ?

— Non, et je compte sur vous pour m'aider. Ils m'ont donné un joli panier en osier. Je suis prête à jouer les petits chaperons rouges.

Je la sentais déjà moins tendue. Tant mieux. Je n'avais pas envie de me battre.

— OK. Je vais te faire un topo rapide. On va commencer par les baies. En gros, tu ignores toutes celles qui sont jaunes, blanches et vertes. Tu n'as pas de problème de chromatisme ?

Je repensais à son interface neurale et à sa vision partagée.

— Pas à ma connaissance, non.

— Bien. Évite également celles qui sont laiteuses. Ce n'est pas bon signe en général.

Je percevais le son de ses pas, quelques pépiements d'oiseaux, mais elle ne répondait pas.

— Zoé ?

— Oui, je suis là, je suis justement devant des baies, à mes pieds.

— Tu peux me décrire ce que tu vois ?

— C'est rouge orangé, cela ressemble à… un grumeau. Non, c'est…

Elle a éclaté de rire, presque au point de m'exploser les tympans.

— Désolée, mais ça me fait penser à une hémorroïde, mais genre… une grosse.

L'image n'était pas élégante, mais me donnait une vague idée de la variété.

— Les baies sont en grappe ou isolées ?

— Isolées, les feuilles sont vertes et…

— OK, c'est de la plaquebière. Ce n'est pas génial au goût, mais c'est comestible. Vas-y, ramasse. Ça te fera des points.

J'ai suivi le cheminement de Zoé avec attention. Je lui avais demandé de laisser son micro ouvert. Je me focalisais sur son environnement sonore en évitant de lui parler sans raison valable. Elle devait économiser son énergie et maintenir sa concentration.

Après dix minutes de silence émaillées de bruits de pas, de jurons et même de chansonnettes à la justesse douteuse, Zoé m'a de nouveau sollicité.

— Coach ? Je suis devant de petites baies noires. Je fais quoi ?

— En général, ce qui est bleu ou noir, tu peux ramasser. Sauf la belladone et le phytolaque, ça, c'est toxique.

— Ouais, ouais… ça ne m'aide pas beaucoup ça. Comment je sais si c'est un phytomachin ?

— Ça peut ressembler à des myrtilles, mais les baies sont aplaties et surtout elles se présentent en grappe, un peu comme du raisin.

— Ce n'est pas le cas ici. C'est bon alors ? Je peux ramasser ?

Zoé m'a fait une brève description. Ce n'était pas non plus de la belladone. Cela ne m'aurait pas surpris. Depuis quelques années, cette baie avait proliféré et sa toxicité avait doublé.

— Ce sont des bleuets. Tu peux foncer. Et en plus, c'est très bon au goût. Allez hop, on continue. Le temps de cueillette est pris en compte.

— Génial. En tout cas, ça donne faim. Ah ! je ne vous ai pas dit, il y a un gars qui me suit. Il ramasse les mêmes choses que moi. J'ai l'impression que son entraîneur ne doit pas trop s'y connaître. Il a dû lui conseiller de suivre un autre participant. C'est tombé sur moi.

Évidemment. Tous les coachs ne devaient pas posséder de savoirs en baies ou en champignons. Ou alors le strict minimum. C'est ce qui pouvait distinguer le collapsologue du survivaliste. L'un s'orientait très tôt sur un mode de vie sédentaire basé sur la permaculture, l'autre sur la survie en milieu sauvage : la cueillette et la chasse.

— À toi de décider de ce que tu dois faire. Tu te sens d'humeur fair-play ou compétitive ?

— Bah, pour l'instant il ne me dérange pas. Et puis je me sens moins seule.

— Sympa. Merci pour moi.

— Vous savez très bien ce que je veux dire.

Zoé a continué à marcher en sifflotant, jusqu'à ce qu'elle fasse de nouveau appel à moi.

— Coach, et en champignons, vous êtes calé ?

— Oui, mais moins qu'en baies. Vas-y, décris-moi ce que tu vois.

— Je veux bien, mais je ne sais pas où commencer, je suis face à un banc ou un rond, je ne sais pas comment appeler cela. Et il y a plusieurs sortes. C'est assez intimidant.

Différentes variétés de champignons réunies au même endroit. Cela pouvait arriver, mais jamais avec un tel éventail de diversité.

— OK. Bon, on va faire un tri rapide. Évite tous ceux qui ont à la fois une collerette et des lamelles. Il y en a des bons, des très bons même, mais la plupart des amanites ne sont pas recommandables. Au contraire, tout ce qui possède des tubes en dessous du chapeau, tu peux prendre. Les bolets Satan sont toxiques, mais pas mortels.

— Je ne sais pas de quoi vous parlez.

— Ça ressemble à de la mousse en dessous. Le bolet Satan a un pied rouge, tu ne peux pas le louper. Celui-là, tu l'évites.

— OK, merci.

— Et ne perds pas trop de temps, hein. Ah oui, tu peux récolter ce qui ressemble à un tube, ou plutôt une trompette.

Zoé ne répondait plus, je l'imaginais captivée par sa cueillette.

Au final, elle avait ramassé des chanterelles, des trompettes de la mort, des morilles et quelques bolets.

La suite a été plus tranquille pour moi. Zoé était une véritable éponge.

J'étais parti ailleurs. Avec Sandra et Judy. Je revivais une énième fois le moment où tout aurait pu changer, où j'aurais dit à ma femme de ne pas venir à Miami. Où je n'aurais pas cédé à ses suppliques.

« On ira voir Disneyworld ! Tu sais que Sandra en rêve ! »

Pas de Disneyworld, mais un ouragan géant du nom de Daisy. Le plus violent jamais répertorié. Le premier super ouragan.

Un cri m'a arraché à mes pensées. Suivi d'un deuxième.

De la douleur, me suis-je dit. Avant de réaliser.

Non. De la rage.

— Zoé ? Ça va ?

— Non, ça va pas ! Putain, l'enfoiré. Il m'a piqué mon panier, le bâtard ! Je l'avais posé au pied d'un arbre juste le temps d'aller fureter dans un rond de champignons.

— Qui ? Le mec qui te suivait ?

— Non, un autre ! Je ne l'ai même pas vu, cet enculé ! Tiens, c'est peut-être une nana, je n'en sais rien. Je suis dégoûtée ! C'est franchement salaud de faire ça.

Un des entraîneurs avait dû suggérer à son candidat de jouer la gagne à tout prix. Après tout, la production n'avait spécifié aucune règle de bonne conduite. Survivre, oui. Mais chacun pour sa gueule.

— Calme-toi, on va continuer. On va se refaire.

— Mais comment ? Il ne me reste même pas une heure. C'est mort là !

— Tu te serviras de ton maillot pour faire la récolte.

— Non, pas besoin. Ce connard a laissé son panier. Mais je ne peux rien en faire. Il y a tout et n'importe quoi. Je vais pouvoir récupérer un peu de ses trucs, mais ça fait chier !

Cela confirmait mon idée. Le coach avait suggéré à son candidat de faire semblant de jouer le jeu et d'attaquer un autre participant dès qu'une occasion se présenterait. Manque de chance, c'était tombé sur Zoé. Ou peut-être n'était-ce pas un hasard. J'étais sans doute le plus médiatisé des entraîneurs. Et ceux qui n'avaient pas de connaissances en mycologie ou en baies avaient misé sur moi.

— Fais de ton mieux, Zoé, je suis sûr que tu es capable.

— Mouais.

Je l'ai entendue bougonner puis j'ai perçu des bribes de conversations avant qu'elle ne hurle dans son micro.

— Vous n'allez pas me croire. Le type qui me suivait, il s'appelle Joshua *by the way*, eh bien il a partagé son panier avec moi. C'est fou !

— Génial. Il y a presque une morale dans cette histoire, alors.

— J'aurais préféré qu'il intercepte le voleur, mais oui, j'ai de la chance. Bon, je n'ai plus qu'à aller rendre mon butin. À plus.

L'épreuve devait se clôturer dans une vingtaine de minutes. J'ai passé ce temps à me perdre en conjectures, tournant et retournant encore les questions dans ma tête. Empathie des IA, Pierrick, Anton, l'émission. Quel était le lien ? Il devait y en avoir un.

Zoé m'a contacté.

— Coach ? Vous êtes là ?

Le timbre de sa voix était déformé, légèrement tremblant. Noué par l'émotion.

— Je n'ai pas bougé.

J'ai entendu une grande inspiration.

— Je suis seizième ! À cause de mon malus ! Seizième ! Et le gars qui a piqué mon panier est premier ! C'est dégueulasse ! Je suis dans le bas du classement. Vous savez ce que ça veut dire, non ?

Je ne l'avais jamais sentie aussi enragée.

— Calme-toi. Il y a d'autres épreuves. Ce n'est pas fini.

Se calmer, le conseil valait également pour moi. Sa colère était contagieuse.

Elle m'a répondu en poussant un cri de fureur, puis elle a coupé la communication.

Je suis sorti de ma cabine en trombe. J'avais juste envie de me défouler sur le coach qui avait incité son protégé à jouer les pillards.

*

Une deuxième épreuve était prévue pour le lendemain. La production avait donné quartier libre aux candidats et aux entraîneurs. Mais pas au jury. J'ignorais si l'analyse des vidéos allait faire évoluer le score, je l'espérais en tout cas. Nous avions rendez-vous pour une mise à jour à dix-huit heures.

J'aurais voulu manger avec Sofia, mais le docteur n'était pas disponible. Je me suis mis à l'écart de mes « collègues » en me demandant lequel d'entre eux avait joué la carte du « chacun pour sa gueule, pas de pitié ».

J'aurais aimé parler à Zoé, mais je n'ai pas pu la joindre. Contrairement aux autres candidats, elle ne s'était pas pointée au restaurant.

J'ai expédié mon repas et j'ai pris la direction de ma chambre où je me suis allongé sur le lit en fixant le plafond. Je m'ennuyais de ma vie sauvage, de mon potager, de mes constructions et de la montagne.

Je dépérissais dans cette forteresse artificielle. Surtout sans les arbres à l'ombre desquels je passais du temps à écrire mon journal.

J'ai fini par me lever et regarder par la fenêtre.

De larges nuages cotonneux tentaient d'offrir un mince rempart contre un soleil triomphant, dont chaque brève occultation était vécue comme une délivrance.

Je rêvais de pluie. Je rêvais d'être loin d'ici.

Tiens bon papa, me murmurait Sandra.

La voix de ma fille était à peine audible. Et pourquoi me demandait-elle de m'accrocher alors qu'elle désirait me voir repartir ?

Je savais qu'elle n'était qu'un chuchotement dans ma tête, que j'étais sans doute devenu fou de chagrin. Quelques plombs avaient sauté, mais elle faisait partie de ma réalité.

J'ai pris une douche et je suis sorti pour me rendre au premier dôme.

Sur le chemin, alors que je marchais à côté d'une voiturette autonome qui se dirigeait vers le restaurant, un drone en forme d'hélicoptère a attiré mon regard.

J'ai pensé à un appareil utilisé par la milice, avant de remarquer le garçon et son père à ses trousses. Le gamin devait avoir à peine cinq ans et portait des lunettes de guidage trop grandes pour son petit gabarit. Sans doute pour imiter son papa. J'imaginais mal qu'on puisse acheter une interface de contrôle à un enfant de cinq ans. Même ce monde de fous devait avoir ses limites.

Et puis j'ai vu le garçon utiliser un téléphone pour piloter la machine.

Le drone a volé jusqu'à dix mètres de hauteur, puis s'est orienté vers les murs qui protégeaient le complexe.

Le père a crié :

— Attention !

Trop tard.

L'appareil a heurté une sorte de mur invisible, puis a chuté avant de se fracasser sur le sol.

— Je te l'avais dit ! Pas vers le mur !

Le garçon s'est mis à pleurer et son père s'est dirigé vers l'engin pour le ramasser.

Je me suis rapproché du petit.

— T'inquiète, je suis sûr que ton papa va le réparer.

Aucun effet. Les jérémiades continuaient.

Le père est revenu vers son gamin, le drone dans la main et les cheveux ébouriffés. Il m'a aperçu et m'a salué d'un geste.

— Ah, vous êtes un des coachs, non ? Je peux vous aider ?

J'ai montré le drone.

— Oui, j'ai une question. Pourquoi est-il tombé ?

L'homme a désigné l'enceinte qui entourait le studio.

— À cause du champ magnétique. Une protection contre les drones ou des soldats volants qui voudraient survoler le complexe.

Ou bien des journalistes trop curieux, ou… des terroristes, ai-je complété dans ma tête.

— J'ai pourtant vu des drones de la milice les franchir sans problèmes.

— Normal, leurs appareils émettent un signal codé et ne sont pas affectés. Une question de fréquence, je crois.

— Merci. Bonne fin de journée.

Je ne sais pas pourquoi, mais j'ai repensé à cette histoire de rédempteurs et à ce qu'avait dit Zoé à ce propos.

J'avais soudain un mauvais pressentiment.

*

Le jury avait délibéré. Les entraîneurs et leurs candidats s'étaient réunis en binôme autour de l'estrade.

Cette fois, pas d'effets spéciaux en réalité augmentée.

Sofia accompagnait Romanov et son équipe. À côté du sémillant présentateur, elle semblait aussi à l'aise sur scène qu'une nonne dans une boîte de nuit.

— Le jury a étudié les vidéos en compagnie du docteur Lee, ici présente. Désolé pour l'attente, mais c'était une étape nécessaire pour actualiser le classement.

Samuel a désigné l'écran derrière lui. Le classement venait de s'afficher.

— Voici donc la petite surprise. Derrière cette épreuve se cachait un deuxième objectif. Une analyse du comportement des candidats. Allaient-ils s'entraider ? Jouer la compétition ? Les vidéos enregistrées par les drones ont été très révélatrices.

Les propos de Samuel ont provoqué une réaction mitigée. Un mélange de grognements, de contestations et d'applaudissements.

— C'est une épreuve de survie, non ? a protesté la Chasseresse. Si on veut s'en sortir, on ne doit reculer devant rien. À quoi bon classer les candidats, sinon ? C'est une compétition ou une randonnée entre amis ? Je n'ai jamais vu un coureur de fond pousser un adversaire pour le faire avancer plus vite.

— Je suis d'accord avec Tara, a continué un grand gaillard musclé qui devait mesurer pas loin de deux mètres. Ce n'est pas qu'une simple épreuve de survie, il y a un concours et des éliminations. Cela n'a aucun sens de s'aider les uns les autres.

Je profitais de leurs interventions pour me concentrer sur le visage de Sofia. Malgré ses efforts pour contenir ses sentiments, je sentais l'agitation la gagner. Les petits étirements au niveau des zygomatiques, les mains qui s'ouvraient et se fermaient, les tapotements du pied. Si elle avait pu, elle aurait bondi sur le devant de la scène pour exposer (avec son zèle caractéristique) son point de vue sur la question.

Samuel a répondu, sans se départir de son sourire impeccable de présentateur chevronné.

— Il y avait largement assez de ressources. Suffisamment pour que chacun remplisse son panier. D'ailleurs, certains concurrents se sont entraidés. Regardez.

Le classement a disparu pour faire place à une vidéo sur laquelle on apercevait Zoé gambader dans la forêt, la corbeille en main, suivie de Joshua, un grand garçon très mince et légèrement voûté. Je lui donnais dix-huit ou dix-neuf ans. Plus tard, on voyait Zoé lui dispenser les conseils que je lui avais prodigués sur la reconnaissance des baies. Ensuite, on découvrait ce même Joshua proposer à Zoé de partager les baies et les champignons. Dans une autre séquence, Angie, une quadragénaire au physique de marathonienne, aidait Hwang, l'Asiatique d'environ vingt ans que j'avais déjà aperçu lors de la première épreuve.

Tara secouait la tête de dépit. C'était sans doute elle, la coach à l'origine du vol de panier ou d'une fourberie similaire.

— C'est exactement le comportement que nous attendions. Et ces participants recevront un bonus pour leur fair-play.

Quelques protestations, mêlées d'applaudissements, explosèrent à nouveau.

— Inversement, voilà ce qu'il ne fallait pas faire.

Romanov s'est retourné et une nouvelle vidéo a défilé sur l'écran. Elle mettait en scène Tiffany, la candidate de Tara. On voyait la jeune femme prendre Zoé en filature. Contrairement à Joshua, elle ne cherchait pas à l'imiter. Elle se cachait, l'observait. Sur la dernière séquence, elle échangeait les paniers.

Un « oh » de surprise a retenti.

— Hey, faites pas vos naïfs, a hurlé Tara, on est dans une compétition. Alors ne soyez pas hypocrites.

La vidéo suivante montrait deux candidats que je n'avais pas encore vus. Mathieu, un Français assez petit, âgé d'une trentaine d'années, et Zaira, une Libanaise d'environ quarante ans.

Mon compatriote avait glissé une poignée de baies toxiques dans le panier de Zaira.

Samuel s'est retourné vers son public et le classement est réapparu, pour le moment inchangé.

— Et voilà. Je pense que vous avez compris. Cette petite explication n'est pas une chasse aux sorcières, ne vous méprenez pas. Mais nous attendons des participants et de leur entraîneur un meilleur esprit.

Il a marqué une pause.

— Bien, voici donc le nouveau classement.

Avec l'ajustement, Joshua était remonté jusqu'à la dixième place et Zoé à la treizième, encore pénalisée par son malus de la première épreuve. Mais au moins avait-elle échappé à la zone rouge.

Elle m'a pris la main.

— Merci, coach ! C'est génial.

— Je n'y suis pour rien. *Good job*, Zoé.

Avant de partir manger, j'ai capté le regard de Sofia. D'un geste de la tête, je lui ai fait comprendre que je l'attendais dehors. Je voulais dîner avec elle.

Chapitre XV

Les jours suivants ont été consacrés à de nouvelles sessions d'entraînement et à différents petits tests. Des préliminaires, en quelque sorte, avant la clôture de la première phase éliminatoire.

J'ai appris à Zoé les rudiments du *bushcraft*. La construction de plusieurs types d'abris, le démarrage d'un feu, la cuisine en extérieur, l'orientation, les plantes.

Grâce à ma technique du puits filtrant, Zoé s'est distinguée lors d'une épreuve portant sur l'eau. En revanche, elle a terminé en fin de classement sur un autre test, lors duquel elle avait mis trop de temps à allumer un feu à l'aide d'un silex et d'un couteau. Elle connaissait la gestuelle, mais la dextérité demeurait sa grande faiblesse. Sa maladresse l'avait aussi pénalisée lorsqu'il avait fallu fabriquer des récipients en terre cuite avec de la boue, un test qui lui avait valu des résultats médiocres.

Malgré cela, Zoé se maintenait à la dixième place. Elle était donc potentiellement hors d'atteinte, sauf catastrophe lors de la toute dernière épreuve.

Mon enquête était au point mort. Malgré de multiples interrogatoires, je n'avais rien appris de nouveau sur mon frère. Les services de renseignement étaient également tenus en échec. Soit Pierrick était un fantôme, soit il n'avait jamais mis les pieds au Canada, ce dont Claire était convaincue. Il ne restait qu'un seul espoir : ma visite du laboratoire de Perez.

Ces quelques jours m'ont permis de renouer avec Henry, mon ancien collègue. J'ai appris à l'occasion d'un dîner en sa compagnie comment nos chemins avaient divergé depuis cinq ans. Alors que je me terrais dans le cœur des Alpes, il donnait des cours de survie à travers le globe. Quand il ne parcourait pas le monde, il enseignait dans des salles virtuelles accessibles via internet. Henry était pessimiste sur l'avenir du numérique et du digital. Le lithium était presque épuisé, et les scientifiques n'avaient pas encore trouvé de substitut. Une (nouvelle) crise d'ampleur s'apprêtait à frapper et nous pousser au changement. Avec son cynisme habituel, qui n'avait pas perdu une once d'acuité, il avait ajouté :

« Tu sais, vu la baisse drastique de la population terrestre annoncée et la quantité de gens qui meurent de soif tous les jours, la transition du lithium vers une autre technologie sera complètement transparente. »

Un point de vue que je partageais, hélas.

Je voyais également le docteur Sofia Lee sur une base plus régulière. Après une forte résistance, le courant passait enfin entre nous. Mais nous gardions nos distances. Elle par professionnalisme, et moi en raison de l'image que je pensais projeter ; celle d'un ours mal léché. Je ne voulais pas gâcher ce qui naissait entre nous.

Et puis il y avait Sandra, dont je craignais qu'elle condamne cette relation balbutiante. Je redoutais que sa voix se taise à jamais dans mon esprit.

La veille de l'ultime épreuve, Sofia et moi nous sommes isolés pour partager un dîner. Pour la première fois, je me suis confié à elle sans avoir peur de me faire disséquer le cerveau.

— Vous n'avez vraiment fait aucune recherche sur moi ? lui ai-je demandé.

Elle a secoué la tête.

— C'est un principe. Je me fie uniquement à mon jugement. Et puis je me méfie de ce qui traîne sur les réseaux. On voit tellement de *fakes.* J'étais persuadée que la crise climatique allait calmer les choses à ce niveau, mais c'est encore pire. Sans parler des faux comptes derrière lesquels se cachent des IA. Je me demande si un tiers des gens qui m'invitent existent vraiment ! À quand le test de Turing obligatoire ?

— Plus vite qu'on ne le pense. D'après Zoé, on aurait atteint la fameuse singularité. Ce qui signifie qu'une IA pourra bientôt créer une IA plus performante qu'elle, etc., etc. Ça me donne le vertige rien que d'y penser.

Elle a posé sa fourchette et m'a dévisagé comme si elle tentait de me sonder. Et puis elle a souri. J'ai remarqué pour la première fois la façon dont sa lèvre supérieure se retroussait.

— Vous pensez à Chloé, non ?

— Oui. Elle m'impressionne. Tiens, ça ne vous dirait pas de l'analyser ?

Sofia me souriait encore, mais en secouant la tête.

— Ça y est. Vous avez recommencé. Vous avez détourné ma question initiale.

— Qui était ? Désolé, j'ai perdu le fil.

Son regard éclatant d'énergie s'est voilé d'une soudaine tendresse.

— Parlez-moi de vous. La dernière fois, vous m'avez longuement raconté votre vie d'exilé. Je voudrais en savoir plus sur l'homme que vous étiez avant.

— Exilé ? Vous voulez sûrement dire sauvage, ermite, reclus, asocial…

— Si vous voulez. Mais comment en êtes-vous arrivé là ?

Je détestais parler de cette période, mais Sofia avait fait tomber mes barrières et dissipé en partie mes ténèbres intérieures.

— La question est vague, mais je vais tenter d'être concis.

— J'ai le temps, alors prenez le vôtre.

— Et on pourrait peut-être se tutoyer aussi.

D'un geste rapide, elle a relâché son chignon.

— Si ça peut rendre le tutoiement plus facile, pourquoi pas, ai-je commenté.

— Hey, mais… n'importe quoi. Aucun rapport. Et encore une fois, vous… Tu détournes le sujet.

J'ai pris une longue inspiration.

— J'étais journaliste reporter indépendant. Je parcourais le monde, je couvrais les guerres, les émeutes, les catastrophes naturelles. Je travaillais en tandem avec mon frère. Tiens, si tu penses que je suis un sauvage, c'est que tu n'as jamais rencontré mon frangin. Et dire que nos parents voulaient qu'on s'illustre en politique. Ce que j'ai fait malgré moi en 2023, quand j'ai commencé à rédiger des papiers et animer des podcasts consacrés au réchauffement climatique. Nous subissions déjà de plus en plus de canicules, mais la majorité de la population n'était pas prête à sacrifier les steaks issus de l'élevage intensif, les bonnes douches matinales, le plastique, les voitures à essence. À leur décharge, les lobbys exerçaient une forte pression, mais en vérité ils n'avaient même pas besoin d'insister. L'être humain aime son confort et il est incapable de penser à long terme. C'est aussi simple que ça.

J'ai marqué une pause et je me suis épongé le front. La rage que je ressentais commençait à monter.

— Bref, j'ai cessé de jouer les reporters il y a neuf ans pour me consacrer à l'urgence climatique. En 2026, le climat ne me préoccupait plus. Non, c'était beaucoup plus fort. Il m'obsédait et m'effrayait. D'autant que j'avais… (j'ai dû faire un effort pour contenir mes larmes) une fille et que je voulais lui construire un avenir. Je lui ai promis que nous allions cultiver un magnifique jardin, élever des poules, et que notre vie serait belle, au grand air. Je ne sais pas si vous vous en souvenez, mais les collapsologues étaient encore peu nombreux, et les politiques nous assuraient avoir des solutions pour faire face à la crise. Et puis une partie du glacier Thwaites s'est détachée et plus tard, un quart de Totten s'est fait la malle. Et là, changement de discours politique. L'alerte était donnée. Tous savaient que si l'Antarctique était touché, c'était la fin. Pourtant, malgré la première montée des eaux, on nous promettait que tout était sous contrôle. Tiens, tu te souviens du projet complètement dingue de ventilateurs géants censés ralentir la fonte ?

— Oui. J'étais encore naïve, j'y croyais.

— Je suis rentré en politique à ce moment-là. Comme un chien enragé. Et puis j'ai commencé à devenir célèbre. Enfin, j'étais surtout populaire parmi les survivalistes. Je passais mon temps dans les débats télévisés, les émissions consacrées au climat ou au futur de l'humanité. D'ailleurs, je tombais souvent dans des traquenards. J'étais encore jeune et on me plaçait toujours face à de vieux briscards, des soi-disant experts dans leur domaine. Tu sais, les émissions ne sont jamais neutres, même celles qui prétendent l'être. Le temps de parole, les invités, la façon dont l'animateur oriente les questions… Sans parler du cadrage. Bref…

J'ai poussé un long soupir. J'allais attaquer la partie de mon histoire la plus pénible et je redoutais de le faire. Je m'apprêtais à rouvrir une plaie, et peu importe le nombre de fois, la douleur était toujours la même.

— Il y a quatre ans, je devais me rendre aux États-Unis pour une énième et ultime émission.

J'avais promis à ma famille de lever le pied. Ma fille avait huit ans et j'avais passé les quatre dernières années dans une relation en pointillé. *« C'est une des dernières, promis. » « Le travail de papa est important, mon poussin. »* J'avais toujours la bonne excuse. Ma femme a proposé de m'accompagner avec Sandra. J'étais en Caroline du Sud et elles voulaient en profiter pour aller à Disneyworld, en Floride.

Le docteur Lee a porté la main à sa bouche. Je n'avais encore rien dit, mais elle avait déjà deviné.

— C'était en octobre 2031. Ils avaient annoncé un terrible ouragan. Il devait se diriger vers la Caroline du Sud. La veille, ma femme m'avait même appelé pour me dire de faire attention. Le lendemain, défiant tous les pronostics, Daisy, le premier super ouragan de l'histoire, frappait les côtes de la Floride avec une puissance inouïe.

Je ne pouvais plus retenir mes larmes.

— Trente-quatre mille sept cent vingt-cinq victimes. Sans parler des milliers de disparus. On a pu retrouver le corps de Sandra, mais pas celui de Judy, ma femme.

J'ai essuyé mes yeux embués.

— Voilà comment j'en suis venu à la vie d'ermite. J'ai voulu tenir une promesse faite à ma fille.

Sofia n'a rien dit. Je pouvais lire la compassion dans son regard.

Elle a posé sa main sur mon poignet.

Et je me suis tu, laissant la chaleur de ce contact se diffuser.

Je suis rentré deux heures plus tard. À la tombée de la nuit. Et alors que je me déshabillais pour prendre une douche, Chloé m'a téléphoné.

— Désolé de vous déranger, monsieur Starck, mais monsieur Perez souhaiterait vous parler.

*

Alejandro était confortablement lové dans le canapé. La fenêtre ouverte de son appartement laissait pénétrer un vent tiède qui faisait danser de fins rideaux blancs.

— Nous allons devenir inséparables, à ce rythme, monsieur Perez.

— En toute honnêteté, votre compagnie n'est pas déplaisante. Vous partagez un point commun avec votre frère, votre franc-parler. Une musique agréable à mes oreilles trop habituées aux mélodies mielleuses et aux flagorneries.

Le milliardaire avait sorti une bouteille; du whisky, d'après la couleur. Deux verres étaient également posés sur la table.

— Vous boirez avec moi? Vous êtes amateur? C'est un Macallan Sherry Oak de quarante ans. Je ne partage pas ce genre de cru avec n'importe qui. Vous devriez vous sentir flatté.

Je n'avais pas absorbé une seule goutte d'alcool en quatre ans et voilà qu'en plus de ma sœur, le milliardaire s'y mettait aussi. Mais je ne voulais pas le vexer.

— Juste un fond, alors. Je dois rester frais pour la compétition.

Il a rempli mon verre sans tenir compte de ce que je lui avais demandé et l'a poussé dans ma direction. Je me suis avancé vers lui, mais je suis resté debout.

— Ah… la compétition. C'est donc ainsi que vous envisagez l'émission, désormais ? Vous n'êtes plus réticent ? J'aimerais savoir ce qui vous a fait changer de posture.

À son ton et à sa manière de sourire, Perez devait déjà avoir une petite idée.

— Et vous vous basez sur quoi pour dire que j'étais réticent ?

Il a bu une rasade en fermant les yeux.

— Oh. C'est une merveille. Et dire qu'il ne me reste que trois bouteilles de ce nectar. Et encore, vous auriez dû goûter le soixante ans. Pour répondre à votre question, je me fie à l'analyse de Chloé. Cela figurait sur votre rapport ; vous savez, celui que vous avez refusé de lire.

Évidemment. Le rapport de l'IA. Perez avait une foi aveugle en sa création.

— Eh bien Chloé n'avait pas tort. Je suppose que je me suis pris au jeu. Et puisque ma candidate doit continuer, autant qu'elle le fasse dans les meilleures conditions.

Ma réponse lui a tiré un petit sourire en coin.

— Vous pensez vraiment que c'est la seule raison ?

J'ai saisi le verre et je l'ai porté à mes narines. Dans le parfum enivrant du whisky, je distinguais un arôme fruité et de la force de caractère. J'ai trempé mes lèvres et bu une première rasade. Je n'étais pas un amateur, mais je sentais à la fois sa puissance et son velouté, sans en subir le feu dans mon palais ni dans ma gorge. Dans l'explosion sensorielle, je percevais des notes boisées, de la cannelle, des fruits secs.

— Pourquoi suis-je ici, monsieur Perez ? Pas seulement pour ma compagnie, j'imagine. Ni pour une causette autour d'un whisky. Est-ce pour m'analyser ? Je vous préviens que le docteur Lee s'en charge déjà.

— Vous voyez… la franchise. Dieu que ça fait du bien. Une femme charmante, le docteur Lee, vous en conviendrez.

Il a posé le verre et s'est redressé.

— Non, vous êtes là pour que nous parlions de votre frère. J'ai des nouvelles.

J'ai bu une autre gorgée et je me suis assis.

— Je vous écoute.

— C'est lié à cette histoire d'accès au laboratoire. Je souhaitais absolument y voir plus clair avant de vous autoriser à y entrer. Vous comprendrez que je dois être prudent. Ce bâtiment abrite des recherches sensibles. Je travaille main dans la main avec le gouvernement sur des technologies de pointe.

Et par gouvernement, il voulait dire : forces armées, DARPA. L'occasion était trop belle pour ne pas poser une question qui me titillait depuis le début.

— Pourquoi l'avoir installé ici, dans ce cas ? Je croyais que ce complexe était dédié à l'émission.

— Non. Ce complexe a donné naissance à l'idée de *Survivre.* Ce qui est tout à fait différent. Nous avons achevé les constructions il y a quatre ans. Nous avons fait quelques aménagements supplémentaires pour pouvoir accueillir une production télévisuelle.

— Comme les dômes ?

Perez m'a dévisagé avec le regard d'un professeur bienveillant que la réponse de son meilleur élève aurait choqué.

— Vous pensez franchement que j'aurais fait bâtir ces dômes gigantesques uniquement pour tourner une émission de télé-réalité ? Je ne sais pas si vous vous en rendez compte, mais c'est un budget colossal, on parle de plusieurs milliards de dollars. Nous avons développé un écosystème, une faune et une flore dans le cadre de nos recherches. Les travaux ont débuté il y a huit ans et comme je vous l'ai dit, ils se sont achevés il y a quatre ans. J'ai simplement décidé de mettre à profit les dômes pour un projet annexe, l'émission.

— Cela a beaucoup plus de sens. En quoi consistaient ces recherches ?

— Disons que j'essaie de trouver des solutions à nos problèmes immédiats. Les espèces qui disparaissent, la température en hausse… vous savez, ces « petits » tracas du quotidien. Mais je ne peux pas vous en dévoiler davantage.

— Je suis sûr que vous pourriez faire un effort.

— Peut-être un autre jour, alors. Je voulais vous parler de votre frère et vous m'avez fait dévier de la question. Comme je vous le disais, Pierrick avait carte blanche. Concernant ma biographie, je souhaitais la plus grande transparence possible. Mes détracteurs, qui sont nombreux, y compris dans la communauté scientifique, me considèrent au mieux comme un inconscient, au pire comme le diable en personne. Bien sûr, votre frère n'avait pas accès aux dossiers protégés par le secret défense, et mes employés avaient reçu des consignes claires sur les sujets à aborder ou non.

— Faire rentrer un journaliste dans votre antre secret, vous n'aviez vraiment pas peur.

Perez m'a fixé avec l'intensité d'un reptile captivé par une souris qu'il s'apprête à dévorer.

— Surtout en sachant que ledit journaliste travaillait pour le gouvernement français.

J'ai tenté de conserver un visage impassible. Mais le regard scrutateur de Perez avait dû détecter un fléchissement dans mon expression.

— Ne soyez pas surpris. J'avais fait analyser votre frère, au même titre que tous mes autres employés. J'ai rapidement découvert qu'il communiquait avec votre sœur et qu'il était un espion au service de la France. J'aurais pu le faire condamner à une lourde peine de prison. Mon gouvernement ne plaisante pas en matière d'espionnage. Encore moins depuis que ce taré de Johnson est au pouvoir. Ce fou furieux ferait passer Donald Trump pour un démocrate philanthrope.

J'étais grillé. Alejandro devait certainement savoir pour moi aussi. Je pensais à Chloé, qui devait m'analyser en ce moment même à travers les caméras placées çà et là. Étudié, disséqué par un paquet d'algorithmes froids. Ou peut-être pas si froids, si Anton

Park et son équipe y avaient ajouté un programme d'empathie.

Perez a dû remarquer mon trouble, que je n'arrivais plus à cacher.

— Écoutez, nous ne sommes pas ennemis. J'avais beau savoir que votre frère tentait d'en connaître plus sur mes activités, je le considérais également comme la meilleure personne pour écrire ma biographie, exposer mon travail et ma vision. J'étais admiratif de ses accomplissements en Inde. Lors du soulèvement et de la première guerre de l'eau, il avait traité le sujet avec une rare objectivité là où une large majorité jouait la carte de l'indignation ou du sensationnalisme. Je me suis dit que je tenais un individu intelligent et honnête.

Pierrick était intelligent, bien plus que moi. Et il possédait une grande capacité d'analyse. Pour l'honnêteté en revanche, Perez se trompait. C'était un fin manipulateur. Il n'avait pas hésité à séduire Anton Park. Mon frère avait beau être gay, le chercheur n'était pas du tout son type. Pierrick préférait les hommes plus jeunes. De plus, aux dernières nouvelles, il était en couple depuis deux ans avec un autre journaliste.

Perez s'est resservi un verre. J'avais toujours le mien à la main, je n'en avais bu qu'un petit tiers.

— Mais revenons-en au laboratoire. Je me suis creusé les méninges pour comprendre pourquoi Anton Park vous avait menti. Cette histoire me semblait étrange jusqu'à ce que je saisisse.

— Vous avez de la chance, j'avoue que j'aimerais bien y voir plus clair moi aussi.

— Encore un peu de patience. Je vais juste vous demander une fois de plus d'accepter une synchronisation.

Quelques secondes plus tard, le message de la requête apparaissait sur ma montre. J'ai déplié les lunettes et aussitôt, une vidéosurveillance s'est affichée en surimpression sur le verre. De son côté, Perez n'en portait pas, sans doute était-il équipé de lentilles, devenues populaires à la fin des années 2020. Ou peut-être s'était-il fait implanter une interface comme celle de Zoé.

La vidéo montrait le va-et-vient d'employés dans un open space dont je devinais à la décoration qu'il était situé sur ce complexe. Les images se sont accélérées jusqu'à ce que mon frère entre dans le champ de vision.

Au départ, je ne l'ai pas reconnu. La dernière fois que je l'avais vu, il ressemblait à un vieux beatnik. La chevelure épaisse tombant sur ses épaules, la barbe hirsute poivre et sel, et le visage hâlé, marqué par ses nombreux voyages.

Sur ces images, Pierrick était rasé de près et coupé à la militaire. On le voyait circuler dans les bureaux, interpeller des gens et prendre des notes sur un cahier. Pierrick travaillait à l'ancienne, avec un carnet et un micro. Paranoïaque technologique de la première heure, il n'était présent sur aucun des réseaux sociaux et ne possédait pas de smartphone.

Je ne comprenais pas très bien la démonstration de Perez. Voulait-il simplement me prouver que mon frère avait bien un accès libre au laboratoire ?

Pierrick a ensuite désigné une porte et un employé a secoué la tête. Perez a mis la vidéo en pause.

— C'est la salle des serveurs, a commenté le milliardaire. Son accès est limité et seules certaines personnes sont autorisées à y pénétrer.

La vidéo a repris, jusqu'à ce que mon frère quitte le bâtiment, à dix-huit heures quarante-trois.

Un autre document est venu en surimpression. L'enregistrement de plusieurs instructions sur une console.

— C'est une session initiée par Anton Park. Nous utilisons les commandes console pour contourner ou forcer les comportements normaux. L'effacement d'une base de données, une maintenance. Bref, toute opération nécessitant l'intervention d'un super administrateur.

Une série d'instructions sibyllines a défilé devant mes yeux pendant de longues secondes.

— La personne qui a transmis ces ordres a extrait une partie des recherches et les a transférées sur un terminal pour pouvoir les copier plus tard sur un support externe. Il a ensuite effacé cette intervention pour ne pas éveiller les soupçons.

La personne, et non Anton, avait-il dit. Je commençais à comprendre et ressentais un malaise.

— J'imagine que vous ne pouvez rien me dire sur ces recherches.

— Cela m'est impossible, en effet.

— On dirait que *la personne* a commis une erreur, si vous avez pu retracer ses instructions sur la console.

— Le dispositif d'enregistrement des interventions des super administrateurs n'était pas connu de mes employés. Pas même de mon expert en sécurité. Seule Chloé était au courant, puisqu'elle surveille en temps réel toutes les activités du studio. Ce qui m'inquiète, c'est que l'IA aurait dû sonner l'alarme en cas de comportement suspect. Or, elle est restée silencieuse. Par ailleurs, je ne sais pas si vous avez remarqué, mais *la personne* a également effacé les vidéos pour se couvrir. Elle les a remplacées par d'autres bandes, qu'elle a fait tourner en boucle. Pensant sûrement être à l'abri, elle a toutefois omis de détruire les vidéos de sécurité à l'extérieur du bâtiment. Dès lors, il a été facile de retrouver les horaires de cette intervention et donc…

Une autre séquence est apparue en surimpression dans mon champ de vision. Une silhouette circulait dans le complexe en direction du motel. Celle d'un homme aux cheveux courts.

Lorsque son visage est devenu plus net, mon appréhension s'est transformée en certitude. Et cette certitude me terrifiait.

La personne était Pierrick.

Machinalement, j'ai retiré la paire de lunettes.

Alejandro Perez me fixait en hochant lentement la tête.

— Voilà ce que je sais. Votre frère a volé des données et a disparu le lendemain. Il m'a doublé, il a doublé Anton pour lui dérober ou extorquer son accès au serveur. Et honnêtement, je pense qu'il a doublé votre sœur et votre gouvernement pour disparaître avec ces données. Reste à déterminer pour quoi et pour qui il travaillait vraiment. Et vous savez ce que je pense ?

Trop abasourdi pour répondre, je l'ai laissé porter le coup de grâce.

— Qu'il a un complice, ici, dans le complexe ! Et que ce complice a tué Anton.

Perez a hoché la tête et fini son verre d'un seul trait.

*

C'était la dernière séance d'entraînement avant l'ultime épreuve, mais je peinais à me concentrer.

Je ne comprenais pas l'attitude de mon frère. Oui, Pierrick avait toujours été un manipulateur, mais au point de trahir sa sœur et son pays ? Et puis pourquoi avait-il appuyé ma candidature, dans ce cas ?

Je ne pouvais pas me satisfaire de cette folle hypothèse avancée par Perez. Pierrick travaillant pour les Russes ou les Chinois ? Ridicule. Pour une organisation terroriste ? Encore plus absurde.

Pourtant, une partie de mes pensées revenaient régulièrement s'échouer sur cette histoire de rédempteurs. Pierrick était un anti-techno. Mais au point de s'associer avec ces cinglés ?

Et pourquoi pas, papa, me disait Sandra. *Tu ne le voyais pas souvent. Le connais-tu vraiment* ?

L'image de mon frère jouant dans le grand jardin de notre maison de campagne en Corrèze m'était réapparue soudainement. Il s'était construit une forteresse en carton et nous canardait avec son fusil Nerf. Ma sœur et moi devions le prendre d'assaut avec de simples pistolets.

Ma sœur.

Je ne l'avais pas encore prévenue et je retardais le moment où je devrais lui annoncer que Pierrick était potentiellement un ennemi de l'État. Davantage que le scandale politique, je redoutais surtout le choc émotionnel. Claire n'était pas le roc qu'elle prétendait.

Perez m'avait donné un accès anticipé et j'avais l'autorisation de me rendre dans le laboratoire en fin d'après-midi, après la première phase de la dernière épreuve. Il voulait que j'interroge les personnes entrées en contact avec Pierrick. Je devais porter mes lunettes en mode enregistrement afin que l'énigmatique Chloé puisse jouer les détecteurs de mensonges. En temps normal, j'aurais refusé de me prêter à ce manège. Mais j'étais prêt à mettre mes principes de côté pour en apprendre davantage sur les motivations de Pierrick.

Un sifflement strident m'a sorti de ma bulle.

Zoé avait encore les doigts dans sa bouche quand je me suis tourné vers elle.

— Allô, vous êtes là ? Je fais quoi maintenant avec cette petite tige ? Je sais que vous voulez en faire un lien, mais les nœuds et moi, ça fait plus que deux.

Zoé avait fini de placer les larges branches qui formeraient l'armature de sa cabane.

Je me suis levé de ma pierre pour aller à sa rencontre.

— Attends, je vais te montrer.

— Ouais, merci. Je stresse pour l'épreuve de demain. Cela me fout les jetons de ne pas vous sentir au top là.

— Désolé, j'ai vraiment passé une sale nuit.

Ce qui n'était pas un mensonge. Impossible de trouver le sommeil quand une multitude de questions vous assaille.

Je lui ai montré, peut-être pour la cinquième fois, comment fabriquer des lanières à partir d'une branche fine découpée à l'aide d'un couteau. C'était bien le problème de Zoé. Une machine cérébrale dénuée de sens pratique. Comme si une zone de son cerveau était bloquée et que l'intelligence s'était installée partout ailleurs pour y occuper toute la place.

Je ne suis pas intervenu et je l'ai observée avec attention. Elle chantonnait un air que je ne connaissais pas. Son enthousiasme débordant – qui toutefois pouvait évoluer vers la colère ou la tristesse avec autant de prévisibilité qu'une météo bretonne – m'a arraché un sourire. Je faisais face à une gamine consciente des enjeux de notre monde, qui avait dû souffrir pour survivre dans le climat social délétère de Détroit, mais qui, en ce moment singulier, profitait de l'instant en toute innocence. Je l'enviais.

Depuis quatre ans, je ne vivais plus vraiment, je n'étais plus qu'une coquille. Une marionnette uniquement animée par les mots de ma fille. Sans eux, je m'écroulais.

— Vous pouvez m'aider à placer l'armature ?

Zoé perlait de sueur et avait levé la structure de bois qu'elle tentait de caler entre deux arbres.

— Tu sais qu'à la prochaine épreuve, tu seras seule. Je ne pourrai pas t'épauler.

— C'est votre façon de me dire d'aller me faire foutre ?

J'ai ri malgré moi.

Elle me dévisageait avec un mélange d'agacement et d'incrédulité.

Je l'ai aidée à positionner le toit en oblique pour construire un appentis.

— Il va falloir le fixer, maintenant.

— Je sais, je sais. Toute la théorie, je l'ai. C'est juste que j'ai encore du mal à me débrouiller.

— Tu ne t'es pas coupée, c'est déjà un progrès. On a quelques heures devant nous. Tu veux réviser un aspect de la survie en particulier ?

— Je ne sais pas. Vous n'avez pas le thème de l'épreuve ? Ça me ferait gagner du temps.

— Non. Je sais seulement qu'elle commence aux aurores, mais je parierais bien sur une synthèse. Eau, cueillette, feu, abri. Peut-être vont-ils pimenter avec une tempête artificielle ou la présence d'animaux sauvages. Ou bien encore les deux à la fois.

— Génial ! J'en rêvais, Perez l'a fait.

Zoé la joyeuse était sur le point de basculer vers Zoé l'orageuse.

— Tu devrais être fière, tu t'es bien débrouillée en quelques jours. Tiens, on va allumer un feu… enfin, tu vas le faire. Je vais te montrer un truc supplémentaire sur l'eau et on va réviser la poterie. T'es partante ?

Elle a consenti un oui du bout des lèvres et a sorti la pierre à silex et son couteau.

— Puisque je vois que tu es motivée, on va augmenter un peu la difficulté… Pas de silex et pas de couteau non plus. Devant son air ahuri, j'ai saisi une branche.

— Un vrai survivaliste doit aussi compter sur ses propres moyens. Souviens-toi le premier jour, je t'ai montré comment te fabriquer des outils. Je veux que tu te débrouilles pour te construire un couteau et un marteau à l'aide de pierres. Tu t'en sens capable ?

J'ai ponctué ma question par un clin d'œil assorti d'un sourire de défi. Zoé compensait son manque d'autodiscipline par un goût prononcé pour la compétition. Je comptais aussi sur cette manœuvre pour désamorcer l'explosion imminente de sa mauvaise humeur.

— OK, mais si je me coupe ou si je me casse un doigt avant l'épreuve de demain, vous aurez mon élimination sur la conscience !

Et je l'ai observée. Zoé a sélectionné deux pierres sur le sol, une grosse et une plus petite. Ensuite, comme je l'avais fait il y a quelques jours, elle a commencé à frapper. Ses gestes manquaient de souplesse et de fluidité.

La comparaison avec les assistantes androïdes de Perez m'est venue à l'esprit. Une image dont je me suis bien gardé de lui faire part.

Sans m'en rendre compte, je retenais ma respiration et mon corps se tendait, comme s'il anticipait le moment où Zoé allait se blesser.

Au bout de quelques minutes, elle a poussé un hurlement dont l'intensité m'a surpris. La colère déformait ses traits.

— Putain de merde ! C'est vraiment une idée à la con ! J'ai un couteau ! Pourquoi je ne peux pas m'en servir ?

Elle a balancé la grosse pierre en direction d'un arbre, le manquant d'au moins dix centimètres.

Je me suis levé et j'ai sélectionné moi-même un nouveau caillou. Zoé haletait et serrait les poings. Les larmes roulaient sur ses joues.

— Tu sais, un jour je me suis retrouvé seul dans la jungle, sans couteau, sans rien. Et si je n'avais pas été débrouillard, je ne serais pas là à te donner de si précieux conseils.

Elle soufflait pour évacuer sa colère.

— C'est facile pour vous, vous êtes un expert. J'ai failli m'éclater un doigt.

— OK, on va passer un marché, je te fabrique le couteau et après tu te démerdes. *Deal ?*

J'ai tendu ma main. Ses yeux rougis se sont braqués dessus. Elle a grogné, puis elle a frappé dans ma paume pour sceller notre accord.

— *Deal.*

— Alors observe bien mes gestes. Je compte sur ta super mémoire eidétique pour intégrer la séquence.

Je lui ai fabriqué un couteau en quelques minutes, aux arêtes suffisamment tranchantes pour que l'outil puisse entailler le bois.

Puis, je lui ai montré comment choisir un morceau de bois, le creuser et le biseauter afin que la sciure puisse respirer, et sélectionner une branche – bien droite pour que sa rotation soit régulière – pour démarrer un feu. Je lui ai expliqué comment améliorer la cadence des frottements en se confectionnant un archet à base de liane (à défaut d'avoir une corde) et d'une tige légèrement voûtée. Et bien sûr, comment se protéger de la chaleur engendrée par la friction à l'aide d'une pierre placée dans sa paume.

Là encore, j'ai dû intervenir avant qu'elle n'explose de colère et j'ai dû finir ce qu'elle avait commencé. J'ai récolté la sciure fumante pour la déposer sur une pierre plate où j'avais disposé des herbes. En soufflant dessus, le feu a démarré.

J'ai profité du temps qui nous restait pour lui enseigner quelques autres rudiments de survivalisme. Comment récupérer de l'eau boueuse et la durcir à l'aide du feu pour se confectionner une cheminée, fabriquer un entonnoir en pliant de l'écorce de bouleau, utiliser le charbon du bois pour le combiner au sable afin d'en faire un filtre plus efficace encore.

Ces étapes étant moins contraignantes physiquement, Zoé était à la fois captivée et impatiente de les réaliser elle-même.

— C'est génial ! Vraiment génial ! a-t-elle crié plusieurs fois.

À la fin de notre session, j'étais déjà plus détendu. Le temps de quelques heures, j'avais pu m'éloigner de cette histoire d'espionnage en occupant mon esprit.

Mieux, j'étais confiant. Malgré quelques lacunes, son manque de patience et sa promptitude à l'emportement, Zoé avait tout en main pour réussir son épreuve.

Alors quand je suis sorti du dôme pour prendre la direction du restaurant, j'ai souri. Pour la première fois en quatre ans, la lueur d'une bougie éclairait mes ténèbres intérieures.

Mais à cet instant, alors que quelques nuages cotonneux voilaient les rayons du soleil, j'ignorais que tout allait basculer trois jours plus tard.

*

J'ai attendu d'être revenu dans ma chambre avant d'appeler Claire. Il était dix-sept heures, soit encore le milieu de la nuit en France.

Elle a décroché dès la première sonnerie.

— Déjà ? Moi qui croyais te réveiller.

— Pas cette fois. Une bombe a explosé à Paris. Au beau milieu d'une séance de distribution de rations, vers vingt heures. Tu n'en as pas entendu parler ?

— Non, coupé du monde comme je le suis, si le Japon avait envahi la Corée, je n'aurais pas été au courant non plus. Le bilan est lourd ?

Elle a lâché un soupir.

— Trente morts. Mais ce n'est malheureusement qu'un bilan provisoire. Il y a aussi plus d'une centaine de blessés. Beaucoup de réfugiés climatiques, de sans-abri, et pas mal de gens des classes populaires.

— Vous avez une piste ? L'attentat a été revendiqué ?

— Pas de revendication ; mais les pistes ne manquent pas. Entre les pillards, les fanatiques religieux, le bras armé du Nouveau Front Français… Il est trop tôt pour tirer des conclusions. Je compte sur les drones de surveillance et notre nouvelle imagerie satellite, même si je pense qu'on va devoir faire appel à nos alliés. Bref, je suis à bout.

Claire a poussé un long bâillement.

— Désolée. Alors, tu as du neuf ou tu voulais juste me faire bondir du lit ?

Je ne savais pas encore comment aborder le sujet.

— Il va falloir prendre avec des pincettes ce que je vais te dire.

— Tu m'inquiètes. Les pincettes, ce n'est pas ton genre.

Les mots et les formules se bousculaient dans ma tête, sans que je puisse construire une phrase capable d'adoucir mes propos.

— Pierrick nous a doublés. Il a volé des données et a disparu. Il a eu de l'aide à l'intérieur du complexe. La mort d'Anton Park est certainement liée à ses actions.

Silence.

— Claire ?

— Cela n'a aucun sens ! Pourquoi aurait-il…

— Je sais. Je n'y comprends rien non plus. Et toi, que comptes-tu faire ? Ça risque de faire du vacarme, si cela s'ébruite.

— Une crise à la fois, Florian. Une crise à la fois. Il me faudra plus de détails. Dis-moi sur quoi tu te bases.

Je lui ai raconté ma visite chez Alejandro de manière exhaustive.

— Son comportement est étrange. Mais pourquoi imaginer qu'il nous aurait doublés ? Cela fait peut-être partie de son jeu. Pour une raison que nous ignorons, il a coupé tout contact avec nous.

— Justement. Perez connaissait la véritable mission de Pierrick. Et il ne l'a pas dit explicitement, mais il soupçonne également la mienne. Je pense qu'Alejandro se base sur le contenu des données volées pour porter cette accusation à l'encontre de notre frère. Mais il ne veut pas m'en révéler la teneur. Secret défense.

— Bordel... Bordel...

Ma sœur ne jurait que lorsqu'elle était acculée. Deux gros mots à la chaîne en disaient long sur son état.

Elle a poussé un cri de fureur pour évacuer sa frustration, puis a repris la conversation avec plus d'aplomb.

— Bon, la prochaine fois, c'est moi qui te contacte. Tu auras bientôt de nouvelles instructions. Je dois encore bosser, je vais dormir une heure ou deux. On se parle demain.

J'ai raccroché, de nouveau tendu comme un arc.

*

Je suis sorti de ma chambre pour constater que l'air s'était chargé d'électricité. De lourds cumulonimbus noirs s'agglutinaient dans un ciel bas et menaçant. De fortes rafales soufflaient de biais, soulevaient des nuages de poussière et forçaient les résidents à quitter les rues du complexe. Seuls quelques traînards s'attardaient sur les bancs ou à la terrasse des bars qui se vidaient peu à peu.

Par réflexe, j'ai consulté le bulletin météo sur ma montre, même si mes années de survie en montagne m'avaient déjà fourni la réponse. Cette atmosphère étouffante était un mauvais signe.

Comme je le craignais, un orage était annoncé. Une alerte tempête était en vigueur dans le secteur, assortie d'une indication supplémentaire : probabilité de formation de tornades estimée à 60 %. Le pourcentage était mis à jour toutes les minutes, recalculé par les puissants processeurs quantiques, et oscillait entre 57 et 62.

Quelques secondes après, le bulletin du complexe relayait l'information sur nos téléphones et une minute plus tard, Sofia m'envoyait un message pour annuler notre repas. Elle jugeait plus prudent de rester dans sa chambre.

À la limite, cette annulation m'arrangeait. Depuis que j'avais posé les pieds sur le continent américain, j'avais bien dû prendre deux kilos. Et ce n'était pas du muscle que j'avais accumulé.

Je suis rentré avec l'idée de faire quelques recherches, mais je me suis rapidement écroulé.

Chapitre XVI

Au cours de la nuit, la probabilité que des tornades se forment avait diminué à 36 %. Ce qui n'avait pas empêché leurs apparitions plus au sud du complexe, ainsi qu'au nord d'Atomic City. De notre côté, nous avions écopé de violentes bourrasques, de celles dont les plaintes vous réveillent et vous empêchent de vous rendormir.

Et pourtant, nous devions nous lever aux aurores. L'épreuve éliminatoire commençait à six heures.

Je me suis rendu directement aux dômes en sautant la case petit déjeuner, préférant gagner de précieuses minutes de sommeil.

Le ciel étoilé du matin se zébrait de mauve et d'ocre, mais les hauts murs du complexe dissimulaient le soleil naissant. Le climat s'était rafraîchi et je me suis surpris à réprimer des frissons et à me frotter les bras.

Pour cette épreuve, nous avions rendez-vous dans le plus gros hémisphère, celui que tous appelaient ici le dôme principal ou encore le mégadôme. Un terrain de jeu jusque-là inconnu. Les entraîneurs et les candidats ont été séparés, mais cette fois-ci, la production n'autorisait aucun contact avec les participants. Nous étions installés dans une grande salle où nous pouvions nous synchroniser avec n'importe quelle caméra de l'émission pour observer le déroulement de la compétition. Le yogi avait suggéré un contrôle manuel des drones, mais la production, par la voix de Samuel Romanov, s'y était opposée. Ils craignaient que nous utilisions les mouvements des appareils pour communiquer.

Une bonne idée, à laquelle je n'aurais d'ailleurs jamais pensé.

Les coachs se sont calés dans des sièges de cinéma inclinables. J'ai préféré rester debout, au fond de la salle.

Samuel a donné le compte à rebours d'une manière théâtralisée. Les nombres étaient beuglés par les enceintes et sous la mitraille des caméras. Cette phase éliminatoire constituait le climax du premier acte de l'émission, alors ils renforçaient le show avec quelques artifices.

Mais pour être tout à fait honnête, je saluais la sobriété globale du programme depuis son commencement, même si la postproduction et le montage final pouvaient nous réserver leur lot de (mauvaises) surprises.

Samuel nous a annoncé le thème de l'épreuve au moment où une caméra perchée en hauteur montrait l'ensemble des candidats pénétrant dans l'enceinte du dôme. Ce n'était pas une jungle cette fois-ci, mais une forêt américaine de l'est du pays.

Les participants étaient habillés de pantalons, de chemises épaisses et de vestes. Certains portaient des bonnets. En les voyant frotter leurs bras et souffler dans leurs mains, j'ai compris que l'équipe de l'émission avait dû refroidir l'atmosphère ambiante pour recréer un climat de montagne à l'approche de l'hiver.

Le thème de cette finale était d'une cruelle simplicité : survivre jusqu'au lendemain. Pendant vingt-quatre heures, les candidats seraient jugés sur leur capacité à se débrouiller dans un milieu hostile. Ils partaient sans le moindre outil, uniquement munis d'une carte. Ils se séparaient déjà en petits groupes tandis que Samuel nous expliquait qu'en suivant leur carte, ils pourraient trouver des objets utiles : couteau de survie, hache, paille filtrante, lampe. Pour pimenter l'épreuve, la production n'avait distribué que dix caisses à l'intérieur du dôme. La moitié des candidats allait être pénalisée, peut-être davantage si certains petits malins s'appropriaient plusieurs de ces précieux objets. J'imaginais déjà la course effrénée et les éventuels affrontements.

Dès que le présentateur a regagné sa place, je me suis connecté au drone qui transmettait les vidéos de Zoé. Carte en main, la gamine évoluait parmi des cailloux qui bordaient un mince ruisseau.

J'avais du mal à suivre ses mouvements. Le yogi avait raison : cela aurait été bien plus simple de pouvoir commander les caméras.

Outre l'inconfort, cette passivité me rendait dingue. Je me sentais frustré de ne pas pouvoir intervenir. Je voulais lui conseiller de se concentrer sur ses tâches et de se fabriquer des outils plutôt que perdre du temps à rechercher des bonus.

Zoé était capable de se débrouiller. Avec sa mémoire et sa volonté, elle était prête à supporter une épreuve de cette durée. Pourtant, comme les autres, elle succombait à l'apparente facilité. J'ai jeté un coup d'œil aux points qui représentaient les mouvements des participants sur la carte. On distinguait clairement une tendance. Seulement trois des vingt concurrents avaient fait le pari d'ignorer les bonus. Zoé n'était pas seule à convoiter de l'aide supplémentaire, deux candidats convergeaient vers la même zone. J'ai interagi avec le système pour focaliser mon attention sur ses deux « adversaires ». L'un était Hwang, que j'avais déjà pu observer lors de la première épreuve. L'autre était Nina. Cette Russe athlétique d'environ trente ans menait la course en tête. Leur destination se situait en hauteur, au sommet d'un affleurement rocheux d'où s'écoulait une cascatelle. Pour atteindre la caisse bonus, il fallait se hisser jusqu'au sommet de la cascade. On pouvait escalader les pierres humides ou encore grimper aux branches d'un énorme sapin.

Je me demandais quel chemin Zoé allait choisir.

— Fais attention, me suis-je surpris à murmurer.

Je n'étais pas le seul à encourager ma protégée. Autour de moi, les entraîneurs étaient tous absorbés par le spectacle.

Comme prévu, Nina est arrivée en premier sur les lieux. La Russe a hésité quelques secondes pour évaluer ses options, puis s'est précipitée vers les roches.

Mais parvenue à la moitié de son ascension, elle a glissé et manqué de plonger son pied dans l'eau.

Zoé était sur place environ trente secondes après, presque en même temps que Hwang. Les trois participants se sont regardés, d'abord surpris de leur rencontre. Puis ils se sont jaugés sans prononcer un mot avant d'agir.

Nina s'est précipitée vers les roches pour une seconde tentative. Zoé a préféré monter sur l'arbre dont une des larges branches formait un pont. Pris au jeu de la compétition, j'alternais les trois points de vue, me fixant quelques secondes sur chacun des candidats. La femme russe approchait les affleurements avec plus de prudence et conservait une certaine avance. Une froide détermination se lisait sur son visage déjà rougi par l'effort. Zoé était étonnamment concentrée et sereine. Sur certains gros plans, ses traits se crispaient, mais son regard ne cillait pas. Elle semblait à l'aise et pourtant j'imaginais mal cette enfant de Détroit en grimpeuse émérite. D'autant que nous n'avions jamais abordé ce sujet lors de nos sessions. Plus étrange encore, le jeune Hwang s'était posté au pied de l'arbre et observait Zoé sans agir.

Je suis repassé à Nina. Elle avait presque fini son escalade, mais devait prendre un dernier risque pour atteindre le sommet, rendu glissant par l'eau qui cascadait. Elle était proche de remporter le bonus.

Zoé progressait plus rapidement que je ne le pensais, en raison d'un dénouement surprenant. Le jeune Chinois l'aidait à grimper.

— Appui épaule, lui a-t-il crié dans un mauvais anglais.

Zoé s'est hissée sur la dernière branche et presque au même moment, Nina poussait sur ses bras pour atteindre le sommet.

J'ai jeté un coup d'œil à la carte. Si Zoé conservait sa cadence et ne perdait pas l'équilibre, elle avait une chance d'arriver avant la Russe, car la caisse était plus proche de l'arbre que de la cascade.

J'alternais les deux caméras, le souffle coupé.

Zoé jouait les funambules sur la large branche et son adversaire se relevait tout juste, encore fatiguée par son dernier effort.

Dans cette configuration, ma candidate pouvait gagner.

Et puis, alors que Zoé était parvenue à l'extrémité de la branche, elle s'est arrêtée. Je n'ai pas compris, jusqu'à ce qu'elle se retourne et hurle :

— Tiens bon !

Hwang s'était agrippé à l'épaisse branche et tentait de se hisser. Ses jambes battaient de l'air et il était sur le point de tomber.

Zoé a rebroussé chemin, s'est agenouillée et a tendu une main pendant qu'elle s'appuyait sur le tronc du sapin pour maintenir son équilibre.

Hwang l'a saisie. Tous les deux avaient le visage crispé. J'étais en apnée. Ils pouvaient glisser à n'importe quel moment et une chute de cette hauteur serait très dangereuse. Hwang a réussi à se hisser et Zoé a tenu bon.

Rassuré, j'ai basculé sur l'autre caméra. Le drone flottait au-dessus de la scène et m'offrait une vue en plongée. L'objectif a zoomé pour proposer un gros plan sur lequel on apercevait Nina ouvrir un coffre métallique pour en sortir un couteau et un silex.

Elle allait partir, mais elle s'est retournée. Le drone a basculé derrière son épaule. Zoé et Hwang marchaient vers elle.

Nina tenait les deux outils en main, mais ne bougeait toujours pas. Elle a juré en russe (quelque chose qui ressemblait à : *Der'mo* ! *Der'mo* !). Puis elle a laissé le silex sur le haut de la caisse avant de courir vers les bois.

Zoé s'en est emparée.

— On a eu de la chance finalement, elle n'a pas été vache. On va créer notre abri ensemble, si ça te va, a-t-elle dit.

Hwang a souri puis ils se sont échangé une poignée de main.

Au moment où ils se remettaient en marche, la lumière du dôme a diminué et des hurlements ont retenti.

*

Cette épreuve n'obéissait à aucune règle naturelle. La production avait pris par surprise les candidats en jouant sur la lumière, la direction du vent et surtout la présence de loups.

Par curiosité, je me suis un peu détaché du couple Zoé-Hwang – que j'estimais plus ou moins en sécurité – pour m'intéresser au reste des participants.

Tous avaient compris l'importance de l'abri, pressés par la nuit artificielle et la menace animale. Certains optaient pour des appentis ; une décision logique. Mais pour ce genre d'architecture, la position par rapport au vent prédominant était primordiale. Un ou deux malins s'étaient installés dans un trou naturel, un autre excellent choix… tant que la pluie ne venait pas s'en mêler. Ou alors il fallait penser à creuser des rigoles pour détourner le flux de l'eau et ne pas finir immergé dans une piscine boueuse.

De leur côté, Hwang et Zoé s'étaient décidés pour un abri structuré en « A ». Zoé apprenait à Hwang comment confectionner des outils avec des pierres. Fort heureusement, il était bien plus habile qu'elle et il s'était collé à la construction.

Ces deux-là n'étaient pas l'unique groupe à s'être formé. Plusieurs alliances s'étaient constituées et seuls huit candidats sur les vingt jouaient en solo, dont Zachary, le sourd et muet.

Au bout de trois heures – une éternité lorsqu'on est simple spectateur et que l'action n'est pas vraiment au rendezvous –, presque tous étaient parvenus à s'abriter. Seule une des candidates avait traîné à la recherche des bonus et accumulait du retard. C'était la première fois que je remarquais cette fille, une brunette âgée d'une vingtaine d'années. Sa stratégie semblait avoir payé, car elle possédait une machette et une lampe et se taillait une armature en bois.

C'est du moins ce que je pensais jusqu'à ce qu'une annonce résonne dans le dôme :

« Message pour tous les participants : vous avez une heure pour trouver de la nourriture. Passé ce délai, des pénalités s'appliqueront. »

La production mettait les candidats sous pression. D'abord les abris, ensuite la nourriture. Et ce, dans un laps de temps très réduit.

Je me demandais ce que cachait cette stratégie, mais je n'allais pas le découvrir dans l'immédiat.

Alors que j'observais Zoé et Hwang se lancer dans la fabrication d'une torche, j'ai reçu un appel de ma sœur. Pour qu'elle me contacte en pleine journée, cela devait être important. J'ai quitté la salle de projection pour m'isoler dans la cage d'escalier avant de répondre.

— Florian, je ne te dérange pas ?

— Je suis en pleine épreuve, mais je peux t'accorder un peu de temps.

— Parfait, je ne serai pas longue. Je voulais simplement te prévenir que mon agent a eu une touche concernant Pierrick.

— Une touche ? Comment ça ? Il l'a localisé ?

— Non. Toujours aucune nouvelle de ce côté. Mais j'ai quelques informations qui pourraient t'intéresser. En fait, je souhaiterais que tu creuses une piste pour nous.

J'étais intrigué, mais une partie de mes pensées étaient encore ancrées dans l'épreuve. Avant de poursuivre ma conversation, j'ai évalué la situation de ma protégée. Zoé et Hwang parcouraient la forêt, et un vent artificiel s'était levé dans le dôme, faisant danser les feuilles et frémir les branchages.

— Florian ? Tu es avec moi ?

— Oui, désolé. Explique-moi.

— On a reconstitué l'agenda de Pierrick. Deux semaines avant qu'il n'intègre le complexe, il s'est rendu à Idaho Falls. Ce voyage n'aurait rien eu d'exceptionnel si nous n'avions pas remarqué un déplacement de Stuart Flemming au même endroit, à la même date.

Ce nom ne me disait rien.

— Je suis censé connaître ce type ?

— Oui. Homme d'affaires, milliardaire, ancien gouverneur du Minnesota. Il est connu pour ses positions radicales concernant les intelligences artificielles. C'est un anti-IA notoire.

— Et tu penses qu'ils se sont rencontrés ? J'ai du mal à imaginer Pierrick mêlé à de l'espionnage industriel ou du sabotage.

— Tu ne trouves pas ça logique ? Je ne crois pas aux coïncidences, surtout après tes révélations d'hier.

Je connaissais ma sœur. Elle dissimulait autre chose. Comme quand j'étais enfant et qu'elle nous racontait une histoire. Claire avait un don naturel pour entretenir le suspense. Elle posait toujours une petite question avant de poursuivre, du genre *« Alors, que pensez-vous qu'il soit arrivé à Boucle d'Or ? »*

— Je t'ai dit que je n'avais pas beaucoup de temps et là, tu tournes autour du pot. T'es pas sympa.

— Désolée, vieux réflexe. Oui, ils se sont rencontrés. Notre privé sur place a réussi à tracer Pierrick sur les vidéos grâce à la reconnaissance faciale. Nous possédons un enregistrement sur lequel on peut les voir discuter dans un bar. Je te l'envoie.

Un bar « branché », ou plutôt une boîte de nuit. Le genre d'établissement qui a fleuri après la démocratisation de la réalité virtuelle. Des gens qui dansent avec des lunettes sur la tête, des écouteurs et des combinaisons haptiques, pendant que d'autres préfèrent jouer avec des hologrammes. Sur la vidéo, on distinguait trois personnes autour d'une table ronde. Juste derrière eux, une piste criblée de capteurs et de lasers sur laquelle une dizaine de zombies perdus dans leurs nébuleuses se tortillaient sur un rythme saccadé.

Les visages étaient brouillés, sauf celui de mon frère.

— Ils sont équipés de brouilleurs pour échapper à la reconnaissance faciale, a commenté Claire.

— Alors comment savoir si c'est bien Stuart Flemming ?

— Il y a deux ans, nous avons utilisé un nouvel algorithme de reconnaissance, basé sur la gestuelle. Une technologie développée pour pouvoir contrer les brouilleurs.

Sur le moment, j'ai pensé au côté pratique d'une telle avancée, mais à y réfléchir, je la trouvais effrayante.

— Et l'autre personne, vous savez qui c'est ?

— Non. Identifier Flemming s'est avéré assez simple. Sachant qu'il était présent en ville, nous avons axé la recherche sur lui et sommes partis de l'hypothèse qu'il était sur la vidéo. Pour le confirmer, il nous fallait disposer d'une base de données qui permette d'établir des comparaisons. Heureusement pour nous, les archives ne manquent pas. Interviews, présentations, apparitions publiques, posts sur les réseaux sociaux… D'ailleurs, il n'utilise jamais de brouilleur, ce qui rend son camouflage sur cette vidéo d'autant plus suspect.

— Peut-être voulait-il éviter d'être aperçu avec notre frère et la troisième personne.

Une femme. C'est une femme qui les accompagnait, ou alors un homme efféminé.

En l'observant, j'éprouvais même une impression de familiarité.

— Cela pourrait être une femme, mais rien n'est certain, m'a confirmé Claire.

Je suis resté silencieux et songeur. Mon cerveau tentait d'établir des liens et de dénouer ce qui tenait de l'intuition et de la déduction. Sandra se murait dans son mutisme, ce qui me rendait plus inquiet encore.

— Florian ? Il y a un problème ?

— Je ne sais pas. Juste un pressentiment.

Et pas un bon.

— Tu penses que tu pourrais confier la vidéo à Perez ? Je suis sûre qu'il dispose d'une technologie qui pourrait nous aider.

— Oui, excellente idée. En temps normal, il aurait certainement refusé, mais il sera curieux d'en savoir plus sur la nature de cette réunion. Surtout si elle concerne un de ses adversaires.

— Florian, sois prudent.

J'ai raccroché et je suis revenu à la compétition, mais le cœur n'y était plus. Zoé avait l'air de bien se débrouiller avec son nouvel ami, alors je pouvais me permettre de prendre un peu de distance.

Ce n'était pas le cas de tous les candidats.

*

Au bout d'une heure, les hurlements de loups ont retenti de plus belle pour bientôt devenir un concert glaçant d'effroi. Je savais que les animaux n'étaient que des androïdes, mais je ressentais la terreur des candidats, presque palpable à travers l'écran.

Zoé et Hwang étaient revenus à leur abri en avance, avec de quoi se nourrir, et s'y étaient calfeutrés. Ils n'échangeaient plus un mot. Ceux qui avaient opté pour des appentis se fabriquaient à la hâte une façade de fortune. Les plus judicieux avaient déjà allumé un feu pour éloigner les loups.

Un choix qui allait se révéler payant, car la production a annoncé un nouveau changement à travers les enceintes du dôme.

« Avertissement : la température va bientôt s'abaisser à zéro degré. Pensez à vous protéger. Ceux d'entre vous qui montreront les premiers symptômes d'hypothermie seront éliminés de l'épreuve et rapatriés dans le complexe. »

Au même moment, les signes vitaux de tous les candidats sont apparus en superposition sur l'ensemble des vidéos. On pouvait ainsi connaître en temps réel le rythme cardiaque, la température ou encore la masse corporelle de chaque participant.

Zéro degré. Je m'en voulais. J'avais abordé les rudiments de la protection contre le froid avec Zoé, mais nous n'avions pas approfondi le sujet et surtout je n'avais jamais évoqué les conditions hivernales. J'étais persuadé que les épreuves porteraient sur l'exposition à la chaleur, un choix bien plus logique au vu de notre climat actuel.

À la suite de l'annonce, ceux qui ne l'avaient pas encore fait ont démarré un feu. Hwang s'est aventuré hors de l'abri pour rapporter des petites herbes et des branchages.

Seule la jeune brune armée d'une machette faisait exception. Elle avait perdu trop de temps lors de sa cueillette et n'avait toujours pas achevé la construction de son abri. La pauvre n'était pas dans les meilleures conditions pour poursuivre sa tâche. Le froid s'était abattu avec l'obscurité dans le dôme et la fille se frottait les mains pour se réchauffer. Elle n'avait pas eu la jugeote de s'interrompre pour allumer un feu.

Une décision qui allait bientôt lui coûter cher.

Élise Rue – son nom était affiché au-dessus de ses données biométriques – était devenue la participante la plus populaire, à en croire le nombre de spectateurs indiqués sur l'écran que je consultais. Une cinquantaine en tout.

Alors qu'elle mettait en place la toiture de son abri, trois loups sont entrés dans le périmètre de son campement. Si elle n'avait pas disposé sa lampe face à elle pour terminer sa construction, sans doute aurait-elle pu apercevoir les animaux progresser vers sa position ; mais elle s'est laissé surprendre.

En apercevant la première bête à seulement deux mètres d'elle, Élise a poussé un cri et a lâché l'armature en bois. Par réflexe, elle a jeté un coup d'œil à sa machette enfoncée dans la terre, un peu plus loin derrière elle.

Les loups ont grogné. L'expression sur leurs gueules était saisissante de réalisme, plus vraie que nature. Les babines retroussées, les crocs, la bave. Seuls quelques gros plans exposaient les défauts, comme les yeux trop statiques.

Une performance suffisante pour effrayer Élise, dont le rythme cardiaque affiché sur l'écran montait en flèche et frôlait les 180.

Une indication inutile, la peur était gravée sur ses traits.

Les animaux se sont avancés de quelques pas et elle a paniqué. Elle s'est précipitée vers la machette en poussant un hurlement strident.

Les loups se sont alors rués sur elle en grognant. Mais au lieu de lui sauter à la gorge, ils ont élargi leur gueule et ont craché un abondant liquide vert, dont les jets ont atteint Élise au torse et aux jambes. Elle s'est retournée et a lâché son arme pour se protéger le visage à l'aide de ses avant-bras.

La jeune femme a fini par ouvrir les yeux, puis elle a posé ses mains sur ses vêtements et scruté la substance qui les recouvrait.

Plusieurs expressions se sont succédé sur ses traits en un laps de temps très court. De la surprise, du dégoût et, enfin, du soulagement.

Rassurée d'être toujours en vie, elle s'est levée, tandis que les bêtes s'éloignaient en marchant pour regagner la forêt.

Sur les écrans, une bande d'information défilait en continu.

« Élise Rue est éliminée. Dévorée par les loups. »

Une voix grave et théâtrale l'annonçait en même temps à l'intérieur du dôme.

Par curiosité, j'ai zappé pour guetter les réactions des autres candidats qui, contrairement aux spectateurs, ignoraient que se faire dévorer signifiait être aspergé de peinture.

Autour des flammes de leur foyer, Zoé et Hwang se lançaient des regards d'incompréhension. Ceux qui ne l'avaient pas encore fait ont démarré un feu à la hâte. La grande majorité n'a pas bougé d'un pouce : les participants se contentaient de manger.

Tous savaient que la compétition venait de changer. Un premier candidat était hors course.

Et ce ne serait pas le dernier. Cette phase éliminatoire réservait quelques surprises supplémentaires.

La nuit était tombée dans le dôme. Ici aussi, c'était l'heure de la pause repas.

J'ai toutefois décidé de passer mon tour, malgré la faim. Avant de suivre les progrès de ma jeune protégée, je devais m'aventurer dans le laboratoire.

*

J'ai endossé mon vieux costume de journaliste avec une facilité étonnante. Les années d'exil en Haute-Savoie n'avaient émoussé ni mon instinct ni mes compétences.

Je me suis présenté à l'entrée du bâtiment avec la même excitation qu'à l'époque. Sous le regard suspicieux du garde – l'homme était immense, et sa voix aiguë contrastait avec son physique de mastodonte –, le souvenir de ma première infiltration, en caméra cachée, m'est revenu en tête au moment où il me stoppait d'un mouvement de la main. Un reportage dans un poulailler géant à destination d'une chaîne de fast-food. J'en étais ressorti avec le cœur palpitant et la conviction que je tenais de l'or en barre.

La situation d'aujourd'hui était bien différente de mes premières investigations menées sous une fausse identité. Le patron m'introduisait comme un cheval de Troie dans sa propre entreprise. Mais le frisson était toujours présent, sublimé par la certitude que j'allais pouvoir faire avancer le dossier Pierrick.

À l'accueil, j'ai été rejoint par une employée au sourire impeccable répondant au doux prénom de Joyce. Sa cordialité était assortie d'une autorité naturelle qui tenait en partie à la distance polie qu'elle maintenait entre nous.

Joyce était parfaite pour me guider sur le chemin balisé par Perez. De belles paroles, du charme pour orienter mon regard dans la bonne direction et suffisamment de fermeté pour m'écarter des zones proscrites.

Avant d'appuyer sur le bouton de l'ascenseur, elle m'a informé des limites de notre parcours.

— Les deux premiers étages sont consacrés au développement de logiciels, à la gestion de projet et à l'administration. Ce qui vous intéresse se trouve au -1.

Ce qui m'intéresse.

Des propos révélateurs. Je me suis demandé ce qu'avait raconté Perez à mon sujet.

Je n'ai pas cherché à creuser et me suis laissé mener en silence dans les entrailles du bâtiment.

La porte s'est ouverte sur un open space qui compensait son aspect spartiate et sa lumière artificielle par une accumulation de verdure. Cactus, fleurs, bonsaïs, et même de la végétation au plafond. Chaque box était agrémenté d'orchidées, mais aussi de distributeurs d'eau (un modèle conçu pour rationner les quantités et éviter les abus). On avait également peint les murs pour rendre l'espace moins austère. J'ai reconnu le style de John Stew, qu'on comparait non sans raison au *street-artist* Banksy.

De là où j'étais, je distinguais sur ma gauche une cuisine ouverte. Une partie du personnel grignotait ou mangeait des fruits, d'autres buvaient des cafés dans une apparente insouciance.

Joyce a émis un petit raclement de gorge.

— Vous disposerez de cinq minutes pour interroger chaque employé. Nous tenons à ce que leur productivité ne soit pas altérée.

Une fausse excuse. Dans ce genre d'entreprise, les heures n'étaient pas comptées. Les employés pouvaient gérer leur temps comme ils l'entendaient tant que les résultats étaient au rendez-vous.

Joyce m'a ensuite indiqué trois bureaux puis une entrée sécurisée à l'opposé de l'ascenseur. J'ai reconnu la porte qu'avait empruntée mon frère sur la vidéo.

— Vous pourrez également parler au responsable de la production, Olivier Lindon, et à la directrice technique, Niraja Kapoor. La zone au-delà de cet espace vous est en revanche interdite d'accès.

À l'évocation du nom indien, je me suis demandé si la directrice avait un lien de parenté avec la famille Kapoor associée depuis longtemps à l'histoire de Bollywood.

Mais quand ma charmante guide m'a salué d'un geste poli avant de refermer la porte de l'ascenseur derrière elle, je n'avais plus qu'une idée en tête : appliquer le plan prévu par Alejandro, équiper mes lunettes et synchroniser les caméras intégrées avec Chloé, puis me faufiler entre les box à la recherche d'individus à interroger.

L'IA devait m'aiguiller vers le personnel susceptible d'avoir échangé avec Pierrick.

Chloé s'est manifestée à la seconde où je suis entré en contact avec elle.

— Surtout, ne me parlez pas, monsieur Starck. Faites comme si je n'existais pas. Les employés se doutent certainement que vous disposez d'un logiciel d'analyse, mais pas plus. Je me charge du reste.

Les questions me brûlaient les lèvres, mais je me suis tu.

Comme prévu, Chloé m'a promené dans les box, m'indiquant quelle personne je devais sonder, mais me laissant le champ libre pour conduire mon interrogatoire.

J'avais vu les trois quarts des personnes présentes quand elle m'a annoncé avoir fait le tour.

— Nous allons reparler à Hank Sevino, j'ai ressenti un certain malaise et des fluctuations dans son discours.

Sevino était un Hispanique âgé d'à peine trente ans, un type débonnaire qui avait l'air de se réveiller d'une longue sieste mais dont on devinait l'intelligence aiguë à chaque réplique. D'après son témoignage, il avait travaillé avec Anton Park deux ans plus tôt. Évidemment, il ne pouvait pas évoquer le projet en question et Chloé n'avait pas jugé bon – ou peut-être n'était-elle pas programmée pour le faire – de m'en révéler davantage.

Lorsque je suis retourné à son box, Hank a levé un sourcil et a arboré une expression qu'on aurait pu traduire par *« Voilà l'autre fouille-merde qui revient me casser les couilles »*.

— Désolé de vous déranger, monsieur Sevino, mais j'aurais encore quelques questions à vous poser.

Il a grommelé.

— J'ai des consignes. Je devais vous consacrer cinq minutes, pas une de plus.

J'allais lui répondre quand Chloé s'est manifestée.

— Dites-lui qu'il est laid.

— Quoi ? ai-je répliqué à voix haute malgré moi.

— J'ai dit : cinq minutes, pas une de plus. Vous me faites perdre mon temps, a riposté Hank.

— Dites-lui qu'il est laid. Je vous expliquerai, a continué Chloé.

Les mots refusaient de sortir.

— Vous êtes laid, Hank, vous êtes vraiment très laid.

Vu son humeur, je m'attendais à ce que Sevino me saute dessus, mais il s'est contenté de blêmir. Il a ouvert la bouche et l'a refermée, puis a répété la même séquence avant de retourner à son poste en silence.

— Merci, j'ai l'information qu'il me manquait, a commenté Chloé. Allons voir la directrice technique.

— Vous pouvez m'expliquer? ai-je murmuré en sortant du box.

— J'ai eu accès à son profil psychologique. Tous les employés doivent passer plusieurs entretiens avec un psychologue avant une embauche définitive et je dois moi aussi dresser un rapport, comme vous le savez déjà. Dans le cas présent, j'avais besoin que vous suscitiez chez lui une certaine expression pour la confronter à toutes celles que j'ai pu déceler pendant votre interrogatoire. Je sais qu'il ment et je sais pourquoi.

J'ignore ce qui me perturbait le plus. Qu'une intelligence puisse violer le secret médical liant un patient à son médecin ou qu'elle soit capable d'utiliser ce genre d'information afin de détecter une faille et de manipuler un être humain. Je ne pouvais m'ôter de l'esprit que nous avions ouvert la boîte de Pandore et que nous œuvrions, sans en avoir conscience, à notre prochaine destruction, déjà bien amorcée par l'impact climatique et le chaos géopolitique.

Quant à la déduction de Chloé, mystère. Je n'avais aucune idée de ce dont elle parlait. J'avais simplement demandé à Hank Sevino comment il avait rencontré Park, et s'il avait connu mon frère. Je l'avais interrogé sur son champ de compétence. Il m'avait paru sincère dans ses réponses et je ne pouvais rien lui reprocher hormis une pointe de condescendance et une légère halitose.

Je suis rentré dans le bureau de Niraja Kapoor avec la sensation d'avoir perdu le contrôle, de n'être qu'un pantin.

À tel point que j'ai mis quelques secondes avant de me rendre compte que la directrice technique n'était pas présente et que le sol était recouvert d'un gazon synthétique.

— Vous cherchez madame Kapoor ? a fait une voix derrière moi.

J'ai acquiescé d'un signe de la tête.

— Attendez dans son bureau, je vais la prévenir.

Peut-être une trentaine de minutes plus tard, une Indienne assez grande dont les longs cheveux corbeau étaient noués en une queue-de-cheval rentrait dans le bureau.

Elle a lissé le haut de son tailleur gris d'un mouvement de sa paume.

— Bonjour, monsieur Starck. En quoi puis-je vous aider ?

Je n'en avais aucune idée et suis resté muet quelques secondes, au risque de passer pour un hurluberlu, le temps que Chloé m'aiguille.

*

Je suis sorti du laboratoire complètement sonné. J'ai erré sans but précis pendant de longues minutes, sous un soleil de plomb. Cette plongée surréaliste dans l'univers de la technologie de pointe ne m'avait pas seulement sapé le moral, elle m'avait aussi drainé. Je n'avais pas mené une investigation, j'avais juste été un instrument au service de Chloé.

Je n'avais jamais ressenti quelque chose de semblable. Être la marionnette d'une intelligence – artificielle qui plus est – dont je percevais la supériorité indéniable.

Lors de mon dernier interrogatoire, Chloé avait orchestré l'intégralité de la discussion avec la directrice technique. Je n'avais été qu'un truchement.

Non. Pire que ça. Un vaisseau.

Elle avait dicté mes questions, certaines de mes réponses, mes relances.

Et cela avait fonctionné. Si l'IA avait bien deviné la duplicité – totalement passée inaperçue de mon côté – de Hank Sevino lors de nos échanges, elle avait pu valider l'acuité de son analyse en la corroborant aux recherches effectuées par Niraja Kapoor.

L'Indienne était l'un des trois super administrateurs du site. Elle avait donc accès à toutes les bases de données, ainsi qu'à l'ensemble des répertoires, fichiers, courriels des employés.

D'abord méfiante – je n'étais qu'un étranger à ses yeux –, elle avait finalement orienté ses recherches sur les opérations du terminal de Sevino depuis l'arrivée de mon frère. Après une première analyse, elle n'avait détecté aucune activité anormale. Et puis en croisant ses horaires de présence et lesdites activités, elle avait pu remarquer certaines anomalies qui avaient commencé à apparaître il y a déjà plusieurs mois.

Plusieurs transactions avaient été effectuées depuis sa station alors que Sevino n'était pas à son poste de travail. Les caméras confirmaient qu'il était en pause ou encore à la cantine.

Une seule conclusion s'imposait.

On avait piraté son terminal, sûrement avec l'aide de Hank Sevino lui-même, afin qu'une tierce personne puisse pénétrer le réseau. En aparté – car il n'était pas question de trop en révéler à Niraja Kapoor –, Chloé avait aussi obtenu l'accès aux activités extra-professionnelles de Sevino. Fait notable, l'informaticien s'était récemment acheté une maison, ainsi qu'une place dans l'un des bunkers de luxe que les collapsologues et survivalistes de la première heure avaient construits avant même les années 2020. La rapidité avec laquelle l'IA avait pu récolter ces informations personnelles avait été terrifiante.

Niraja avait ensuite alerté la sécurité, puis elle m'avait congédié. Après tout, le contenu des échanges ou des opérations ne me concernait pas. Mais à la panique qui s'était emparée de ses traits, j'avais compris que la situation était très grave.

Chloé s'est chargée de me renseigner. Mais sa première explication est restée vague et la seconde, sibylline.

« Des informations sur le fonctionnement du site ont été dérobées » et *« Le programme core a été modifié »*.

J'ai demandé à en savoir plus, sans succès.

« Je vais transmettre mon rapport à monsieur Perez. Libre à lui de vous contacter s'il l'estime pertinent. »

Ensuite, silence radio.

C'était donc à moi de relier les pointillés. La piste la plus plausible était celle de l'espionnage industriel. Une hypothèse étayée par la vidéo filmée dans le bar d'Idaho Falls. Si c'était le cas, alors Flemming avait mis le paquet et pris de gros risques pour parvenir à ses fins. Anton Park, mon frère, Hank Savino, d'autres sûrement. À mon sens, cela faisait beaucoup trop d'acteurs impliqués pour mener une opération discrète. De plus, la modification du mystérieux programme *«core»* invalidait partiellement cette théorie et plaidait plutôt en faveur d'un sabotage. Ce n'était qu'une spéculation, mais je n'avais pas d'autres éléments.

En plus de ce flou, je ressentais un malaise grandissant.

Pourquoi Perez avait-il fait appel à moi ?

Chloé aurait très bien pu demander à un employé – le responsable de la sécurité du site, par exemple – de conduire l'enquête. Elle n'avait pas besoin de l'aide d'un ancien reporter.

Alors que je continuais à marcher comme un automate à travers le complexe, j'ai échafaudé une théorie.

Alejandro avait fait appel à mes services pour plusieurs raisons. Il ne voulait pas impliquer directement son entreprise. Une investigation menée en interne aurait soulevé trop de questions. En outre, en partant du principe que le milliardaire connaissait mon rôle au sein de la DGSE, c'était également pour lui un moyen de montrer qu'il était prêt à coopérer, tout en conservant le contrôle.

Sans m'en rendre compte, je n'avais pas pris la direction du dôme. J'étais revenu sur mes pas. Je me trouvais à proximité des quartiers résidentiels.

D'ici, j'avais une vue sur le balcon de Perez, perché au dernier étage.

Soudain, j'ai eu une idée.

Ma sœur souhaitait l'aide du milliardaire pour décrypter la vidéo. Mais je pouvais peut-être m'en servir comme monnaie d'échange.

J'ai contacté Chloé via ma montre.

— J'aurais besoin de rencontrer monsieur Perez.

J'avais peur de me heurter de nouveau au silence, mais l'IA m'a répondu.

— Désolée, mais il est occupé.

— Dites-lui que j'ai une vidéo qui risque de l'intéresser. Elle concerne Stuart Flemming.

La réplique n'a pas tardé.

— Il vous attend d'ici quinze minutes.

J'ai pris la direction d'un des nombreux bancs présents dans le parc entourant la bâtisse. J'avais un peu de temps pour évaluer la situation de Zoé.

Avant de me connecter aux caméras de l'émission, j'ai fait signe au drone de surveillance qui planait à quelques mètres au-dessus de moi.

C'est à ce moment-là qu'une question m'est venue à l'esprit.

Étais-je devenu gênant pour les espions ou les saboteurs ? Une cible à éliminer ?

Sandra semblait le penser. Je pouvais sentir son inquiétude plus prégnante encore que d'habitude.

J'étais moi aussi inquiet. Le danger était réel.

Chapitre XVII

Cette fois, Alejandro ne m'attendait pas dans le salon, mais dans un bureau presque en tout point conforme à celui de sa grande maison de Seattle, toutes proportions gardées.

Le milliardaire avait fixé son attention sur sa gauche, où plusieurs transmissions de caméras étaient projetées sur un pan de mur blanc.

Il est resté immobile quelques secondes avant de se tourner vers moi et de désigner la chaise qui lui faisait face.

— Désolé, mais pas de whisky cette fois-ci, monsieur Starck. J'ai dû décaler une réunion importante et je n'ai que quelques minutes à vous consacrer. Nous allons entrer dans une phase critique de l'émission qui requiert ma participation. D'ailleurs, si cela ne vous dérange pas, j'aimerais pouvoir la suivre pendant que nous discutons.

J'ai hoché la tête et me suis installé tout en recherchant Zoé sur l'un des écrans. En vain.

— Je ne serai pas long non plus, ai-je répondu.

— Parfait. Alors cette vidéo, je peux la voir ?

— Oui, mais avant cela, j'apprécierais d'en savoir un peu plus sur l'enquête que je viens de mener. Votre chère Chloé est restée trop cryptique pour m'aider à progresser dans la recherche de mon frère.

Le nez busqué de Perez semblait légèrement s'allonger alors qu'il me dévisageait ; une expression contrite marquait ses traits.

— J'aurais dû me douter que vous alliez monnayer quelque chose. Bien, je vais tâcher de vous aider, dans la mesure du possible. Que voulez-vous savoir ?

— Quelles sont les données qui ont été volées ?

Il a secoué la tête, un sourire sans joie sur ses lèvres.

— Hélas, je ne peux vraiment pas rentrer dans les détails…

— Alors restez vague. Était-ce en rapport avec l'empathie des IA ?

Il a écarquillé les yeux avant de reprendre son aplomb.

— Qui vous a parlé de ça ? Anton Park ?

J'ai confirmé d'un hochement du menton.

— Non, cela ne concerne pas ce genre de recherches, mais plutôt la raison d'être de ce complexe, et là, je ne parle pas de l'émission.

— Allez, je suis sûr que vous pouvez faire un petit effort… Alejandro.

— Vous prenez beaucoup d'assurance et de familiarité… Florian. Tout ce que je peux vous dire, et je n'irai pas plus loin, c'est que je collecte d'innombrables données depuis des années pour trouver des solutions qui permettront à l'humanité de survivre à cette crise sans précédent. Chez Perez Industries, nous touchons à de multiples domaines aussi vastes et variés que la géologie, la géo-ingénierie, la robotique, la virologie. Et comme vous le savez sûrement, nous ne sommes pas seuls à œuvrer. Nous travaillons de concert avec de nombreux laboratoires et entreprises répartis sur la totalité du globe. Ce qui nous a été dérobé, ou plutôt copié, concerne l'un de ces domaines, mais je ne peux pas vous dévoiler lequel pour l'instant. Alors, maintenant, vous pouvez me montrer cette vidéo ?

Le ton de sa dernière phrase dénotait son impatience. Il était temps pour moi de lâcher du lest, d'autant que j'avais besoin de lui pour décrypter les images et démasquer la troisième personne.

— La voici.

Nous l'avons regardée ensemble. À la fin du visionnage, Perez s'est tourné vers moi, les yeux légèrement plissés.

— Qu'est-ce qui vous fait penser que c'est bien Flemming sur ces images ? m'a-t-il demandé.

L'interrogation était de pure forme. Il connaissait déjà la réponse.

— Ma sœur les a fait analyser. Les techniciens sont formels. C'est bien Stuart Flemming.

— Et à votre avis, que faisait votre frère avec lui ?

— C'est la grande question. J'ai du mal à l'imaginer impliqué dans une affaire d'espionnage ou de sabotage industriel. Cela ne ressemble pas au Pierrick que je connais. S'il devait agir, alors ce serait pour une cause plus… (je cherchais un terme approprié et qui ne le vexerait pas) … noble.

— Je partage votre avis sur Pierrick. Et pourtant, cette vidéo est à charge.

Il a joint les doigts de manière à former un prisme.

— Il faut comprendre une chose, monsieur Starck, Stuart Flemming est un pourri. Ce type a du sang sur les mains et il est extrêmement dangereux. Je l'ai croisé à maintes reprises et à chaque fois, il me donnait la chair de poule. Au départ, je pensais que le pouvoir l'obsédait. Mais au fil de mes rencontres et de quelques enquêtes, j'ai vite deviné que je faisais fausse route. Ce maniaque n'est pas motivé par le pouvoir. En ce sens, il est comme moi. Sa fortune et son influence politique sont un moyen d'atteindre ses objectifs. Et ce fanatique est investi d'une mission. Mais personne n'en connaît la nature véritable.

La gravité et la solennité de ses paroles m'ont laissé interdit quelques secondes.

— Il nous faut rapidement identifier la troisième personne.

— C'était bien le but réel de votre visite, non ? Obtenir des renseignements sur mes activités, et en plus se servir de notre technologie pour décrypter le brouillage. Vous êtes un malin, monsieur Starck.

Je n'ai pas répondu.

— C'est entendu, a-t-il repris. Je vais le confier à mes meilleurs spécialistes.

— Pas à Chloé ?

— Elle n'est pas programmée pour ça. Je sais qu'elle peut donner l'illusion d'être humaine. Mais Chloé reste un logiciel, ne l'oubliez pas. Non, d'autres IA dites de type faible sont spécifiquement dédiées à ce genre de tâches. Vous voulez que j'entre dans les détails ?

J'ai agité ma main en signe de dénégation et je me suis levé.

Mais parvenu à la porte de son bureau, je me suis retourné.

— J'aurais une dernière question.

— Je vous écoute.

— Qu'est-ce que le programme *« core »* ? Chloé a mentionné son altération.

Perez s'est tourné vers l'écran, mais il ne le regardait pas vraiment, happé par ses propres réflexions ou pesant les mots qu'il s'apprêtait à prononcer.

— C'est peut-être le point le plus alarmant. Le programme *« core »* est l'épine dorsale du projet.

— J'imagine que je n'en saurai pas davantage.

— Si. Ça, je peux vous le dire. Le programme *« core »*, c'est Chloé.

*

Il était temps pour moi de revenir au dôme pour suivre la compétition.

J'avais pu me tenir au courant de la progression du coin de l'œil, mais à aucun moment je n'avais repéré Zoé sur l'écran. L'action était restée concentrée sur un candidat, Zachary. Le garçon n'avait pas réussi à allumer de feu et semblait lutter pour se réchauffer.

En sortant de la résidence, j'ai été surpris par la chute soudaine de la température.

Un ciel zébré de mauve et de carmin se mouchetait de nuages épars et quelques étoiles scintillaient déjà dans la voûte.

Je savais d'expérience que ces teintes étaient annonciatrices d'une journée particulièrement chaude.

J'ai quitté le jardin et pris la direction du dôme. Il y avait peu de monde dehors. Deux joggeurs, quelques patrouilleurs et un couple qui devait se croire seul, tant ils parlaient fort. Et bien sûr, comme toujours les drones volaient au-dessus de moi comme des chauves-souris.

À mi-chemin, j'ai croisé le docteur Lee. Surpris, nous sommes restés cois avant qu'elle ne brise le silence.

— Florian ? Tu n'es pas au dôme ?

— J'étais chez Perez, j'y file.

— Tiens, c'est drôle, c'est justement chez lui que je vais.

Nous allons entrer dans une phase critique de l'émission qui requiert ma participation.

J'ai repensé aux paroles du milliardaire. Sofia Lee avait donc un rôle à jouer dans la suite du programme.

— Et tu vas y faire quoi, chez Perez ?

Le visage de Sofia s'est rembruni.

— Tu n'as pas plus subtil, comme approche ? Je suis déçue.

J'ai répondu par un haussement d'épaules et un sourire forcé.

Elle m'a gratifié d'un clin d'œil.

— Tu n'en sauras pas plus. Mais cela fait partie de mon job, si ça peut te rassurer.

Je n'avais même pas imaginé qu'elle puisse s'y rendre pour autre chose que le travail.

— Je ne suis pas inquiet. On se voit demain ?

— Oui. Ah, pendant que j'y pense. Tu risques d'avoir la visite du lieutenant Newton.

Newton. Je l'avais complètement oublié.

— Et il me veut quoi, ce brave lieutenant ?

— Aucune idée. Il m'a demandé où tu étais et j'ai répondu que tu étais occupé dans l'hémisphère principal. Bon, désolée Florian, mais je dois filer. Je suis déjà à la bourre.

Je l'ai saluée et j'ai continué mon chemin.

Avant de rejoindre mes collègues entraîneurs – la majorité était restée sur les lieux et je passais sans doute pour le vilain petit canard de la bande –, j'ai fait un détour par ma chambre pour prendre une douche et faire un court débriefing à ma sœur.

Lorsque j'ai réintégré ma place dans la grande salle, certains coachs dormaient. D'autres étaient toujours éveillés, mais globalement l'ambiance était beaucoup plus silencieuse.

Je me suis massé les tempes et j'ai fermé les yeux avant de me reconnecter aux caméras. Dès l'apparition de la vidéo sur mes lunettes, j'ai été avisé d'un changement dans la compétition.

Zachary avait été éliminé. Il avait montré les premiers signes d'hypothermie. Un incident résumé par un message de la production :

« Zachary est mort de froid. »

J'ai réprimé un bâillement. L'épreuve devait se terminer le lendemain matin, mais j'avais prévu de passer la nuit sur place.

J'espérais passer une nuit tranquille, persuadé que la suite de la compétition serait beaucoup plus linéaire et morne. Mais c'était sans compter sur le sadisme des producteurs.

*

Trois autres participants avaient déjà subi le même sort que Zachary. En cas de froid intense, il est nécessaire de s'isoler du sol et de se protéger de l'air. Et bien sûr, nourrir le feu. Zoé et Hwang s'étaient relayés pour ne pas laisser mourir le foyer. Ma candidate avait retenu mon cours sur la construction d'une petite cheminée en terre cuite, pour contenir et diffuser la chaleur.

Alors qu'il n'était qu'une heure du matin, le soleil s'est levé dans le dôme. La vapeur qui flottait à la surface de l'eau témoignait du froid mordant qui régnait à l'intérieur de l'hémisphère géant. Les métriques sur les vidéos n'étaient plus indiquées ; volontairement, je pense, afin de ménager le suspense.

En guise de réveil, les candidats encore en lice ont eu droit à un message crié depuis les enceintes.

« Alerte information : vous avez une heure pour rallier le centre du dôme. Ceux qui échoueront seront éliminés. »

L'annonce a créé le branle-bas de combat. Tous, ou presque, sont sortis de leur abri comme s'il avait pris feu.

Pour atteindre cet ultime objectif, les concurrents n'étaient pas logés à la même enseigne. Quelques-uns avaient installé leur campement à la périphérie de l'hémisphère, alors qu'une poignée était déjà à proximité du lieu de rendez-vous.

Je me demandais quelle épreuve les scénaristes avaient pu concocter pour rendre ce dernier périple un peu plus périlleux encore.

La production avait retiré les loups de l'équation. Tant mieux. J'avais trouvé leur comportement irréaliste, uniquement programmé à des fins sensationnalistes. Normalement, ils n'attaquaient qu'en cas de très grand froid, acculés ou affamés.

La réponse n'a pas tardé à venir sous la forme de chutes de neige et de la levée d'un vent puissant. J'imaginais que de lourds ventilateurs tournaient à plein régime pour générer une telle force éolienne.

En quelques minutes à peine, le paysage se couvrait d'une couche de neige blanche qui gelait rapidement dès qu'elle touchait le sol. La température annoncée était de moins cinq degrés.

Avec ces rafales glacées et sans protection supplémentaire, certains risquaient de voir leurs signes vitaux descendre en flèche.

Les scénaristes avaient élaboré un ultime piège pour les derniers concurrents : la tentation de se précipiter vers le centre sans prendre les précautions nécessaires. Les plus avisés sont retournés se préparer dans leur abri après avoir mis le nez dehors. Mais quelques-uns n'ont pas rebroussé chemin, mettant ainsi leur survie dans le jeu en péril.

Pour l'avoir déjà vécu, je savais que trois choses au moins étaient requises pour se prémunir d'un froid intense. La première était de couvrir les membres exposés, tête, pieds et mains. Malheureusement, les candidats ne possédaient pas d'habits supplémentaires. La deuxième était de bien se nourrir et si possible de boire de l'eau chaude. L'hypothermie était plus rapide en cas de déshydratation. Enfin, la dernière impliquait d'utiliser l'espace de manière à rester à l'abri du vent. Moins cinq degrés assortis d'un facteur éolien fort étaient bien pires que moins vingt en conditions « neutres ». Heureusement, la protection procurée par les végétaux était supérieure à celle d'un mur, dont la rigidité avait tendance à provoquer le rebond des rafales et former des bourrasques. Étudier et exploiter le terrain était donc capital pour triompher de ce test. Zoé devait éviter les clairières.

Je m'en voulais de ne pas lui avoir communiqué ces informations et je m'en remettais à son intelligence et à ses capacités de déduction.

J'ai reporté mon attention sur Zoé et Hwang. Ils n'ont pas fait bouillir d'eau, mais ils ont pensé à manger et à boire avant de s'aventurer dans la tempête. Le concurrent chinois a même découpé un morceau de son pantalon et de sa chemise pour l'enrouler autour d'une branche afin de se confectionner une torche. Si elle n'était pas soufflée par les rafales, cet élément pouvait leur donner un avantage.

Après un coup d'œil à la carte, ils se sont lancés.

Le climat sibérien a rapidement eu raison des inconscients qui n'avaient pas mesuré l'impact des bourrasques combinées à une température négative. Sur les huit qui s'étaient précipités, trois sont repartis vers leurs abris pour s'armer contre le froid. Un seul a réussi à raviver son feu.

En trente minutes, quatre concurrents étaient éliminés, portant le nombre de « victimes » de l'épreuve à neuf. Des équipes munies de couvertures chauffantes sont intervenues sur place.

Hwang et Zoé progressaient en évitant de s'exposer aux couloirs venteux. Ils profitaient de l'abri procuré par les arbres et s'octroyaient de courtes pauses pour se revigorer auprès de la torche, même si celle-ci s'est éteinte au bout d'une dizaine de minutes.

Au lieu de rendez-vous, la production avait dissimulé une trappe menant au sous-sol du dôme. Ceux qui y parvenaient, transis de froid et à bout de forces, étaient accueillis avec des boissons chaudes et de la nourriture.

Zoé et Hwang ont atteint le centre en quarante-cinq minutes. Quatre autres concurrents les avaient précédés.

Dix candidats seulement ont réussi à terminer l'épreuve.

Ceux-ci étaient qualifiés d'office pour la seconde phase. Cinq autres seraient repêchés après un visionnage des vidéos par le jury.

Chapitre XVIII

J'étais fier de Zoé. Mais je n'ai pas eu le temps de célébrer ni de partir à la rencontre de ma candidate pour la féliciter.

Le lieutenant Newton m'attendait, adossé au mur qui bordait la porte d'entrée. Il avait remonté les manches de sa chemise et fumait une cigarette électronique. À peine ai-je mis mon nez dehors qu'il m'a salué de la main et incité à le rejoindre avec de grands gestes.

Apercevoir le policier si tôt le matin, c'était comme recevoir un coup de massue derrière la nuque. Le moment n'aurait pas pu être plus mal choisi. J'étais exténué et mon ventre grouillait. J'ai néanmoins tenté de cacher mon agacement en répondant par un signe de la tête, et me suis montré sous mon meilleur jour en forçant un sourire et en adoptant une démarche preste pour venir à sa rencontre.

J'ai tendu la main pour serrer la sienne. Une odeur de vanille – celle de sa cigarette – m'a soulevé le cœur.

— Bonjour, monsieur Starck.

— Bonjour, lieutenant. J'ai appris que vous vouliez me parler, mais je ne m'attendais pas à vous voir débarquer aux aurores.

Il a écarquillé les yeux avant de comprendre.

— Ah, vous avez dû discuter avec le docteur Lee. Oui, j'aurais quelques questions. Mais cela vous dérangerait d'aller prendre un café? Je n'ai pas dormi de la nuit et je risque de raconter n'importe quoi si je n'ai pas ma dose.

Je n'avais pas pris un seul café depuis mon exil. Moi aussi, j'étais crevé et j'avais besoin d'un bon remontant, mais j'avais peur de m'exposer à un nouveau sevrage. La première fois – une coupure forcée lors d'une expédition dans la forêt amazonienne –, j'avais souffert d'une grosse fatigue et de migraines foudroyantes pendant deux jours.

— Je me contenterai d'un verre d'eau, mais oui, nous pouvons aller au restaurant. Il devrait déjà être ouvert. Ou ne pas tarder à l'être si ce n'est pas encore le cas.

Nous sommes restés silencieux sur le court chemin qui nous séparait du Verne. Lui, car il attendait sa perfusion de caféine pour recharger ses batteries, moi parce que j'étais trop fatigué pour parler.

À cette heure-ci, le complexe était lui aussi endormi. Un léger vent s'était levé et faisait frémir les arbres et les fleurs plantés le long des allées. Dans la faible lueur aurorale, les drones patrouilleurs évoquaient des oiseaux ou des chauves-souris.

Nous sommes entrés, salués par les serveurs déjà bien fringants malgré l'heure, puis nous sommes installés à l'opposé d'une table de coachs à laquelle étaient réunis le yogi, Tara et Henry.

Le lieutenant Newton n'a retrouvé sa voix qu'après avoir descendu son premier café allongé.

— Désolé, monsieur Starck, ce n'est vraiment pas mon genre d'être aussi peu loquace, mais cette histoire m'a mis sur les rotules. J'aurais pu aller dormir, mais puisque j'étais encore debout j'ai préféré venir à votre rencontre. Vous ne m'en voulez pas, j'espère.

J'avais envie de lui demander si son enquête sur la mort de Park était bouclée et s'il avait conclu à un meurtre, mais je suis resté silencieux.

— J'aimerais que vous me parliez de votre frère.

— Mon frère ? Pierrick ?

Il a émis un petit ricanement.

— Vous en avez un autre ? a-t-il répliqué avec ce même ton désagréable qui m'avait énervé lors de notre première rencontre.

— Non… Pardonnez-moi, je pensais que vous alliez me parler d'Anton Park, pas de Pierrick.

Newton a écarté la première tasse, désormais vide, et pris la deuxième entre ses paumes.

— Oui. Je suis au courant. Justement, l'un s'en va et l'autre meurt peu de temps après. J'ai quand même la sensation d'avoir mis le nez dans une sale affaire. J'ai de la bouteille et la prétention d'avoir un minimum d'instinct. Un truc que toute la technologie du monde ou ces foutues IA ne pourront jamais remplacer.

J'étais d'accord avec lui sur ce point, mais je me suis gardé de lui dire.

— J'ai fait le tour des connaissances d'Anton et après avoir discuté avec le docteur Lee, j'ai appris que votre frère et lui projetaient de partir ensemble dans le nord du Canada. Vous étiez au courant ?

Il a bu une rasade de café sans détourner son regard du mien. En observant sa gestuelle, je mesurais le contraste entre son apparence simiesque et sa grâce naturelle. Chacun de ses mouvements semblait étudié.

— Oui. Sofia… le docteur Lee me l'a dit. Un voyage en amoureux, peut-être ?

— Un voyage en amoureux… je suis sûr que vous n'y croyez pas une seconde. Non, je suis convaincu qu'il existe un lien entre la mort d'Anton et le départ de votre frère. Et là, en creusant un peu, je suis tombé sur une première impasse. Les services de renseignements étaient vraiment peu coopératifs à son sujet. Heureusement, j'ai pu activer mes propres contacts, et quelle n'a pas été ma surprise en apprenant qu'un avis de recherche au nom de Pierrick Starck avait été émis quelques jours après notre petit entretien. Vous m'aviez caché que votre frère avait disparu.

Je devais me débrouiller pour ne pas le rendre encore plus soupçonneux.

— Non, je ne vous l'avais pas caché. Je vous ai même précisé qu'Anton était angoissé. C'est juste que moi, je n'étais pas convaincu de sa disparition. Aujourd'hui, c'est différent. Pour l'avis de recherche, ma sœur est ministre, ça la rend sans doute un peu plus fébrile qu'elle ne devrait. Mon frère n'a pas donné de nouvelles, alors elle s'est inquiétée.

— Je suis au courant pour votre sœur, vous me l'avez déjà dit.

— Lieutenant Newton, j'aimerais vous aider, mais je n'en sais pas plus.

— Tant pis. J'aurais apprécié votre aide. Car, voyez-vous, Anton Park ne s'est pas suicidé. Il a été assassiné. Je sais que vous me cachez des informations. Je sens ce genre de choses. Et je n'ai pas besoin de lunettes. Nous sommes dans le même camp, monsieur Starck. Car en résolvant cette affaire et en arrêtant le meurtrier, qui doit encore se balader dans le complexe en toute impunité, je pourrais vous aider à trouver votre frère.

J'en doutais, mais Newton n'avait pas tort sur un point : nous étions dans le même camp.

— Comment en êtes-vous arrivé à la conclusion qu'il a été tué ?

Newton a baissé les yeux et a agité sa tasse devant lui.

— L'expertise et la balistique montrent clairement que c'est bien Anton qui a chargé son pistolet et appuyé sur la détente. Tout concorde. Les éclaboussures de sang, la taille de l'orifice dans le crâne, la poudre sur les doigts, la balle retrouvée dans le mur.

— Je ne comprends pas. Pourquoi conclure à un assassinat, dans ce cas ?

— Vous avez déjà entendu parler de l'affaire Genetech ?

— Oui. Les Advil contaminés par un virus, en 2018. Cela avait fait un scandale planétaire ! Quel est le rapport ?

Le lieutenant a attendu qu'un serveur s'éloigne de notre table pour continuer.

— Certains éléments de cette enquête n'ont jamais été révélés. À l'époque, je travaillais un peu plus à l'est, au sein de la Vermont State Police. J'y étais entré l'année précédente et on m'avait plongé direct dans une affaire tordue autour d'un présumé tueur en série. Je vous épargne les détails, mais il y avait déjà des faits troublants, notamment de la manipulation mentale à l'aide de drogues. En tout cas, je m'étais passionné pour le sujet et j'avais suivi de près le blog d'une journaliste impliquée dans cette histoire et plus tard dans la fameuse affaire des Advil. Elle évoquait de nouvelles technologies capables de prendre le contrôle du corps pour transformer les individus en marionnettes.

Newton a esquissé un sourire et levé les sourcils.

— Évidemment, tout le monde autour de moi prenait ça pour des conneries, alors je feignais de m'y intéresser par goût des théories du complot, pour le fun. Mais mon instinct me disait qu'il y avait un fond de vérité là-dedans.

— Si je comprends bien, il serait possible de manipuler les gens, de les transformer en pantins ? Et vous pensez que c'est ce qu'il s'est passé avec Anton ? Que quelqu'un l'a forcé à se suicider ?

L'incrédulité (associée à un léger sarcasme) dans mon ton lui a fait perdre son aplomb.

— Oui. Apparemment, ce serait possible, à certaines conditions. Bon, j'avoue que je n'en sais guère plus. En tout cas, pour ce qui concerne Anton, ce ne sont pas les drogues. Son bilan sanguin était à peu près clean. Un peu de cholestérol, rien de plus. Écoutez, je sais que cela peut paraître dingue, mais c'est ce que je pense.

Dingue, oui. Tout cela me semblait tiré par les cheveux, mais après tout, nous étions en 2035 et bien des choses s'étaient accélérées depuis les années 2010.

— Bon, admettons. Cela sonne un peu théorie du complot, mais pourquoi pas. Je suis quelqu'un d'ouvert. À défaut d'avoir une autre explication, j'achète votre histoire.

— Vraiment ?

J'ai hoché la tête.

— Je suis moi aussi convaincu qu'Anton ne s'est pas suicidé.

— Vous allez m'aider, alors ?

— Je vais faire de mon mieux, en tout cas.

Et je lui ai presque tout raconté, omettant simplement de mentionner mon appartenance à la DGSE.

*

J'ai quitté le restaurant en me demandant si je n'avais pas fait une connerie. Mais mon instinct – le flic n'était pas le seul à en avoir – me disait que je pouvais faire confiance au lieutenant Newton. En outre, il possédait des qualités et des ressources susceptibles de faire avancer l'enquête.

En rentrant dans ma chambre, je me suis écroulé, persuadé que je n'allais pas dormir plus de deux heures.

Une prévision bien optimiste. Je me suis réveillé à midi, tiré de mon sommeil par un rai de lumière si puissant qu'il paraissait découper les rideaux en deux.

Après une douche que j'ai fait traîner en longueur, je me suis enfin décidé à rallumer mon téléphone, que j'avais coupé pour ne pas être dérangé pendant ma sieste. Trois appels en absence, tous de ma sœur. Claire m'avait également laissé plusieurs messages :

« Appelle-moi, c'est urgent. »

« Florian, tu es là ? C'est important. Rappelle. »

« N'hésite pas. Même en pleine nuit. »

Son inquiétude a achevé de me réveiller.

J'ai téléphoné immédiatement. Elle a décroché dans la seconde.

— Florian ? Tout va bien ?

— Salut, à toi de me le dire. Deux appels et trois messages. Il se passe quoi en France, l'apocalypse ?

— Pas en France, aux États-Unis. Tu n'as pas vu les infos ?

— Non. J'étais pas mal occupé. Vas-y, annonce la couleur.

— C'est Stuart Flemming.

Silence. Encore cette manie qu'avait ma sœur de faire traîner les informations.

— Quoi, Flemming ?

— Il a été assassiné. Embusqué par un raid de cinq personnes armées de fusils d'assaut et de lance-roquettes. Ils ont foncé sur lui alors qu'il sortait de sa résidence en Floride. Un massacre.

La nouvelle m'a percuté, provoquant une onde de choc dans mon cerveau. Une multitude de questions se télescopaient. Et encore une fois, tout semblait lié à mon frère.

— Merde. C'est dingue.

Claire a pris une grande inspiration, de celles qui précèdent une annonce dramatique.

— Ce n'est pas tout. Depuis hier, les États-Unis sont officiellement passés sous loi martiale. C'est le chaos dans plusieurs États. Les manifestations pour réclamer une augmentation du rationnement et l'octroi d'aides supplémentaires ont dégénéré, il y a eu des immolations et des affrontements à l'arme à feu. Un bunker de survie de luxe a même été pris d'assaut. Plusieurs groupes de fanatiques se sont mobilisés en profitant du fait que l'armée était occupée le long de la frontière canadienne. Le président Johnson est parti en croisade. Il a fait une allocution télévisée glaçante.

— N'oublie pas qu'ici, nous sommes à l'écart de tout ça, et que c'est une vraie forteresse.

— Florian, je voudrais que tu écourtes ton séjour. Tant pis pour la mission. Rentre dès que tu peux. Tu n'es plus en sécurité.

Parce que je le serais davantage en France ? Le pays était également sous loi martiale et les pillards dévalisaient commerces et villas en toute impunité. Je n'ai rien répondu de peur de m'enliser dans un débat sans fin.

— Reviens à Paris. Je n'ai pas envie qu'il t'arrive quelque chose.

Écoute-la, papa. Elle a raison. Rentre. Mais pas à Paris. Tu m'avais parlé du centre de la France ou de la forêt de Brocéliande. On ne serait pas bien, là-bas ? Tu construirais un nouveau potager, tu chasserais…

Mon cerveau encore engourdi par ma quasi-nuit blanche saturait.

— Je vais y réfléchir. Je te tiens au courant.

— Flor…

J'ai raccroché.

Mon instinct me disait également de partir, mais je ne pouvais m'y résoudre.

— On voit comment se débrouille Zoé dans la prochaine épreuve et après on avise. OK mon poussin ?

Sandra n'a pas répondu.

La phase deux de l'émission était prévue dans deux jours.

Nous étions à quarante-huit heures du chaos.

Chapitre XIX

Lors des deux dernières journées, j'ai pu féliciter Zoé et l'aider à parfaire ses techniques de survie. J'ai également profité de la compagnie de Sofia. Sa réserve professionnelle était l'unique frein à l'éclosion d'une relation plus intime et si je partageais son respect de la déontologie, je n'aurais pas été contre une entorse ; le temps d'une nuit ou deux.

Nous nous sommes promis de nous retrouver une fois l'émission tournée. Cette perspective m'attirait autant qu'elle me terrifiait. Ici, nous étions confinés dans une bulle, une parenthèse dans nos vies. Et puis je n'étais pas prêt à mettre ma promesse de côté, ni certain que Sofia supporte le quotidien d'un survivaliste.

Au matin de la phase deux, la production nous a convoqués au restaurant pour un petit déjeuner exceptionnel.

Samuel a présenté le programme des réjouissances avec son enthousiasme habituel.

Pas de dôme pour la prochaine épreuve, mais une véritable sortie dans le cœur de l'Idaho. Et pas n'importe où ; dans la célèbre Frank Church River of No Return Wilderness, le plus grand espace sauvage des États-Unis après l'Alaska. Forêts, rivières, montagnes et plaines réparties sur une surface de dix mille kilomètres carrés. Je n'y avais moi-même jamais mis les pieds. J'avais le vertige pour eux, d'autant que cette épreuve de survie allait s'étaler sur six jours, pendant lesquels les participants seraient livrés à eux-mêmes. La production a annoncé quelques surprises pour pimenter l'expérience des candidats, mais aussi une surveillance accrue ; une équipe d'intervention se tiendrait prête à leur porter secours au moindre problème. Comme partout ailleurs sur le globe, la population animale avait diminué dans cet espace naturel ; mais des pumas, des loups, des ours et des coyotes y vivaient toujours.

Samuel Romanov a également précisé :

— Vous ne pourrez pas parler à vos coachs avant la moitié de l'épreuve. À cette occasion, ils viendront passer deux heures avec vous et nous dresserons un premier bilan.

Une sorte de mi-temps.

Je me suis joint à la table de mes collègues, provoquant quelques exclamations de surprise dans leurs rangs.

Tous me surnommaient le fantôme, ou le sauvage. Henry leur avait même confié quelques anecdotes me concernant.

Même si je gardais une rancune tenace envers Tara la Chasseresse pour son coup bas lors de l'épreuve de la cueillette, j'ai passé un agréable moment en leur compagnie.

À la fin du repas, Samuel a convié les candidats à le rejoindre.

— Nous partons d'ici trente minutes. Un bus vous attend près de l'entrée. Vous avez toute liberté pour profiter du temps qu'il vous reste comme bon vous semble.

Je me suis levé pour intercepter Zoé avant qu'elle ne s'éloigne. Je tenais à lui parler. Je lui ai fait un signe de la main.

Elle m'a rejoint à une table libre.

— Ça va? Je voulais faire le point avec toi. C'est la dernière étape avant la finale, alors comment tu te sens?

Zoé m'a adressé un étrange sourire.

— Je me disais que vous aviez pas mal changé.

Ce n'était pas la réponse que j'attendais, mais je n'ai pas laissé paraître ma surprise.

— Ah oui? En quoi?

— Le premier jour où je vous ai vu, j'étais impressionnée. Un grand gaillard au visage tiré, l'air taciturne. Vous me faisiez peur, alors je me suis mise un peu à déconner, histoire de vous déstabiliser. J'ai exagéré ma confiance et forcé mon caractère.

Pour le caractère, rien n'était moins sûr.

— Je n'avais pas spécialement remarqué, mais où veux-tu en venir? J'ai un peu de mal à te suivre.

Zoé a haussé les épaules et saisi la poivrière posée sur la table pour jouer avec.

— Nulle part, en fait. C'est juste qu'au départ, vous n'étiez pas chaud pour vous occuper de moi.

Là, j'ai plutôt l'impression que vous tenez à moi. Ça me fait plaisir. Je n'ai pas vraiment l'habitude, c'est tout. Je vous aime bien, coach.

— C'est normal, c'est mon job, Zoé.

J'avais feint mon détachement, mais le ton n'y était pas.

— Ouais, ouais… je le sais bien. Enfin, je voulais vous dire merci.

— Avec tout ça, tu n'as pas répondu à ma question.

— Pas la peine de vous inquiéter. Je me sens en grande forme. Je n'ai plus de crises et j'ai vraiment gagné en confiance. On ne va pas se mentir, je suis toujours aussi maladroite, mais j'ai beaucoup appris. Je n'ai pas peur d'être lâchée en pleine nature et c'est un peu grâce à vous.

— Un peu seulement ? Mon ego vient de prendre une sacrée claque. Mais plus sérieusement, tu as beaucoup progressé. Et j'ai aussi constaté que tu t'entendais bien avec Hwang.

Elle a baissé les yeux.

— Ouais… (elle avait prononcé *ouaissssssss*). Je lui ai même appris un peu d'anglais. On s'est mis d'accord pour la prochaine étape. Si possible, on va s'associer. On est complémentaires. On s'en est bien sortis lors de la dernière épreuve.

Elle s'est retournée vers les autres candidats et les a désignés du doigt.

— Nous ne sommes pas les seuls. Plusieurs alliances se sont déjà formées. J'ai hâte d'y être. Ça va être malade !

— Tu as le bon état d'esprit, Zoé. Je suis sûr que tu vas faire un malheur. Je n'ai aucun doute que tu iras en phase finale.

— Merci, coach. Ça me touche.

Son regard se portait avec de plus en plus d'insistance vers le groupe encore réuni autour de Samuel Romanov. Hwang s'était placé légèrement en retrait et nous observait du coin de l'œil.

— C'est bon, Zoé, tu peux partir. On se parlera chaque jour pour faire une mise au point. En attendant, souviens-toi de mes conseils en matière de champignons et de baies.

Elle a tapoté sa tempe.

— J'ai tout enregistré, ne vous faites pas de bile. Vous n'allez pas vous ennuyer, ici ?

— Cela risque d'être un peu calme, mais je survivrai.

— À bientôt, coach, et encore merci.

Elle s'est levée pour rejoindre son partenaire et tous deux ont assez vite disparu de mon champ de vision.

Peu avant le départ, nous avons accompagné les candidats à l'entrée du complexe. En plus de l'équipe de production et des infirmiers, un large contingent de sécurité voyageait avec eux.

Je l'ai observée se diriger vers le bus. J'avais l'estomac noué. Pendant un court instant, je me suis revu avec Sandra, alors qu'elle montait dans un car scolaire pour la première fois. J'avais tenu à l'accompagner, hyper anxieux à la pensée de tout ce qui pouvait lui arriver. Accident, rapt d'enfant… je m'étais répété les pires scénarios dans ma tête pendant une semaine avant de me décider à la laisser.

Ce que je ressentais aujourd'hui ressemblait beaucoup à ce que j'avais éprouvé à l'époque. Avec quelque chose en plus : le pressentiment que l'épreuve allait mal se passer.

*

Après le départ de Zoé, j'ai voulu parler à Alejandro pour me tenir au courant des avancées sur la vidéo.

Dès le premier appel, Chloé a fait barrage.

« Monsieur Perez n'est pas disponible. Je vous contacterai quand il pourra vous recevoir. »

Je n'ai pas cherché à insister – à quoi bon argumenter avec une IA – et me suis mis en quête d'une autre occupation.

Manque de chance, Sofia travaillait dans sa chambre et ne voulait pas sortir pour le moment.

« Je t'appellerai dès que je serai libre. Je dois réviser l'ensemble des dossiers des participants et écrire un dernier rapport sur chacun des candidats éliminés. »

Les autres entraîneurs, toujours attablés, clamaient leur bonne humeur. Comment les blâmer? Nous jouissions de trois jours de pause avant de nous aventurer dans un des plus beaux endroits de l'Idaho.

Pour ma part, je n'avais pas spécialement envie de traîner avec mes collègues, et les alternatives offertes par le complexe ne me tentaient pas davantage.

Le studio était bien pourvu en magasins – il manquait une librairie, mais leur nombre avait connu une baisse radicale après un regain d'intérêt à la fin des années 2020 –, mais j'étais loin d'être un adepte du lèche-vitrine. C'était déjà le cas avant mon exil et mon séjour prolongé en forêt n'avait pas arrangé les choses. Je pouvais aussi profiter d'un cinéma et d'une salle de sport. Mais le cœur n'y était pas.

J'ai fini par errer sans but précis dans les rues qui, depuis le départ des candidats, avaient perdu de leur effervescence. J'avais l'impression de me promener dans un parc d'attractions en basse saison. Un parc lourdement gardé.

Zoé avait raison. Je m'ennuyais déjà. Jamais ma cabane dans les Alpes ne m'avait autant manqué que ce jour-là. Surtout que le soleil commençait à cogner et que les coins ombragés se raréfiaient.

J'ai fini par m'asseoir sur un banc du parc à jeux pour enfants afin de profiter de l'abri d'un chêne.

— Je serai bientôt de retour, ma chérie, ai-je murmuré en fermant les paupières.

Ma sœur m'a libéré de mon ennui en un coup de fil.

— Florian ? Alors, tu as pris ta décision ? Dis-moi que tu es parti.

J'ai ouvert les yeux et cligné des paupières pour faire la mise au point.

Devant moi, une jeune maman poussait son marmot sur une balançoire. Le gamin, âgé de moins de trois ans, criait à s'en déchirer la trachée. Un mélange d'excitation et de peur.

— Certaines choses ne changent jamais, ai-je répondu sans m'en rendre compte, fasciné par ce que la vie pouvait offrir comme plaisirs simples.

— De quoi tu me parles ? Tu as bu ? Je t'ai demandé si tu avais pris…

— Je reste encore un peu, Claire, l'ai-je coupé. Ma candidate a besoin de moi. Je ne peux pas la lâcher comme ça.

— Merde, j'étais sûre que tu allais me dire ça.

Merde. Le compteur de Claire était déjà dans le rouge pour qu'elle jure aussi vite.

— J'imagine que la situation a empiré. Alors, c'est quoi le problème cette fois-ci ? Une attaque nucléaire, on doit se précipiter vers un abri atomique au plus vite ?

— Les problèmes, tu veux dire. Non, rien d'aussi grave. Quoique, ça se discute… Ça se discute, oui.

Silence. Ma sœur avait prononcé ses derniers mots comme si elle s'était parlé à elle-même.

— Claire ? Tu es sûre que ce n'est pas toi qui as bu ?

— Le président Johnson vient à l'instant d'être destitué de ses fonctions à la suite d'un coup d'État. Et ça, tu ne le retrouveras dans aucun média. Du moins, pas pour le moment.

— Un coup d'État ? Aux États-Unis ? Comment ? Et pourquoi ?

— Tu connais aussi bien que moi l'influence qu'exerce le Pentagone dans ce pays. Tu ne te souviens pas ? À l'époque de Trump, certains généraux avaient déjà déclaré qu'ils résisteraient à des ordres qu'ils jugeraient insensés. Johnson est dans leur collimateur depuis plus d'un an. Les généraux n'ont jamais mâché leurs mots. L'invasion de la Corée du Nord contre l'avis de l'ONU, les menaces contre l'Europe et la Chine… Sans compter que le pays entier est gangréné par les rebelles paramilitaires.

— Alors là, excuse-moi Claire, mais j'ai du mal à considérer la destitution de Johnson comme une mauvaise nouvelle. Ce type est l'enfant maudit de Trump et Bolsonaro.

— Je suis bien d'accord, mais le peuple l'a élu, Florian. C'est un président mis en place par la voie démocratique. L'armée vient de saisir le pouvoir par la force. Je ne vois pas en quoi il faudrait s'en réjouir.

— Ce taré a failli envahir le Canada ! Il était prêt à le faire !

— Justement, il ne l'a pas fait. Il a même annoncé se recentrer sur la politique intérieure. Et quand bien même le Pentagone peut contrecarrer un ordre, comme l'utilisation « illégale » de missiles nucléaires, ils n'avaient pas à le destituer. C'est une manœuvre politique, c'est ça le plus effrayant.

— C'est vrai que je ne comprends pas. Le pays était déjà sous loi martiale…

— Oui, Johnson n'est pas un imbécile. Il avait lâché du lest pour contenter les généraux en colère. Mais cela n'a pas suffi.

— Et vous avez une idée de qui se cache derrière ce coup ?

Claire a marqué une longue pause. Sans doute continuait-elle d'évaluer les différentes hypothèses possibles.

— Je pense que le général Hayden Monroe l'a orchestré. Il est connu pour ses positions extrêmement conservatrices.

— Comme Johnson, justement. Cela ne colle pas, ces deux-là n'étaient pas comme cul et chemise ?

— Peut-être un peu trop. Cela a dû exploser entre eux. Je parierais sur une lutte intestine. Mais ce n'est qu'une supposition. Je ne sais pas tout, je ne suis que ministre de l'Intérieur.

La maman a stoppé la balançoire, le gamin pleurait.

— Je ne vois toujours pas en quoi je suis en danger. Un fou en remplace un autre, mais rien ne dit qu'il fera pire.

— Non, mais ce n'est pas la véritable raison de mon appel. J'ai bien pire à t'annoncer. Et tu n'en entendras pas parler non plus dans les médias.

Une pause, à nouveau, pour entretenir le suspense cette fois. *« Et à votre avis, qu'a fait Boucle d'Or ? »*

— Pire ? Tu as vraiment décidé de ruiner ma journée. Tu me ferais presque regretter le temps où l'on ne se parlait plus.

— Crois-moi, je m'en serais bien passée. Mais je dois te convaincre de partir au plus vite d'ici.

— Je pense avoir saisi l'idée, oui. Vas-y, je t'écoute.

— Je ne sais pas si tu es au courant, mais il y a trois ans, plusieurs expéditions de scientifiques ont été dépêchées dans le Grand Nord, pour une étude approfondie du permafrost.

— Oui, j'avais suivi, je m'en souviens. Il y avait deux Français dans le lot.

— Oui, le professeur Émilie Stein, une géologue, et le professeur Samir Hassami, un virologue. Ils faisaient partie de l'équipe envoyée au Groenland. D'autres devaient couvrir le Nunavut, la Sibérie ou encore l'Alaska.

Je me souvenais d'un projet pluridisciplinaire à grande échelle, principalement financé par les pays du G8, la Chine et l'Inde ; une coalition internationale qui avait pour but d'estimer les dangers liés à la fonte accélérée du permafrost. Au menu des réjouissances, une étude sur le méthane, le mercure et bien sûr les bactéries et virus prêts à se libérer de leurs gangues de glace. Ils avaient d'ailleurs commencé à le faire. En 2016, un enfant était mort d'une contamination à l'anthrax en Sibérie. Et en 2024, toujours en Sibérie, plusieurs cas de variole avaient été déclarés, créant un mouvement de panique mondial.

— Je sens venir les problèmes…

— L'année dernière, le gouvernement canadien nous a alertés des progrès réalisés par l'expédition du Nunavut, installée près de Naujaat, un hameau inuit. Ils avaient découvert un nouveau virus géant du type *Mollivirus sibericum*.

— De mémoire, ce virus n'était pas transmissible à l'homme.

— Oui. C'est pour cela que nous ne nous sommes pas inquiétés… jusqu'à ce que nous apprenions, hier, le décès de l'ensemble des membres de l'expédition. Je n'ai pas les détails. Je sais juste que, il y a deux mois, un des villageois aurait manifesté des symptômes grippaux. Quelques jours plus tard, le hameau a été placé en quarantaine. Tout s'est accéléré la semaine dernière. Il n'y a aucun survivant. Le président est en conversation en ce moment même avec le Premier ministre canadien, Selena Nguyen.

Je suis resté sans voix. Nous avions peut-être affaire à une crise sanitaire sans précédent. Mais ce n'était pas cela qui me préoccupait le plus.

— Une quarantaine ? Dans le nord du Canada ? Claire, tu penses à la même chose que moi ?

— Oui. Pierrick. J'ai du mal à croire à une coïncidence.

— Mais quel rapport entre ce complexe, cette émission et cette histoire de quarantaine ? Et pourquoi aurait-il disparu comme un fantôme, sans nous prévenir ?

J'ai entendu Claire soupirer son impuissance.

— Je n'ai pas l'ombre d'une réponse à te donner. À vrai dire, la ministre de l'Intérieur aimerait bien le savoir, mais la sœur voudrait surtout que son frère ne cherche pas à creuser et revienne au plus vite en France.

— Ce n'est pas si simple. Je ne peux pas quitter le complexe maintenant.

— Si, tu peux. Invente n'importe quoi. Supplie Perez au besoin.

La voix de ma sœur s'étranglait. Claire me peinait, mais j'aurais préféré qu'elle conserve sa dignité.

— Crois-moi, je le ferai dès que possible. Mais laisse-moi le temps d'en apprendre davantage. Je pense que c'est pour cela que Pierrick a proposé mon nom à Perez. Il souhaitait que je vienne ici et que je comprenne quelque chose. J'en suis certain. J'aurais simplement voulu qu'il me laisse une notice.

— C'est ton choix.

Le ton de ma sœur s'était raffermi. La ministre revenait peu à peu aux commandes.

— J'aurai tout essayé, a-t-elle enchaîné. Tiens-moi au courant.

En raccrochant, je me suis posé une autre question. Et si la destitution de Johnson était liée aux événements du Nunavut ?

Puis une autre.

Le Canada et les États-Unis avaient-ils réellement trouvé un accord sur l'importation de l'eau potable ?

*

J'ai tenté plusieurs fois de joindre Perez. Je me suis même rendu sur place pour évoquer avec lui ces nouvelles informations. Mais le barrage était toujours aussi efficace.

— Je vous ai déjà dit que je vous contacterais, monsieur Starck, a répondu Chloé sans se départir d'un ton enjoué en contradiction avec ses propos.

— Désolé, vous n'avez pas accès à ce bâtiment sans une autorisation expresse, a objecté l'agent de sécurité.

Alejandro Perez devait être au courant de la destitution du président Johnson. Il œuvrait main dans la main avec l'armée américaine. Cette situation n'avait pu lui échapper. Entre ça, les données volées et une faille potentielle dans son programme *« core »*, le milliardaire devait être débordé. Un pauvre petit coach était certainement la dernière roue de son carrosse doré.

J'ai rongé mon frein jusqu'à ce que Sofia me contacte. Il n'était pas loin de quinze heures.

— J'ai enfin terminé les dossiers. J'irais bien boire un verre, ça te tente ?

Boire ne me tentait pas. Mais sa compagnie, oui.

— Je passe te chercher.

Tout au long de l'heure que nous avons passée ensemble – le restaurant diffusait une musique mexicaine, il ne manquait plus que les mariachis pour se croire dans un resort de la Riviera Maya –, j'ai essayé de meubler la conversation avec un mélange de banalités et d'avis d'expert sur la survie, mais mon esprit était très loin.

Un égarement qui n'a pas échappé à la psychiatre. Elle avait écouté poliment mes pronostics, mais son regard s'assombrissait de minute en minute.

— Florian, soit tu es crevé, soit tu es préoccupé. À mon avis, un peu des deux, avec une forte dose de la seconde option.

Elle a pris une rasade de bière.

— Les psychiatres, ça sait garder un secret, non ?

Sofia a failli s'étouffer et a reposé son verre.

— Désolée, ta question m'a surprise. Alors pour te répondre franchement : pas plus que quelqu'un d'autre. Sauf dans le cadre d'une consultation, évidemment.

J'ai fermé les paupières et hoché la tête avant de la regarder droit dans les yeux.

— Le président Johnson a été destitué, le pays est sous le contrôle de l'armée.

Sofia a émis un rire sec et tourné son visage de biais. Elle attendait la suite, quelque chose dans le genre « mais non, je déconne ».

Comprenant que cela n'arriverait pas, elle a soudainement blêmi et s'est empressée de consulter son téléphone.

— L'info n'est pas encore sortie. Je la tiens de ma sœur.

Sofia ne répondait pas, complètement sonnée. Elle a baissé la tête, réprimé un premier sanglot et laissé exploser le suivant.

— Excuse-moi, a-t-elle dit, avant de s'échapper en direction des toilettes.

Sur le moment, j'ai trouvé sa réaction un peu extrême. Mais c'était son pays, et si ma sensibilité était émoussée depuis bien longtemps, la sienne était à fleur de peau. Pour moi, avec ou sans Johnson, l'humanité était de toute façon condamnée à plus ou moins long terme. Quand un avion est en chute libre et que l'on ne peut rien y faire, qu'importe qui prend place dans le cockpit, non ?

Sofia est revenue, les yeux rougis. Elle s'est rassise et a repris une gorgée de bière.

J'ai avancé une main vers elle, paume ouverte. Elle y a glissé la sienne.

— Navré, je voulais juste te mettre au courant. Si j'avais su…

— Non, tu as bien fait. Mais il faut que tu saches que tes techniques de drague ne sont pas terribles.

— C'est mon côté direct… et bourru.

— Tu sais que d'ordinaire, je suis plutôt attirée par les intellectuels un peu gauches. L'homme de Néandertal, c'est une première pour moi.

Elle a reniflé et essuyé ses yeux à l'aide d'une serviette de table.

— Nous autres, hommes des cavernes, possédons certains avantages.

J'ai ponctué ma phrase d'un clin d'œil. Sofia a serré ma main puis elle s'est levée et, sans me prévenir, m'a embrassé. J'ai à peine eu le temps de répliquer que déjà elle s'éloignait.

— Je vais dans ma chambre, je me rafraîchis et je reviens d'ici dix minutes.

Elle a pris la direction de la porte. J'étais tellement abasourdi par sa réaction que je n'ai rien dit.

À mi-chemin, elle s'est retournée.

— J'aimerais qu'on dorme ensemble, ce soir.

Là encore, je suis resté muet et je me suis contenté de la regarder partir.

*

J'arrivais à peine à réfléchir et mon cœur cognait à un rythme infernal. À ce tintamarre s'ajoutaient mille questions dissonantes et autant de bribes de pensées contradictoires. Sofia, Pierrick, Zoé, le président Johnson, ma cabane, Chloé et la foutue empathie des IA. Tout déferlait en même temps, un tsunami causé par… oui, par quoi ? Un coup de foudre ? Mais en était-ce vraiment un ? Ou une simple montée de désir ? Une réaction chimique provoquée par nos phéromones ? Et si j'étais amoureux ?

Seule Sandra restait silencieuse dans ce bouillonnement chaotique. Un mutisme que j'interprétais par sa désapprobation. Sans doute voyait-elle la perspective d'une nouvelle vie comme une menace.

— Ne le prends pas comme ça, mon poussin. Mon projet tient toujours. Et je ne trahis pas maman. Elle aurait voulu que je poursuive sans elle. J'aurais voulu cela pour elle aussi. Elle restera à jamais la femme de ma vie. Et toi, tu seras toujours ma princesse.

Je murmurais ces mots sans me préoccuper des quelques autres personnes présentes dans le restaurant, qui devaient me dévisager comme si j'étais engoncé dans une camisole. Mais je n'y prêtais pas attention ; les monologues solitaires, apparus dès les premiers jours de mon exil dans les Alpes, étaient devenus une habitude.

J'ai consulté ma montre. Seulement cinq minutes s'étaient écoulées. Une attente insupportable.

J'aimerais qu'on dorme ensemble, ce soir.

Et si Sofia voulait simplement passer la nuit en ma compagnie, pour parler, pour…

J'ai chassé cette dernière pensée ridicule en me levant. Non, ses intentions étaient claires. Sa déontologie avait atteint ses limites et ce n'était pas pour me déplaire.

Je ressentais le besoin de marcher pour mettre un peu d'ordre dans mes idées ; inutile d'égrener les minutes restantes, assis seul à une table, sous les regards curieux des serveurs et des rares clients.

Le ciel s'était couvert d'un fin entrelacs de nuages duveteux, filtrant les rayons d'un soleil pâle.

J'avançais sans vraiment prêter attention à l'environnement, presque comme un automate, jusqu'à ce qu'une silhouette familière pénètre mon champ de vision.

Le lieutenant Newton s'approchait à grands pas, en agitant les mains.

C'est fou comme ce type avait le don de se pointer aux pires moments.

Au bord de l'essoufflement, il suait à grosses gouttes et de larges auréoles maculaient sa chemise rose au niveau des aisselles.

— Il faut que je vous parle, monsieur Starck.

Ses cernes s'étaient encore creusés et ses paupières tombantes le faisaient ressembler à un cocker fatigué.

— Bonjour, lieutenant Newton. C'est urgent à ce point ?

J'espérais reporter de quelques heures au moins notre discussion.

— Vous êtes occupé ? C'est l'affaire de quelques minutes, pas plus. Cela vous dérange si nous retournons au restaurant pour bavarder ? Je meurs de soif.

Pas plus de cinq minutes, ai-je pensé.

— Non, mais je n'ai pas beaucoup de temps à vous accorder.

Le lieutenant a réprimé un bâillement et s'est frotté les yeux.

— Vous me le devez, ce temps, monsieur Starck. C'est à cause de votre histoire de fou que je suis sur le point de m'écrouler. Je n'ai pris aucune pause et je n'ai pas remis les pieds chez moi. Je suis resté dans le studio qu'Alejandro Perez a bien voulu mettre à ma disposition. Ce puzzle m'a obsédé, et je ne suis pas du genre à déclarer forfait avant d'avoir posé la dernière pièce. Et il y en a, des pièces : votre frère, la mort d'Anton, Stuart Flemming, cette troisième personne sur la vidéo… sans parler de cette émission et tout…

Il a gesticulé et tourné sur lui-même.

— … ce complexe ! Peut-être la pièce centrale du puzzle, d'ailleurs.

Newton a poussé les portes du restaurant et désigné la première table en apostrophant un serveur.

— Un verre d'eau, s'il vous plaît.

— Deux, ai-je corrigé alors que le jeune homme partait déjà vers le bar.

Le lieutenant me dévisageait avec l'expression hallucinée du type qui vient de passer trois nuits sans dormir. Un rhizome de veinules rouges striait le blanc de ses yeux.

— Vous êtes prêt à entendre ce que je vais vous raconter ?

Il m'avait accroché. Je ne pensais plus au docteur Lee, à sa nudité sous la douche ou devant son miroir.

— Je repassais toutes les pièces du puzzle en revue lorsque je suis tombé sur une anomalie. Si j'ai bien tout compris, les candidats et les entraîneurs ont été sélectionnés et validés par… l'IA, c'est cela ?

— Oui, par Chloé.

— Vous m'avez également parlé d'une possible altération de cette même IA, correct ?

— Oui, ai-je répondu un peu plus sèchement, en espérant qu'il comprenne que son petit jeu de questions-réponses commençait déjà à m'agacer.

Le serveur a déposé les verres sur la table. Le lieutenant a vidé le sien d'un seul trait. De l'eau coulait sur ses lèvres et son menton. Il a plaqué le dos de sa main sur sa bouche, réprimant une éructation.

— Excusez-moi. Bref, je suis parti de cette idée un peu folle. On sait que le tueur est sur le complexe. On peut s'entendre sur ce point, je crois.

Plus ou moins, ai-je pensé sans l'interrompre. Ses révélations sur une possible manipulation mentale ne m'avaient pas totalement convaincu, tant s'en faut.

— On sait également que plusieurs mois avant que l'émission ne débute, un pirate a réussi à modifier le programme *« core »*. Alors je me suis dit : et si la transformation avait touché l'algorithme de sélection des candidats et des entraîneurs ?

Le lieutenant a haussé les sourcils et a souri, cherchant mon approbation, voire mon admiration.

— Vous avez trouvé quelque chose ?

— Oh, oui, monsieur Starck, j'ai effectivement trouvé quelque chose. Je me suis rendu dans le laboratoire, usant de mon autorité pour forcer les gens à me parler de cette altération. On m'a opposé le secret défense pour les données subtilisées, ce que je veux bien comprendre. Mais je n'ai eu aucune résistance en ce qui concerne la modification de l'IA. Et vous savez pourquoi ?

J'ai secoué la tête.

— C'est simple. Car ils ignorent ce qui a été modifié. Le code a été encrypté et réorganisé par l'IA elle-même. Ils en sont au point d'envisager de l'effacer et de la remplacer par une sauvegarde, quitte à perdre des mois de données !

Je saisissais la gravité de ce qu'il me disait, mais je ne voyais toujours pas où il voulait en venir.

— J'ai demandé s'ils avaient au moins un environnement de test où ils pourraient déployer une version de l'IA antérieure à la modification. Juste pour vérifier mon intuition. Moins d'une heure plus tard, c'est-à-dire il y a deux heures seulement, j'obtenais une liste des candidats et des entraîneurs, que j'ai bien sûr comparée à celle produite par l'IA altérée.

Il s'est arrêté et m'a fixé quelques secondes sans ciller, comme s'il cherchait à m'hypnotiser.

— La même liste, me suis-je dit, déçu de constater que les participants étaient identiques sur les deux versions. Et puis j'ai dû lire deux fois celle des entraîneurs pour m'assurer que je n'hallucinais pas.

Son débit s'était intensifié et ses yeux avaient grossi.

— Un nom était différent, présent sur la liste altérée, absent de l'autre…

Le rythme de sa diction s'était légèrement infléchi, il prenait soin de détacher chaque mot.

— … Le vôtre, monsieur Starck ! Le vôtre !

*

— Cela n'a aucun sens, ai-je protesté. C'est ahurissant.

Le lieutenant Newton hochait la tête à la manière d'un automate.

— Quand on y réfléchit, si, ça a du sens. Cela pourrait signifier par exemple que vous êtes impliqué dans la mort d'Anton Park, la fuite ou la disparition de Pierrick.

— Vous êtes sérieux? Et vous allez me coller le coup d'État contre Johnson sur le dos aussi?

Cela m'avait échappé, sous l'emprise de la colère. Newton a reculé dans sa chaise, comme si je lui avais décoché un uppercut.

— De quoi parlez-vous?

J'ai éludé d'un geste de la main, agacé.

— De rien. Je suis suspect, oui ou non? Vous avez bien vu les vidéos Et vérifié mon alibi, non?

— Calmez-vous. Je n'ai rien dit de tel. Je pense que vous avez été rentré dans la base de données à votre insu. J'aimerais comprendre pourquoi.

J'ai pensé à Pierrick qui souhaitait absolument que je sois présent. Peut-être avait-il estimé qu'une recommandation n'était pas suffisante. Mais pourquoi? Pourquoi me voulait-il ici? Et puis je me suis ravisé. Mon frère n'était pas à l'origine de cette modification, puisque Chloé avait elle-même modifié son code.

— … le problème, c'est que ce remplacement proviendrait de l'IA elle-même. Vous avez déjà échangé avec Chloé, rien ne vous a alerté?

Ses propos glissaient sur moi, j'étais confiné dans une bulle hermétique. L'IA avait peut-être réagi à son altération, mais je ne comprenais pas pourquoi elle avait inscrit mon nom. Était-ce en raison de la disparition de mon frère ?

— Monsieur Starck ?

— Écoutez, je patauge autant dans la semoule que vous. Je n'ai vraiment aucune piste à vous fournir et franchement, je ne suis pas expert. Mais je vais vous aider. Je veux dire…

Je me suis interrompu, la montre-bracelet vibrait à mon poignet.

Chloé. L'IA me rappelait enfin, avec un sens étrange du timing.

— Excusez-moi, je dois répondre.

J'ai accepté la connexion.

— Monsieur Perez désire s'entretenir avec vous. Je vous mets en relation.

Je n'ai pas eu le temps de protester.

Le milliardaire m'a adressé la parole sans même un bonjour.

— Florian, je vais vous envoyer un message, mais quoi qu'il arrive, si vous n'êtes pas seul, je veux que vous restiez le plus naturel possible. Ne montrez aucun signe de surprise.

Son débit était rapide et son ton plus grave que lors de nos précédentes discussions.

— Je vais faire de mon mieux, mais vous êtes bien énigmatique, Alejandro.

— Vous allez comprendre. On vient juste de me faire parvenir la vidéo décryptée. Acceptez la demande de transfert.

J'ai mis quelques secondes à me synchroniser, perturbé par les cinq miliciens que je voyais se regrouper vers la porte d'entrée du studio. Leur démarche était rapide. Le lieutenant Newton observait la scène avec autant d'intérêt que moi.

La vidéo est apparue, superposée à ma vision dans mes lunettes. J'ai dû opacifier le verre pour mieux la distinguer.

En toute logique, je m'attendais à découvrir une femme en compagnie de Flemming et de mon frère.

Pas Zoé, s'il vous plaît, pensais-je, même si l'idée me semblait ubuesque.

Je n'étais pourtant pas si loin du compte.

Je n'ai pas réussi à contenir ma surprise et me suis écroulé sur ma chaise.

La troisième personne attablée était le jeune Hwang.

— Nous allons l'arrêter, a dit Perez une fois la diffusion terminée. Je voulais vous informer avant que l'opération ne débute. J'ai prévenu la sécurité là-bas. Nous allons procéder en toute discrétion.

En face de moi, le lieutenant Newton m'interrogeait du regard.

— Il y a forcément une raison, ai-je répliqué. Vous ne pouvez pas le coffrer simplement parce qu'il parlait à Flemming et à mon frère.

Sans parvenir à me l'expliquer, je prenais d'instinct la défense d'un garçon que, finalement, je connaissais à peine. Je pensais à Zoé, qui devait être avec lui en ce moment même.

— Et nous allons bientôt la connaître, cette raison. Je vous en donne ma parole.

Le milliardaire a coupé la connexion. Je me suis levé, chancelant.

— Tout va bien ? m'a demandé Newton. Vous avez parlé d'arrestation ? Vous savez qui est le coupable ?

Je n'ai pas répondu. Je me suis précipité dehors pour prendre l'air. J'ai dû m'appuyer à plusieurs reprises à une table ou à une chaise pour ne pas tomber, tant mes jambes flageolaient. Parvenu à l'extérieur, j'ai plaqué mes paumes sur mes genoux et inspiré un grand bol d'oxygène.

Dans mon crâne, c'était l'explosion. Comment Chloé avait-elle pu sélectionner ce candidat ? Qu'était devenue sa sagacité hors pair vantée par Perez ? Il figurait pourtant sur la liste initiale.

J'ai senti la poigne ferme de Newton sur mon épaule.

— Ça va ? Vous avez l'air drôlement secoué ! Je peux savoir ce qui se passe ?

Je me suis relevé et j'ai aperçu Sofia qui m'observait depuis l'entrée de l'hôtel. Elle m'a adressé un signe de la main puis elle s'est immobilisée. Je ne la distinguais pas bien, mais je devinais son inquiétude.

— Vous me préoccupez sérieusement, mon vieux, a continué Newton. Parlez-moi, au moins.

Sofia courait maintenant vers moi. Je me suis tourné vers le lieutenant.

— Un coup de fatigue, rien de plus.

Il m'a gratifié d'une moue de bouledogue contrarié.

— Ne vous foutez pas de ma poire. Je vous ai vu blêmir lors de votre conservation au téléphone.

— Il y a un problème ? a demandé Sofia.

— C'est exactement la question que je viens de lui poser. Mais vous aurez peut-être plus de chances que moi d'obtenir une réponse.

Et puis Newton a ajouté :

— Merde, c'est quoi ce truc encore ?

Il a fait une visière avec la paume de sa main et a pointé son index vers le ciel.

J'ai fait de même, imité par Sofia. En contre-jour, j'ai aperçu plusieurs points noirs flotter, ou plutôt voler dans notre direction. À peine visibles, ils grossissaient à vue d'œil, de seconde en seconde.

Des dizaines. Ils convergeaient vers nous à grande vitesse.

— Des drones, ai-je répondu incrédule. Des drones de combat.

Chapitre XX

L'attaque a été fulgurante. Les drones ont franchi l'enceinte, déjouant la barrière électromagnétique du complexe et prenant la sécurité par surprise.

Certains ont été interceptés par les appareils de défense, d'autres se sont répandus dans les rues du studio comme un essaim meurtrier. Des hurlements de panique ont précédé les premiers tirs, suivis par des cris de terreur. La mort se propageait sous la forme de salves rapides et étouffées.

Je n'ai pas attendu que les drones volent au-dessus du mur. J'ai hurlé :

— À couvert !

Sofia a réagi immédiatement, mais j'ai dû attraper le lieutenant par le col pour l'attirer à l'intérieur du restaurant.

Les mitrailleuses des agents de sécurité ont crépité trop tardivement. J'avais de sérieux doutes sur leur capacité à atteindre ces diables volants, avec leurs armes pourvues d'assistance à la visée. Ces drones-ci étaient petits et extrêmement mobiles. Les chiens robots n'étaient pas non plus programmés pour contrer ce genre d'attaque. Seuls les androïdes sentinelles étaient en mesure de riposter, mais je n'en avais croisé que deux.

Je n'ai pas cherché à observer l'issue du combat.

Je ne me suis retourné qu'une seule fois, avant d'entrer dans le restaurant, juste à temps pour apercevoir un détachement de soldats équipés d'hoverboards franchir à leur tour la barrière.

— Couchez-vous ! À couvert, ai-je de nouveau hurlé à l'adresse des clients et des serveurs qui se massaient près des vitres pour assister à ce spectacle d'apocalypse.

Certains ont réagi à mon injonction. D'autres n'ont bougé que lorsqu'un des carreaux a volé en éclats.

Ils se sont couchés, se sont agenouillés, ont rampé, mais un des serveurs a été touché à l'épaule.

Sofia, Newton et moi progressions accroupis, dissimulés dans un premier temps par la large fontaine qui trônait au centre de la salle.

Un des drones est entré et a flotté dans l'air. L'engin, de la taille d'une grande assiette, était doté de quatre petites hélices et d'un canon crachant des balles de calibre 5.56. Il a tiré trois coups successifs, et trois corps sont tombés, atteints en pleine poitrine. Des tirs de précision, pour économiser les munitions, destinés non pas à blesser mais à tuer. Par chance, un drone de défense a réussi à le toucher, et il s'est écrasé sur une table dressée en prévision d'un buffet, pulvérisant une pyramide de flûtes à champagne.

Nous nous sommes cachés à l'arrière du bar, où quelques serveurs s'étaient déjà réfugiés.

Le lieutenant Newton, pivoine et dégoulinant, a trouvé suffisamment d'énergie pour crier à mes oreilles :

— Ces machines sont équipées de capteurs thermiques, on ne pourra pas leur échapper ! Ça va être un massacre !

Il avait sorti son arme de poing. Mais je savais comme lui qu'un pistolet était aussi efficace qu'une sarbacane contre le blindage de ces machines.

Dehors, la situation empirait ; nous devions agir vite. Newton avait raison sur un point : d'autres drones allaient bientôt repérer à leur tour des formes jaunes, vertes et orange dans leur champ de vision, et je n'avais aucun espoir que les défenses du complexe triomphent des assaillants. Cette attaque était trop bien coordonnée. Sabotage du bouclier magnétique, aveuglement des drones de surveillance… Le coup venait de l'intérieur. Rédempteurs ? Je n'avais pas encore la réponse. Mais ils avaient attendu le moment opportun pour frapper. Près de la moitié de l'équipe de sécurité était partie avec les candidats à plusieurs dizaines de kilomètres d'ici. Une occasion parfaite.

Une explosion a retenti, suivie d'une deuxième. Des grands cris ont résonné dans la salle en réponse au bruit assourdissant et aux murs tremblants.

Derrière le bar, une jeune serveuse agenouillée sanglotait en s'agrippant l'arrière du crâne. Près d'elle, un de ses collègues se recroquevillait en position catatonique.

— On fait quoi ? a demandé Newton, les dents serrées.

— On ne peut pas rester ici ! Il doit bien y avoir une sortie.

— Des souterrains, a répondu la jeune femme entre deux spasmes.

— Des souterrains ?

— Oui, c'est par là qu'on achemine la nourriture aux employés du laboratoire. Et aussi à ceux qui travaillent sous les dômes. Mais je n'ai pas les codes d'accès. Enfin pas le code d'aujourd'hui. Il change toutes les six heures.

— Et tu sais qui pourrait nous le donner ?

Elle a secoué la tête, le visage larmoyant.

Dehors, les cris ont cessé, ainsi que le bourdonnement des drones. Un silence glacé a précédé les chuchotements, les hoquets, les gémissements.

— Ce n'est pas bon signe, a commenté le lieutenant.

Comme moi, Newton avait compris que l'escarmouche à l'extérieur avait pris fin et que la prochaine étape consisterait à ratisser méticuleusement l'ensemble des bâtiments du complexe.

— Peut-être que Chloé pourra nous aider. Si elle est le programme *« core »*, elle peut sûrement nous donner accès.

— Ou peut-être que c'est elle qui est à l'origine de ce bordel ! Vous n'avez pas écouté ce que je vous ai dit ?

Newton avait peut-être raison. L'absence de bouclier, l'aveuglement des drones… Et Perez n'avait cessé de le marteler : Chloé gérait le complexe. Elle était le programme *« core »*.

D'un autre côté, qu'avions-nous à perdre ? Nous étions piégés dans une souricière.

— Je dois prendre le risque. Je n'ai pas le choix.

Newton n'a rien répliqué. Sofia non plus.

J'ai contacté l'IA.

Chloé m'a répondu de sa voix enjouée, désormais familière.

— Bonsoir, monsieur Starck, en quoi puis-je vous aider ?

*

— Chloé, nous sommes piégés dans le restaurant du complexe. Nous avons besoin des codes pour déverrouiller l'accès souterrain qui mène au laboratoire et aux dômes.

— Ce sont des zones strictement réservées au personnel accrédité. Je ne peux pas vous en octroyer l'accès, monsieur Starck, je suis désolée.

Elle m'avait répondu comme elle l'aurait fait pour une simple requête administrative.

— Nous allons mourir si nous restons ici ! Le complexe est attaqué.

— Ne vous inquiétez pas, monsieur Starck. Nous prenons les mesures nécessaires afin de repousser les assaillants et je suis désolée que vous soyez placés dans une situation de détresse. Hélas, ce souci temporaire n'octroie pas de passe-droit. Je ne peux pas vous donner accès au laboratoire ni aux dômes.

Dehors, j'entendais nos assaillants brailler des ordres, mais je n'en saisissais pas la teneur.

Nous n'en sommes pas encore parvenus à la singularité, ai-je pensé. Et les routines de Park sur l'empathie n'étaient pas du tout au point. L'IA semblait incapable d'évaluer le côté critique de la situation. Ou peut-être le faisait-elle exprès ?

— Est-ce qu'Alejandro Perez est disponible ? Je dois absolument lui parler.

Silence.

Newton m'a tapé sur l'épaule.

— Alors ? C'est bon ? On peut mettre les voiles ? Des types se rapprochent. C'est le moment ou jamais.

La serveuse m'implorait du regard, pleine d'espoir. Je m'apprêtais à secouer la tête quand la voix du milliardaire a pris le relais.

— Florian, c'est Alejandro. Dieu merci, vous êtes vivant.

— Plus pour longtemps si je reste coincé dans le restaurant. J'ai besoin d'avoir accès aux souterrains, mais Chloé fait barrage.

— Je vais voir ce que je peux faire, mais il semblerait que nous ayons sous-estimé l'impact de sa modification. Le protocole de sécurité a été altéré.

— Sans blague ! Les barrières sont inactives. C'est l'enfer ici, les drones de combat ont fait un carnage, des soldats sur hoverboard ont débarqué. Je pense que votre équipe de sécurité a été (*massacrée*) neutralisée.

— Je sais et croyez-moi, je suis bouleversé. Des renforts sont en route. Mais je crains qu'ils n'arrivent trop tard. Pour votre problème d'accès, deux personnes peuvent effectuer un *by-pass* des fonctions de Chloé. Gordon, le responsable de la sécurité, et moi-même. Gordon était à la tête du groupe parti arrêter le jeune Hwang.

Le détachement de la milice, près de la porte. Ces types étaient aux premières loges lors du débarquement des drones. Ils avaient dû prendre l'attaque de plein fouet.

— J'ai tenté de le joindre, sans succès. Il ne reste que moi, mais pour vous aider je dois accéder au bureau situé dans mon appartement.

— Et où êtes-vous ? Dans une *panic room* ?

— Évidemment. Je suis certainement leur cible prioritaire, je n'allais quand même pas leur faciliter la tâche. Mais on dirait que je vais devoir en sortir quelques minutes.

Je me suis retourné vers le lieutenant.

— Nous devons progresser vers la cuisine et nous rendre au sous-sol. On bloquera la porte comme on peut. Il faudrait prévenir un maximum de personnes. Vous pouvez vous en charger ?

Newton a hoché la tête et quitté la planque.

— J'y vais aussi, a déclaré Sofia.

J'ai voulu l'en empêcher, mais elle ne m'en a pas laissé le temps.

J'ai repris ma conversation avec Alejandro.

— Vous ne pouvez pas opérer à l'intérieur de votre *panic room* ? Vous avez vraiment besoin d'aller dans votre bureau ?

— Je ne peux pas tout faire d'ici. Je dois accéder à un réseau parallèle et seul le terminal de mon bureau y est connecté. Même dans mes pires scénarios, je n'avais pas prévu que Chloé soit détournée. Mais ne vous inquiétez pas. C'est l'histoire d'un aller-retour. Je peux juste vous demander un service entre-temps ?

— Allez-y, je vous écoute.

— Je vais vous transmettre le flux d'une caméra placée à l'entrée de l'immeuble. Pour l'instant, ils n'ont pas attaqué les appartements ni le laboratoire, mais c'est leur prochaine étape, j'en suis certain. Ils sont là pour moi et pour Chloé. Prévenez-moi dès que vous voyez du monde rentrer.

— Entendu. Vous savez qui sont ces types ?

— Non, mais je parierais sur les rédempteurs. Ce n'est pas la première fois qu'ils s'en prennent à nous. J'ai sous-estimé leur réseau et leur influence. Je ne serais pas étonné que le général Monroe soit derrière tout ça. Florian, s'il m'arrive quelque chose, il est capital que l'expérience se poursuive. Nous devons absolument protéger les candidats.

L'expérience. Un lapsus révélateur.

— Comment ? Ils sont à des kilomètres de là, en pleine forêt.

J'ai pensé à Zoé qui avait déjà dû commencer l'épreuve. Peut-être ne se doutaient-ils de rien. Ou peut-être avaient-ils été attaqués, eux aussi. Et Hwang, qui devait sûrement être à ses côtés ?

Mon ventre s'est noué à cette idée.

— Alejandro ?

— Oui, je viens de sortir, je progresse vers le bureau. Je vous envoie la demande de synchronisation.

Les images de la caméra sont apparues en superposition, montrant une vue plongeante sur les doubles portes en verre de l'immeuble et sur le sigle Perez Industries dessiné sur le marbre de l'entrée. Les androïdes qui m'avaient terrifié n'étaient plus en poste.

— Rien pour l'instant. Mais j'ai une question. L'interface de Zoé est désactivée, vous pourrez aussi la restaurer ?

C'était le seul moyen de la contacter.

— Une fois que j'aurai les commandes, oui. Mais ne vous inquiétez pas, j'ai prévenu la sécurité sur place. Pour l'instant, il n'y a rien à signaler. J'ai toutefois demandé aux équipes de retrouver les candidats.

Même si cette nouvelle était censée me rassurer, mon alarme intérieure ne faiblissait pas.

J'ai relevé la tête pour évaluer la situation à l'intérieur du restaurant.

Le lieutenant Newton tentait de convaincre un serveur plaqué au sol de bouger, mais visiblement le jeune homme s'obstinait. Sofia progressait vers moi en position accroupie, accompagnée d'une femme petite et forte au visage grimaçant de trouille.

Toujours rien à signaler du côté de la caméra.

— C'est long. Vous pensez qu'on va s'en sortir ? a demandé la fille derrière le bar.

Je n'ai pas répondu. Je n'avais pas pour habitude de mentir.

Newton a fini par abandonner le serveur et s'est dirigé vers un client agenouillé près du chariot de desserts.

Je l'ai interpellé d'un geste de la main, mais il ne m'a pas vu. Il devait accélérer. Deux soldats progressaient désormais vers le restaurant.

— Vous en êtes où ? ai-je demandé à Alejandro.

— J'y suis presque.

Un mouvement dans le cadre de mes lunettes a fait dévier mon regard.

Quatre hommes armés venaient de pénétrer dans l'immeuble résidentiel.

— Faites vite, ils sont là.

— Ne vous inquiétez pas. La première vague risque d'avoir une petite surprise. Mais ce sera bientôt fini. Voilà. C'est fait. Vous n'aurez même pas besoin de code. J'ai rentré vos données biométriques. Voix, empreintes digitales et rétiniennes. Soyez prudent.

— Vous aussi.

J'ai relevé la tête. Newton revenait vers le bar avec trois personnes.

Mais au même moment, mon regard croisait celui d'un des rédempteurs. L'homme m'a aperçu à travers la vitre brisée par le drone.

— Vite ! Courez ! ai-je hurlé.

Le lieutenant s'est retourné et a ouvert le feu sur les soldats qui avaient déjà armé leurs fusils. La fille a filé vers la cuisine, suivie de près par le type recroquevillé sur lui-même quelques instants auparavant. Il s'est levé et a détalé sans prononcer un mot.

J'ai saisi Sofia par la main, hélant Newton au passage pour qu'il nous rejoigne.

Les tirs de mitrailleuse ont retenti dans la salle, explosant les murs, les vitres et les bouteilles du bar.

— Plus vite, Newton ! ai-je hurlé pour qu'il s'active.

Nous sommes entrés dans l'immense cuisine, meublée de grandes tables en inox et d'étagères métalliques. La fille nous attendait. Elle m'a indiqué l'ascenseur, tout au fond de la pièce.

— Où sont les escaliers ?

— Il n'y en a pas, c'est un monte-charge. Il va remonter ! Remonter. L'abruti de catatonique avait dû partir seul. Il ne nous avait pas attendus.

Nous étions six à patienter, les nerfs à vif ; un œil rivé sur le panneau lumineux de l'ascenseur, l'autre sur la porte à double battant de la cuisine.

La porte du monte-charge s'est ouverte pile au moment où les soldats pénétraient dans la pièce.

Tout s'est déroulé très vite.

Nous nous sommes précipités vers l'intérieur dans un mouvement de panique. Seuls Newton et moi avions gardé notre sang-froid.

Les rédempteurs nous ont aperçus et ont fait feu. Le lieutenant a répliqué en vidant le chargeur de son pistolet. Il n'avait pas cherché à les toucher, mais avait effectué un tir de barrage destiné à nous faire gagner du temps.

Cela n'a pas suffi.

Les balles ont fusé dans l'ascenseur. Des cris de terreur couvraient le fracas du métal.

Une gerbe de sang a éclaboussé ma joue.

La porte s'est refermée et a encaissé le reste des salves dans un tintamarre d'enfer.

Un silence de mort a précédé une litanie de gémissements. L'un des clients, un type à la barbe rousse âgé d'une cinquantaine d'années, avait été touché à la gorge. Il se vidait sur le sol du monte-charge ; une nappe rouge foncé se déversait entre nos pieds. Les yeux de l'homme se sont fixés sur moi avant de s'éteindre.

La jeune serveuse avait reçu une balle au niveau du bras, presque à hauteur de l'épaule. Elle contenait la douleur en serrant ses dents.

Sofia a désigné le mourant en grimaçant.

Je n'avais pas encore vu qu'elle se tenait l'abdomen.

— On fait quoi, pour lui ?

J'ai secoué la tête en guise de réponse.

Le monte-charge s'est ouvert sur une vaste salle garnie de caisses métalliques et de boîtes en carton.

Je suis sorti en écumant de rage. Le catatonique attendait près de la porte blindée qui menait aux couloirs.

Arrivé à son niveau, je l'ai frappé d'un coup de poing. Il s'est écroulé sans émettre le moindre son.

J'ai secoué mes mains moites et j'ai plaqué ma paume sur le verrou.

En repensant à mon arrivée à l'hôtel, j'ai prié pour que la porte s'ouvre.

— J'espère que vous avez fait votre putain de boulot, Perez !

*

Nous avions deux blessés.

Julie, la jeune serveuse qui désormais gémissait de douleur alors que nous progressions dans le couloir souterrain.

Sofia, dont j'avais fini par remarquer la plaie au ventre. Elle pâlissait en silence, les dents serrées. Un filet de sang recouvrait le dos de sa main.

Nous étions huit au total. Huit rescapés de l'attaque. Mais nul doute que nos assaillants allaient nous traquer.

La porte s'est verrouillée derrière nous sans pour autant me rassurer. Ce n'était qu'une question de temps avant qu'ils ne la fassent sauter, ou qu'ils n'obtiennent les codes d'une manière ou d'une autre.

Nous avons progressé dans un corridor éclairé par des néons, haut de deux mètres et large de trois. L'air était presque trop frais ici, et imprégné d'une odeur de poussière et d'huile de moteur.

Je ne savais pas où j'étais, mais j'espérais me diriger vers l'est, et donc vers le laboratoire.

Julie me l'a confirmé entre deux plaintes.

— Nous allons bientôt arriver à un croisement. À droite, on peut rejoindre les dômes. Au sous-sol, on trouvera des bureaux et des ateliers. Le Verne offre un service de restauration aux employés.

Des bureaux. La plupart des grandes entreprises étaient équipées d'une infirmerie. J'espérais y dénicher de quoi soigner les blessées.

Je me suis tourné vers Sofia.

— Ça va ? Tu tiens le coup ?

Son teint livide et la sueur qui perlait à son front m'inquiétaient.

— J'ai connu mieux, j'ai connu pire, a-t-elle répondu en contenant sa douleur.

— Dès qu'on sera à l'abri, je m'occuperai de toi.

J'ai décidé de contacter Perez pour lui demander conseil. Mon instinct me dictait de passer par le sud et donc de rejoindre les dômes. De là, nous pouvions accéder à une jungle artificielle, ou un autre environnement forestier.

Alejandro m'a répondu dans la seconde.

— Profitez du temps que je peux vous accorder, Florian. Ma petite surprise détonante a mis K.O. une première vague, mais ils seront bientôt à ma porte. Dommage que j'aie dû me séparer si tôt de ma serveuse androïde. D'autant que la prochaine fois, je ne pourrai pas les empêcher de rentrer.

Une sorte de résignation sereine habitait sa voix, celle d'un homme qui se savait condamné.

— Nous sommes dans les souterrains. Je peux soit rejoindre le laboratoire, soit passer par les dômes. J'ai besoin de votre avis.

— J'éviterais le labo, c'est le premier endroit qu'ils vont ratisser. Ce qu'ils cherchent se trouve là-bas.

— Et que veulent-ils au juste ?

— Chloé. Ainsi que quelques données. Mais ils n'auront rien. Je préfère encore la détruire.

— Et s'ils étaient justement venus pour ça ? C'est bien ce que sont ces rédempteurs, non ? Des fanatiques anti-progrès.

— Ils ne pourront pas, enfin, pas totalement. Des sauvegardes existent sur le *cloud* et sur d'autres serveurs répartis tout autour du globe. Quand je parlais de la détruire, je parlais de l'anéantir localement.

Nous sommes parvenus au croisement que Julie avait décrit. J'ai indiqué au reste du groupe de bifurquer vers la droite.

— C'est bon, je passe par les dômes. Vous avez bien dit que la cavalerie était en route, non ?

— Oui. J'espère juste pouvoir tenir d'ici leur arrivée. Mais j'en doute. Je vis sûrement mes derniers instants. Je ne m'étais pas imaginé quitter le monde comme ça.

Dans le couloir qui menait aux dômes, plusieurs caisses s'entassaient, ainsi que des morceaux d'animaux androïdes. Une tête de loup reposait à même le sol, dans un bac. Un peu plus loin, d'autres pièces de rechange s'empilaient dans un coin. Je me demandais combien d'employés avaient été embauchés rien que pour s'occuper de cette partie du complexe. Et combien étaient morts, désormais ?

— Vous savez si... s'il y a eu des survivants ? Pourquoi ont-ils tué tous ces gens ? Ils pouvaient se contenter de s'attaquer aux gardes et de prendre le contrôle du studio.

— Ce sont des fanatiques, et ils carburent à la terreur. Ils vont aussi prendre des prisonniers. Ils auront certainement besoin d'otages. Quant à votre première question, c'est ce que j'essaie de savoir en consultant les caméras. Mais ces barbares les détruisent les unes après les autres. Les assaillants circulent dans les couloirs de l'hôtel. Ils ont capturé plusieurs entraîneurs. Edmund, Tara, Henry et Vanessa. Pour le reste, aucune idée.

Avec un peu de chance, les rédempteurs les prendraient en otages.

— C'est une catastrophe. L'émission est un fiasco. J'espère que Chloé sera en mesure d'extrapoler les données déjà collectées.

À ce moment précis, Alejandro Perez m'évoquait un savant fou qui accordait plus d'importance à ses expériences qu'à la vie des personnes qu'il côtoyait, ou même à la sienne.

Nous sommes parvenus à une autre porte, que j'ai pu ouvrir par identification palmaire.

Arme au poing, le lieutenant Newton s'est proposé pour mener la marche.

La porte donnait sur un espace d'accueil ; mais il n'y avait ni hôtesse derrière le comptoir, ni vigile à proximité des accès. Seule une tasse de café posée à côté d'un clavier attestait d'une récente présence humaine. Le logo de Perez Industries trônait fièrement sur le mur, juste à côté d'un sas de sécurité surmonté d'une caméra.

— Alejandro ? C'est normal que les bureaux soient déserts ? Aucun employé n'est censé travailler dans les dômes aujourd'hui ?

— Si, mais comme au laboratoire, les salariés doivent suivre une procédure en cas d'attaque. L'alarme a été donnée au moment où les assaillants ont franchi nos murs. Tout le personnel présent a pu se réfugier dans une chambre de sécurité, beaucoup plus vaste que la mienne, et pourvue de tout le confort nécessaire. Il y a de l'eau et de la nourriture pour tenir un mois, au moins. Vous pourrez peut-être les convaincre de vous laisser entrer. Je regrette simplement que nous n'ayons pas eu la bonne idée de doter chaque édifice du même dispositif.

C'est parce que les restaurateurs et le personnel hôtelier ne travaillent pas sur des sujets sensibles. Ils sont interchangeables, lui-ai je répondu dans ma tête.

— Aidez-moi à comprendre, Alejandro. Pourquoi les rédempteurs se donneraient-ils autant de mal pour attaquer le complexe si tout le monde peut se réfugier dans des *panic rooms* ? Ils devaient bien le savoir, non ? Ils avaient des espions infiltrés, et leur assaut était bien trop coordonné pour commettre ce genre d'erreur.

— Ils en ont après le programme *« core »* et son créateur. Vous ne comptez pas à leurs yeux. Ils exécutent quelques personnes au hasard pour semer la terreur et ainsi mieux contrôler les autres. Voilà la raison d'une telle violence. Mais ils ignorent sans doute que je suis le seul à pouvoir entièrement détruire Chloé en effaçant simultanément toutes les sauvegardes et les versions antérieures. Le DARPA m'a imposé ce mécanisme en cas de pépin.

« Pépin » signifiait certainement : IA hors de contrôle.

— Non. Je pense qu'ils le savent, Alejandro. Et je pense aussi qu'ils vont vous torturer pour que vous le fassiez.

Silence.

— Vous pourriez très bien avoir raison, a-t-il répondu avec beaucoup moins d'assurance dans son ton.

Puis il a ajouté :

— J'ai quelque chose à faire. J'espère pouvoir vous contacter bientôt.

Il a mis fin à la conversation avant que je puisse répliquer.

Je me suis tourné vers Sofia, qui s'était assise. Elle avait encore blêmi et le bas de sa chemise était maculé de sang.

— On doit pouvoir trouver une infirmerie ici. Je vais m'occuper de cette blessure.

Elle a hoché la tête et grimacé, mais je décelais surtout de l'appréhension dans son regard.

— Ne t'inquiète pas, je sais ce que je fais. J'ai été légionnaire dans l'armée française pendant cinq ans. Certaines choses ne s'oublient pas.

Je me suis tourné vers Julie, qui s'était adossée à un mur et se tenait toujours l'épaule.

— Vous savez où se trouve la *panic room* ?

— Oui. Nous avons tous eu droit à une visite guidée en arrivant, et à une présentation des protocoles sanitaires et de sécurité.

Elle s'est levée.

— Je vais vous y conduire.

Je me suis rapproché pour l'aider, mais le lieutenant m'a devancé.

Je me suis adressé à tous :

— Vous allez suivre Julie et le lieutenant. Pendant ce temps, je vais partir à la recherche de l'infirmerie. Phillip, donnez-moi votre numéro, pour que je puisse vous rejoindre.

Après avoir récupéré ses coordonnées, j'ai franchi l'ouverture qui séparait l'accueil des bureaux.

Un univers de science-fiction m'attendait derrière la porte.

Comme dans le laboratoire, la décoration s'efforçait de compenser le côté austère du travail en sous-sol. J'étais en présence d'un immense open space circulaire comptant une trentaine de box disposés autour d'un pilier central tapissé d'écrans. Les murs étaient peints de multiples couleurs, quand des aquariums ou des vivariums n'y étaient pas encastrés.

À intervalles réguliers, des projecteurs orientés vers le plafond donnaient vie à plusieurs variétés d'animaux, de plantes ou d'oiseaux. Il ne manquait plus que l'ambiance sonore pour être plongé au cœur de la jungle.

Un peu plus loin, on trouvait un corridor large de plus de quatre mètres, flanqué de part et d'autre de parois en verre ou en plexiglas. Des ateliers de robotique et des salles de tests étaient exposés derrière les cloisons transparentes. Dans l'une des pièces, un singe androïde prenait la pose, à l'arrêt sur un tapis de course ; dans une autre, une nuée de moustiques sous cloche s'agitait frénétiquement et alimentait un ordinateur en données. Les expériences en cours avaient sûrement été abandonnées lorsque l'alarme avait sonné.

J'ai fini par repérer l'infirmerie. Un local équipé de deux lits d'hôpital et d'imposantes armoires métalliques.

Je me suis emparé de gazes et d'antiseptiques. J'ai même pu mettre la main sur des antibiotiques, alors qu'ils avaient été abandonnés en 2027, remplacés par des virus bactériophages bien plus efficaces.

J'avais trouvé tout ce que je cherchais, et je devais maintenant rejoindre le reste du groupe.

C'est à ce moment-là que Zoé m'a contacté.

Perez avait réactivé son interface.

*

— Coach ! Je suis content de vous avoir !

Le ton enjoué de Zoé laissait supposer qu'elle n'était pas au courant de l'attaque du studio. Je me demandais ce que je devais lui annoncer. Le programme *Survivre* était fini, mort-né. Jamais il ne connaîtrait de diffusion télévisée sous une autre forme qu'un reportage retraçant l'assaut du complexe. Et encore, peut-être que l'incident tomberait dans les oubliettes de l'humanité, effacé par la destitution exceptionnelle d'un président des États-Unis.

Ou pire encore, par la progression implacable d'un virus libéré par la fonte du permafrost. Et puis je me suis rappelé les propos de Perez. Il avait prévenu l'équipe de sécurité sur place. Je devais aussi l'avertir que Hwang était peut-être une menace.

— Zoé ? Où es-tu ? Tout va bien ? On t'a rapatriée ?

— Rapatriée ? Wow. De quoi vous parlez ? Je suis en pleine nature, c'est magnifique. Samuel n'a pas menti, c'est vraiment sauvage ici. On s'est construit un abri. J'ai pensé à vous, j'ai nettoyé le sol avec une branche. Hwang est parti chercher de quoi faire un feu. J'ai récolté des baies. Ils nous ont donné des réserves d'eau, mais pas de paille filtrante. La bonne nouvelle, c'est qu'on pourra la réchauffer. Ils nous ont aussi filé une petite gamelle en fer. Pour l'instant, j'ai l'impression que c'est plus facile ici que dans le dôme.

Je n'aimais pas du tout ce que j'entendais. Les participants auraient déjà dû être secourus et mis à l'abri.

— Écoute-moi attentivement, Zoé. Tu ne vas pas allumer de feu et tu vas très vite changer d'endroit, je veux que tu trouves un abri naturel, un trou, une cavité rocheuse, n'importe quoi.

— Quoi ? Mais pourquoi ? Vous m'avez expliqué qu'en cas de pluie…

— Je sais ce que je t'ai dit, Zoé. C'est une question de vie ou de mort. Tu vas devoir être discrète, très discrète. Et ne faire confiance à personne.

— Vous me faites flipper. C'est quoi cette histoire ? La prod' vous a mis dans le coup pour pimenter notre épreuve ?

— Je vais t'expliquer. Mais avant, réponds-moi. L'activation de ton interface neurale ne t'a pas étonnée ?

Elle a marqué quelques secondes de silence.

— Si, c'est pour cela que j'ai appelé sur-le-champ, ils me l'avaient coupée et maintenant je peux de nouveau l'utiliser, je me suis dit qu'il devait y avoir une bonne raison et…

Son enthousiasme est retombé aussi vite.

— Ce n'est pas normal. Il se passe quoi ?

C'était le moment de bien choisir mes mots. Un talent qui me faisait défaut.

— Le studio a été attaqué, sûrement par les rédempteurs, mais à vrai dire je n'en sais rien. Nous avons été obligés de nous réfugier dans les souterrains du complexe en attendant les secours. Une équipe de sécurité était censée vous récupérer pour vous mettre à l'abri. Et d'après ce que tu me dis, ce n'est pas le cas.

Elle ne répondait pas.

— Zoé ?

— Non… personne. Je suis… Je ne me sens pas très bien tout d'un coup.

Le choc. La panique.

— Je sais que c'est dur, mais ce n'est pas le moment de flancher. Tu as un capteur sur toi, je suppose, une balise ?

Tout en parlant, je me suis déplacé dans le bâtiment, à la recherche de la *panic room*. Tant que j'étais en conversation avec Zoé, je ne pouvais pas joindre le lieutenant Newton. Sofia et Julie avaient elles aussi besoin de moi.

— Oui, c'est une mesure de sécurité pour nous retrouver, et il y a les caméras volantes de l'émission.

Mais nous sommes partis un peu plus loin que la zone indiquée avec Hwang, nous n'avons pas encore aperçu de drone nous filmer.

Hwang. S'isoler était certainement son idée, pour je ne sais quelle raison. Mais désormais, elle devait s'en écarter. Plus Zoé attendait, plus elle se mettait en danger.

— Jette le capteur le plus loin possible et sauve-toi.

— Mais…

— Maintenant ! ai-je hurlé alors que je revenais sur mes pas et passais devant un ascenseur cylindrique.

— C'est fait, mais comment les secours vont me retrouver ?

— Ils auront du mal et c'est le but, Zoé. Car les types qui vont venir chercher les candidats ne sont pas des gardes de la sécurité. Excuse-moi de te l'annoncer de manière si brutale. Mais si tu veux t'en sortir, écoute-moi et ne fais confiance à personne. À personne, ai-je répété. Et surtout pas à Hwang.

— Hwang ? Mais c'est quoi le rapport ?

— Je n'ai pas le temps de tout t'expliquer, mais il est sûrement lié à l'attaque.

— N'importe quoi ! C'est un candidat et il est là ! Comment il pourrait…

— Bon sang ! Écoute-moi Zoé et fais-moi confiance.

Je n'ai pas l'habitude de parler à la légère.

— Merde… J'ai peur, coach.

— Concentre-toi, Zoé, je suis là, je vais t'aider.

— Je sais, ce n'est pas ça, mais je n'ai pas beaucoup de médicaments sur moi. Vous pensez que je vais devoir rester encore longtemps ici ?

J'avais complètement oublié sa thérapie.

— Combien de temps peux-tu tenir ? Des secours sont en route.

— Deux jours. Après... je ne sais pas.

Deux jours. C'était peut-être jouable.

— Zoé, tu vas utiliser ton interface pour contacter la police et signaler que tu es pourchassée par un groupe d'individus armés. Fais-le maintenant.

Alors que je pressais le pas dans les bureaux et les ateliers, j'ai croisé le lieutenant. Il a couru en m'apercevant.

— Je dois te laisser pour le moment, Zoé.

Je me suis tourné vers Phillip.

— Ils vous ont laissé entrer ? Tout le monde est à l'abri ?

Il a hoché la tête.

— J'ai inspecté Julie, c'est superficiel, mais Sofia a vraiment besoin d'aide, c'est pour ça que je suis là.

La balle. Elle n'avait pas dû ressortir et je devais l'extraire.

— Il faut faire vite, a-t-il ajouté. Vous savez très bien que ces types peuvent débarquer d'un moment à l'autre. Suivez-moi, je vous guide.

À peine deux minutes plus tard, Zoé me contactait.

— J'ai appelé la police. Je n'ai pas pu dire où je me trouvais, juste dans le parc. J'aurais pu donner ma géolocalisation grâce à l'interface, mais vous m'avez demandé de jeter la balise alors je me suis dit que c'était tout aussi dangereux. Comment ils vont faire pour me repérer ? C'est vaste ici.

Elle avait eu le bon réflexe. Les rédempteurs étaient peut-être capables d'intercepter la position de Zoé. Le temps que je lui fournisse une réponse, je me retrouvais devant un mur de métal, au fond d'une salle de repos meublée de plusieurs canapés et tamisée d'une lueur violette. Il s'est mis à coulisser.

— Ne panique pas, Zoé. Je dois m'occuper d'un blessé. Toi, en attendant, sauve-toi.

— Blessé ? Il y a eu des morts ?

— Je te rappelle, Zoé.

Je n'avais pas eu le courage de lui dire la vérité. Elle était déjà affolée et je ne souhaitais pas accroître son stress. Mais peut-être aurais-je dû. Pour que la gravité de la situation la pousse à accroître sa vigilance.

Je ne savais pas le sort que ces cinglés réservaient aux candidats ; sans doute avaient-ils prévu de les prendre en otages. Je ne voulais courir aucun risque.

La *panic room* était à peine ouverte qu'une femme aux cheveux gris, assez petite et replète, me sautait dessus, le regard scrutant à droite et à gauche.

— C'est bon ? Vous êtes le dernier ?

J'ai confirmé d'un hochement de tête. Elle m'a tendu une main que j'ai serrée.

— Andrea Silvani. Faites vite. Un groupe de cinq soldats s'est massé dans le restaurant. Je pense qu'ils vont bientôt forcer l'entrée du souterrain. Ce n'est même pas une question d'heures avant qu'ils n'envahissent les bureaux.

La salle était vaste, un open space de cent mètres carrés environ. Pas de décoration ni de végétation ; deux réfrigérateurs installés côte à côte, une cuisine ouverte et une dizaine de fours alignés sur une table en inox. Sur le mur de droite, des caisses en carton s'empilaient jusqu'au plafond. Une trentaine d'employés fixaient avec angoisse les images diffusées par les six écrans accrochés sur la paroi du fond. Quelques-uns erraient, les traits tirés, d'autres préféraient passer le temps en dormant sur les divans disposés un peu partout dans la pièce. Adossé à une colonne, un type immobile tenait sa tête entre ses paumes. J'ai repéré Sofia allongée sur un des canapés. Tim le catatonique l'observait en silence, les premières phalanges de ses doigts plongées dans sa bouche.

— C'est notre première fois ici, a commenté Andrea, en dehors des simulations et des exercices. Nous avons eu plusieurs alertes, mais là… on sait ce qui peut nous arriver si on se fait prendre. Et beaucoup ont des familles qui les attendent. Certains n'ont pas encore voulu les prévenir, pour ne pas les inquiéter. Ils espèrent que la police interviendra assez vite. D'ailleurs, comment se fait-il qu'on n'en parle sur aucune chaîne ? C'est quand même dingue !

Pour des tas de raisons, aurais-je pu répliquer. Et notamment parce qu'un coup d'État venait de changer le paysage politique du pays et frapper de mutisme tant les institutions que les médias.

— Il se passe quelque chose de pas net, a ajouté Newton. Impossible de joindre mon bureau. C'est complètement dingue. Les lignes sont toutes occupées. Je n'ai jamais connu ça de toute ma carrière.

— Alejandro m'a assuré que les secours étaient en route. Continue d'essayer. Je vais soigner Sofia.

La psychiatre cherchait à garder bonne figure, mais ses traits tirés la trahissaient.

— Tâche de ne pas trop me maltraiter, a-t-elle dit en me voyant m'accroupir.

Je n'avais que de la lidocaïne à lui administrer, pas de quoi assourdir la douleur.

— Désolé, j'avais imaginé autre chose pour notre soirée, Sofia. Attention, ça risque de piquer un peu.

Chapitre XXI

J'avais pu extraire la balle et Sofia était désormais hors de danger. Elle se reposait, allongée sur un canapé. Andrea lui avait apporté une bouteille d'eau et un sandwich au beurre de cacahuète.

Je me suis assis à même le sol pour me reposer. L'opération m'avait complètement drainé. Je dégoulinais de sueur et des taches de sang maculaient mes bras et ma chemise. Mais hors de question de prendre du repos. Newton s'est approché de moi en fulminant.

— J'ai pu contacter le bureau. Ils ont cru à une farce. Une farce, vous imaginez ?

— Ils vont nous aider ?

Les yeux du lieutenant étaient sur le point de sortir de leurs orbites.

— C'est là que ça devient dingue, ils sont tous débordés ; la police, l'armée. Ils sont sur deux attaques à la bombe. Une à Atomic City et une autre à Idaho Falls, sans parler des pillages dans les fermes aux alentours. Je n'ai jamais vu un tel bordel. Soit on n'a pas de chance, soit c'est prémédité.

J'avais du mal à imaginer ce que j'entendais. Les rédempteurs avaient déployé suffisamment de moyens pour organiser et coordonner ces attaques. Une diversion pour monopoliser les forces de l'ordre.

— Et du côté du restaurant ? Ils tentent d'entrer ?

Phillip a secoué la tête.

— Difficile à dire. Ils ont tiré sur une caméra. Les murs n'ont pas tremblé, donc je doute qu'ils aient utilisé des explosifs.

Il a désigné les vidéos.

— Il y a une caméra à l'intersection du souterrain. C'est à ce moment-là qu'on saura.

Je me suis tourné vers Andrea, qui revenait vers moi. Avec ses cheveux détachés qui tombaient sur ses épaules, elle ressemblait à une vieille Indienne.

— Votre avis sur la solidité de la *panic room* ?

— Elle peut toujours être forcée, mais pourquoi voudraient-ils le faire ? On est si importants que ça ?

— Ça dépend. Ils en ont après Perez, ça, c'est sûr. Y a-t-il parmi nous un employé que ses compétences rendent irremplaçable pour la maîtrise du projet ?

— À part les ingénieurs, nos deux botanistes et notre zoologiste, je ne vois pas, non. Les plus gros cerveaux sont davantage du côté labo, là où ils programment les routines des robots.

— Alors ils veulent s'assurer que personne ne sorte.

— Cela ressemble donc à un siège.

Un siège de courte durée. Les rédempteurs devaient savoir que l'armée ou les forces de police s'apprêtaient à débarquer.

— En quelque sorte, ai-je répondu.

Ma montre a vibré à mon poignet.

Zoé. J'ai décroché en m'éloignant de quelques pas pour m'isoler.

— Coach ?

Elle sanglotait.

— Ça ne va pas ?

— C'est Hwang.

Mon cœur a manqué un battement.

— Tu es allée le chercher ? Je t'avais dit de…

— Je voulais en être certaine ! J'ai fait attention. Je suis restée discrète. Il était proche de la Salmon River et j'ai vu deux soldats progresser vers lui. J'ai voulu l'alerter et…

J'avais déjà une vague idée de la suite, mais je ne l'ai pas interrompue.

— Il leur a fait un signe de la main ! Les soldats l'ont salué et il leur a parlé. Je n'ai pas entendu ce qu'ils disaient, mais il pointait clairement la direction de notre abri. Il avait l'air de leur donner des ordres. Pourquoi ferait-il ça ?

Zoé courait encore. Elle haletait et j'entendais le craquement des branches. Son attitude la mettait en danger.

— Calme-toi et ralentis. Je suis là. Le plus important, c'est de leur échapper.

— Ça ne va pas, coach. Je ne me sens vraiment pas bien.

— C'est l'adrénaline, Zoé. Elle se retire de ton organisme, et ta tête doit tourner et tes jambes trembler. Respire lentement. Arrête-toi un instant.

— Mais… je ne peux pas. Ils sont après moi. Pourquoi ? Je n'ai rien fait de mal.

Le volume de sa voix faiblissait à mesure qu'elle prononçait ces mots.

— Zoé, écoute, tu peux m'envoyer une demande de synchronisation ? Je vais tenter de te guider.

Je n'avais aucune idée de la manière dont une interface pouvait fonctionner et si c'était possible.

La réponse m'est parvenue sous la forme d'une requête sur ma montre.

D'une pression de l'index, son champ de vision apparaissait dans le mien. J'ai opacifié et agrandi au maximum.

Le temps d'une seconde, j'étais transporté chez moi, dans les Alpes. Zoé était assise sur une roche, en surplomb d'une rivière tumultueuse déchirant la forêt en deux. Les flots agités emportaient feuilles et branches dans leurs sillages en produisant un vacarme étourdissant. De chaque côté des berges de ces rapides, de longs et fins sapins s'élançaient à la rencontre d'un ciel limpide.

Le sol à ses pieds se parait d'aiguillons de pins sur lesquels dansaient les lueurs d'un soleil déclinant. La poitrine de Zoé se soulevait au rythme de sa lourde respiration.

Je devais à la fois agir vite et la rassurer. Si j'avais bien analysé la situation, les soldats progressaient le long du cours d'eau pour capturer les candidats. Un choix logique. Ils avaient dû interroger des membres de la production, bénéficier des renseignements fournis par Hwang et se servir des drones caméras de l'émission. Le cas de Zoé était différent ; ils devaient désormais la traquer.

Pour leur échapper, il lui fallait s'éloigner des points d'eau et s'abriter dans des zones plus denses. Sa topographie actuelle offrait beaucoup trop d'espaces.

— Zoé. Mon plan tient toujours. Comment te sens-tu ? Tu peux marcher ?

— J'ai soif… et j'ai faim. Mais oui, ça va.

J'imaginais sa détresse. Dans les dômes, tout était sous contrôle. C'était juste un jeu. Dans cet espace sauvage, la donne était différente : seule dans l'immensité, face à la nature indomptable, pourchassée.

— As-tu des réserves d'eau ?

— J'ai une gourde que je peux remplir et j'ai toujours la casserole dans mon sac.

— Les soldats t'ont vue ?

— Je ne pense pas. J'ai été choquée, mais je suis repartie sans faire de bruit.

Non, ils n'avaient pas dû la remarquer, sinon ils auraient déjà fondu sur elle. Mais Hwang leur avait facilité la tâche en communiquant la localisation de leur campement.

— J'ai une dernière question et ensuite, il faudra te lever. Tu penses pouvoir le faire ?

— Je n'ai pas le choix, pas vrai ? Ils vont me tuer s'ils me trouvent ?

Je n'en étais pas certain. Je ne savais pas quel sort ils réservaient aux candidats. D'ailleurs, à ce moment-là, j'ai hésité. N'était-ce pas plus sûr pour elle de se faire capturer ? De prendre ses médicaments et d'attendre le dénouement de cette histoire ? C'est-à-dire, sans doute, l'exécution d'Alejandro et la destruction de Chloé. Mais une petite voix presque inaudible – appelez cela de l'intuition – me poussait à la faire fuir.

— Non. Tu n'as pas le choix. Saurais-tu revenir vers le camp de base, celui où se sont installés les membres de la production ?

Je lui avais donné un rapide cours d'orientation et sa mémoire était sans faille. Cependant, en situation de stress, Zoé pouvait très bien perdre ses moyens.

— Je le situerais à quelques kilomètres plus au sud-ouest. Mais c'est Hwang qui avait la boussole.

— Tu peux tourner la tête pour me fournir un aperçu ?

Le panoramique que m'a proposé Zoé ne me donnait pas davantage d'indications pour l'orienter. Toutefois, j'ai repéré un espace plus en hauteur, une zone où la densité des arbres était moins importante, éclairée par le soleil.

— Tu vas monter vers l'éclaircie. C'est un peu risqué, mais cela vaut le coup d'essayer. Avant de le faire, ramasse une branche et deux cailloux.

Zoé s'est exécutée sans protester.

Pendant qu'elle marchait, j'ai diminué l'opacité de mes lunettes pour jeter un œil aux vidéos affichées dans notre *panic room*. Pour l'instant, il n'y avait rien à signaler.

Newton m'a aperçu et m'a interrogé du regard.

— Je suis avec Zoé, lui ai-je répondu.

Celle-ci continuait à prendre de la hauteur pour s'éloigner de la rivière jusqu'à atteindre la zone indiquée.

— Voilà, tu peux t'arrêter ici. Tu vas planter le bâton dans la terre et placer un caillou au bout de l'ombre qu'il projette.

— OK, c'est fait. Et maintenant ?

— Patiente une dizaine de minutes. Cache-toi, assure-toi de garder un œil au niveau de la rivière et n'hésite pas à m'appeler. Je reste en contact.

Je me suis levé et j'ai rejoint l'attroupement qui venait de pousser un cri d'épouvante.

Newton m'a intercepté. Son visage était parcouru de tics nerveux.

— Ça y est. Ils sont ici. Ils sont dans le souterrain.

Une affirmation confirmée par la vidéo. Les soldats avaient franchi l'intersection.

— Ils se sont divisés en deux groupes. À mon avis, ils veulent forcer le laboratoire et l'atelier des dômes, a commenté le lieutenant.

Une ultime porte nous séparait des rédempteurs. De quoi nous offrir encore un (court) répit avant qu'ils n'investissent les lieux.

Après m'être rapidement assuré que l'état de Sofia n'avait pas empiré (elle dormait), je suis retourné à l'écart des autres pour m'occuper de Zoé. Elle s'était planquée derrière une roche et observait la Salmon River, réduite à un serpent d'argent sinuant en contrebas. J'ai encore patienté cinq minutes avant de lui adresser la parole.

— Bon, c’est le moment. Tu vas placer un deuxième caillou à l’extrémité de l’ombre, comme la première fois et…

— … je crois avoir deviné la suite, coach !

Elle n’avait pas parlé fort, mais son enthousiasme était manifeste.

— Le soleil se lève à l’est et se couche à l’ouest. J’imagine que si je mets un bâton entre les deux pierres, j’aurai mon axe est-ouest, c’est ça ? La direction donnée par l’ombre m’indique le sens.

— Tout à fait.

— Et si je place un autre bâton sur la perpendiculaire, j’obtiens mon axe nord-sud ! C’est simple, mais il fallait y penser.

— Tu as tout compris.

— Génial ! Maintenant que je sais où se trouve le sud-ouest, en ne m’éloignant pas trop de la rivière, je pourrai retrouver le camp.

Ce n’était pas l’objectif. Des soldats devaient encore y monter la garde.

— Parfait, alors écoute bien. Tu vas effectivement progresser vers le camp pendant une dizaine de minutes. Je suppose que les rédempteurs partis à ta recherche ont déjà couvert la zone la plus proche, en théorie ils ne devraient pas te pourchasser ici. Ensuite, tu devras puiser de l’eau, c’est ta ressource la plus importante. D’ailleurs, je sais que tu as une casserole, mais…

— … je ne dois pas allumer de feu. Je vais devoir me coltiner l’eau boueuse ? OK, je m’en doutais.

— C’est ça. Pour la suite, je serai là pour te guider.

— Non. Je vais devoir vous laisser un moment, pour recharger mon interface.

Je n'avais pas du tout réfléchi à l'alimentation. J'avais vaguement entendu parler de batteries solaires.

— OK, mais surtout n'hésite pas à m'appeler au besoin.

— Je préférerais ne pas avoir à le faire, coach. Cela voudrait dire que ça va mal.

— Et n'oublie pas, une fois que tu auras récolté de l'eau, éloigne-toi des berges et trouve-toi…

— … un abri naturel. Oui, je sais.

Elle a coupé le contact.

Newton s'est approché de moi, sa montre-téléphone à la main.

— Quelqu'un pour toi. Tu ne devineras jamais qui.

*

— Bonjour, monsieur Starck. J'espère que vous allez bien.

Hwang s'était exprimé dans un anglais impeccable, avec un poil d'arrogance dans son ton.

J'ai serré les poings.

— Tu as vite appris à parler notre langue… Qu'est-ce que tu me veux ?

— Négocier. Je sais que vous vous terrez dans les souterrains, sûrement dans une *panic room.* Je vais vous communiquer une liste de noms. Si vous les faites sortir, alors j'épargnerai les autres.

Je me suis retenu de ne pas fracasser le téléphone sur le sol.

— Pas la peine, tes conneries d'intégriste ne m'intéressent pas.

— Vous ne pouvez pas comprendre.

— Je ne cherche pas à comprendre. Et sache une chose, quand je m'échapperai d'ici, je m'occuperai de toi.

Je l'ai entendu prendre une grande inspiration.

— Soit. Je vais vous faire une confidence. Ces ingénieurs ou ces botanistes ne représentent rien pour moi. En vérité, je vous contacte pour autre chose. Je suis certain que vous êtes en relation avec Zoé. Et j'ai besoin que vous la persuadiez de se rendre.

— Tu te fous de ma gueule ?

— Je suis très sérieux, au contraire. Si vous le faites, je vous promets d'épargner tout le monde.

— Tout le monde ? Même Alejandro ?

— Non. Le vieux doit mourir.

— Alors tu sais quoi ? Va te faire mettre.

J'ai raccroché et poussé un cri de frustration.

— C'est donc lui qui se trouve derrière tout ce chaos ? a demandé Newton pendant qu'il récupérait sa montre.

— Derrière, devant ou ailleurs. Mais oui, Hwang est impliqué et je n'ai rien soupçonné.

— Si ça peut vous rassurer, je n'ai rien vu venir non plus. Et que voulait-il ?

— Que j'incite Zoé à se rendre. J'aimerais savoir pourquoi ces tarés s'en prennent aux candidats. Je peux comprendre pour Alejandro et l'IA, mais là…

Le lieutenant Newton m'a lancé un regard amusé en ajustant la montre à son poignet.

— Il vous l'aurait peut-être expliqué si vous n'aviez pas raccroché, non ?

Je n'ai pas répondu. Inutile. Il avait raison, je m'étais emporté.

Je venais d'avoir la confirmation que Zoé était une cible prioritaire et que ces fanatiques n'allaient donc pas cesser de la traquer.

Je pouvais peut-être faire quelque chose pour l'aider.

Oui, papa, tu pourrais rester ici et la guider à distance, non ?

Sandra se manifestait, attisée par la peur. Ma peur. Elle savait ce qui agitait mes pensées. Elle était intervenue pour faire pencher la balance.

Le projet, papa. Tu m'as promis. Tu peux attendre dans la panic room. *Tout sera bientôt fini.*

Ou je pouvais tenter de la rejoindre là-bas. Trouver des médicaments, voler un véhicule et tracer vers la réserve naturelle de Frank Church River of No Return.

C'est beaucoup trop dangereux. Tu le sais, papa. Si tu meurs, je mourrai pour toujours avec toi.

C'est vrai. C'était insensé. Et en vérité, je préférais rester ici, à attendre que l'orage passe. Après tout, qu'en avais-je à faire ? Le coup d'État, l'assassinat probable de Perez et l'anéantissement de l'IA… Cela ne représentait rien en regard de la propagation d'un virus, la montée prochaine des océans, le manque d'eau potable, les canicules meurtrières.

Du moins le pensais-je.

La réalité était plus complexe.

*

J'avais pris ma décision. J'allais rejoindre Zoé pour lui porter secours. Si j'atteignais la Frank Church River of No Return, c'était presque gagné – à condition d'avoir une idée précise de l'endroit où la production avait établi le camp. La nature, c'était mon domaine, et j'avais une chance de la retrouver avant eux dans ces immensités sauvages. Mais pour rallier la réserve, une tâche ardue m'attendait : m'échapper d'ici.

Et je devais le faire vite.

Heureusement, j'ai pu compter sur l'aide d'Andrea et de quelques autres employés.

Étant une des plus anciennes salariées du complexe, cette ingénieure possédait une connaissance quasi exhaustive du studio. D'après elle, je pouvais trouver le traitement à deux endroits. Au bureau de poste – en cas de nouvel arrivage –, ou plus probablement au petit hôpital où Zoé avait été soignée.

Dans les deux cas, l'expédition était risquée ; une balade à ciel ouvert dans les rues, exposé aux rédempteurs et à leurs drones. Sortir à la tombée de la nuit n'était pas une meilleure option : les machines étaient dotées d'une vision thermique et les soldats étaient sans doute équipés d'une technologie similaire.

Mais pire encore était le casse-tête qui occupait mon esprit : comment m'échapper du complexe ?

Me procurer un véhicule n'était pas un problème. Je trouverais le garage au niveau des souterrains. Les salariés du laboratoire et des ateliers y possédaient des places attitrées sur un parking privé, directement accessible depuis leurs bâtiments respectifs. Mieux, Andrea m'avait confié les clés de sa voiture.

Le danger pouvait venir d'une patrouille, des drones zigzaguant dans les rues et de la porte d'entrée du complexe, qui n'allait pas s'ouvrir sur une simple injonction de ma part.

Plus j'y réfléchissais, moins je trouvais l'exécution de mon plan sensée, voire possible.

Je ne pouvais m'en sortir sans aide, c'était une certitude. Mon évasion nécessitait deux choses : une diversion pour occuper les soldats, et une intervention extérieure pour m'ouvrir les portes du studio.

Pour la première, je n'avais encore aucune idée, et pour la deuxième, je ne voyais qu'Alejandro.

Les rédempteurs étaient probablement déjà entrés dans sa chambre forte pour lui extorquer le moyen de détruire Chloé. Et même si ce n'était pas le cas, il était impossible pour lui de réintégrer son bureau.

Je l'ai toutefois contacté.

— Monsieur Starck, vous vous inquiétez pour moi ? C'est gentil d'appeler. À moins que vous n'ayez quelque chose à me demander ?

Le ton était presque joyeux, mais je percevais de légères dissonances dans son exaltation.

— Alejandro, je suis vraiment content que vous soyez en vie, mais oui, j'aurais besoin d'un service.

— Je l'aurais parié. Je vous préviens, mes options sont limitées. Ces messieurs ont déjà attaqué la porte avec une torche à plasma. Elle est épaisse, mais s'ils sont inventifs, ils ont juste à percer un trou et m'enfumer pour forcer ma sortie. Dans tous les cas, ils seront bientôt en mesure d'exécuter leur plan et avant l'arrivée de la cavalerie, je le crains.

À condition qu'elle arrive un jour, ai-je pensé très fort.

— Je sais que vous avez vos propres chats à fouetter, mais je n'ai pas vraiment le choix. Je veux sortir du complexe et il n'y a que vous qui puissiez m'aider.

Il a ri ; deux brèves saccades.

— La bonne blague ! Qui ne le voudrait pas ? C'est un trou à rats, désormais.

— Ce n'est pas pour moi. Je vais aller chercher Zoé. Les rédempteurs traquent les participants.

— Impossible, les candidats sont censés être…

Perez avait haussé le ton dans un éclat de panique qui ne lui ressemblait pas.

— Non, ils sont chassés et capturés, ou pire encore. Hwang m'a appelé pour me le confirmer. Il voulait que Zoé se livre. D'ailleurs, pourquoi un tel acharnement sur les participants ?

— Parce qu'ils sont la clé de voûte du projet. Un projet qui manifestement va échouer… Mon Dieu, tout cela pour ça…

Plus de panique dans sa voix, mais un profond désespoir.

— Vous pourriez peut-être m'en dire plus ?

— Et cela changerait quoi ? Dans une heure tout au plus, on viendra me tirer une balle entre les deux yeux, non sans m'avoir torturé afin que je détruise le projet de toute une vie. À quoi bon, Florian ?

— Cela change tout, si je peux comprendre ce qui les motive. Je ne vais pas baisser les bras.

Ah bon, papa ? Et que comptes-tu faire au juste ? Les affronter tous ?

— Je pourrais presque vous croire. Vos intentions sont louables, mais vous êtes… verrouillé. Cela aussi figure sur le rapport que vous n'avez pas souhaité lire.

Verrouillé ? L'expression m'a laissé perplexe, mais je n'avais pas envie d'argumenter pour me défendre, ni me laisser noyer dans des explications. Alejandro était un fanatique dans son genre, idolâtre de sa propre création, un docteur Frankenstein des temps modernes.

— Si vous ne voulez pas m'aider, dites-le, cela me fera gagner du temps.

— Je n'ai pas dit ça. Qu'attendez-vous de moi ?

— Le moment venu, je voudrais que vous ouvriez la porte d'entrée et que vous réactiviez les barrières. C'est possible ?

— Oui, pour l'entrée. Je me suis assuré de me reconnecter au réseau principal. Le problème, c'est qu'ils sont au courant ou finiront par l'être. Pour la barrière, non. Ils ont réussi à encoder leur identité dans le système et je ne peux rien faire. Mais comment comptez-vous sortir ? Et d'ailleurs où êtes-vous ? Dans la *panic room* de l'atelier ?

— Je vais m'échapper en voiture, Andrea m'a confié ses clés. Je dois juste faire un tour à la pharmacie pour…

— Si c'est pour Zoé, épargnez-vous ces efforts. Tout a été acheminé par le bus. Pour une simple et bonne raison : la finale devait également se dérouler en pleine nature.

Cela compliquait les choses.

— Alors je m'arrangerai pour les récupérer sur place. Reste la diversion.

— Sur ce point, je n'ai aucune idée. Nous ne sommes plus dans un scénario élaboré par des concepteurs de jeu qui cherchent à pimenter une épreuve.

— Merci Alejandro. Je vous contacterai en temps utile… et bonne chance.

— La chance n'a rien à voir là-dedans, vous le savez bien. Ah, une dernière chose avant que vous ne partiez.

— Je vous écoute.

— Je vais répondre à vos questions. Je vais tout vous révéler sur les candidats.

Chapitre XXII

— Cela devait être le clou de la finale. Mais puisque nous n'en sommes plus là, autant que je vous explique. Pour que vous compreniez ma démarche, j'ai besoin de revenir un peu en arrière. Sans doute savez-vous que j'ai inventé Cassandra, l'IA grâce à laquelle j'ai pu remporter le prix Nobel en 2027. Une prouesse de mon équipe, rendue possible par l'avènement des ordinateurs quantiques, nos progrès en *Deep Learning* et l'apprentissage par renforcement. Mais sa conception n'était que le préambule à un projet beaucoup plus ambitieux. À l'origine, j'avais une idée en tête, ou plutôt, une obsession quant à ses futures applications. Un peu comme vous. Et Cassandra n'était qu'une étape pour l'atteindre.

Une obsession. Perez devait faire allusion à mon combat pour le climat.

— Je ne vais pas vous infliger l'historique de ma vie, de ma carrière, ni les raisons qui m'ont poussé sur cette voie. Je n'ai pas le temps et cela vous ennuierait. À la fin des années 2010, si je n'étais pas encore devenu fataliste, j'étais quand même convaincu de deux choses. La première était que nous avions besoin d'une aide extérieure pour faire face aux crises majeures qui se profilaient à l'horizon. La deuxième était que cette aide allait venir des IA. Pour expliquer mon premier point, je dirais que la faute est imputable à notre incapacité à nous projeter dans le futur. Les décisions drastiques sont souvent prises dans l'urgence et après une catastrophe, jamais en amont. Et puis nous sommes prisonniers des rets d'un système d'une incroyable complexité et d'une inertie colossale, gouverné par mille voix dissonantes qui ne s'accordent que sur une chose : la loi du marché. Concernant l'intelligence artificielle, je songeais surtout à l'aide inestimable qu'elle pouvait procurer dans la résolution de problèmes ou d'équations complexes, en cryptographie bien sûr, mais pas seulement. Comme tous les chercheurs de notre époque, je voyais le bénéfice apporté dans des domaines tels que la biochimie, comme pour la conception d'engrais, qui demande d'énormes ressources pour les calculs. D'ailleurs, vous savez sûrement que Cassandra a été un élément clé dans l'anticipation des phénomènes météorologiques et climatiques ou l'éclaircissement du fonctionnement de la supraconductivité.

Mais elle n'avait pas été capable d'anticiper la trajectoire du super ouragan qui avait frappé Miami et créé la vague-submersion qui avait tué ma fille et emporté ma femme, ai-je pensé.

— … Pourtant, malgré toutes les promesses que pouvait porter Cassandra, ce degré de sophistication n'était pas suffisant. Ce n'était encore qu'une IA de type faible ; c'est-à-dire ultra spécialisée. Avec notre équipe, nous voulions atteindre cette fameuse singularité. Ce moment incroyable où l'IA serait plus intelligente que l'être humain. Et en 2035, nous y sommes, monsieur Starck, nous y sommes enfin.

— Chloé, c'est ça ?

Perez a marqué un long silence, comme s'il invoquait ses pensées. Je l'entendais respirer.

— Oui dans un sens… et non dans un autre. Désolé pour cette réponse ambiguë, mais vous allez comprendre. Chloé est évidemment un élément central de l'équation. Sa polyvalence tout autant que son éveil et sa conscience en font la première IA de type fort. Tout ce complexe a été bâti pour l'alimenter et la faire croître. Et ce, comme je vous l'ai dit, bien avant l'émission. Chloé est fantastique. Sa capacité d'analyse est sans équivalent, comme vous avez pu vous en rendre compte.

Je ne pouvais pas dire le contraire. Comment oublier le passage dans le laboratoire et mes entretiens ubuesques ?

Dites-lui qu'il est laid.

— J'aimerais comprendre comment les candidats s'inscrivent dans cette équation, Alejandro.

Perez m'a ignoré et a continué sur sa lancée.

— Bien que de type fort, Chloé a été conçue pour étudier les écosystèmes et le rôle que nous y jouons. Sa vocation est de pouvoir anticiper, sur la base des données collectées dans toutes les disciplines du champ humain et du fonctionnement de notre planète, les évolutions éventuelles de l'humanité. Imaginez-la en train de cartographier tous les chemins probables que nous pourrions emprunter, afin de choisir lequel serait le moins délétère pour nous. C'est ambitieux ; farfelu, diront certains. Mais c'est pourtant sa raison d'exister.

Le mot qui me venait en tête était plutôt *impossible*.

— Pour trouver des solutions à quoi ? Aux problèmes climatiques et économiques ? Je veux bien, mais dans le cas où Chloé parviendrait à proposer un modèle fiable et cohérent, encore faudrait-il une volonté politique pour l'appliquer. Ces gens-là écoutent à peine les experts – ou alors seulement les économistes. Vous le savez. On n'en serait pas là sinon. Désolé, mais aussi sophistiquée et pertinente que soit votre IA, sans pouvoir exécutif pour la soutenir, elle est aussi utile qu'un horoscope.

— C'est tout à fait exact. Mais avant d'en arriver là, nous avons d'autres défis à relever. Laissez-moi continuer, je vous prie. Pour parvenir à créer une intelligence qui dépasserait celle de l'homme, notre principal challenge, c'était la conscience. Dans un premier temps, nous avons opté pour la programmation de l'équivalent des neurotransmetteurs, des phéromones, du cortisol, de l'adrénaline. Bref, une simulation de l'ensemble de la biochimie qui nous compose et nous gouverne. Je voulais qu'elle puisse ressentir la peur, l'amour, la haine, la fatigue, la nécessité d'interagir socialement, le vieillissement.

Qu'elle se pose des questions sur sa propre existence et puisse s'interroger sur sa place dans le monde. Que va-t-il m'arriver si je meurs, si je suis détruite ? Chloé est sur le point de développer cette intelligence-là, mais il lui manque encore quelques paramètres.

Je commençais à entrevoir la direction qu'allaient prendre les révélations de Perez ainsi que le rôle de l'empathie dont Anton Park avait été le spécialiste.

— C'est le but de l'émission, non ? Lui fournir ces données afin qu'elle puisse créer l'équivalent d'une conscience humaine ?

Je pouvais presque percevoir les hochements de tête silencieux d'Alejandro.

— Tout, dans ce monde, est lié à notre survie. La dopamine nous récompense lorsque nous réduisons le danger, le cortisol gère notre stress. Et avouons-le, nous avons beau être sophistiqués et cultivés, sans la perspective d'une bonne partie de jambes en l'air, jamais nous ne serions poussés à nous reproduire. Et pour répondre à votre question, j'aurais pu me passer de l'émission, mais j'avais besoin d'un véritable enjeu pour motiver les participants, et aussi d'un impact médiatique fort pour marquer les esprits.

— Je suis désolé, mais pour moi, cela reste nébuleux.

— Chloé a sélectionné un panel de candidats représentatifs, ça, vous le savez déjà. Mais vous ignorez qu'ils sont bien plus que des banques de données ; ils font partie intégrante du projet. Et certains sont connectés à Chloé d'une manière, comment dirais-je, plus personnelle.

Zoé.

— Ma candidate possède une interface. Ce n'est pas un hasard, n'est-ce pas ? Est-ce aussi pour cette raison que Hwang veut la récupérer ? Parce que d'une façon ou d'une autre, elle est liée à l'IA ?

— Oui, et c'est pour ça que vous devez la retrouver avant lui.

*

Les révélations de Perez ne m'avaient pas surpris outre mesure. J'avais plus ou moins deviné le lien entre l'émission, Chloé et les candidats. Une étude comportementale réunissant un panel de personnes diverses, sélectionnées en raison de leurs caractéristiques spécifiques. Intelligence aiguë, égocentrisme, altruisme… Les aptitudes physiques importaient peu, et pour cause ; les données récoltées avaient pour but d'alimenter Chloé afin qu'elle produise d'autres IA. L'objectif du milliardaire était de créer la prochaine catégorie d'IA. Des entités empathiques, complexes, capables de comprendre ce qui pousse les organismes à survivre, à s'étendre, à se préserver. Capables également d'appréhender le paradoxe de la vie, dont la perpétuation passe inévitablement par la mort.

Une demi-révélation en fait, car il avait tu l'essentiel. L'annonce fracassante qui devait clôturer l'émission *Survivre*.

« Même si je dois être tué dans l'heure qui vient, je suis persuadé que vous aurez la réponse », avait-il dit.

Peut-être, mais pour le moment, j'avais d'autres projets. Et surtout, Alejandro m'avait involontairement soufflé une idée pour ma diversion.

J'ai convoqué Andrea et Newton pour leur exposer mon plan.

— Ça peut fonctionner, a déclaré Andrea. Mais pas longtemps. L'effet de surprise va permettre de détourner l'attention des gardes, mais la supercherie sera vite repérée.

Je n'avais peut-être pas besoin de plus. Quelques minutes pouvaient suffire.

J'ai souri en repensant aux paroles du milliardaire.

Nous ne sommes plus dans un scénario élaboré par des concepteurs de jeu qui cherchent à pimenter une épreuve.

Et pourtant, nous avions tout un bestiaire à notre disposition. Une dizaine de loups, des serpents, trois ours bruns, cinq ours noirs, des lynx, des pumas, mais aussi des singes, des tigres et même quelques nuées de moustiques. Une petite armée d'animatroniques semi-intelligentes et de drones dont nous pouvions changer la configuration à souhait. Et, selon les techniciens, tous étaient potentiellement transformables en bêtes enragées.

Pour que le plan fonctionne, un ingénieur devait m'accompagner, le temps de faire sortir tous les automates de l'atelier. Je n'avais pas besoin de lui pour la suite et il pouvait regagner l'abri. De là, il devait modifier leurs comportements et les guider à travers le studio. Chaque bête était également munie de plusieurs caméras.

Newton a eu une manière bien personnelle de m'encourager.

— Vous êtes un grand malade, Starck. Un grand malade.

Peut-être que oui. Ou peut-être étais-je enfin guéri de ma peur de mourir.

Malgré ce danger imminent, Sandra ne s'est pas manifestée. Je ne savais pas comment interpréter ce silence, mais je voulais y voir un signe.

Je vais m'en sortir, et une fois que tout cela sera fini, on pourra reprendre là où nous en étions, avais-je envie de lui dire.

Andrea a parcouru la *panic room* à la recherche de volontaires. Personne ne souhaitait m'accompagner. J'observais les têtes se baisser, les regards fuir et la honte ou la gêne transpirer dans les refus.

La petite Amérindienne est revenue vers moi, affublée d'une mine peinée et affichant un sourire sans joie.

— Désolée, mais votre plan n'a pas l'air d'enthousiasmer les foules.

— Il ne faut pas leur en vouloir, ils sont terrorisés.

C'était compréhensible. La plupart devaient avoir une famille, des rêves auxquels s'accrocher. Ils nourrissaient encore l'espoir de voir se résoudre les multiples crises que le monde traversait.

— Je ne peux pas le faire moi-même ? Cela ne doit pas être si compliqué que ça de relâcher quelques bêtes de votre ménagerie, si ?

— Plus que vous ne l'imaginez. C'est pour cela que je vais venir avec vous, m'a-t-elle répondu avec un clin d'œil.

— C'est risqué, je ne peux pas vous promettre que…

— Je sais. Mais si ma petite-fille était perdue quelque part dans une forêt et qu'un type voulait lui porter secours, j'aimerais que tout soit mis en œuvre pour qu'il réussisse.

— Vous êtes une bonne personne, Andrea.

— J'ai deux ex-maris qui pourraient jurer le contraire, mais merci. Venez, nous ne devons pas tarder.

*

Nous n'avons plus prononcé un mot. Seuls le bourdonnement des unités centrales et des réfrigérateurs ainsi que l'écho de nos pas sur le carrelage perturbaient un silence sépulcral.

Andrea hâtait la cadence à chaque salle franchie, pressée de rejoindre l'abri avant de tomber nez à nez avec un fusil d'assaut. Les soldats pouvaient investir les lieux à tout moment. Le lieutenant Newton était censé nous prévenir, mais nous savions qu'une fois qu'il nous aurait avertis, nous aurions moins d'une minute pour regagner la *panic room*.

Nous avons traversé l'open space circulaire et le large couloir depuis lequel j'avais aperçu des modèles d'automates derrière les vitres en plexiglas, pour arriver en face d'une vaste porte rectangulaire, haute de plus de trois mètres et large de six.

— C'est ici, a commenté Andrea en plaquant sa main pour déverrouiller la serrure. C'est notre arche de Noé. Une arche qui pèse plusieurs milliards. J'espère qu'elle ne subira pas trop de dégâts.

Une arche qui pourra surtout sauver des vies, la mienne y compris, pensais-je alors que la porte coulissait lentement dans un grincement métallique.

— Je pourrais vous dire que je vais en prendre soin, mais ce serait vous mentir.

Andrea ne m'a pas répondu et s'est engouffrée à l'intérieur, s'arrêtant juste pour se retourner.

— Vous pouvez rester à l'extérieur, je vais déverrouiller un maximum de cages et configurer la destination des automates. Soyez prêt à ouvrir l'accès au garage lorsqu'ils viendront vers vous. Un conseil : tenez-vous à l'écart de la meute.

L'éclairage au plafond a illuminé une pièce gigantesque où s'entassaient plusieurs dizaines d'enclos en plexiglas. Non, plusieurs centaines. Alignés sur au moins deux cents mètres, ils s'empilaient sur trois étages.

Andrea s'est précipitée vers une console tactile fixée au sol par un pilier métallique. J'ai fait quelques pas malgré moi, hypnotisé par ce spectacle sorti d'un film de science-fiction.

— Je n'aurai pas le temps d'ouvrir les cages des modèles situés tout au-dessus. Ils risqueraient de s'abîmer en chutant. Il faudra faire avec ceux que je pourrai libérer. En attendant, allez jusqu'au garage. Et ouvrez-le dès que vous apercevez le premier animal. Ma voiture se trouve sur la rangée E. Une Toyota Prion Azur. C'est à droite, au fond.

J'ai hoché la tête. Pas besoin de plus.

— Merci, Andrea. Soyez prudente.

Et j'ai pris la direction du garage au pas de course.

En retraversant les bureaux, j'imaginais le mobilier se faire emporter par une tempête animale.

Une dizaine de minutes plus tard, alors que je m'apprêtais à déverrouiller l'accès au parking souterrain, deux choses allaient se produire de manière presque simultanée. À quelques mètres de là, une patrouille tomberait nez à nez avec trois loups écumant de rage. Et la porte de la *panic room* de Perez céderait.

*

Je ne sais même pas si les soldats m'ont aperçu. J'ai profité de leur surprise et des premiers coups de feu pour me précipiter vers la droite en direction de la voiture d'Andrea, sans même me retourner.

Dans mon dos, les tirs des fusils résonnaient dans l'espace bitumé, couvrant par intermittence les cris de panique, les ordres vociférés, les rugissements bestiaux.

Mais toute mon attention était fixée sur la Toyota.

Je l'ai trouvée garée près d'un pilier en béton. J'ai éprouvé un vague affolement au moment où j'ai inséré la carte dans le tableau de bord et que l'IA m'a salué d'un jovial *« Bonjour, Andrea, comment puis-je vous assister ? »*.

Je n'avais pas conduit depuis plus de quatre ans. Encore moins en mode manuel. Les voitures étaient toutes devenues autonomes à la fin des années 2020. On pouvait toutefois en prendre le contrôle à n'importe quel moment.

« Quelle est votre destination ? » a demandé une voix féminine.

J'ai ignoré la question et coupé l'assistance guidage d'une pression sur la console tactile du pare-brise. J'ai inspiré un grand coup et serré le volant, conscient que je m'apprêtais à franchir le point de non-retour.

Heureusement pour moi, ma mémoire musculaire ne m'a pas trahi. J'ai pu m'extraire de la place sans problème, dans un silence quasi absolu.

Le plus dur restait à accomplir. Pour le moment, j'attendais en retrait que le « troupeau » soit sorti du garage. Les coups de feu avaient cessé et j'observais un groupe de chimpanzés courir sur leurs quatre pattes. Les singes fermaient le cortège.

Mon cœur avait rarement cogné aussi fort. Mes mains moites glissaient sur le cuir du volant. Ma gorge était sèche.

J'ai conduit au ralenti, à l'affût, comme si j'explorais une zone inconnue et dangereuse.

Le champ de bataille s'est révélé sous la lueur jaunâtre des phares.

À quelques mètres de la porte d'entrée, à côté d'une camionnette blanche, un loup gisait à terre. Son cadavre ressemblait à s'y méprendre à celui d'un vrai, jusqu'à la couleur du sang qui continuait de s'écouler dans ma direction. Un second, criblé de balles, était étendu à quelques mètres, les yeux grands ouverts et secoué de spasmes saccadés qui n'avaient rien de naturel. J'avais visionné un reportage consacré à la création de matière organique, j'ignorais que ce fût déjà possible à notre époque.

Non loin du second loup, un des gardes était adossé à une berline jaune. Sa tête reposait sur son épaule, la gorge arrachée. Tout près de la sortie, un autre homme hurlait en se tenant une cuisse, ouverte sur toute la longueur.

Les bêtes pouvaient donc être agressives, transformées en armes au bon vouloir des programmeurs ou des ingénieurs. J'ai repensé à l'épreuve où une candidate, Élise Rue, avait été éliminée par un crachat de peinture. Et si cela avait mal tourné ?

J'ai appuyé sur l'accélérateur afin de mettre ces scènes macabres derrière moi. Presque au même moment, les premiers coups de feu retentissaient à l'extérieur.

En passant à côté du cadavre d'un autre rédempteur, j'ai reconnu le type de fusils utilisés par nos assaillants. Le dernier modèle de M16, verrouillé par empreintes. Aucun homme absent de la base de données de l'armée américaine ne pouvait en presser la détente.

J'ai mis quelques secondes à digérer l'information.

Si les attaquants n'étaient pas de simples citoyens armés jusqu'aux dents, ni des miliciens, mais de véritables soldats, c'est que les rédempteurs avaient trouvé un soutien au cœur même du Pentagone.

Impossible de ne pas faire le rapprochement entre le coup d'État et l'attaque éclair sur le complexe de Perez.

J'ai émergé en pleine lumière, un peu hagard, pour retrouver les rues du studio plongées dans le chaos. Des soldats retranchés dans les bâtiments tiraient des salves çà et là. Un grizzly s'acharnait sur la porte d'un magasin de vêtements, pendant qu'un rédempteur faisait feu depuis une fenêtre de l'édifice voisin. Deux lynx poursuivaient un homme qui tentait d'en rejoindre un autre, accroupi sous une balançoire du parc pour enfants. Pour l'instant, ils ne m'avaient pas remarqué ou ne m'avaient pas identifié comme une menace immédiate. Les drones continuaient leurs rondes en décrivant des cercles sous un ciel assombri par de gros nuages. Les appareils n'attaquaient pas les animaux. Programmés pour viser des cibles très particulières, ils n'avaient pas été reconfigurés pour élargir leur spectre.

C'était ma chance. Si Perez avait tenu parole et introduit mes données dans la base, la porte allait s'ouvrir. Il me restait moins d'un kilomètre à parcourir pour le découvrir, mais j'ai préféré prendre les devants et l'appeler.

Il a décroché au bout de la troisième sonnerie.

— Alejandro, j'espère que vous avez fait le nécessaire.

Un silence a précédé la réponse.

— Désolé, monsieur Starck. Mais Alejandro Perez est entre nos mains. C'est fini.

C'était la voix d'un inconnu.

— Je vous conseille de vous rendre. Il est hors de question de vous laisser sortir.

*

Arrête-toi, papa ! Retourne au parking, tu peux encore t'en sortir ! Si tu continues, c'est mort, c'est sûr ! Tu vas te faire tirer dessus, ou te fracasser dans la porte.

Je poursuivais ma progression à travers les rues, malgré la voix assourdissante de Sandra qui rugissait dans ma tête.

Perez avait-il réussi ? Je n'en avais aucune idée. Et s'il avait bien introduit mes données au niveau de la sécurité, les types qui étaient entrés dans sa *panic room* devaient certainement lui forcer la main pour qu'il m'efface de la base.

Ce n'était plus qu'une question de minutes avant qu'un soldat ne m'intercepte. J'en étais persuadé. Pour autant, je ne parvenais pas à m'arrêter.

Retourne au niveau du parking, tu pourras sûrement regagner l'abri.

— Et y faire quoi, Sandra ? Attendre ? ai-je crié dans l'habitacle alors que j'approchais de la grande porte du complexe.

La voix de ma fille s'est tue.

J'ai appuyé sur l'accélérateur, en remarquant à peine les gardes qui sortaient des bâtiments et me mettaient en joue.

J'étais devenu comme ces animaux qui couraient, sautaient et grimpaient autour de moi : un automate.

Ou comme ces drones qui tournaient en rond, désorientés.

La vitre arrière a explosé, suivie de près par le pare-brise.

« Le pare-brise est brisé, il est conseillé de stopper le véhicule », m'a indiqué l'ordinateur de bord.

Une deuxième balle a sifflé à mes oreilles, une troisième est venue se loger dans le cuir du siège passager, le propulsant en avant sous l'impact.

J'ai écrasé la pédale et baissé la tête, gardant juste un œil sur la lourde porte que j'allais atteindre dans une dizaine de secondes.

Arrête-toi, papa, tu es coincé. Personne ne va t'ouvrir !

J'ai eu le réflexe de vouloir tirer le frein à main avant de réaliser que la voiture n'en était pas équipée. Seuls quelques modèles, dédiés au pilotage, en étaient pourvus.

L'analyse d'impact empêchera le crash. C'est un mécanisme obligatoire dans les nouvelles voitures, même en mode manuel.

Je m'accrochais à cette certitude.

Pourtant, le véhicule n'a pas ralenti.

La porte s'est ouverte au moment où un soldat faisait irruption sur ma gauche depuis le guéridon des gardes.

Il m'a mis en joue, mais n'a pas tiré.

Plus tard, alors que je m'étais redressé et que j'avançais sur le chemin qui allait me faire rallier la grande artère qui séparait Idaho Falls de la Frank Church River of No Return, je me suis dit que c'était volontaire, qu'ils m'avaient laissé filer.

C'est ce qui me semblait le plus sensé. D'autant que les soldats auraient pu chausser leur hoverboard et partir à ma poursuite. Ou peut-être Perez était-il parvenu à rétablir la barrière.

Ces questions ont vite disparu, remplacées par une autre, plus importante : comment allais-je m'y prendre pour récupérer les médicaments et retrouver Zoé ?

Chapitre XXIII

L'autoroute était à un quart d'heure environ du complexe, une conduite laborieuse sur un chemin mal goudronné, à travers une terre écorchée par le soleil, couverte de petits arbustes maigrichons et de cactus faméliques.

Je devais ensuite rallier la H-20 en direction de Challis. Une trajectoire quasi rectiligne, deux longues heures durant. Un trajet monotone, espérais-je.

Mais j'en doutais.

Même sans les rédempteurs à mes trousses, la teinte noirâtre que prenait le ciel nuageux avait mis mes sens en alerte.

L'air suffocant, la touffeur, la voûte surchargée de cumulonimbus écrasants. Autant de signes prémonitoires à la formation d'une tempête. Peut-être une tornade : de telles étendues désertiques y étaient propices.

En contemplant l'horizon, je me suis demandé comment les soldats avaient pu nous surprendre et déjouer la vigilance de nos gardes.

Aucun bâtiment ne perturbait la monotonie du paysage sur toute la distance qui séparait l'artère principale du studio. Pas une colline, pas même une butte de terre n'affleurait.

J'ai obtenu la réponse sur le dernier kilomètre, alors que j'apercevais au loin deux camions militaires stationnés en travers de la route, à moins d'une centaine de mètres de la H-20.

Les soldats s'étaient garés à bonne distance. De là, l'armée s'était déployée et avait foncé à grande vitesse vers le studio, expédiant l'essaim de drones en première ligne.

J'ai appuyé sur le frein.

Des hommes devaient encore être en poste et pouvaient facilement m'intercepter. Je n'avais pas d'autre choix que de quitter la route et m'engager dans le désert.

La voiture d'Andrea n'était pas équipée pour rouler sur ce terrain cahoteux. Le bas de caisse allait se manger quelques cailloux, mais cela valait mieux que de m'exposer aux armes automatiques des sentinelles. J'avais eu de la chance. Des vitres brisées et un siège passager troué avaient été un modeste prix à payer.

Je me suis engagé sur la terre, faisant voler au passage un nuage de poussière brune. L'auto a protesté par la voix de l'intelligence de bord. *« Attention : ce véhicule n'est pas conçu pour circuler en dehors de la chaussée, veuillez revenir sur la route. »*

La rengaine revenait à intervalles réguliers, à mesure de ma progression. Mon pare-brise brisé m'empêchait de lui couper le sifflet – il existait sûrement une autre façon de contrôler l'ordinateur, mais le moment était mal choisi pour consulter la notice. J'ai obliqué à quatre-vingt-dix degrés, en espérant que les nuages de poussière soulevés n'alerteraient pas les vigies.

J'ai regagné l'autoroute un bon kilomètre plus loin, la direction légèrement voilée et barbouillée de minuscules morceaux de terre sèche. Tous les muscles de mon corps étaient tendus à l'extrême. Je venais de passer un premier barrage, mais je restais vigilant, d'autant que le ciel noircissait davantage.

Deux heures encore me séparaient du campement, et je n'avais aucun plan. J'ai fini par comprendre comment contrôler l'intelligence de bord : il suffisait de lui parler.

Je lui ai donné l'ordre d'allumer la radio. Ce que j'allais apprendre n'était pas vraiment fait pour me rassurer.

*

Le coup d'État était désormais officiel. Les ondes se saturaient d'interventions de spécialistes et d'hommes politiques. Le général Monroe s'était exprimé et avait motivé une « décision difficile », un acte d'une « portée historique » sans précédent, mais nécessaire en ces temps critiques pour faire face aux « terribles crises à venir ».

D'autres dénonçaient le chaos et les soulèvements de populations à travers la majorité des États. Ils relataient des scènes de violence, des affrontements à l'arme à feu.

Une situation provisoire, assurait-on. Le général n'avait aucune raison d'occuper la présidence et souhaitait une élection exceptionnelle pour remédier à cette situation au plus vite. Il promettait de remettre le pouvoir entre les mains du vice-président jusqu'à l'issue du vote.

Je suivais à moitié, bien plus préoccupé par ce qui m'attendait dans les étendues sauvages de l'Idaho.

Je me demandais aussi ce qui se passait au studio. Les rédempteurs avaient-ils exécuté Perez ? La cavalerie du milliardaire avait-elle débarqué pour rétablir l'ordre ? Newton et les autres étaient-ils toujours à l'abri ?

J'ai soudainement pensé à ma sœur. Je ne l'avais pas contactée depuis l'attaque. J'hésitais d'ailleurs à le faire. Claire ne pouvait pas grand-chose pour moi et ma situation n'aurait fait qu'accroître son anxiété. J'ai préféré attendre qu'elle me joigne.

Un peu plus tard, un bulletin météo m'annonçait que plusieurs tornades de grande puissance étaient prévues dans les environs d'Atomic City. La ville était déjà loin derrière moi, mais je n'étais pas rassuré pour autant.

La nature était capable de déjouer les pronostics des météorologues, quand bien même ceux-ci bénéficiaient de l'appui d'IA et de processeurs quantiques.

Les quinze derniers kilomètres qui me séparaient de Challis ont été un vrai calvaire.

Malgré la tension, je commençais à fermer les paupières, fatigué et bercé par la monotonie du trajet.

J'étais sur l'US-93 et j'allais m'engager sur le pont qui enjambe la Salmon River, lorsque Zoé m'a appelé.

— Coach ?

La voix était faiblarde, presque réduite à un murmure.

— Zoé, je suis en chemin. Tiens bon.

Aucune réaction.

— Zoé, tu es là ? Tu m'entends ? J'arrive.

— Je ne vais pas très bien, coach. J'ai froid.

— Zoé !

Elle a mis fin à son appel. J'ai tenté de la recontacter, mais elle n'a pas répondu.

Je me suis maudit. J'aurais dû lui dire de se rendre, plutôt que se terrer dans la forêt en attendant des secours qui visiblement n'arriveraient jamais.

J'ai frappé le volant.

— Merde, ai-je hurlé.

Et j'ai foncé vers Challis.

Chapitre XXIV

Challis n'avait rien d'une ville ; tout au plus un rassemblement de bâtisses en pierre, de maisons délabrées et de chalets aux abords d'une route terreuse et sans trottoirs. Un des derniers bastions de civilisation avant le plongeon dans les forêts montagneuses de l'Idaho.

Comme dans les autres villages bordant la réserve naturelle, les habitants accueillaient de temps à autre promeneurs et chasseurs ; du moins jusqu'à ce que les grandes crises et les nouvelles lois drastiques sur la chasse ne réfrènent les ardeurs.

Par chance, j'ai croisé un pick-up blanc roulant dans le sens inverse. Intrigué par mes appels de phares, le conducteur s'est arrêté à mon niveau et a abaissé sa vitre. Une tête brune et fripée surmontée d'une casquette en jeans est sortie de la fenêtre, dévoilant un homme aussi sec qu'un morceau de bœuf séché et affecté d'un fort strabisme.

Il a tiqué en voyant mon pare-brise éclaté et mes bras croûtés de sang. Il s'est gratté la nuque avant de me demander :

— Vous avez un problème ? Des pillards vous ont attaqué ?

— Oui, ai-je menti. Un peu plus loin, avant le croisement de la 20 et de l'US-93. Des pirates de la route.

Il a grimacé et dévoilé une dentition étonnamment blanche (je m'étais attendu à une rangée de chicots noirâtres).

— Ces merdeux ne risquent pas de venir ici ! Ils sont au courant qu'on est quelques-uns à savoir se défendre, m'a-t-il dit en exhibant un fusil de chasse qu'il avait dû poser sur le siège passager. On a eu pas mal de soucis avec ces fumiers. Ils ont tenté de voler le camion de nourriture il y a trois semaines. On en a retrouvé deux…

Son sourire carnassier m'a fait comprendre qu'il ne s'était pas contenté d'une simple conversation avec eux.

Il a désigné le ciel, couleur encre.

— Ils disent que la tempête est pour Atomic, mais elle sera pour nous, celle-là. Et elle va faire des dégâts.

J'ai acquiescé d'un mouvement de tête.

Son pronostic déjouait celui des scientifiques et des IA, mais ce morceau de bœuf séché armé d'un fusil avait sûrement raison.

— Faut pas rester dans le coin, m'sieur. Le maire a fait installer un bunker. S'rait plus sage de venir et attendre que ça passe. J'sais pas s'il va rester beaucoup de maisons debout si cette tornade déboule par ici.

Il n'y avait pas de panique ni de fatalisme dans sa voix. Comme bon nombre de gens ayant vécu les premières crises, ce type était résigné et composait avec sa nouvelle réalité. Il avait fait le deuil d'une vie telle que l'avaient connue ses parents. Moins d'eau, moins de nourriture, des canicules et des phénomènes météo extrêmes. Et leurs conséquences, comme ces pillards dont j'avais certes inventé l'attaque sur mon véhicule, mais dont les razzias étaient fréquentes.

— Non, c'est gentil de proposer, mais je dois me rendre à Frank Church.

Il m'a dévisagé comme si je portais une camisole.

— Bordel, vous êtes cinglé. Et c'est immense, Frank Church, vous allez où exactement ?

Bonne question. Je n'avais que Challis comme repère.

— Vous pouvez peut-être me renseigner, justement. Je dois rejoindre un bus. Il y avait toute une équipe de tournage à bord, et le nom de l'émission était peint sur les côtés : *Survivre.*

— Oui, j'l'ai vu passer, mais pas par Challis. Là, vous êtes trop au nord. Je l'ai vu tourner vers l'est. Des survivalistes, je me suis dit, avec un nom pareil. On en croisait souvent quand j'habitais à Stanley. Ma femme tenait une chambre d'hôte. Les lascars dormaient une nuit ou deux avant d'aller faire leur grande balade. J'ai même fait guide, mais j'ai arrêté il y a cinq ans.

— Vous pensez qu'ils sont allés où ?

— Vers l'est. Ils ont pris la H-75, en direction de la forêt. À mon avis, ils ont roulé vers Stanley, justement. C'est l'endroit idéal pour une randonnée.

Enfin, quand la météo ne menace pas de vous transformer en cerf-volant comme aujourd'hui.

Stanley était à plus de quarante-cinq minutes de Challis. En théorie, les chances d'y voir apparaître une tornade étaient faibles.

— Et vous n'avez rien remarqué d'autre ?

— Si, ce matin j'étais parti à Atomic City, je me suis fait doubler par des militaires, deux SUV blindés. Je me demandais justement ce qu'ils pouvaient fabriquer ici. Vous avez entendu la nouvelle pour le président Johnson ? Vous pensez que c'est lié ?

Peut-être que ça l'était, mais j'ai feint l'ignorance.

— Aucune idée. Je suis simplement là pour les personnes qui sont dans le bus. Je dois m'assurer que… ma fille va bien.

Il m'a fixé sans prononcer un mot et sans que ses traits s'animent.

— Vous êtes de quel coin ? Je ne reconnais pas votre accent.

— Je suis français, mais j'ai vécu quelques années en Caroline du Sud.

Pas l'ombre d'une émotion n'a traversé son visage. Il m'a adressé un dernier salut en abaissant la visière de sa casquette.

— Bonne chance là-bas, m'sieur. J'espère que vous allez retrouver votre gamine, a-t-il dit en remontant la vitre.

— Attendez !

— Oui m'sieur ?

— Vous sauriez où je pourrais me procurer un arc, ou une arbalète ? J'ai de quoi payer.

L'homme m'a souri. Le genre de rictus complice qu'adresserait un prédateur à un autre.

*

Un arc à poulie et un carquois chargé d'une quinzaine de flèches posés sur le siège passager, j'ai rebroussé chemin pour prendre la H-75 en direction de Stanley.

Il me restait à parcourir un trajet de quarante minutes sur un sillon d'asphalte tracé par l'homme dans un environnement écrasant de majesté et de puissance. À ma gauche, des flancs montagneux hérissés de sapins défiaient un ciel lourd et bas. À ma droite s'étirait une interminable terre rocheuse brun ocre, constellée d'arbrisseaux et de buissons, lézardée par la majestueuse Salmon River.

On ne rencontrait pas âme qui vive sur ce tronçon, ou si peu. Et plus j'avançais au cœur de l'immensité sauvage, plus je saisissais le sens de l'appellation : River of No Return.

Passé un site nommé Sunbeam, la forêt m'a avalé pour ne me recracher que quelques kilomètres plus loin. Je n'ai regagné un semblant de civilisation et un horizon dégagé – hormis quelques résidences isolées et des chalets éparpillés çà et là – qu'à Stanley. Un village qui ressemblait à Challis, en encore plus petit mais en plus coquet.

À cette heure – le soleil amorçait sa descente et entamait une plongée sous les collines et montagnes de l'Ouest –, les lieux me paraissaient fantomatiques.

Un camion-citerne estampillé FWDP du Food and Water Donation Program était stationné près d'une auberge, dont l'enseigne « Chez Wayne » s'ornait d'un drap blanc sur lequel était écrit au feutre noir *« Jonhson get the fuck out »*.

Des propos prémonitoires.

J'ai garé la voiture sous un sapin au croisement de deux routes, et je suis sorti. Moins pour me dégourdir les jambes que pour obtenir des informations.

L'air se saturait d'une humidité suffocante et les moustiques – des vrais, pas des synthétiques – bourdonnaient autour de moi.

Les autobus de la production n'étaient pas visibles, mais je comptais sur les habitants pour m'en apprendre davantage.

Je me suis dirigé vers l'auberge, dont un menu attaché sur un panneau en bois nous invitait à déguster de la viande d'orignal et de la tarte aux bleuets à des prix défiant toute concurrence.

J'ai découvert à l'intérieur une ambiance typique de cette partie de l'Idaho. Un chalet folklorique en rondins, des têtes empaillées accrochées aux murs et la sensation d'avoir voyagé dans le temps, à la fin du XIXe siècle. Quatre hommes étaient attablés devant un ragoût et des chopes de bière. Un seul d'entre eux n'était pas barbu ; âgé d'environ quinze ans, il était aussi longiligne que maigre et ressemblait vaguement à la femme derrière le bar, une grande blonde à l'étroit dans une chemise à carreaux, aux cheveux filasse et aux joues rosies. La Loreleï de l'Idaho m'a accueilli par un « Désolé monsieur, nous sommes fermés aujourd'hui» tandis que tous les regards convergeaient vers moi pour fixer «l'étranger». Fait insolite, un chien robot de première génération, un des premiers modèles grand public vendus par Boston Dynamics, faisait des rondes devant le bar. Il était affublé d'un bandana rouge, sa peinture jaune écaillée était recouverte de dessins et de graffitis.

Malgré l'attitude inamicale, je ne me suis pas démonté, déterminé à jouer le même rôle qu'à Challis, celui d'un père inquiet pour sa fille.

Et cela a fonctionné.

J'ai appris que les bus étaient bien passés par Stanley et s'étaient certainement rendus plus au sud, comme le faisaient beaucoup de randonneurs.

— Cela fait longtemps qu'on n'avait pas eu de visite, depuis deux ans c'est quasi mort ici, a ajouté la barmaid.

D'après le jeune – qui se prénommait Dany, se définissait comme un chasseur hors pair et souffrait d'un léger bégaiement –, une aire de parking servait de point de départ aux treks.

— Je suis allé rôder là-bas plusieurs fois, a-t-il avoué. J'étais curieux.

J'ai quitté le bar en laissant cinq dollars sur le comptoir. J'avais pu remplir ma gourde d'eau et me faire tartiner d'une pommade antimoustique, car selon un des types : «Depuis ces canicules, ces monstres pullulent encore plus qu'avant.»

J'ai repris la H-75 avec un regain de confiance que je savais éphémère. Cinq minutes de conduite en plissant les yeux, bombardé de moustiques et de moucherons qui s'engouffraient dans l'habitacle par le pare-brise fracassé.

Je suis arrivé au moment où le soleil était happé par les terres et ne laissait plus qu'une ligne orange pâle pour illuminer l'horizon.

Comme l'avait indiqué mon informatrice – qui répondait au doux nom de Rose et dont le cuistot de mari chassait dans la réserve malgré l'interdiction et les lourdes peines encourues –, j'ai effectivement trouvé une étendue d'herbe jaunie et écrasée ayant servi de camp de fortune le premier soir.

Le bus de l'émission était stationné à une quinzaine de mètres de la route, ainsi que le véhicule blindé mentionné par la restauratrice. Un SUV de l'armée. Mais les lieux étaient déserts. Pas de sécurité, pas de membres de la production, pas de candidats. Ni de soldats.

Il régnait un silence uniquement perturbé par le sifflement des moustiques.

J'ai pensé qu'une partie des militaires avait dû s'installer dans la forêt en embarquant des prisonniers avec eux. L'autre blindé n'était pas repassé par Challis, puisque je ne l'avais pas croisé. J'en ai conclu qu'il avait dû continuer sur la Highway State 75, mais je ne pouvais pas en être certain.

J'ai laissé mes questions de côté pour me concentrer sur la stratégie à adopter.

Des rédempteurs étaient restés sur place pour capturer les candidats. Je n'avais pas beaucoup d'espoir pour eux : j'étais sûrement le seul coach qui avait esquivé l'attaque sur le studio et avait pu prévenir son candidat.

J'ai chassé la grappe de moustiques qui dansait devant mes yeux, puis j'ai rebroussé chemin pour me garer à une cinquantaine de mètres, par souci de discrétion.

Je me suis ensuite équipé de mon arc et de la gourde que Rose m'avait remplie (elle avait même proposé d'y mettre de la bière issue de leur micro-brasserie). Mais avant de m'enfoncer dans l'espace sauvage, je me suis dirigé vers l'endroit où l'équipe avait dû établir son campement pour y chercher les médicaments.

Des herbes et des fleurs piétinées et des empreintes de pas dans la terre témoignaient d'une activité humaine récente.

J'ai également remarqué du sang sur le sol. D'abord de petites taches éparses, puis des traces beaucoup plus importantes. Toutes convergeaient vers le bus.

J'ai observé le véhicule quelques secondes, assailli de suppositions macabres.

Un scénario prenait forme. Les rédempteurs avaient pris la production par surprise. Une offensive violente pour éliminer l'équipe sur place, avant de traquer les candidats. Un groupe avait dû rester au campement pour cacher les corps dans le bus avant de plier bagage, pendant qu'un autre était parti à la recherche des participants.

Je suis monté dans le véhicule – la porte n'avait même pas été verrouillée – pour vérifier mon hypothèse.

Sans surprise, l'ensemble de l'équipe de sécurité s'étalait à l'intérieur. Des cadavres au sol, d'autres assis ou couchés sur les sièges. Une dizaine d'individus au total. Les blessures infligées avaient été précises et fatales, l'œuvre de drones de combat.

Aucun membre de la production n'avait été tué, en revanche ; et Dieu merci, aucun candidat non plus.

Les rédempteurs avaient capturé l'équipe de Samuel Romanov ; sans doute étaient-ils prisonniers quelque part dans l'immensité sauvage.

J'ai fouillé le bus pour finir par découvrir la médication de Zoé dans un compartiment derrière le siège conducteur (la réglementation sur les transports en commun les rendait obligatoires, même en cas de pilotage automatique).

J'ai embarqué une boîte de pilules sur laquelle était collée une étiquette « Zoé ». J'ai également trouvé une lampe. Je pouvais compter sur ma montre de poignet pour m'éclairer au besoin, mais ce modèle était beaucoup plus puissant. Je m'en suis emparé avant d'aviser l'orée de la forêt. Les bois s'étendaient à perte de vue, recouvrant la majeure partie des montagnes. J'avais aperçu quelques images à travers la retransmission de Zoé, mais je ne reconnaissais rien.

Je me suis lancé à l'aveugle.

*

Même à des milliers de kilomètres de mes Alpes, j'étais dans mon élément.

La végétation était différente – des montagnes échevelées par endroits, des rivières beaucoup plus larges et tumultueuses –, mais je ne me sentais pas perdu. J'aurais très bien pu disparaître ici, me fondre avec la nature et y vivre mes derniers jours.

Je ressentais son attraction, irrésistible. Celle d'une mère rappelant son enfant.

Sans doute y aurais-je répondu si je n'avais pas eu une tâche urgente à accomplir : retrouver une jeune fille de seize ans avant que son corps ne la trahisse ou bien que des fanatiques ne l'interceptent.

Et puis, la menace des tornades planait.

En quelques minutes seulement, la température s'était rafraîchie, des nuages noirs se répandaient sur la voûte céleste comme une nappe de pétrole. Le vent s'était levé et bousculait les arbres, faisant bruire les feuilles.

Les conditions de recherches s'annonçaient encore plus difficiles que prévu.

Sans étoiles et sans lune, j'étais condamné à utiliser une lampe ou une torche, et donc à trahir ma présence.

J'ai tout d'abord évolué en gardant la Salmon River en vue, comme avaient dû le faire les candidats et plus tard les rédempteurs. Mais je ne restais jamais longtemps près des berges. Le bruit assourdissant des rapides pouvait masquer l'approche des soldats.

Je me servais de la lampe, en atténuant son faisceau avec ma main, pour tenter de repérer les traces d'un passage.

Des empreintes de bottes ou de chaussures apparaissaient parfois, sans que je puisse m'y fier : elles pouvaient avoir été laissées par les randonneurs et les pillards qui fréquentaient également la réserve.

J'ai avisé les montagnes, silhouettes noires sur fond gris, qui flanquaient le cours d'eau.

Comment retrouver Zoé dans cet espace sauvage sans la moindre indication et sans lumière ?

Une tâche presque impossible. Contrairement aux militaires, je ne possédais pas d'équipement moderne. Je devais m'en remettre autant à la chance qu'à mon expertise ; peut-être plus encore.

Et si elle était morte, papa ? C'est plus que probable, elle n'a pas ses médicaments et elle n'a pas rappelé. Tu pourrais l'oublier, non ? On pourrait tout recommencer ici.

Sandra avait peut-être raison. Zoé pouvait être déjà morte. Mais je n'allais pas abandonner, pas maintenant. Surtout que j'avais de quoi la sauver.

En théorie, elle avait dû se rapprocher du camp, comme je le lui avais indiqué. Il se trouvait au sud-ouest de sa position, alors peut-être était-elle encore dans la zone nord-est.

Par chance, mon couteau était équipé d'une boussole.

J'ai tenté de reconstituer certaines des images qu'elle m'avait partagées. Je me souvenais de pierres blanches aux abords du lit de la rivière, et d'un énorme rocher fendant ses flots ambrés.

Je lui avais également conseillé de gagner un endroit moins clairsemé et de se trouver un abri naturel.

Avec ces éléments en tête, je pouvais réduire mon champ de recherche.

Sans doute, mais il est tard, papa. Tu ne feras rien de bon la nuit. Et tu dois être vivant pour la retrouver. Ne pense pas que tu es plus fort que la nature. Je suis bien placée pour savoir que c'est impossible.

Vrai. Et pire encore, je risquais de me faire repérer en me guidant à l'aide d'une lampe. Si je ne la trouvais pas dans l'heure, je devais me construire un abri.

J'ai tenté à nouveau de joindre Zoé, mais je me suis heurté au même silence.

En théorie, l'aube devait pointer son nez vers cinq heures du matin.

J'ai progressé vers une zone à la végétation plus dense, située à une centaine de mètres au-dessus de la rivière.

Construire un abri m'a pris une bonne heure et a eu raison de la moitié de ma gourde. J'avais écrasé un nombre incalculable d'insectes et j'étais couvert de piqûres malgré la couche de pommade. J'en venais presque à regretter l'interdiction d'utiliser la DEET, décrétée il y a cinq ans. Un produit dangereux, mais diablement efficace.

En m'allongeant sur le dos, sur un lit de feuilles, j'ai pensé à Zoé. Elle ne possédait pas de couteau de survie et ne pouvait pas se chauffer. Je lui avais déconseillé d'allumer un feu et elle était encore moins équipée que moi.

Pourvu qu'elle tienne une nuit de plus, pourvu qu'elle se soit trouvé un abri naturel, ai-je supplié alors que le vent augmentait en intensité et que je réprimais des frissons en raison du froid.

À vingt-deux heures, malgré les rafales et le bruissement des sapins, j'étais sur le point de m'endormir quand le téléphone a vibré à mon poignet.

C'était Claire et elle n'avait pas de bonnes nouvelles à m'annoncer.

Chapitre XXV

— Florian ?

Le trémolo dans la voix de ma sœur a serré mon cœur. Quelque chose de grave avait dû se produire.

— J'ai des nouvelles de Pierrick, a-t-elle continué, la gorge nouée.

J'ai fermé les yeux.

Mort. Mon frère était mort. Elle n'avait pas besoin d'en dire plus.

— Comment ? Où ?

J'avais murmuré mes questions. Je ne voulais pas me faire repérer.

— Non, il n'est pas mort, mais j'ai peur que cela soit tout comme. On a retrouvé le corps de son meilleur ami. Le journaliste Virgile Bastien. Tu le connaissais ?

Je le connaissais même très bien. Ce n'était pas seulement l'ami de Pierrick, c'était également son fiancé.

— Oui, mais je ne te suis pas. C'est horrible. C'est tragique. Mais pourquoi tu t'inquiètes pour Pierrick ?

— Virgile couvrait en « off » l'expédition du Nunavut. On a retrouvé son cadavre dans une maison, près du campement des scientifiques. Il avait été hébergé par un journaliste local. Je crois qu'ils se préparaient à sortir un scoop sur l'identification du virus. Mais cela a mal tourné, il a été contaminé. Il est mort hier, on vient juste de me l'annoncer. Je suis encore sous le choc.

Elle s'est étranglée dans un sanglot.

Je voyais très bien ce que ma sœur pouvait imaginer : Virgile en mission au Canada, Pierrick qui veut le rejoindre en apprenant que les scientifiques sont infectés.

— Je suis sûr qu'il est mort là-bas, a-t-elle continué après avoir repris son souffle.

— Écoute, rien ne prouve qu'il soit parti dans le Nunavut, ce n'est peut-être qu'une coïncidence. Tu aurais été au courant s'il avait pointé son nez là-bas, non ? *A fortiori* s'il était mort. Tu es sous le choc et tu n'arrives pas à réfléchir.

Elle ne m'écoutait pas, prisonnière de son scénario macabre.

— J'ai essayé d'en apprendre plus, mais toute la zone est en quarantaine. C'est la panique. C'est un vrai cauchemar. J'ai besoin de toi, il faut que tu reviennes. Je deviens folle.

Je n'ai pas répondu tout de suite. Je ne savais pas comment lui annoncer ma situation. Mais les mots sont sortis tout seuls, presque inaudibles ; un souffle entre mes dents.

— Je ne peux pas, Claire, pas maintenant.

— Je n'ai pas compris, Florian. Tu peux parler plus fort ? Pourquoi tu murmures ? Tu es où ?

J'ai hésité à mentir.

Je suis au studio, ma candidate s'en sort très bien, ne t'inquiète pas pour moi.

— Je suis… Claire… le complexe a été attaqué. Les rédempteurs ont lancé un assaut qui nous a pris par surprise. Ils avaient désactivé les barrières magnétiques. Des drones de combat et des soldats volants ont déboulé de tous les côtés. J'ai pu me mettre à l'abri dans une *panic room.*

— Mon Dieu…

— Ils en voulaient à Chloé, l'IA de Perez. Je pense qu'il est mort ou s'il ne l'est pas, ils ne vont pas tarder à le tuer. Ils s'en prennent aussi aux participants.

— Un rapport avec Pierrick ?

Sa voix plus forte suggérait que cette perspective lui redonnait espoir.

— Aucun pour le moment. L'IA a peut-être changé de comportement à la suite d'une manipulation de Pierrick, mais je n'en suis pas certain. Un candidat est également impliqué, c'est lui qu'on aperçoit sur la vidéo. Hwang, un jeune Asiatique. Je ne suis même pas sûr que ce soit son véritable nom. Il est lié à l'assaut, même si je ne connais pas encore son rôle exact. Mais là, je n'ai pas le temps d'y penser, je dois sauver Zoé. Elle est seule, sans ses médicaments, et ces tarés la traquent. Je ne suis plus dans la *panic room.* J'ai réussi à m'échapper… je suis au cœur de l'Idaho.

… *Et une tempête risque de se lever*, ai-je failli ajouter.

— Je sais ce que tu cherches à faire, Florian. Mais Zoé n'est pas Sandra. Tu dois penser à toi.

— Tu crois que je l'ignore ? Écoute, cette gamine n'a que moi ici. Je dois tenter quelque chose, tu comprends.

— Je vais voir si je peux faire quelque chose à mon niveau pour te sortir de ce pétrin. Le vice-président vient d'entrer en fonction et…

— Je n'ai pas l'intention de mourir. Si tu veux vraiment m'aider, essaie d'en savoir plus, Claire. L'attaque sur le complexe, le coup d'État. C'est peut-être lié.

— Je vais faire de mon mieux.

— Encore une chose. Je n'ai pas eu le temps, mais vois si tu peux entrer en contact avec tes homologues américains pour découvrir la véritable identité de Hwang. Je t'envoie le fichier.

J'ai écourté la conversation. J'avais murmuré tant que je pouvais, mais je n'avais pas pu m'empêcher de hausser le ton. En outre, je craignais que la lumière émise par ma montre ne m'ait trahi.

Je me suis allongé sur le dos. Je n'avais pas suivi les règles que je m'imposais d'habitude. Débarrasser le sol pour en expulser d'éventuels insectes ou fourmis.

La nouvelle de la mort du fiancé de mon frère, le stress d'être sur le qui-vive, les plaintes du vent, qui pour le coup avait chassé les moustiques… Je n'ai pas réussi à fermer l'œil avant minuit.

Il était deux heures du matin lorsque le tonnerre a retenti. Le soleil devait se lever dans moins de quatre heures, mais la nuit n'en avait pas encore fini avec moi.

*

Une demi-heure après le premier coup de tonnerre, une bourrasque a fait voler le toit de mon appentis. Fouetté par les gouttes de pluie glacées, je me suis levé d'un bond.

Je devais quitter l'abri en urgence et trouver refuge ailleurs.

J'ai saisi mes affaires et au même moment, une succession d'éclairs a zébré le ciel, dévoilant trois énormes cônes inversés tournoyant sous les lueurs stroboscopiques.

Un spectacle de fin du monde. L'apocalypse sous la forme d'une créature gigantesque invoquée dans un ouragan électrique.

La tornade à multiples vortex faisait rage à moins d'un kilomètre d'ici. Elle s'abattait sur la forêt avec férocité, crachant une pluie cinglante et glacée.

Je n'en subissais que les effets périphériques, mais je devais m'éloigner au plus vite en cas de changement brutal de direction.

La zone boisée où je m'étais établi était bien trop dangereuse, même à cette distance.

Je me suis précipité vers une clairière, dévalant la terre spongieuse et boueuse – j'ai manqué de glisser à plusieurs reprises –, en direction de la

Salmon River d'où je pouvais obtenir un meilleur aperçu.

À peine m'étais-je rapproché des berges que le ciel s'est mis à me bombarder de grêle.

Par chance, les vortex monstrueux dévoilés dans des flashs étaient encore à bonne distance.

Pour le moment, seuls les grêlons et l'humidité combinée au froid de la nuit étaient à craindre. Mais je n'avais aucun moyen de prévoir les mouvements de cette tornade massive. D'un brusque changement, elle pouvait s'abattre sur moi et m'avaler en quelques minutes.

Facétie du sort, je me retrouvais dans une situation identique à celle que j'avais connue dans les Alpes et je devais une fois de plus me trouver un abri naturel et attendre que cela passe.

En m'aidant des éclairs pour me repérer dans l'obscurité, j'ai couru en direction du premier gros rocher affleurant sur les flancs de la montagne. Il formait une voûte et s'opposait aux rafales. J'ai progressé en me protégeant le visage à l'aide de mon coude, tout en gardant un œil sur les trois énormes tentacules noirs qui semblaient aspirer le sol.

Les bourrasques se sont intensifiées. Les arbres se sont mis à tanguer. Les cailloux et les petits branchages étaient projetés ou s'envolaient dans une spirale ascensionnelle.

Le monstre se rapprochait.

Avant que je puisse atteindre l'abri, un grêlon épais comme une prune m'a percuté la cuisse. Un autre m'a frappé à l'épaule et un troisième au niveau du biceps.

J'ai hurlé à chaque impact, avec l'impression d'avoir été bombardé par des balles de flashball. Dans un râle, j'ai parcouru les trois derniers mètres comme si une nuée ardente était à mes trousses et je me suis presque jeté sous la grande roche, manquant de me heurter le crâne.

Je me suis ensuite accroupi, haletant, la tête fichée entre mes genoux. Une position dont je m'étais souvent moqué par le passé, quand je prenais l'avion et que je consultais le manuel de sécurité.

Autour de moi, la tempête continuait d'imposer sa domination sur les étendues sauvages. Les arbres malmenés allaient bientôt se faire amputer de leurs branches les plus exposées, qui seraient alors emportées dans les airs et transformées en projectiles mortels.

Je n'avais jamais été témoin d'une tornade aussi violente. Leur pouvoir de destruction était habituellement très ciblé, proche de l'épicentre.

La grosse roche lui faisant écran était assaillie à la fois par les morceaux de glace et par les cailloux, mitraillée dans un vacarme assourdissant.

J'étais un soldat sous le feu nourri d'une sulfateuse lourde.

Cloué.

Je ne pouvais pas sortir sans me faire frapper. Un mauvais coup à la tête pouvait m'assommer, ou pire.

J'avais déjà tâté la puissance de ces prunes givrées. Je sentais encore leurs impacts sur mes membres, qui bientôt seraient auréolés d'ecchymoses violettes et brunes.

Même si j'étais à l'abri, je devais bouger au plus vite. Si les vortex continuaient de se rapprocher, la roche serait aussi utile qu'un parapluie sous une cascade, incapable de me protéger des vents tournoyants et des projectiles.

Je restais attentif, étudiant le terrain à chaque éclair, tentant d'anticiper la position de la tornade. Je dessinais une trajectoire dans ma tête, pour m'éloigner tout en me préservant des intempéries. D'autant qu'au loin, au-delà du rugissement des rafales, le craquement des arbres fendus ou écrasés m'indiquait que la broyeuse se rapprochait.

Elle sillonnait à travers les sapins séculaires et les flancs hérissés de pierres, avec autant d'aisance qu'un couteau chauffé à blanc dans une motte de beurre.

Je m'en voulais. J'aurais dû anticiper les risques et continuer les recherches, même au cœur de la nuit. Ou mieux, j'aurais dû rebrousser chemin jusqu'à la voiture et attendre le matin. Mais mon esprit était bien trop focalisé sur Zoé, dont les heures étaient comptées.

C'était entièrement ma faute. J'avais manqué de cette prudence qui m'avait tant réussi jusqu'ici, et ma situation s'était aggravée.

À quoi bon porter secours, si les secours disparaissent en route? aurait pu dire Sandra sur un ton de reproche.

Je me suis surpris à prier. Pour que la tornade change de direction, pour que Zoé s'en sorte, pour que je survive.

Pendant de longues secondes, j'ai passé un marché avec un Dieu auquel je n'avais jamais cru. Je lui ai promis de m'occuper de Zoé, de poursuivre une vie exemplaire en harmonie avec sa création.

J'ai monnayé. *« Si vous me permettez de continuer, alors vous pourrez venir me cueillir dans deux ans… ou trois. Deal ? »*

Une nouvelle salve d'éclairs a illuminé le ciel, comme une réponse à mon appel.

Mais la tempête ne s'est pas apaisée.

L'épisode de grêle s'estompait, la mitraille perdait de sa force, mais les bourrasques se déchaînaient toujours avec autant de violence.

Encore une dizaine de minutes. Il faut que je tienne une dizaine de minutes, me disais-je en me convainquant qu'après ce délai viendrait l'accalmie.

Le bruit infernal a fini par diminuer d'intensité, m'indiquant que si les vents restaient puissants, les vortex ravageurs devaient s'éloigner de moi.

J'allais bientôt avoir une fenêtre pour agir.

Je n'ai pas senti la montre trembler à mon poignet. Du moins, pas immédiatement. Il m'a fallu quelques secondes avant de comprendre qu'on cherchait à me contacter.

Je suppose que l'idée que quelqu'un puisse me joindre dans ce contexte avait dû me sembler si saugrenue que mon cerveau en avait réfuté la possibilité et avait interprété différemment les vibrations.

J'ai consulté la montre, mettant un instant avant de réaliser.

Zoé.

J'ai porté le bracelet à mes lèvres tout en décrochant.

— Zoé ! Attends, je cherche mes lunettes et je suis à toi.

Je les avais rangées dans la poche intérieure de ma veste. En les saisissant, j'ai mesuré ma chance. Elles auraient pu être détruites par un grêlon ou lors de mon plongeon.

— Je suis là, ai-je crié en les ajustant.

— Coach ? C'est bien vous ?

La voix était voilée, comme si elle sortait d'une mauvaise grippe.

— Où es-tu ? Tu es à l'abri ?

— Je ne sais pas… oui. C'est… je me sens bizarre, coach, vraiment bizarre.

Les médicaments. Je pensais à ses putain de médocs. Mais au moins semblait-elle lucide. Et en sécurité, visiblement.

— Il s'est passé quelque chose, coach. J'ai perdu conscience. La tempête m'a réveillée. Et là, je me sens différente. Il s'est passé quelque chose.

— Où es-tu ?

Je me suis couvert les oreilles pour atténuer le bruit.

— Il s'est passé quelque chose, coach. Il s'est passé quelque chose de bizarre.

Elle a prononcé ces mots trois fois encore.

Zoé bloquait. Tant son ton que ses propos semblaient émaner d'une autre personne. Elle devait être en plein délire, ou victime d'une crise.

Je voulais lui demander de me décrire sa situation. J'avais peut-être une chance de me frayer un chemin jusqu'à elle. Elle pouvait m'indiquer à quelle distance elle se trouvait de la rivière ou encore si elle s'était réfugiée dans une zone boisée. Mais je doutais qu'elle en fût capable. Sa voix suggérait le contraire.

— Zoé, écoute-moi. Tu as assez d'énergie pour m'envoyer une connexion ?

Elle ne répondait pas.

— Tu es là ?

Une demande de synchronisation est apparue dans mon champ de vision.

Je l'ai acceptée tout en baissant l'opacité de mes lunettes.

À travers ses yeux, j'avais maintenant un aperçu de son environnement. Elle était plongée dans le noir. Sûrement une grotte. Ou encore un trou. J'entendais le bruit de sa respiration, un brin trop rapide.

— J'ai faim, coach, et j'ai soif. Je ne sais pas où est ma gourde. Je crois que je l'ai perdue. J'ai vraiment soif, coach, il s'est passé quelque chose de bizarre. De très bizarre.

Encore cette rengaine, comme un disque rayé.

— Je vais venir, Zoé, mais j'ai besoin de ton aide. Tu penses pouvoir bouger ?

J'avais peur qu'elle me rétorque « Il s'est passé quelque chose, coach ».

— Oui, je vais essayer de vous montrer des images.

Elle avait deviné mes intentions. Son cerveau semblait fonctionnel. Et sa respiration retrouvait un rythme normal.

Elle a progressé dans le noir jusqu'à ce que des flashs s'impriment sur les lunettes, presque simultanément à la salve d'éclairs qui lézardaient mon champ de vision.

— Voilà. Parfait. Essaie de rester ici encore quelques instants, les éclairs vont me permettre de…

Je n'ai pas eu besoin de finir ma phrase. La fenêtre superposée sur le verre opacifié m'offrait désormais une vue en *night shot*.

— Comment as-tu fait, Zoé ?

— Je ne sais pas, coach, j'ai simplement… pensé et… je…

… *me sens bizarre,* ai-je complété dans ma tête.

J'ai décidé de remettre à plus tard les questions qui m'ont traversé l'esprit pour me concentrer sur ce que les images me renvoyaient.

À l'évidence, Zoé était bien plus haut que moi dans les montagnes. Je pouvais distinguer une portion de la rivière, lointaine, à la limite de son champ de vision, un coude masqué en partie par une touffe d'arbres. Les éléments se déchaînaient avec plus de puissance ici. Les sapins se balançaient comme des métronomes. J'en ai conclu qu'elle était plus au nord. Mais difficile d'en être certain.

— Es-tu loin ?

— Je peux vous donner les coordonnées GPS, coach. Je peux vous les envoyer. Ce sera plus simple.

Zoé avait parlé sur un ton plus posé. Un calme qui contrastait avec ses propos apeurés et à la limite de la cohérence.

Elle avait raison. Sa solution était beaucoup plus simple, même si je devais toujours progresser vers la tornade. Heureusement, la bête semblait s'éloigner.

Elle peut revenir, décrire des cercles…

— Je sais, Sandra, je sais, ai-je murmuré entre mes dents.

J'ai risqué un coup d'œil hors de mon abri. La tempête s'était calmée.

— J'arrive, Zoé. Je te promets que je vais te sortir de là. J'ai tes médicaments.

— Non, coach. Attendez encore. Je pense que la tornade va progresser vers le nord.

— Tu n'en sais rien !

— Je suis à l'abri. C'est vous qui allez vous mettre en danger. Faites-moi confiance et attendez encore un quart d'heure.

Et c'est ce que j'ai fait.

*

Zoé avait raison. La tempête a fini par s'éloigner. L'atmosphère était toujours chargée d'électricité et l'air était humide, mais les gros vortex étaient partis creuser leurs sillons meurtriers ailleurs, plus au nord.

Je me suis levé avec difficulté. La tension avait grippé mes muscles et les articulations de ma nuque.

Autour de moi, la nature retrouvait sa respiration et seuls quelques cailloux blancs éparpillés sur le sol et les arbustes déracinés témoignaient du passage des bourrasques destructrices.

Je m'en étais relativement bien tiré, même si dans la précipitation j'avais perdu un tiers des flèches de mon carquois.

Je n'avais ni le temps ni l'énergie pour les chercher, et j'ai hâté le pas en direction des coordonnées communiquées par Zoé.

La tornade n'avait pas dû passer loin de sa position. Les traces de son carnage s'étalaient sur tout le versant nord. Arbres fendus ou déracinés, branches éparpillées sur le sol ou coincées dans les feuillages.

Elle va faire des dégâts.

Le type de Challis n'avait pas eu tort, le monstre n'avait pas frappé à Atomic City, mais au sein des étendues sauvages au sud de Stanley.

Il me restait encore bien deux cents mètres à parcourir dans cette désolation avant de pouvoir atteindre Zoé. Et je devais redoubler de prudence pour ne pas chuter ou heurter un tronc renversé.

J'étais d'ailleurs tellement focalisé sur mon ascension que j'ai failli manquer les trois silhouettes qui progressaient un peu plus haut que moi.

Des soldats, ai-je immédiatement pensé. Des promeneurs auraient utilisé des lampes pour se diriger dans l'obscurité. Ces gens-là ne tenaient pas à être aperçus et devaient porter des lunettes infrarouges.

Je me suis d'abord accroupi, puis je me suis plaqué au sol pour éviter d'être repéré.

Me vautrer dans la terre boueuse était comme plonger dans un bain froid.

J'ai rampé vers un tronc à l'horizontale pour m'y cacher.

Et puis j'ai attendu presque deux minutes, immobile, avant d'oser jeter un coup d'œil.

Les hommes avaient disparu de mon champ de vision. Ce qui ne signifiait pas que j'étais hors de danger. Ni Zoé, s'ils parvenaient à dénicher sa planque.

En me transmettant ses coordonnées, elle avait pu communiquer sa position aux rédempteurs à son insu.

Je suis sorti de ma cachette et j'ai continué ma progression pour rapidement me rendre compte que les silhouettes convergeaient dans la même direction. J'avais maintenant un meilleur aperçu de leur nature et leur équipement. Trois soldats, armés de fusils d'assaut et coiffés de casques et de lunettes.

Avec une vue dégagée et l'effet de surprise, je pouvais en toucher un, peut-être deux.

Mais dans les conditions actuelles, c'était quasi impossible. Je devais contacter Zoé.

— Coach ?

— Je vais avoir besoin de ton aide. Mais tu devras être prudente. Trois soldats avancent vers ta position. Je ne sais pas s'ils t'ont repérée, mais…

— … J'ai compris, je vais vous partager ma vision.

Elle avait parlé sur un ton volontaire. Je ne ressentais plus la fatigue ni la peur dans sa voix, encore moins le doute.

Je me suis demandé si ce changement était un effet secondaire de sa privation de traitement. Une aggravation de sa bipolarité.

— Fais gaffe.

Zoé s'est dirigée vers la sortie de son abri et s'est plaquée contre la partie rocheuse. Elle m'a transmis sa vision. Le panorama n'avait pas bougé, même si je distinguais davantage la Salmon River en raison de la chute de quelques sapins. Aucune présence de soldats, en revanche.

— Ne venez pas tout de suite, coach. Attendez mon signal, a-t-elle murmuré.

Au moment où elle me parlait, je recevais un double appel sous la forme d'un bip dans l'écouteur et d'une vibration à mon poignet.

C'était le lieutenant Phillip Newton.

— Zoé, je vais devoir répondre au lieutenant Newton. Il va sans doute me donner des nouvelles. Je vais maintenir le visuel.

J'aurais pu l'inclure dans notre communication, mais je ne souhaitais pas inquiéter Zoé davantage, ni la traumatiser.

J'ai basculé sur l'autre canal.

En entendant ma voix, le lieutenant a poussé un soupir de soulagement.

— Monsieur Starck, je suis content de vous avoir. Les choses se sont tellement accélérées ici. J'ai appelé dès que j'ai pu.

Il avait parlé d'un ton enjoué.

— Accélérées comment ?

— Les rédempteurs se sont barrés. Ces salopards ont anticipé la venue de la cavalerie au moins une heure avant qu'elle ne débarque. Une partie de ces tarés est restée pour se battre, une autre s'est enfuie je ne sais où. Sûrement pour leur faire gagner du temps. C'est le bordel ici… On voit des cadavres à tous les coins de rue : de soldats, d'animaux… enfin d'androïdes. Des drones sont tombés comme des moustiques. Tout s'est passé très vite, on a eu un bref aperçu du combat dans le bunker… Je n'avais jamais vu ça ! Il paraît que c'est le chaos un peu partout. Atomic City, Idaho Falls, Twin Falls, Pocatello. Et là, je ne parle que de l'Idaho. Dans le Wyoming, l'Utah et le Nevada, c'est le même cirque. Et tout ça pour quoi, hein ? Tuer le vieux et détruire un putain de programme ? C'est complètement fou !

Oui, c'était dingue. Mais tout à fait logique. Ces types étaient les ennemis déclarés des intelligences non humaines. Pour eux, Chloé représentait l'Antéchrist et Perez était le pape d'une Église satanique.

— Perez est donc mort ?

Dans le silence qui a suivi, je pouvais imaginer Newton baisser la tête et la secouer lentement.

— Oui… abattu d'une balle dans le front. Mais ces salopards l'ont torturé avant. C'est pas beau à voir. Je viens juste de ressortir de sa *panic room* et franchement j'avais envie de dégueuler. Et il faut y aller pour me faire vomir.

Je m'y étais préparé, mais apprendre le supplice et la mort du milliardaire m'a donné un coup. Ces *salopards*, comme l'avait si bien exprimé Newton, avaient voulu le forcer à détruire Chloé.

— Des nouvelles de Sofia ?

— Les secours l'ont prise en charge, mais vous avez fait le plus gros. Vous lui avez sauvé la vie.

J'avais au moins réussi cela.

— Hwang ne s'est pas manifesté ?

— Non, ce petit merdeux n'a plus donné de nouvelles. À mon avis, il va vite rejoindre ses amis tarés. Et le plus dingue, c'est que la police ne s'en occupera pas tout de suite. Dixit le colonel en charge, « on a d'autres foyers à éteindre ».

Tarés. Salopard. Merdeux.

Le lieutenant Newton avait changé de registre conversationnel. L'adrénaline ou le soulagement d'avoir traversé l'épreuve en un seul morceau, sans doute.

Quant à Hwang, je ne connaissais pas son plan, mais je soupçonnais qu'il allait bientôt se servir du staff de la production et des candidats comme monnaie d'échange.

— Et sinon, quel est le bilan ?

— Peu de blessés. Les drones étaient programmés pour tuer des cibles précises : des soldats et des scientifiques de Perez principalement. Les rédempteurs avaient dû encoder leur profil dans le système des machines. On a aussi quelques prisonniers chez les militaires rebelles, ceux-là vont passer en cour martiale. Les coachs sont tous présents, sauf vous. Et vous, alors ? Vous avez trouvé la gamine ?

Je n'avais rien à signaler, et la vision de Zoé transmise sur mes lunettes ne montrait aucune progression des trois silhouettes. Pourtant, les soldats rôdaient toujours dans la zone, j'en étais convaincu.

— Non, mais je sais où elle est. Merci de m'avoir tenu au courant, lieutenant.

J'étais prêt à couper, mais Newton est intervenu avant.

— Attendez, j'ai autre chose à vous dire, sur la gamine justement, mais je ne vois pas trop comment vous l'annoncer.

— Avec des mots, de préférence.

J'avais répondu du tac au tac et sur un ton sec. J'étais curieux, mais je ne voulais pas qu'il s'éternise. J'avais hâte de retrouver *la gamine* et de la sortir d'ici.

— J'ai reçu les résultats d'une enquête sur les candidats et les coachs que j'avais demandée au bureau avant que tout ne parte en vrille. Si vous voulez savoir, on n'a rien trouvé sur vous, hormis un excès de vitesse à Fort Lauderdale en 2022… Et sur Zoé non plus, jusqu'à ce que je tombe sur cette histoire d'accident.

— Quel accident ?

Son dossier ne mentionnait rien de tel.

— Un truc bête, un truc qui arrive de temps en temps chez les jeunes gamers. Elle était à fond dans un jeu de réalité virtuelle qui se joue en équipe. Faut pas trop me demander ; je n'y connais pas grand-chose. Je sais que les derniers modèles sont équipés de capteurs et de caméras pour empêcher une collision ou une chute, un peu comme les voitures autrefois, vous voyez ?

J'ai acquiescé, impatient d'entendre la suite.

— Je ne sais pas si le sien était défectueux, mais elle est tombée. De pas très haut, un peu plus d'un mètre, mais ça a suffi à en faire… un légume.

— Un légume ? Comment ça ?

— Attendez, c'est là que ça devient dingue…

Je me sentais groggy, et j'avais l'impression que mon cœur s'était affaissé d'un centimètre.

— La famille n'avait pas de quoi la maintenir en vie et elle allait être débranchée. Pourtant, deux semaines après, elle ressortait de l'hôpital, avec juste quelques troubles de mémoire. Elle a ensuite été prise en charge par des psychiatres. Je n'ai pas pu obtenir de rapports. Ce que je sais en revanche, c'est que Perez Industries a tout payé.

— L'interface, ai-je dit. C'est l'interface neurale. C'est donc pour ça que…

Je me suis remémoré le moment où Zoé avait perdu connaissance, son malaise vagal. Et surtout la rapidité d'intervention et toutes les précautions prises par les médecins. Un zèle qui n'était pas destiné à protéger une candidate, mais un investissement.

Les candidats sont spéciaux.

Les propos de Perez prenaient encore plus de sens.

— … C'est donc pour ça que… quoi ? Vous n'avez pas fini votre phrase, m'a relancé Newton.

— J'en sais rien. Je suis paumé. Mais cela pourrait expliquer l'acharnement des rédempteurs pour lui mettre la main dessus. D'autres candidats dans sa situation ? Cela ne serait pas étonnant.

Algorithme de sélection, mon cul. Tous les participants avaient été choisis pour des raisons analogues. Ou peut-être pas tous. Perez voulait sans doute tester les interactions de ses « investissements » avec d'autres. Utiliser les données biométriques des *modifiés* ou observer comment ils se comportaient face aux *non-modifiés*. Sûrement les deux à la fois.

Mais quel était le rôle de mon frère dans tout ça ? Et celui de Hwang ?

Un craquement de branche m'a alerté.

— Newton, je vais devoir raccrocher. Essayez d'en savoir plus sur les autres candidats et tenez-moi au courant.

Il n'était pas censé le faire. Je n'étais pas policier, ni même citoyen américain. Il aurait pu refuser. Il aurait dû. Mais nous avions traversé une épreuve, et je lui avais sauvé la vie.

— Entendu. Bonne chance, soyez prudent.

Je n'ai pas répondu. Un autre craquement a retenti un peu plus au nord, en direction de la planque de Zoé.

J'ai plaqué ma paume sur mes lunettes, de peur que la luminosité de la transmission vidéo ne trahisse ma position, et j'ai retenu ma respiration, craignant que leur vision infrarouge ne leur permette de repérer la moindre volute de vapeur.

— Coach ? Vous voyez ce que je vois ?

Dans la petite lucarne incrustée, j'apercevais les trois silhouettes.

Je n'ai pas répondu. Les rédempteurs l'avaient repérée et se dirigeaient vers elle.

*

J'aurais aimé posséder une interface comme celle de Zoé, ne serait-ce que pour me diriger dans l'obscurité.

Mais je n'étais doté que d'une pauvre vision d'humain, avec pour tout bagage un arc et quelques flèches.

Et je n'étais pas le plus mal loti : Zoé n'avait qu'un couteau pour se défendre, et aucune notion de combat.

Tout allait se jouer dans les minutes à venir et je n'entrevoyais aucune issue positive.

Dans de tels moments, Sandra se manifestait avec véhémence.

Réfléchis, papa ! Si tu les attaques, tu pourras peut-être en avoir un, mais les autres vont te tirer dessus. Et tu sais qu'ils ne te louperont pas ! Tu le sais !

Mais si je n'intervenais pas, ces fanatiques allaient mettre la main sur Zoé. Et d'après les propos de Newton, ce n'était pas pour en faire un simple otage ni une prisonnière. Il était probable qu'ils éliminent l'aberration qu'elle représentait à leurs yeux.

J'ai repensé aux pillards dans les Alpes, près du lac, et à la famille que je n'avais pas secourue, par lâcheté.

Non, pas par lâcheté. Pour survivre, pour ta fille et ta femme, pour ta promesse.

— Ce monde est devenu fou, il est peut-être temps que je vous rejoigne, non ? ai-je murmuré.

Sandra n'a pas répondu.

Je me suis accroupi et j'ai armé une flèche tout en en glissant une autre dans ma paume. Je pouvais peut-être éliminer deux rédempteurs, si mes réflexes étaient encore bons. En comptant sur la surprise, et à condition de ne pas louper mes cibles.

Pour le troisième, cela dépendrait de son entraînement et de son instinct. S'il ne réagissait pas dans les deux secondes, je pouvais me cacher derrière un arbre.

Zoé me renseignait sur leur position par vision interposée. Mais son poste d'observation la rendait vulnérable.

Les trois soldats avançaient en formation, comme s'ils étaient sur le point de capturer un dangereux terroriste. Ou peut-être redoutaient-ils ma présence. Les rédempteurs étaient sûrement informés de mon passé de légionnaire. Même si j'avais vieilli et n'étais plus en activité, je n'étais pas non plus un mouton docile qu'on envoie à l'abattoir d'une claque sur la croupe.

Je me suis calé sur leurs pas, évoluant dans une obscurité à laquelle je m'habituais, d'autant que les nuages sombres commençaient désormais à se dissiper.

Les soldats sont passés en dessous d'un large tronc malmené par la tempête, dont le sommet avait fini sa course sur un affleurement rocheux. Je les suivais à bonne distance, avec l'impression de marcher sur des œufs pour ne pas faire craquer les branchages qui jonchaient le sol.

Mes mains se couvraient de moiteur et mon pouls était monté en flèche. Je tentais de me calmer en de lentes respirations, mais je savais que dans moins d'une minute, ils seraient sur Zoé et que j'allais devoir attaquer.

J'ai bandé la corde, le plus discrètement possible pour ne pas les alerter, tout en tâchant de repérer d'éventuels abris, au cas où je manquerais mon coup.

Les rédempteurs ont stoppé à moins de dix mètres de l'endroit où Zoé s'était réfugiée. Un des soldats, celui du milieu, a adressé des signes aux deux autres. Ils allaient bientôt donner l'assaut.

— Coach… ils sont là, coach.

Je sais, voulais-je lui répondre, *je sais.*

J'ai tendu l'arc au maximum et j'ai coupé ma respiration. Je sentais presque l'empennage de la flèche me chatouiller le lobe de l'oreille.

J'ai lâché pile au moment où le groupe se remettait en marche.

Un cri a suivi le bruit mat de l'impact.

J'avais touché le soldat le plus à gauche dans le dos, légèrement au-dessus du cœur. Il a été propulsé un peu en avant et s'est affalé. À l'instant où j'armais la seconde flèche, les assaillants se sont retournés et ont eu le réflexe de se plaquer au sol, arme pointée dans ma direction.

Je n'ai pas eu le temps de viser. Je me suis décalé sur ma droite pour me cacher derrière un sapin que la tornade avait fendu en son milieu.

À présent, je devais affronter deux soldats. Cela s'annonçait très mal.

Je savais grâce à Zoé, qui suivait la scène depuis l'entrée de son abri, qu'ils ne bougeaient toujours pas.

Les rédempteurs avaient l'avantage ; mais voir l'un des leurs face contre terre, une flèche dans le dos, avait dû ébranler leur confiance.

— Je vais vous aider, coach, a fait Zoé.

— Non. Ne prends pas de risque, ai-je répliqué cette fois-ci.

— Laissez-moi vous aider, a-t-elle répété. Je sais ce que je fais.

Elle s'est alors mise à ramper en direction des soldats. Elle était peut-être à six ou sept mètres d'eux désormais. Je voyais le talon des bottes des rédempteurs émerger des herbes.

Zoé s'est arrêtée au moment où l'un des hommes se relevait en position accroupie, alors que son binôme restait immobile.

Il s'apprêtait à me contourner, c'était évident. L'autre ciblait sans doute l'arbre derrière lequel je m'étais réfugié, guettant la moindre partie de mon corps qui pourrait dépasser. Un mouvement de ma part vers la gauche et il me tirerait dessus.

Zoé ne bougeait toujours pas. Je ne voulais surtout pas qu'elle intervienne.

— Reste là. Laisse-moi faire.

Elle ne m'a pas répondu, du moins pas verbalement. Une inscription est apparue dans mon champ de vision en surimpression.

« Je vais faire diversion. »

Tout en maintenant son regard sur le soldat qui me contournait, Zoé s'est emparée d'un caillou.

— Ne fais pas ça, ai-je murmuré entre mes dents. Tu vas te faire repérer.

Toujours sans me répondre, Zoé s'est redressée en silence et elle a étiré son bras en arrière.

Dans la lucarne de ma lunette, je pouvais suivre la trajectoire du projectile, sous la forme d'une courbe rouge. Elle changeait d'orientation à mesure que Zoé ajustait son lancer. Elle s'est fixée sur la tête de l'homme qu'elle visait.

J'étais trop estomaqué pour lui ordonner de se baisser. Les mots « Dites-moi quand ? » sont apparus avant de s'estomper.

Le soldat progressait toujours sur la droite, arme en joue, et allait bientôt me capter dans son champ de vision.

Ce n'était plus qu'une question de secondes avant qu'il ne me tire dessus.

J'ai tendu la corde de l'arc, flèche vers le bas. J'ai pris une grande inspiration et j'ai donné le signal.

— Maintenant.

Le caillou l'a percuté sur le haut du crâne, respectant au centimètre près la trajectoire décrite par l'assistance à la visée. Surpris, il s'est retourné.

J'en ai profité pour armer et me décaler d'un pas de côté. À cette distance, l'arbre qui me servait d'abri me protégeait toujours du soldat allongé au sol. L'angle de tir était suffisant pour atteindre celui qui me contournait. La surprise a joué en ma faveur et j'ai lâché mon trait.

Je l'ai touché entre le sternum et la gorge au moment où il se tournait vers moi. Dans un dernier réflexe, il a appuyé sur la détente. La plupart des balles ont percuté la terre, quelques-unes ont fait voler en éclats l'écorce de l'arbre derrière lequel je m'étais abrité.

Mais une m'a atteint juste au niveau de l'épaule droite. J'ai poussé un cri et j'ai lâché mon arc.

Mon agresseur a basculé en arrière et s'est écroulé. L'autre s'était déjà levé d'un bond et courait dans ma direction, arme en joue.

Il avait pris la bonne décision. Je venais de tirer et il savait que j'étais blessé.

À l'aide de la vision de Zoé, j'ai pu anticiper sa trajectoire et le moment où il serait sur moi. Je n'avais pas le temps de récupérer mon arc, alors j'ai adopté la même stratégie que lui. J'ai foncé.

Il m'a aperçu et a fait feu au moment où je plongeais vers ses jambes.

Les balles ont sifflé au-dessus de ma tête. Mes cent kilos l'ont percuté au niveau de ses genoux, suffisamment pour le déséquilibrer.

J'ai entendu un «crac». Le son de mes lunettes qui se fendaient en deux au niveau de l'arête du nez. J'ai fait peser mon poids sur son corps pour maintenir mon plaquage, malgré la douleur qui me fusillait l'épaule.

Pour conserver l'avantage, je devais me hisser à son niveau. Mais au moment où ma tête atteignait sa poitrine, un coup de crosse m'éclatait la pommette, juste au-dessus de la mandibule.

Un choc violent, mais pas assez pour me faire reculer. Le rédempteur a amorcé une seconde attaque, mais elle manquait d'amplitude pour être efficace. Il m'a alors frappé de sa main gauche. J'ai bloqué son assaut avec mon avant-bras avant de lui assener un coup de tête, puis un deuxième, et encore un troisième jusqu'à lui fracasser le nez.

Je lui ai ensuite saisi la gorge et j'ai serré tout en hurlant. J'avais l'impression que les veines de mon cou allaient exploser sous l'effort. J'ai continué à serrer bien après sa mort. Et j'ai basculé sur le côté, essoufflé.

Zoé se tenait debout au-dessus de moi. Elle me fixait avec un regard étrange, presque absent.

— Vous avez cassé vos lunettes, a-t-elle dit en me tendant la main.

Chapitre XXVI

Je me suis levé en essuyant le sang qui coulait sur mon front et mon nez.

Zoé me dévisageait avec plus d'attention que d'inquiétude. J'étais sous le choc, mes jambes tremblaient et j'étais pris de tournis. À mes pieds, ma victime fixait le ciel, les yeux injectés de sang.

— Vous avez réussi, coach. Seul contre trois soldats, c'était inespéré. Les probabilités étaient contre vous. Bravo.

Sa voix était lointaine et son ton dépourvu d'émotion.

Je me suis stabilisé en prenant appui sur un tronc d'arbre.

— C'est parce que j'ai eu de l'aide. Sans toi, je serais mort.

Elle m'a souri et m'a adressé un clin d'œil complice. L'espace d'un instant, la Zoé que j'avais connue dans les dômes me faisait face. Et puis, le voile est retombé dans son regard en même temps que son entrain.

J'ai rejoué les dernières minutes dans ma tête. L'attaque, l'aide de Zoé et l'utilisation de ses nouvelles *compétences*.

— C'est incroyable. Comment tu as fait ? Depuis quand peux-tu… ? Tu sais, cette aide à la visée et…

J'ai mimé son lancer de pierre.

Un mélange de fatigue et d'excitation m'empêchait de formuler des phrases cohérentes.

Zoé a haussé les épaules.

— Je ne sais pas. Il s'est passé quelque chose avant que je ne tombe dans les vapes. Comme une migraine très violente. J'ai pensé à mes médicaments, mais j'ai senti que c'était différent, les sensations n'étaient pas les mêmes. J'avais vraiment l'impression que mes yeux allaient sortir des orbites. Comme si des mains invisibles me broyaient le crâne. La douleur était insupportable, alors je me suis écroulée et…

Elle est restée immobile quelques secondes, la bouche ouverte, avant de finir par la refermer. Je n'ai pas insisté pour connaître la suite de son récit et me suis contenté de hocher la tête en silence. J'avais envie de lui parler des révélations du lieutenant Newton, mais le moment était mal choisi. Était-elle au moins au courant des conséquences de son terrible accident ? J'étais convaincu du contraire.

Avec le reflux de l'adrénaline, la douleur à mon épaule se réveillait et je me suis soudain senti très las. Malgré mon entraînement, le manque de sommeil me rattrapait. Zoé l'a ressenti.

— Ce n'est pas le moment de fléchir, coach. Ce n'est pas fini. Ils me cherchent. Vous savez pourquoi ils traquent les candidats ?

Pour les tuer, étais-je tenté de lui répondre. Parce que ces ultraréactionnaires décérébrés ont peur du progrès et sont capables du pire, aveuglés par leur idéologie moyenâgeuse. Malheureusement une constante dans l'histoire de l'humanité. J'ai préféré dévier.

— Ne t'inquiète pas, tu es tirée d'affaire. Je suis garé un peu plus bas, pas loin de l'endroit où la production avait établi son campement. C'est à quelques kilomètres d'ici, mais on va y aller doucement, à ton rythme. J'ai tes médicaments et tout va rentrer dans l'ordre.

Elle a secoué la tête.

— Ce ne sont pas les médicaments qui me préoccupent. Je ne peux pas l'expliquer, je sais que ce n'est pas logique. Mais je me sens bien. Je vous assure, coach.

Je me sens bizarre.

J'ai observé avec tendresse la gamine qui se tenait devant moi. Seize ans à peine, un peu replète – mais elle avait déjà dû perdre deux ou trois kilos –, les dreadlocks en bataille et parsemées de morceaux de feuilles mortes et d'épines de pins. Son regard était trop profond pour une fille de son âge. Avec quelque chose en plus, d'indéfinissable, dans les yeux ; la sensation d'une grande maturité et d'une clairvoyance hors du commun.

Je lui ai tendu la boîte de médicaments, qui s'était fêlée au cours du combat.

— Merci, coach. Et vous? Vous avez de quoi soigner votre blessure? Cela ne risque pas de s'infecter?

J'ai regardé mon épaule. Un sillon rouge et boursouflé me barrait la clavicule gauche. Une égratignure.

— Je m'en occuperai une fois à l'abri. Allez viens, pas la peine de s'éterniser ici.

Je lui ai fait signe de me suivre, mais elle ne bougeait pas.

— Vous pensez que Hwang est vraiment avec eux? J'avais l'impression que c'était mon ami. Enfin, je veux dire, il était cool. Il m'avait aidée dans les épreuves, je lui avais même appris à mieux parler anglais.

Ce n'était pas utile de lui mentir.

— Oui, il est avec eux.

... et il parle anglais aussi bien que nous. Pire, je pense également qu'il est haut placé dans la chaîne de commandement.

— Ce n'est pas logique. Pourquoi l'IA l'aurait sélectionné? Elle était censée analyser son profil avant de le choisir. Elle aurait dû détecter son hostilité.

Avais-je déjà mentionné le fonctionnement du programme en sa présence? Et sinon, comment était-elle au courant pour l'algorithme de Chloé?

— Les rédempteurs ont piraté l'intelligence qui gère le complexe avant le début de l'émission. Je n'ai pas les détails, je suis désolé de rester si vague.

Zoé m'a fixé avec l'attitude d'une vieille prof qui aurait de la compassion pour un élève un peu lent, et m'a souri.

— Ce n'est pas tout à fait exact, coach.

— Que veux-tu dire par là ? Comment pourrais-tu le savoir ?

Elle a plaqué son index sur ses lèvres et m'a invité à suivre son regard d'un signe de tête.

— On n'est pas seuls.

Je me suis retourné. En contrebas, des faisceaux lumineux balayaient l'obscurité et se faufilaient entre les silhouettes torturées des arbres.

Je me suis précipité sur le soldat qui gisait à moins d'un mètre de moi. Prendre son fusil d'assaut était inutile, mais son arme de poing pouvait s'avérer précieuse. En le fouillant, j'ai également trouvé une carte de démarrage – sans doute celle du SUV blindé –, mais qui serait certainement inexploitable puisque mes données biométriques n'étaient pas encodées dessus. Cela valait aussi pour les lunettes infrarouges. C'est dans de tels moments que je haïssais les avancées technologiques et l'ultraconnectivité.

Le pistolet en main et un chargeur supplémentaire calé dans ma poche arrière, je me suis relevé.

Zoé n'avait pas bougé d'un pouce. Elle scrutait l'horizon en affichant une mine concentrée.

Je n'avais plus les lunettes qui me permettaient de partager sa vision, mais je pouvais clairement voir les faisceaux progresser vers nous à une cadence rapide.

J'ai dénombré trois silhouettes, à plus de cent mètres de distance.

J'ai posé une main sur l'épaule de Zoé.

— Va te cacher ! Je m'en occupe.

Elle a secoué la tête plusieurs fois.

— Pas besoin de s'alarmer, coach… Ce ne sont pas des rédempteurs.

Pas l'ombre d'un doute ne transparaissait dans sa voix.

— Tu es sûre ?

— Absolument. Je distingue une femme et deux hommes. Tous habillés comme des chasseurs. Et puis les soldats n'avaient pas de lampes, mais des lunettes infrarouges.

Elle avait raison. J'étais pourtant parvenu à cette même conclusion quelques minutes auparavant. L'épuisement, le stress. Je n'étais plus en mesure de bien réfléchir.

— Ce sont peut-être des pillards, alors restons prudents. Tu peux me décrire ce que tu vois ?

Je me suis accroupi et je l'ai invitée à faire de même, d'une pression sur son épaule.

— La femme est blonde, assez forte, et porte des tresses indiennes. Elle est avec un grand barbu, un genre de bûcheron canadien capable de fendre un arbre d'un coup de hache. Un jeune homme les accompagne, on dirait presque un ado. Il est mince, il a les dents qui ressortent un peu.

Sa description de la femme m'évoquait Rose, la barmaid. Son bûcheron pouvait donc être Jerry, son mari. Le gamin devait être leur neveu, Dany.

— Il y a aussi un chien avec eux, mais il se déplace d'une drôle de façon.

J'avais la confirmation que c'était bien la famille Wayne qui progressait vers nous. Pourquoi étaient-ils venus se perdre dans la nature en pleine nuit, juste après le passage d'une tornade ?

— On va rester sur nos gardes. J'ai croisé ces gens avant de partir à ta recherche. Ils m'ont donné de l'eau et des indications, mais je trouve étrange qu'ils se pointent maintenant et encore plus qu'ils avancent vers nous. Je vais vérifier, attends-moi ici. Si tu vois que cela tourne mal, tu fuis. C'est entendu ?

Zoé n'a pas protesté. J'ai progressé à la rencontre des Wayne, jusqu'à ce que l'un d'eux me piège dans le faisceau de sa lampe. Je me suis figé, les paumes devant les yeux pour me protéger de la lumière éblouissante.

— M'sieur Starck ! s'est exclamée Rose. Vous êtes vivant !

Sa voix rocailleuse avait accroché sur la dernière syllabe.

— Je peux savoir ce que vous faites ici ? N'allez pas me dire que les randonnées vous manquaient ! Et vous pourriez éviter de braquer votre lampe sur moi ?

Tous se sont exécutés dans un même geste coordonné. Rose était bien accompagnée de Jerry, son mari, et de Dany, leur neveu.

Les deux hommes portaient des fusils de chasse en bandoulière et une cartouchière à la ceinture. Dany semblait flotter dans ses habits.

— On vous cherchait, m'sieur Starck. J'avais dit à Jerry que cette satanée tornade pouvait nous tomber dessus et qu'on aurait dû vous forcer à rester, ou au moins prendre votre numéro pour savoir si tout allait bien.

Dany a pris la parole à son tour.

— Perso, j'avais parié qu'on ne vous retrouverait pas. J'étais sûr que la tempête vous aurait eu. Ça s'rait pas la première fois ici.

L'adolescent portait une expression d'idiotie sur son visage, accentuée par la vacuité de son regard.

— On s'en est voulu de vous laisser filer, a continué Rose. Et puis on a repensé à votre gamine. Contrairement à vous, on connaît bien le coin. Ça me rongeait de savoir que vous étiez là-bas et je n'arrivais pas à dormir. J'ai réveillé mes gars et je leur ai botté le cul pour qu'on parte à votre recherche. On a conduit et pi' on a vu votre voiture. Si vous avez essayé de la cacher, franchement vous n'êtes pas doué. On était au camp quand on a aperçu la tornade. Elle était monstrueuse. Même de loin, on se prenait les rafales. Je me suis dit : s'il est là-dessous, on le retrouvera écrasé sous un arbre ou sur le toit d'une maison à Atomic City. On a attendu que la tempête se calme avant de bouger. J'allais pas mettre ma famille en danger pour vous. Mais je suis bien contente de vous voir vivant.

Rose semblait sincère, mais quelque chose me chiffonnait dans leur histoire.

— Et comment vous m'avez retrouvé ? Vous filiez droit sur moi.

Le jeune s'est agenouillé et a pointé le chien.

— Ça, c'est grâce à Roy. C'est le premier pisteur sorti chez Boston, il est vieux, mais il fonctionne encore.

Je me souvenais que ce type de robot avait été utilisé pour traquer les cambrioleurs ou les kidnappeurs. Il était doté d'une IA capable de reconnaître les formes et les gestes. Les modèles les plus perfectionnés étaient équipés de caméras thermiques. Après un lancement en fanfare et une forte demande malgré un coût élevé, ils avaient été abandonnés deux ans plus tard, au profit de drones volants beaucoup plus pratiques et performants.

— Faut nous comprendre, monsieur Starck, a continué Rose. On ne voit pas beaucoup de monde passer depuis quelques années, alors on est assez méfiants avec les étrangers. On a programmé Roy pour qu'il scanne chaque personne qui rentre chez nous… juste au cas où. Il peut repérer une cible à cinq cents mètres.

Ils avaient dû progresser à tâtons jusqu'à ce que je sois à sa portée.

— En tout cas, merci. Mais je vais bien, vous pouvez rentrer chez vous. En fait, je m'en veux de vous avoir causé des soucis.

— Aucun problème. Il faut bien s'entraider dans ce monde de fous. Au fait, vous avez pu retrouver votre fille ? Et vous êtes sûr que vous allez bien ? Vous êtes couvert de sang.

— J'ai retrouvé ma fille, oui…

Le reste était un peu plus compliqué à expliquer.

— J'ai dû me battre contre des types qui en avaient après elle.

— Des pillards ?

C'était le premier mot que le mari prononçait depuis notre rencontre. Son ton transpirait la haine. Comme la plupart des commerçants, il détestait les bandits et autres parasites. La même lueur meurtrière éclairait son regard que celle du gars de Challis.

Les Wayne avaient déjà dû faire parler la poudre à maintes reprises.

— Non, c'étaient des rédempteurs. Ils étaient armés comme des soldats avec des fusils d'assaut. Des fanatiques.

— On connaît ces rédempteurs, a repris Rose. Quelques-uns sont venus à Stanley pour enrôler. On les a chassés gentiment. Ce n'est pas trop notre truc, les sectes, dans le coin. On est comme la plupart des gens, on ne demande pas grand-chose à part vivre tranquille. Tous ces types n'amènent que des emmerdes. Mais ils n'étaient pas armés, simplement des citoyens un peu zélés.

— Vous avez eu de la chance. Ceux-là étaient dangereux.

J'ai désigné mon épaule.

— Une égratignure. Je m'en suis bien sorti.

Les blessures à mon visage et les ecchymoses laissées par les grêlons étaient en fait bien plus douloureuses.

Jerry a montré la sacoche banane qu'il portait à la ceinture.

— On a un kit de premiers soins avec nous. On peut s'occuper de votre blessure.

Je voulais surtout qu'ils partent. D'autres rédempteurs pouvaient rôder dans les environs. Un risque d'autant plus probable que des capteurs sous-cutanés devaient être implantés chez les soldats que j'avais tués. Les forces armées utilisaient cette technologie depuis des années et savaient immédiatement quand un combattant était mort.

— Franchement, j'ai connu pire. Je préférerais que vous ne restiez pas ici, tout va bien maintenant et…

Je me suis retourné, alerté par des craquements de branches dans mon dos. Rose a braqué sa lampe et Jerry a épaulé son fusil.

— Coach !

Zoé s'est figée à ma hauteur.

— C'est elle, votre fille ? Elle ne vous ressemble pas, a fait remarquer le neveu. Et pourquoi elle vous appelle coach ?

Je l'ai ignoré. Zoé me tendait ma montre dont le bracelet était arraché. J'avais dû le perdre dans mon corps-à-corps avec le soldat.

— Ça a sonné plusieurs fois. Je n'ai pas osé répondre. À mon avis, cela va continuer. Cela fait déjà trois fois maintenant.

Trois appels manqués. Numéro inconnu.

Zoé avait raison. Moins de dix secondes plus tard, la montre vibrait. Je n'avais plus mes lunettes, mais je pouvais m'en servir en la plaquant à mes oreilles.

J'ai décroché.

*

Entendre la voix de Hwang ne m'a pas surpris.

— Trois de mes hommes sont morts. Et je me disais que c'était certainement de votre faute. Je me trompe ? Vous étiez seul ? Cela semble peu probable, mais peut-être que votre frère avait raison à votre sujet. J'imagine que votre passé dans la Légion étrangère y est pour quelque chose.

— Ne parle pas de mon frère, salopard. Et viens-en au fait.

— Je n'ai pas l'intention de discuter de Pierrick, ni de vos performances martiales, mais de Zoé. Si mes hommes sont morts, cela veut certainement dire que vous l'avez retrouvée.

Mes hommes. Si j'avais pu avoir encore des doutes sur les responsabilités de Hwang dans l'organisation, ils s'étaient envolés.

— Désolé, mais tu te trompes. Les soldats étaient juste sur mon chemin. Je n'avais pas l'intention de les tuer, mais c'était eux ou moi.

— J'étais certain de votre réaction. Mais je ne vous crois pas. Alors je vais vous proposer un marché. Je vais vous donner une heure pour entendre raison et me livrer Zoé. Passé ce délai, je commencerai à exécuter les otages. Vous êtes intelligent, vous devez savoir que ce n'est pas du bluff.

Que dire ? Je n'étais pas un négociateur et franchement, la vie de Zoé m'importait davantage que celles d'inconnus.

— Vous pouvez les tuer, je m'en cogne.

Ma réponse a dû le surprendre, car il a laissé planer un long silence.

— Hwang, tu me penses assez con pour te livrer une gamine que ta bande de fanatiques va de toute façon finir par buter ?

— Je ne veux aucun mal à Zoé. J'ai besoin d'elle.

— Et je suppose que tu ne voulais pas de mal à Perez, non plus ?

— Cela n'a rien à voir. Et si vous croyez que le vieux était un saint, vous êtes complètement idiot. Nous ne sommes pas des monstres. Nous menons une guerre. Et dans toute guerre, des pertes sont à déplorer. Je peux vous garantir que si vous me livrez Zoé, les candidats seront épargnés. Tout comme ce présentateur ridicule et son équipe.

Cela n'avait aucun sens. Hwang semblait s'intéresser aux données stockées dans l'interface neurale de Zoé. Ce qui ne collait pas du tout avec la doctrine des rédempteurs.

— C'est grâce à moi que vous êtes en vie. Vous m'êtes redevable, monsieur Starck.

— Pardon ?

— J'ai demandé à mes hommes de ne pas vous tuer lorsque vous vous êtes évadé du complexe.

L'image du soldat abaissant son arme m'est revenue en tête. Mais Hwang ne m'avait pas laissé filer par charité d'âme. J'étais sa meilleure chance de retrouver Zoé.

— Cela ne change rien. Je ne te fais pas confiance. Va te faire foutre.

— Je dois simplement extraire les données dans l'interface de Zoé. C'est rapide, indolore et surtout parfaitement inoffensif. Vous pourrez repartir avec votre protégée et aller vivre où bon vous semble.

J'étais tenté de raccrocher pour mettre fin à cet échange, mais une idée m'est venue.

— J'ai besoin de deux heures au moins. Je ne sais pas où elle peut se trouver. Et je suis blessé.

Un silence de quelques secondes a précédé sa réponse.

— Entendu, deux heures. Soyez ponctuel. Je ne plaisante pas.

— Et je vous retrouve où ? C'est plutôt vaste ici.

Hwang a lâché un petit ricanement.

— Ne me prenez pas pour un imbécile, je vous contacterai vingt minutes avant l'échange. À bientôt, monsieur Starck.

Vingt minutes. Il ne devait pas être très loin de notre position actuelle, mais cet espace sauvage s'étendait à perte de vue.

Les rédempteurs avaient dû choisir un endroit stratégique, et suffisamment couvert pour échapper à la surveillance aérienne. Sans doute étaient-ils équipés de brouilleurs pour déjouer les scans thermiques et l'imagerie satellite, mais je ne pouvais pas en être certain.

Zoé m'observait avec un mélange de curiosité et d'inquiétude, scrutant une réponse sur mon visage.

— Ça n'a pas l'air d'aller, monsieur Starck ? On peut faire quelque chose ?

J'avais surtout besoin de temps et la famille Wayne pouvait encore m'aider, même si j'étais réticent à les impliquer davantage dans mes affaires.

— Alors, on fait quoi ?

— Il veut que je te livre dans deux heures. Il menace de tuer les otages si je ne m'exécute pas. J'ai obtenu un délai en lui expliquant que…

— Oui, je vous ai entendu. Mais que comptez-vous faire ?

Aucune panique dans sa voix ; plutôt de la curiosité.

En vérité, je n'avais pas encore de véritable plan, juste une ébauche et quelques idées.

Je me suis tourné vers la famille Wayne. Tous me fixaient et attendaient une réponse.

— Vous connaissez bien les environs ? ai-je demandé à Rose.

— On a vécu toute notre vie à Stanley, mais je crois que personne ne peut vraiment prétendre connaître la River of No Return, ou alors c'est un fichu menteur. Je suis sûre qu'il y a des endroits ici où l'homme n'a jamais foutu le pied.

— Vous m'avez dit que votre chien robot avait analysé tous les nouveaux arrivants, non ? Et si j'ai bien compris, des soldats sont venus chez vous.

— Oui, une dizaine, a répondu Dany. Je m'en souviens parfaitement. Ils avaient pris une double ration de steak d'orignal et j'avais râlé parce qu'on n'en avait plus pour nous. Roy les a tous enregistrés !

Avec un peu de chance, certains se trouvaient dans le camp qu'avait dû installer Hwang.

— Parfait. Je vais avoir besoin de vous et de votre chien.

Jerry a chuchoté quelques mots à l'oreille de Rose. La femme s'est tournée vers moi.

— OK, je ne suis pas contre. Mais il va falloir qu'on discute du tarif. J'étais d'accord pour partir à votre recherche, mais là, c'est autre chose. On prend des risques. Et les risques, ça se paie.

Rose a marqué ses propos en faisant glisser son index sur son pouce.

— Bien sûr. Je peux vous faire un transfert immédiat, vous avez bien un compte, non ?

Jerry a secoué la tête de dépit, mais Rose a ri.

— Bah faut vous réveiller, tout le monde le sait, on cache nos billets dans les murs comme tous les *rednecks* du coin depuis des générations… Bien sûr que nous avons un compte, vous croyez que notre restaurant tourne au black ?

J'en étais certain, mais je ne me suis pas aventuré sur cette voie.

— Donnez-moi votre prix. Je vous ferai un virement.

Dany affichait un sourire triomphant, comme s'il était à la fois l'initiateur et le responsable de cette négociation.

Jerry a de nouveau chuchoté à l'oreille de sa femme.

— Ça fera dix mille dollars, a déclaré Rose.

— Pour le chien et pour jouer les guides ? C'est hors de prix !

Le neveu a caressé la tête du robot.

— C'est une relique, ce modèle est recherché par les collectionneurs. Et il est en parfait état. Il pourrait être endommagé, alors je trouve plutôt qu'on vous fait une fleur.

Jerry a ajouté :

— Et ce n'est pas une simple visite touristique. On peut se faire tirer dessus.

Le temps jouait contre moi et les Wayne le savaient. Je n'ai pas cherché à négocier. Je ne possédais pas cette somme, mais je pouvais demander à

Claire de me la fournir. J'avais de toute façon prévu de la contacter pour obtenir son aide.

— OK, mais vous allez devoir me laisser lui apporter une légère modification.

— Quel genre ?

— Trois fois rien. Mais ne vous inquiétez pas, c'est temporaire.

Ma réponse ne les a pas convaincus, mais je n'avais pas envie de rentrer dans les détails ; d'ailleurs, je n'étais même pas certain du résultat.

L'évocation d'une modification d'un robot a sorti Zoé de son mutisme.

— Vous pourriez peut-être me parler de votre plan. À mon avis, je peux vous être utile.

Je n'ai pas répondu. C'est à peine si je l'avais entendue, plongé dans mes pensées.

Elle a agité ses mains devant mes yeux.

— Hello, coach, je peux sûrement vous aider.

De l'aide. Oui, j'allais en avoir besoin.

Et de celle de tout le monde.

*

Nous avons regagné la voiture de la famille Wayne, garée près de la route. Un vieux pick-up des années 2020, un Dodge Ram qui devait encore tourner à l'essence. Zoé était affamée. Elle avait pu s'hydrater au cours de l'ultime épreuve, mais elle n'avait pas mangé. Les Wayne avaient heureusement prévu quelques rations de survie.

Pendant que Rose lui faisait découvrir sa tarte aux courges et son bœuf séché maison, je me suis isolé pour téléphoner à ma sœur.

Après m'avoir écouté lui exposer mon pseudo-plan, Claire a poussé un soupir et a installé un silence que j'ai dû briser.

— Allô ? Tu es toujours là ?

— Je réfléchis. En résumé, tu veux que je te donne dix mille dollars et que j'utilise un de nos satellites pour balayer la zone et transmettre les images à un chien robot ?

Formulé ainsi, cela semblait ridicule.

— Sans le chien, je ne serai pas capable de déterminer qui sont les terroristes et qui sont les otages. C'est une longue histoire, mais le robot a mémorisé les silhouettes des rédempteurs. Il pourra les identifier.

— Désolée, mais ton plan est bancal. Cela ne sera pas aussi simple. Si, comme tu le penses, ils sont dans la forêt, les otages doivent être surveillés. Ton chien pourra sans doute reconnaître les soldats, mais après, que comptes-tu faire ? Et comment prévois-tu de gérer les drones de combat ?

— Zoé affirme qu'elle peut s'occuper des drones ennemis.

— Quoi, la gamine que tu devais entraîner pour l'émission ? Cela n'a aucun sens ! Comment elle pourrait t'aider ?

Claire montait dans les aigus. Son inquiétude se muait en colère. Elle n'était pas dirigée contre moi, mais contre son impuissance à me faire changer d'avis.

— Zoé est équipée d'une interface neurale et affirme qu'elle peut se connecter aux drones pour les désactiver. Elle peut aussi se lier au chien pour récupérer les données. Ne me demande pas comment, tu sais très bien que je ne suis pas branché technologies. Écoute, ça paraît dingue, mais je ne vois pas pourquoi elle me mentirait.

— Et s'ils ont des brouilleurs, que devient ton plan ?

C'était en effet mon plus gros problème.

— Je ne peux pas lui livrer Zoé. Si jamais on n'obtient rien du satellite, alors je refuse l'échange.

— On ne négocie pas avec les terroristes. C'est une phrase facile à prononcer dans un discours politique. Dans les faits, c'est un peu plus compliqué. Je ne suis pas sûre que tu puisses sortir indemne d'un tel dilemme moral.

Je voulais lui dire que j'étais déjà brisé, que je ne tenais plus que par une promesse et le mince lien me rattachant à cette fille que je pouvais sauver. Que j'envisageais de refaire ma vie avec une psychiatre rencontrée sur l'émission, mais n'y comptais pas trop, car j'évitais de me projeter dans des scénarios heureux alors que je ne croyais plus au bonheur. J'ai préféré éluder et lui dire ce qu'elle désirait entendre.

— Pas de risques inutiles, c'est promis. Je serai prudent.

— J'espère bien. Tu es peut-être la seule famille qu'il me reste, Florian.

— Alors tu peux faire quelque chose ? Ce ne serait pas la première fois que tu détournes le matériel et les ressources de l'État à des fins personnelles.

— Tu t'y prends vraiment très mal pour me convaincre.

— Je n'ai pas le temps de te convaincre. Je veux simplement savoir si c'est jouable ou pas. Dans le cas contraire, je trouverai autre chose, mais j'aimerais éviter d'échafauder un plan B à la dernière seconde.

— C'est bon, je vais le faire. Compte sur moi.

— Merci, Claire, et n'oublie pas le virement.

J'ai raccroché et jeté un coup d'œil à Zoé qui m'observait en attaquant un deuxième morceau de tarte. Elle semblait sereine et donnait l'impression d'une joueuse d'échecs qui maîtrise la partie en cours.

Je me sens bizarre, coach.

Quelque chose avait dû changer au niveau de son interface neurale, mais quoi ?

Perez devait être au courant, mais le pauvre n'était plus là pour me répondre.

J'ai jeté un coup d'œil en direction des Wayne.

Dany ajustait le bandana de Roy. Rose remballait le restant de tarte dans la glacière. Jerry était assis sur le capot de la voiture et fixait la rivière.

Il s'était écoulé pas loin de quarante minutes déjà. Le timing était serré et je devais contacter une dernière personne : le lieutenant Newton.

*

— Vous êtes malade, monsieur Starck.

Encore une fois, le lieutenant avait une manière très particulière de m'encourager.

— Oui, sans doute. Mais vous pouvez m'aider, oui ou non ?

— Franchement, je n'en sais rien. C'est en dehors de ma juridiction. Je suis lieutenant de la criminelle, pas officier du SWAT.

— Vous devez bien connaître quelqu'un. Ou quelqu'un qui connaît quelqu'un. Je vais avoir besoin d'hommes. Je ne peux rien faire tout seul.

Je ne le voyais pas, mais je pouvais l'imaginer lever les yeux au ciel.

— Oui, je connais du monde. Mais là n'est pas le problème. Ce que vous proposez n'est pas seulement hors la loi, c'est aussi complètement dingue. Je vais vous dire ce que j'en pense. À mon avis, il faut confier cela au SWAT, justement. Ces types sont habitués à gérer ce genre de crise, et ils sont équipés pour l'assaut.

C'était sûrement ce que j'avais de mieux à faire. Mais une fois la police dans l'équation, je perdais le contrôle de la situation et la vie de Zoé pouvait être mise dans la balance. Un type comme Samuel Romanov devenait prioritaire dans n'importe quelle négociation.

— Oubliez le SWAT. D'ailleurs, vous ne m'aviez pas dit qu'ils avaient d'autres feux à éteindre ?

— Si, mais cela ne règle pas le problème des hommes. Je ne suis pas magicien, monsieur Starck.

Rose s'est approchée de moi avec des morceaux de viande séchée. J'en ai saisi trois et je l'ai remerciée d'un signe de la tête.

— Alors j'ai une autre idée. Vous êtes toujours sur le complexe ?

— Oui. Je dois encore être entendu par le colonel qui a dirigé l'assaut. Bordel, je n'ai qu'une envie, retourner chez moi. J'ai à peine dormi, j'ai les guiboles qui tremblent de fatigue. Je bâille comme un hippopotame et j'ai une haleine à terrasser un buffle.

Nous étions tous exténués, mais ce n'était pas le moment de flancher.

— Ça va devoir attendre, lieutenant. J'ai besoin de vous maintenant et vous n'avez pas beaucoup de temps. Vous allez devoir trouver un véhicule et vous rendre aux coordonnées que je vais vous envoyer.

— Sérieusement ? Et quoi d'autre ? Vous voulez ma peau ou quoi ?

Quoi d'autre ? Le plus important.

— Je vais avoir besoin d'un maximum de drones.

*

Après avoir terminé de se nourrir, Zoé a passé du temps avec le chien pour le configurer. Une passion pour elle, de la science-fiction pour moi. Elle avait tenté de m'expliquer à grand renfort de vulgarisation, mais certains domaines restaient totalement abscons. Elle parlait de la différence entre un bit et un qbit, évoquait le phénomène de superposition. Je l'avais écoutée en hochant la tête, ne captant que quelques bribes.

« Avec l'intrication quantique, la transmission est instantanée, quelle que soit la distance. En 2035, la grande majorité de l'information transite via les satellites. C'est assez élémentaire, deux photons intriqués partagent… »

J'ai décroché très vite et j'ai surtout retenu qu'elle avait configuré le robot pour recevoir les images qui allaient être envoyées par le satellite emprunté par Claire.

Je n'avais toujours pas eu de nouvelles de ma sœur et nous arrivions bientôt au terme de l'ultimatum. Hwang allait me contacter dans une vingtaine de minutes et Newton n'était pas encore là.

Je me suis assis sur une roche pour contempler l'aube pâle qui émergeait progressivement des montagnes. Le soleil levant jaunissait l'horizon.

Zoé s'est approchée et s'est installée à côté de moi. Peut-être avait-elle ressenti ma tension.

— Faites-moi confiance, coach. Tout va bien se passer.

Je ne partageais pas son optimisme.

— On pourrait tout aussi bien se tirer d'ici. Ça ne te dirait pas de venir dans les Alpes, en France ? J'aurais besoin d'aide avec le potager, l'eau, les abris, la chasse. Ça tombe bien, j'ai justement une apprentie fraîchement formée à disposition.

— Et laisser les otages mourir ? Cela ne vous ressemble pas, coach.

Tu ne connais rien de moi, ma pauvre, avais-je envie de lui répondre.

— Il va te tuer si je te livre. Tu t'en rends compte, non ? Il prétend le contraire, mais j'ai la conviction qu'il ment.

— Pas si le plan fonctionne. Vous vous rappelez ce que vous m'avez dit une fois, dans les dômes ?

— J'ai raconté pas mal de choses là-bas.

— Vous m'aviez dit que vous pourriez parier sur moi. Je pense que c'est le moment.

Peut-être avait-elle raison.

— Et puis, votre histoire de vivre en reclus dans les Alpes, c'est bien joli, mais j'ai une famille. Une mère, des frangins.

— C'est vrai. Je ne sais pas pourquoi je t'ai dit ça.

— Je n'ai pas connu mon père. Il s'est tiré quand j'avais deux ans. Paraît qu'il était sympa pourtant, enfin c'est ce que dit ma tante, vu que ma mère ne veut pas en parler. James, mon grand frère, a juré de le retrouver pour lui coller une balle dans le crâne, mais je ne suis pas comme lui. Je veux juste aller de l'avant. En fait, je serais même contente de le rencontrer. C'est con, mais je comptais un peu sur l'émission pour que cela arrive. Maintenant, plus aucune chance.

— Je ne savais pas, pour ton père.

— Vous n'avez pas lu mon dossier ?

— Si, mais il n'était pas mentionné, juste ta mère et tes frères.

… et ils avaient également occulté l'épisode de l'accident et de la mort cérébrale.

— Je n'ai pas connu ma grande sœur, elle est morte à un mois. Une anomalie cardiaque. Maman n'en parlait jamais, c'est James qui m'a raconté cette histoire lorsque j'avais cinq ou six ans. C'est aussi lui qui m'a dit que le père Noël n'existait pas, mais ça, je l'avais deviné assez vite. Je n'en veux pas à mon frère, il était aux premières loges quand ma famille s'est disloquée.

Je ne savais pas quoi lui répondre ; aucune parole de réconfort ne me venait spontanément. Apporter de la chaleur aux gens, ce n'était pas mon truc.

— Je suis désolée pour ce qui vous est arrivé, coach. J'imagine que cela doit être horrible de tout perdre. Votre femme, votre fille…

Mon corps s'est raidi comme si un courant électrique l'avait traversé. Je n'en avais jamais parlé à Zoé.

— Comment tu sais pour ma fille ? ai-je lâché plus sèchement que je ne le souhaitais.

Zoé m'a simplement indiqué son front en le pointant avec son index.

— Désolée. Je ne voulais pas vous énerver. On discutait famille, alors je me disais…

Elle avait dû se renseigner sur mon passé. Rien d'étonnant, elle avait un accès à internet depuis son interface.

J'ai entendu des pas se rapprocher derrière nous. J'ai reconnu la démarche de Rose à cette façon particulière qu'elle avait d'écraser le sol.

Elle s'est assise à ma droite et a désigné l'horizon. J'ai remarqué pour la première fois les cinq bracelets en macramé qu'elle portait à son poignet et le tatouage en forme d'attrape-rêve à l'intérieur de son avant-bras.

— Quand je regarde ce lever de soleil, je me dis qu'on a vraiment merdé quelque part. On avait tout, pourtant. Mais non, il a fallu qu'on finisse par scier la branche sur laquelle on avait posé notre cul.

Je partageais son avis, mais je n'ai rien exprimé. À quoi bon ? Je m'étais époumoné par le passé sans rien pouvoir changer. Je me suis contenté d'acquiescer d'un hochement de tête et d'un soupir.

— Peut-être qu'on n'y peut rien, a répondu Zoé. Je crois que la fonction de l'humanité est de consommer, transformer et détruire. On a peut-être simplement joué notre rôle de catalyseur. Vous avez déjà pensé à ça ?

Rose a écarquillé les yeux. Elle s'est penchée pour mieux voir Zoé, qui continuait à contempler l'horizon.

— Tout ce que tu viens de dire me dépasse, petite. Alors selon toi, on serait une sorte de virus ou de bactérie, et notre fonction serait de bouffer la planète ?

Cette vision était très en vogue ces dernières années. Et pas dénuée de fondement.

— Non, a répondu Zoé. Je pense que notre rôle est d'évoluer en permanence et que nous sommes amenés à changer quoi qu'il arrive. Je n'imagine pas que l'humanité soit vouée à disparaître totalement. Ça n'aurait aucun sens. Mais elle va se transformer, c'est certain.

Rose a lâché un éclat de rire.

— Bordel, et pourquoi la vie aurait un sens, d'abord ? J'ai vu tellement de trucs tordus que j'ai du mal à y croire. Quand j'avais six ans, un ami a chopé une méningite. Il est mort deux jours plus tard. C'était un garçon plein de vie, un vrai boute-en-train. Il y a dix-sept ans, ma sœur y est passée alors qu'elle donnait naissance à Dany. C'était en 2018, dans un hôpital moderne, pas dans un bouge insalubre dans le trou du cul du monde. Et des histoires comme ça, j'en ai des dizaines. Tu trouves que tout cela a un sens ? Si oui, je veux bien que tu m'expliques.

— Je n'ai pas dit que la vie était juste, surtout à une échelle individuelle. Mais je suis certaine qu'au plan macroscopique, l'humanité a un but, une trajectoire. C'est particulièrement visible si on retrace notre histoire. À partir de petits groupes d'individus, de clans, nous avons formé des civilisations, une économie mondiale. Et tout cela avec le support de la science. Certains phénomènes sont encore des mystères, mais nous sommes sur le point d'en résoudre une grande partie.

Zoé avait agité les bras et son ton avait progressivement monté.

Rose s'est levée.

— Tu sais quoi, gamine ? Je crois que t'es bien trop futée pour ton âge. Mon meilleur ami était comme toi, et je ne l'ai jamais vraiment vu rire. Un conseil : essaie de ne pas trop réfléchir. « Heureux sont les simples d'esprit, car le royaume des cieux leur appartient. »

Zoé a gratifié Rose d'un sourire espiègle.

— Vous avez sans doute raison, mais j'ai l'impression que je ne peux rien y faire, si ?

Rose n'a pas répondu et a battu en retraite vers son mari qui consultait sa montre.

Le lieutenant Newton est arrivé quelques minutes après. Lorsqu'il est sorti de sa voiture, j'ai cru voir débarquer un zombie. Il a fermé la portière du bout de la main. Il m'a aperçu, mais loin de se précipiter il s'est traîné vers moi, un objet calé sous son aisselle droite.

Il est passé devant les Wayne qu'il a salués d'un geste flegmatique. Ses yeux étaient injectés de sang et sa peau était d'une blancheur maladive. Il n'avait pas menti, il était au bout du rouleau.

Il m'a tendu une thermos bleu marine sur laquelle était plaqué le badge de l'Idaho State Police.

— Bon sang, monsieur Starck, vous voulez me tuer, hein. J'en ai sifflé la moitié pour ne pas m'écrouler, et je suis sûr que vous en aurez également besoin.

Une odeur de café s'échappait du récipient.

— Il est encore tiède, allez-y.

Le lieutenant avait raison. Les prochaines heures allaient être cruciales et je ne tenais que sur mes nerfs.

J'ai bu le reste et je lui ai tendu la thermos vide.

— Vous avez mes drones ?

— J'ai pu en récupérer douze. J'espère que vous savez ce que vous faites.

— Moi, non. Mais je fais confiance à Zoé. Vous pouvez lui donner les clés, elle a du pain sur la planche et il nous reste peu de temps.

— Pas besoin, j'ai laissé la voiture ouverte, les engins sont dans le coffre et sur la banquette arrière.

Newton a marqué une pause et chassé une grappe de moustiques qui lui tournait autour.

— Bordel, et je n'ai rien pris pour éloigner ces merdes. Je me demandais justement pourquoi je n'allais plus à la pêche ou me promener en forêt. Je crois que j'ai ma réponse.

J'avais encore un peu de crème dans ma poche arrière, je la lui ai tendue. Il s'en est tartiné sur le corps et le visage en insistant sur le cou.

— Merci. Je peux vous parler seul à seul ?

Son regard s'est orienté vers Zoé.

— C'est bon, a-t-elle dit. Je vais m'occuper des drones et vous laisser entre adultes.

*

— Je n'ai pas beaucoup de temps, lieutenant. J'attends encore des nouvelles de ma sœur et bientôt Hwang va m'appeler pour me fixer un rendez-vous.

— C'est à propos de Hwang, justement. J'ai pu en apprendre davantage sur lui.

J'ai cru un bref instant que Newton allait me révéler que Hwang était un agent secret chinois. J'étais complètement à côté de la plaque.

— Vous avez de quoi le relier aux rédempteurs ?

Newton a grimacé, s'est essuyé le front, a jeté un coup d'œil à Zoé qui commençait à sortir les drones de la voiture. Il m'a attiré un peu plus loin vers les hautes herbes qui bordaient la route.

— Pas vraiment, non. Enfin, peut-être, mais j'espère que vous allez m'aiguiller, car je nage en plein délire. Mais vous allez comprendre, ce que j'ai appris est plutôt perturbant.

Assez pour vouloir écarter Zoé de notre conversation.

— Pas la peine de faire durer le suspense.

— OK, accrochez-vous. Déjà, Hwang Yoon est américain. Il est né à Minneapolis en 2013. Fils unique, père prof de maths, mère violoncelliste. En 2018, la famille Yoon déménage dans l'Oregon, dans la banlieue de Portland.

— Sérieux, lieutenant, vous allez me faire l'école primaire aussi ?

— Bref, Hwang mène une vie tout à fait normale, bon élève sans être exceptionnel, un peu geek, fan de comics. Mais il y a deux ans, il se fait tirer dessus en sortant de boîte de nuit ; un racket qui tourne mal. Les médecins le maintiennent en coma artificiel pendant presque un an, mais la famille n'a plus les moyens de payer les soins. Ça vous rappelle quelque chose ?

— Ne me dites pas que…

— Si. Perez Industries s'est occupé de lui. Ils ont financé son traitement, l'ont transféré dans une clinique privée et deux mois après, Hwang était sur pied.

— Donc Hwang serait lui aussi muni d'une interface ?

— Ça, je n'en sais rien, mais on peut supposer que oui. En tout cas, grâce à leur technologie, ils ont réussi à le guérir. Ça tient du miracle.

Je ne croyais pas aux miracles. Mais Hwang, tout comme Zoé, avait servi de cobaye.

— Perez Industries l'a soigné, mais ça n'explique pas pourquoi il s'est rallié aux rédempteurs. Sorti de son coma, il change brusquement et devient un ayatollah conservateur ? En fait, c'est plutôt illogique. Un type comme lui est exactement ce que ces tarés pourchassent et veulent détruire.

Je me sens bizarre, coach.

— Merde… ai-je lâché.

— Un truc qui ne va pas ?

— Peut-être. Non. Juste une intuition.

— Je ne sais pas quelle mouche l'a piqué, a continué Newton. Peut-être qu'il ne se supportait plus. Comme un type qui réalise qu'il est attiré par les hommes et qui devient homophobe.

J'ai hoché la tête, mais je ne croyais pas à cette thèse.

— Vous devriez demander au docteur Lee. Elle a dû s'occuper de lui. Je pense qu'elle est joignable à l'hôpital.

Peut-être pouvais-je appeler Sofia. Elle devait être au courant pour l'interface de Hwang. D'ailleurs, avait-il également besoin de suivre un traitement, comme Zoé ?

— Et les autres candidats ? Vous avez fait des recherches ? Ils sont tous dans le même état ?

— Hwang et Zoé seulement. Vous pouvez m'éclairer ? Je nage en plein mystère.

— Mystère ou pas, cela ne change rien à la situation actuelle. Pour l'instant, je dois me concentrer sur le plan. On pourra toujours se pencher sur cette histoire plus tard.

Newton a réprimé un bâillement et s'est plaqué la paume contre la main pour vérifier l'état de son haleine.

— Le plan, le plan. Vous auriez mieux fait de faire appel au SWAT. Mais c'est ma faute, je n'aurais pas dû vous écouter. Si vous ne m'aviez pas sauvé la vie…

— Trop tard maintenant, lieutenant. On ne peut plus faire marche arrière.

J'ai jeté un coup d'œil en direction de Zoé. Elle avait séparé les drones en deux piles égales. Elle devait en être à la moitié de ses configurations. Elle affichait une mine concentrée.

Et Claire qui n'appelait toujours pas. Je lui laissais encore cinq minutes avant de la relancer.

Le lieutenant a désigné le ciel qui commençait à se zébrer d'un bigarré de mauve et de violet.

— Ça a quand même de la gueule, non ?

— Qu'est-ce que vous avez tous avec l'aube, ce matin ? À croire que c'est la première fois que vous en voyez une.

— J'aimerais surtout que cela ne soit pas ma dernière. J'ai peut-être une vie sentimentale de merde, mais j'ai des tas de projets pour l'avenir.

J'ai souri.

— Vous n'allez pas mourir aujourd'hui. Zoé et moi allons prendre les risques pendant que vous resterez bien tranquille à l'abri.

— Vous savez qu'à la base, je ne voulais pas être flic ?

— J'ai du mal à vous imaginer autrement. Cela vous va comme un gant.

— J'espérais être batteur professionnel. J'adorais le rock. Surtout la période grunge des années 1990. Je m'y étais mis assez tôt, mes parents m'avaient payé des cours et acheté une batterie qu'ils avaient installée au sous-sol. Je faisais partie d'un bon petit groupe, qui tournait localement. On avait même enregistré quelques titres dans les années 2010. Enfin, on était bons mais pas excellents. Et puis le groupe s'est séparé et j'ai un peu perdu le goût. Ensuite, j'ai sombré dans une sorte de mini dépression. Surtout qu'à l'époque, on fumait et on buvait beaucoup. Bref… tout ça me laisse pas mal de regrets.

Je ne sais pas pourquoi le lieutenant se confiait à moi. La fatigue ou le spleen qu'il devait ressentir en contemplant le ciel.

Cette sensation de fin imminente, d'assister à notre propre déclin, était ancrée en chacun de nous.

On tentait de ne pas y prêter attention, mais à certains moments, comme en ce début de journée, on ne pouvait pas y échapper.

Claire m'a contacté au moment où Zoé empilait le dernier drone.

— J'ai cru que tu n'allais jamais m'appeler, sœurette.

— Désolée, j'ai fait du mieux que je pouvais, mais les nouvelles ne sont pas bonnes.

— Tu n'as pas eu le satellite ?

— Si. Mais j'ai fait balayer la zone et on ne détecte rien. Pas de traces thermiques.

— Ils doivent donc avoir des brouilleurs. Merci, Claire.

J'ai préféré couper avant qu'elle ne me bombarde de questions sur la suite de notre opération.

Je devais improviser un nouveau plan.

Mon anxiété avait dû se lire sur mon visage. Newton et Zoé sont venus vers moi comme s'ils avaient ressenti mon stress.

— J'ai fini la configuration des drones et le chien est prêt. Un problème ?

— C'est le satellite, a répondu le lieutenant à ma place. Ils sont sûrement équipés de brouilleurs.

— On abandonne. Je vais dire à Hwang d'aller se faire foutre.

Zoé a fait un pas et s'est plantée juste devant moi.

— Vous n'êtes pas sérieux ? Il doit bien y avoir une solution, non ?

— Si tu peux m'en trouver une en cinq minutes, je suis preneur. Parce que là, je ne vois pas. Et ne me dis pas d'accepter l'échange. Je ne crois pas une seconde aux conneries de Hwang.

— À quoi cela ressemble, un brouilleur ? a demandé Newton. Désolé, je pose la question, mais je ne sais pas de quoi vous parlez, en fait.

Je m'apprêtais à répondre que je n'en savais rien, mais Zoé m'a devancé.

— Cela peut prendre plusieurs formes. Un brouilleur individuel est à peine plus grand qu'une boîte d'allumettes. Les plus puissants font à peu près la taille d'un bagage à main, avec plusieurs antennes dessus. Les brouilleurs GPS existent depuis longtemps et sont beaucoup plus petits, mais là on parle d'un engin capable de faire disparaître les empreintes thermiques de l'imagerie satellite.

— Et ça se détruit comment, un brouilleur ? a continué le lieutenant qui venait subitement de retrouver un second souffle.

— Impact de balles, feu. On peut aussi retirer les batteries.

— Cela ne change rien. Il faut d'abord…

Je me suis tu. Je venais d'avoir une idée.

— Oui ? On attend la suite, a commenté Newton.

— C'est bon. Je sais ce que je vais faire. Mais j'aurai besoin de tout le monde.

J'ai exposé mon nouveau plan à tous, y compris à ma sœur. Son rôle n'était pas terminé.

J'avais à peine achevé mes explications que Hwang me contactait.

Chapitre XXVII

J'avais menti à Hwang et j'allais maintenant devoir prendre des risques. J'avais prévu de me présenter au point de rendez-vous sans Zoé et de gagner du temps sur place en espérant pouvoir localiser le brouilleur.

Un plan que n'approuvait pas Sandra dont la voix se faisait suppliante.

Tu sais ce qui va se passer. Hwang va te tuer. Il n'est pas stupide.

C'était une possibilité, mais j'en doutais. Au pire, je l'imaginais plutôt exécuter un otage en représailles. Une situation que je comptais éviter par la discussion et la négociation.

Improvisé en quelques minutes, mon nouveau plan différait à peine du premier, mais requérait une paire de bras supplémentaire. J'avais réussi à convaincre les Wayne de m'aider moyennant un complément de rétribution.

Rose est venue me confirmer qu'elle avait reçu le virement.

— On a pris notre décision. C'est Jerry qui va vous accompagner, c'est un bon tireur, bien meilleur que moi. Ça n'a pas toujours été le cas, mais ma main se met à trembler depuis quelques mois. Je n'ose pas aller chez le médecin de peur qu'il m'annonce une saloperie.

— Merci encore, Rose. Vous n'avez pas idée de l'aide que vous m'apportez. Lorsque je suis arrivé à Stanley, je n'aurais jamais pensé tomber sur des gens comme vous.

Elle m'a gratifié d'un pâle sourire.

— Eh bien, j'espère qu'on ne va pas le regretter. Bon, je vais repartir faire tourner la boutique avec le gamin. On a des clients qui débarquent tôt le matin et le type de la FWDP attend son petit déjeuner avant de reprendre la route.

Elle m'a claqué l'épaule et m'a lancé un regard trouble ; son visage tremblait sous l'émotion.

— Vous avez intérêt à me le ramener en un seul morceau. C'est l'homme de ma vie.

En théorie, Jerry serait le moins exposé. Mais le risque zéro n'existait pas. J'ai néanmoins tenu à la rassurer.

— Si ça foire, il pourra se tirer. Il sera loin de moi, ne vous inquiétez pas.

— Je sais, je vous ai entendu leur expliquer votre plan. Mais il ne le fera pas. C'est l'homme le plus têtu et le plus bougon que je connaisse. C'est aussi le plus loyal, et c'est tout sauf un lâche. Et c'est bien ce qui me fait peur.

Rose s'est frotté les yeux pour en chasser les larmes naissantes et s'est éloignée de moi par pudeur. Dany l'attendait sur le siège passager de leur pick-up, la tête collée à la vitre.

Je ne l'ai pas lâchée des yeux jusqu'à ce qu'elle démarre et quitte le camp. Je lui ai fait au revoir d'un signe de la main, mais elle ne me regardait plus.

J'éprouvais un mélange de honte et de culpabilité. Je venais d'entraîner cette famille dans mon histoire sans pouvoir lui garantir qu'elle en sortirait indemne.

Nous allions partir pour une marche en forêt de presque une heure et il nous restait peu de temps pour nous préparer.

Zoé et Newton discutaient autour des drones disposés sur le sol. Le lieutenant hochait la tête à intervalles réguliers, attentif au cours accéléré sur le paramétrage de ces engins. Dans son état, qu'il ne s'écroule pas de sommeil était déjà un exploit.

Et ce n'était pas fini pour lui. Newton devait nous suivre de loin, avec sa flottille de machines aux fesses. Il s'était proposé pour le poste de tireur, prétextant un excellent score à l'académie, mais j'avais besoin d'une personne dont les réflexes étaient aiguisés.

Jerry était assis dos à un bus et lustrait son arme; le chien robot reposait à ses pieds. Le cuistot avait troqué son fusil de chasse contre un fusil de précision muni d'une lunette. Pas vraiment l'idéal pour un sniper, mais nous n'avions pas mieux.

J'étais presque prêt. Il me restait à appeler Sofia pour recueillir son avis d'experte sur Hwang. J'avais peur que l'hôpital refuse de me la passer, mais la personne qui m'a répondu m'a simplement demandé de patienter.

Une bonne nouvelle, me suis-je dit. Si elle n'était pas au bloc opératoire, c'est que son état n'était pas critique.

Je n'ai pas eu à attendre longtemps avant qu'elle ne décroche.

— Florian ? Tout va bien ? J'étais morte d'inquiétude.

Sa voix était faible et traînante – sûrement l'effet d'analgésiques –, mais elle parlait distinctement.

— C'est surtout à toi qu'il faut poser la question. Ce n'est pas moi qui suis allongé sur un lit d'hôpital.

— J'ai mal. Malgré les médicaments. Ils vont passer à la morphine. C'est ma faute, j'aurais dû accepter dès qu'ils m'en ont proposé.

— Alors je t'appelle au bon moment, car j'ai besoin de ton cerveau. Je peux te déranger une petite minute ?

— Prends ton temps, je n'ai pas grand-chose à faire, tu sais. Ils n'ont pas de livres ici, et je n'aime ni les séries, ni les jeux.

— J'aimerais en avoir, du temps, pour te raconter une histoire. Mais tu vas devoir te contenter d'une version courte. Hwang est responsable de l'attaque du studio et il a capturé tous les candidats ainsi qu'une partie du staff.

— Mon Dieu…

— Je vais devoir négocier avec lui et pour ça, j'ai besoin de ton aide. Et s'il te plaît, ne viens pas m'opposer la déontologie et le secret professionnel. Des vies sont en jeu.

— Alors maintenant, t'as besoin d'un psy ?

Elle a ri à sa propre remarque avant de gémir.

— OK, ce n'est pas drôle, mais je n'ai pas pu résister, après tout ce que tu m'as balancé sur les psychiatres. Je n'ai eu que deux sessions avec Hwang. Les échanges étaient assez difficiles, car il parlait un anglais approximatif. Mais j'imagine que c'était un numéro d'acteur, non ?

J'ai confirmé.

— Eh bien, tu vois, je n'ai rien décelé. Je me suis fait avoir comme une débutante. Du coup, je n'ai pas signalé son comportement à la production. Il semblait aimable et répondait du mieux qu'il le pouvait à mes questions. Toujours avec le sourire. Ses tests psychotechniques n'avaient rien d'alarmant non plus. D'ailleurs, c'est bien cela le plus inquiétant.

— Tu peux développer ?

— Je pourrais facilement m'accuser d'être incompétente, mais j'ai quand même plusieurs années d'expérience. Si ce type a réussi à me tromper et à berner tout le monde avec autant d'aisance, c'est parce qu'il est un as de la manipulation. Le genre pervers narcissique et sociopathe.

J'étais plus ou moins parvenu à la même conclusion, mais j'avais besoin d'une confirmation.

— Fais attention à lui, a continué Sofia. Tu ne peux pas lui faire confiance. À moins d'avoir un détecteur de mensonges, tu ne pourras jamais délier le vrai du faux. Tu devrais appeler la police, ils sont préparés à ce genre de situation.

— Merci du conseil, mais je vais me débrouiller. Je suis obligé de te laisser. Porte-toi bien.

— Sois prudent. J'aimerais bien te revoir, à l'occasion.

J'ai raccroché.

— Moi aussi, ai-je murmuré.

Le temps de ma conversation avec Sofia, la configuration du camp avait changé. Tous m'attendaient à côté du bus. Les drones flottaient à deux mètres du sol, alignés derrière Newton. Zoé avait enfilé un petit sac à dos et Jerry avait posé le fusil sur son épaule.

— C'est bon, vous avez fini ? Il est l'heure ! a crié Zoé.

J'étais presque prêt, mais j'avais besoin d'une toute dernière chose. Sofia m'avait soufflé une idée.

J'ai trottiné vers le groupe et je me suis adressé à Newton.

— Lieutenant, vous pouvez me passer vos lunettes ?

— Mes lunettes ? Comment ça, mes lunettes ?

— Lorsque vous m'avez interrogé, vous avez bien utilisé un logiciel pour scanner mes émotions, non ?

— Oui, c'est la procédure. Ce truc est obligatoire depuis cinq ans déjà.

— Parfait. Je vais en avoir besoin.

— Quoi ? Mais vous ne savez même pas vous en servir. C'est pour Hwang ?

Le lieutenant a soupiré à s'en faire trembler les lèvres, avant de poursuivre.

— Je vais garder mes lunettes. Mais j'ai mieux pour vous. Le truc, c'est que vous allez devoir télécharger le logiciel d'analyse dans votre bracelet. Vous pourrez utiliser mon identifiant, mais pas question de le conserver plus de vingt-quatre heures, OK ? Attendez-moi ici.

Après cette journée, je ne comptais même pas garder ma montre. Je voulais simplement rentrer chez moi.

Newton a ouvert sa voiture puis il est revenu en brandissant une petite boîte au-dessus de sa tête. Il me l'a tendue.

— Ce sont des lentilles de contact. Chaque officier de la crim' en est équipé, mais je ne peux pas les supporter.

Devant la moue suspecte que je lui adressais, il a soupiré de nouveau.

— Pas la peine de faire votre difficile. Je ne les ai jamais portées. Elles sont toutes neuves.

Je n'en avais jamais utilisé de ma vie et j'ai dû recourir à l'aide de Zoé.

— Elles sont rechargées, a ajouté le lieutenant. Leur autonomie est de douze heures. Vous trouverez également des écouteurs intra-auriculaires dans la boîte et le numéro de code pour les lier à votre montre. Pour le logiciel, je suis en train de lancer le téléchargement. Mais désolé, je n'ai pas vraiment le temps de vous dire comment l'utiliser.

— Vous me ferez un rapide briefing sur le premier kilomètre de marche. Après, on va devoir se séparer. C'est dommage, à mon époque pas si lointaine on nous fournissait des didacticiels.

— Eh bien pas là. Tous les officiers de la crim' doivent apprendre à s'en servir lors de leur formation.

— Bon, je ne voudrais pas vous presser, mais on n'est pas en avance, est intervenu Jerry.

Nous sommes immédiatement partis vers le sud.

Le lieutenant marchait à ma droite et n'avait même plus l'énergie pour chasser les moustiques qui rôdaient autour de lui.

Je l'imaginais mal me donner un cours et encore moins tenir pendant trois quarts d'heure.

Il n'a pas eu à le faire. Zoé a attiré mon attention en me tapant sur le bras.

— Un problème, Zoé ?

— Non, plutôt une solution. J'ai mieux que le logiciel du lieutenant à vous proposer.

Elle me gratifiait d'un sourire complice et s'attendait sans doute à ce que je devine de quoi elle parlait.

— Tu m'intrigues. Et tu es sûre que c'est le moment ? Le problème n'est pas d'avoir l'outil, mais de pouvoir s'en servir.

— Oui, c'est pour ça que je propose. Vous n'aurez rien à faire.

Toujours ce sourire, encore plus insistant.

— Vas-y, je sais que tu veux me faire deviner, mais je ne vois pas du tout.

— Acceptez la synchronisation que je viens de vous envoyer.

Une seconde plus tard, une voix familière résonnait dans mon oreillette.

— Bonjour, monsieur Starck.

C'était la voix de Chloé.

*

Les explications de Zoé m'ont permis de comprendre à la fois son état et ce qui lui était arrivé la nuit précédente.

Perez avait transféré Chloé dans l'interface neurale de Zoé. Quand elle m'a annoncé ça, je l'ai regardée, horrifié. Elle m'a rassuré. Ce n'était pas une invasion, ni une substitution, mais une aide, une assistance.

Le mot que Zoé avait utilisé était *upgrade*.

J'ai accueilli la nouvelle sans enthousiasme. Elle éclairait d'un jour différent les motivations de Hwang.

Voilà pourquoi il prenait autant de risques pour retrouver Zoé.

Mais comment pouvait-il être au courant ? Et que voulait-il faire exactement ? Détruire le programme dans son interface ? La lui voler ?

Ces questions m'ont accompagné jusqu'au dernier kilomètre. Je me suis séparé du groupe pour marcher seul vers le point de rendez-vous. J'avais convenu d'utiliser des codes visuels avec mon équipe pour établir une communication. Jerry était censé m'observer à travers sa lunette de visée pour transmettre mes ordres aux autres ou attendait un signal pour faire feu en cas de problèmes. Je ne voulais tuer personne, mais je devais me préparer au pire. Selon Sofia – et je n'avais aucune raison de douter d'elle –, Hwang serait difficile à analyser, malgré l'aide fournie par Chloé. Zoé se tenait à l'écart avec le chien robot et pouvait de nouveau me partager sa vision. Je lui avais prêté le pistolet ramassé sur le soldat pour qu'elle puisse se défendre – je faisais confiance à son système de visée – mais je lui avais également ordonné de ne pas approcher du camp tant que le brouilleur était actif. Je n'avais toujours pas compris comment elle avait prévu de se débarrasser des drones ennemis (*la physique quantique, coach !*), mais je ne voulais pas qu'elle s'expose inutilement. Enfin, Newton était chargé de nos drones et devait contacter ma sœur si nous parvenions à dégager la vue pour les satellites.

Comme je l'avais anticipé, Hwang m'attendait à l'extérieur du camp que je devinais plus au sud, niché au cœur de la forêt, à l'abri des imposants sapins.

Le point de rendez-vous se situait d'ailleurs en dehors du périmètre du brouilleur, puisque le GPS de ma montre avait pu me mener jusqu'aux coordonnées.

Hwang était assis sur un tronc d'arbre recouvert de mousse.

À ma grande surprise, il était seul. Je l'avais plutôt imaginé flanqué de ses sbires. Son attitude en disait long sur son aplomb et sa confiance en lui.

Le reste de son équipe devait certainement être éloigné de plus de cinq cents mètres ; il en allait donc de même des prisonniers. D'après le compte rendu que me faisait Zoé dans mon oreillette, le chien n'était toujours pas en alerte. Elle avait émis l'hypothèse que Roy pouvait être susceptible de tracer les soldats malgré le brouilleur – une différence de technologie, de longueur d'onde –, mais n'était pas capable de l'affirmer.

J'ai levé les mains en m'approchant. Je tentais de déceler une expression sur son visage. Colère, frustration. Mais il restait lisse.

— Je n'aime pas trop les surprises, monsieur Starck.

Il avait prononcé ces mots sur un ton détaché, sans reproches ni agacement.

— Et pourtant, tu n'as pas l'air surpris.

— J'avais envisagé cette possibilité. Mais l'essentiel est que vous soyez là. À moi de vous convaincre de me livrer Zoé, maintenant.

Bonne chance avec ça, ai-je pensé. Mais je suis resté dans mon rôle.

— Tu devras me fournir certaines garanties avant.

— Que les candidats sont en vie? La production? Le célèbre Samuel Romanov? Et moi, qui me dit que vous avez trouvé Zoé et que vous n'êtes pas en train de bluffer pour les sauver?

Hwang a regardé à droite, à gauche, puis s'est fendu d'un sourire.

— Je parie qu'elle n'est pas loin. Je pourrais donc vous tuer et ordonner à mes hommes de se déployer et de la traquer.

Il ne portait pas d'arme, mais j'imaginais très bien des soldats, doigts sur la détente, prêts à m'exécuter sur une simple injonction ou au moindre signal de leur supérieur.

Mais il ignorait à ce moment-là que le cuisinier de chez Wayne s'était positionné de façon à avoir sa tête au centre d'une lunette.

Chloé m'a indiqué que Hwang bluffait, mais je n'avais pas eu besoin d'aide pour le comprendre. Il n'avait pas intérêt à me tuer maintenant.

J'ai levé les bras au ciel.

— Je ne suis pas encore mort. Alors qu'est-ce que tu attends ?

L'expression sur le visage de Hwang n'a pas varié d'un iota.

— Contrairement à ce que vous pouvez penser, je ne suis pas un monstre et je n'agis jamais sans raison.

— Allez dire ça à ceux qui sont morts lors de vos assauts. À la sécurité du studio, au détachement qui protégeait la production, à Perez.

— Ceux qui sont tombés étaient des soldats et soyez assurés que je déplore leur mort.

— Des soldats ? Non, simplement des gardes qui faisaient leur job. Et certains civils ont été abattus, d'autres ont été blessés.

— Ce n'était pas prévu. Seuls Perez et son équipe étaient visés. Si mes hommes ont fait du zèle, ou si des innocents ont pris des balles perdues, je le regrette.

Chloé a validé la sincérité de ses propos. Du moins en partie. Il déplorait les morts, mais il n'éprouvait aucun remords pour ses actions. Je tentais de contenir ma colère en serrant les poings et les mâchoires. Ce n'était pas le moment de m'énerver et discuter avec ce genre d'individu ne servait à rien.

— Peu importe. J'ai de quoi prouver que je peux te livrer Zoé.

J'ai avancé ma montre, prêt à lui montrer une vidéo, mais il a décliné d'un geste de la main.

— Pas la peine, je vous crois. J'ai confiance en vous.

— Eh bien pas moi. Je veux des garanties, et après seulement on pourra discuter.

Il s'est levé et a hoché la tête.

— Dans ce cas, suivez-moi. Nous serons dans mon camp d'ici cinq minutes. Cela nous laissera le temps de parler en chemin.

— Je n'ai pas très envie de parler avec toi, Hwang.

— Très bien. Je ferai la discussion tout seul. J'ai beaucoup de choses à vous raconter, monsieur Starck. Sur moi, sur Chloé et sur votre frère.

*

Dès lors, tout pouvait dégénérer. En accompagnant Hwang, je me jetais dans la gueule du loup, et mon équipe devait me suivre sans se faire repérer. Je n'avais aucune idée du genre de dispositif de surveillance et de défense qu'ils avaient pu établir.

Nous avons pris la direction du sud et attaqué une pente très raide le long de laquelle les sapins aux troncs fléchissants poussaient presque à la perpendiculaire.

Bien qu'en meilleure forme que moi, Hwang marchait lentement.

— Je sais que vous voulez en apprendre davantage sur votre frère et sur les circonstances de notre rencontre, mais j'ai une petite question à vous poser, avant. Savez-vous ce qu'est l'apprentissage par renforcement ?

Chloé m'a soufflé la réponse dans la seconde, mais j'ai joué les ingénus.

— Non, pas la moindre idée.

— C'est une notion relative aux intelligences artificielles. Pour une IA, cela consiste à itérer une succession d'expériences dans un environnement donné. À la suite de ces tests, elle reçoit une récompense négative ou positive. En fonction desdites expériences et récompenses, elle sera capable de prendre des décisions et établir une stratégie.

— J'ai comme l'impression que cette discussion va tourner autour de Chloé.

— Oui, bien évidemment. Mais avant cela, je vais vous parler de ce que Perez m'a fait. Ensuite, j'évoquerai ma rencontre avec Stuart Flemming et plus tard celle avec votre frère. Et je vous promets que cela vous intéressera.

Hwang a obliqué vers l'est. J'ai activé le partage de vision de Zoé pour savoir où elle en était.

Elle était sur mes traces, suivie par Jerry et Phillip. Elle ne m'annonçait aucun changement au niveau du chien robot. Le camp devait pourtant être à moins de cinq cents mètres.

— Il y a deux ans, je suis tombé dans le coma, a repris Hwang. Lorsque je me suis réveillé, j'ai tout de suite compris que j'avais subi une transformation. Ma façon de penser était plus rapide, mes réactions différentes. Je ressentais l'absence de certains sentiments, comme la peur. Des pans entiers de ma mémoire avaient disparu. Je n'avais plus que de rares souvenirs d'enfance, souvent idiots, comme le jour où mon père m'avait tiré une dent de lait avec un fil, ou celui où je m'étais fêlé la clavicule en chutant de la balançoire. Les docteurs m'avaient assuré que l'amnésie était normale. Je suis resté en observation une semaine supplémentaire avant d'être pris en charge par une équipe de Perez Industries qui m'a présenté brièvement les fonctionnalités de ma nouvelle interface. D'après mes parents, je leur devais la vie, mais je n'éprouvais aucune gratitude.

Un sociopathe, avait dit Sofia.

— J'ai pensé à me suicider plusieurs fois. J'étais en proie à une sérieuse crise d'identité. Étais-je encore Hwang Yoon? Et sinon, qui étais-je? Ou plutôt qu'étais-je?

Hwang a enjambé un tronc mort bordé d'amanites tue-mouche.

— J'ai fait la connaissance de Stuart Flemming trois mois plus tard. Nous passions une semaine en Floride chez ma tante. Une tante dont j'avais tout oublié, sauf cette manie qu'elle avait de hurler sur nos cousins et de les frapper avec une vieille manique brûlée. J'ai été attiré par un *flyer* dépassant de sa boîte aux lettres. Stuart Flemming donnait une conférence sur les dangers des IA, les humains augmentés et le fourvoiement de la génétique. Forcément, j'étais curieux de connaître son avis sur la question. Malheureusement, son discours était un ramassis de conneries moyenâgeuses dans lequel il opposait constamment la science à la religion sans réels arguments et à grand renfort de sophismes. Mais sa ferveur m'avait impressionné. Je ne sais pas ce qui m'a pris, mais plutôt que rejoindre ma famille après la conférence, j'ai fait le forcing pour m'entretenir avec lui. Il m'a accueilli dans sa loge et m'a posé quelques questions. C'était un esprit assez malléable, je dois avouer qu'il a été facile à berner.

— Pourquoi être allé le voir ? Tu représentes tout ce qu'il détestait.

La question m'avait échappé. Hwang m'a adressé un sourire satisfait. Il venait de capter mon attention.

— Sans raison, du moins l'ai-je cru dans un premier temps. Pour mieux l'expliquer, je dirais que j'ai été *poussé* à le faire. Pendant mon entretien, j'ai su trouver les mots justes et l'intéresser par mes interrogations. J'ai bien sûr abondé dans son sens. À tel point que je l'ai fasciné et qu'il a vu en moi l'avenir de son mouvement. Il m'a pris sous son aile et je suis assez vite devenu son confident. Il me payait régulièrement des billets pour me permettre de le rencontrer lors de ses conférences à travers le pays. Mes parents y étaient hostiles, mais je leur assurais que ces voyages me faisaient le plus grand bien. Ils me croyaient ; comme tous les parents, ils ne désiraient que le bonheur de leur enfant.

Il avait prononcé la dernière phrase comme un automate, sans aucune conviction.

Un message est apparu dans mon champ de vision : « Toujours pas de trace des soldats. »

— Comme vous vous en doutez, Stuart vouait une haine farouche à Perez Industries. Pour lui, le vieux bonhomme était le mal incarné, plus encore depuis que Flemming avait eu vent de la fameuse Chloé. Pour beaucoup de gens comme lui, l'avènement de la singularité est vécu comme l'apocalypse.

Cela faisait plusieurs années qu'il avait soudoyé quelques employés qui lui servaient d'espions et qu'il comptait saborder les travaux de Perez, mais il n'avait jamais réussi à apprendre quoi que ce soit d'exploitable. Il faut dire que le cryptage quantique rend la vie dure aux hackers.

Au fur et à mesure que Hwang se confiait, je ressentais un malaise grandir. Quel était son but ? Pourquoi toutes ces révélations ? Et surtout, il ne répondait pas à la question qui me brûlait les lèvres. Quel était son véritable lien avec Pierrick ?

— Comment mon frère s'est-il retrouvé mêlé à vos combines ?

— Dès que j'ai su que votre frère était en relation avec Perez, je me suis arrangé pour le contacter. Je le savais proche du milliardaire, puisqu'il travaillait sur sa biographie. Et je savais également qu'il n'était pas spécialement technophile. Plus tard, j'ai arrangé notre réunion à Idaho Falls.

Comment pouvait-il être aussi bien renseigné ?

— Je vois très mal mon frère s'allier à des fanatiques. Ce n'est pas son genre.

Hwang a de nouveau obliqué vers le sud. Dans cette zone, les arbres étaient moins nombreux et nous avions un panorama imprenable sur la Salmon River dont les eaux scintillaient sous le soleil du matin.

— Attention, cette montée est rude, m'a-t-il prévenu. Et pour vous répondre, tout est une question de perspectives. Votre frère n'était pas dupe et avait très bien cerné la personnalité de Stuart Flemming.

Mais pour avoir côtoyé Pierrick pendant quelque temps, j'ai très vite remarqué que sa soi-disant vertu était perfectible. Il n'a pas hésité à mettre de côté ses principes moraux, d'autant qu'il n'était pas particulièrement attaché à Perez, bien que l'inverse fût vrai. Et surtout, sa curiosité a été la plus forte. Car nous lui avons fourni les outils pour accéder à Chloé.

— Comment ? Le responsable technique m'a assuré que c'était impossible. Tu as même dit que le cryptage quantique…

— Patience, j'y viendrai. Vous voyez, j'ai réussi à capter votre attention. Je vous avais dit que notre rencontre serait enrichissante.

Il m'a de nouveau gratifié d'un sourire sans joie.

Quelque chose ne tournait pas rond. Je ne percevais aucun son en dehors du bruissement des feuillages, du craquement des branches et du bourdonnement des moustiques.

Comme pour me confirmer ce malaise, Zoé m'a fait parvenir un autre message. « Le brouilleur doit perturber Roy, je n'ai toujours aucune trace des soldats. »

— Le camp est encore loin ?

— Nous y sommes presque.

Il s'est tourné vers moi.

— Vous connaissez plus ou moins le reste de l'histoire. Votre frère a travaillé pour nous, même s'il pensait nous utiliser et n'a jamais eu l'intention d'espionner pour le compte de Flemming. Il a séduit Anton pour accéder à son identification de super administrateur et le tour était joué. C'est moi qui lui ai mentionné cette faille à exploiter.

Là encore, je ne comprenais pas comment Hwang avait pu accumuler autant d'informations sur mon frère et Anton.

— C'est la suite qui m'intéresse. Que s'est-il passé après son intrusion sur les serveurs? Il n'a plus donné signe de vie.

— Et je vais vous apporter des explications. Mais pas avant d'avoir eu moi-même des garanties.

La voix de Chloé s'est manifestée dans mon oreille : Hwang avait cessé d'être sincère.

J'ai failli répondre à voix haute à l'IA que je ne comprenais pas ce qu'elle avait voulu dire.

— Et Anton, pourquoi l'avoir éliminé?

Il a secoué la tête.

— Anton était dangereux. Après la disparition de votre frère, il était devenu instable. Mais je ne l'ai pas tué, du moins pas directement. Le bonhomme était si désespéré que je n'ai pas eu de mal à le pousser au suicide.

— Cela n'a aucun sens. Comment pouvais-tu être sûr qu'il se donnerait la mort?

— Pour la même raison que j'étais certain que vous viendriez seul et que vous me suivriez jusqu'au camp. Je prends mes décisions en fonction de probabilités. Pour l'instant, cela m'a plutôt bien réussi. Pour en revenir à Anton, le pousser s'est avéré très facile. Je lui ai révélé qu'il avait été manipulé et que votre frère était parti rejoindre son amant au Canada. Saviez-vous qu'il avait déjà fait une tentative de suicide après une rupture? Non? Je parie que votre amie le docteur Sofia Lee ne vous l'a jamais dit.

— Sauf que Pierrick n'est jamais allé au Canada.

Hwang s'est tourné vers moi et a ajusté ses lunettes d'une poussée de l'index.

— Ah ? Étrange. Vous en êtes sûr ?

Encore un sourire en coin. Il me provoquait.

Chloé a confirmé une nouvelle fois qu'il me dissimulait la vérité.

Hwang m'a désigné un petit surplomb de terre où quelques racines affleuraient. Il a pris de l'élan pour pouvoir s'y hisser, la hauteur du mini plateau avoisinant le mètre soixante. À ce moment-là, je l'ai soupçonné d'avoir délibérément pris un détour, car nous aurions pu accéder à cet endroit en passant par un chemin bien moins escarpé.

Nous avons continué une dizaine de mètres sous une sapinière beaucoup plus dense, où les branches s'entremêlaient pour former une voûte presque opaque. Un choix logique pour se cacher.

— Voilà. Nous y sommes ! s'est exclamé Hwang en pointant du doigt devant lui.

De ma position, j'ai dénombré trois tentes militaires. Une était nichée sous un large sapin aux branches tombantes, les deux autres, placées côte à côte, émergeaient de hautes fougères. Je pouvais également apercevoir deux fusils d'assaut déposés sur une petite caisse. Je ne distinguais pas encore le brouilleur.

Plus étrange, aucun bruit de conversation ne venait troubler la quiétude de l'espace boisé. Le camp semblait déserté.

Dans ma tête, une alarme s'est allumée, relayée et amplifiée par les avertissements de Sandra.

Ça ne sent pas bon, papa. Ce n'est pas normal.

Hwang cherchait-il à me doubler? Ou à m'embrouiller? Les soldats et les otages se trouvaient-ils ailleurs? Si c'était le cas, pourquoi m'emmener ici, puisque j'avais exigé des garanties?

J'avançais comme un automate, avec ces questions en tête, ignorant le message de Zoé : « Roy ne capte toujours aucun signal. »

Dans un état second, je ne sentais plus mes talons écraser le sol recouvert d'épines de pins ni ne percevais les odeurs épicées de forêt sauvage chatouiller mes narines.

Sans m'en rendre compte, j'ai pressé le pas. Et alors que je franchissais les derniers mètres qui me séparaient du camp, je me suis arrêté, perturbé par la vision de deux soldats étendus sur le dos, les bras le long du corps. Les hommes étaient allongés dans les fougères, à côté de la tente installée sous le grand sapin. J'ai avancé au ralenti jusqu'à remarquer un troisième rédempteur, adossé au tronc d'un arbre.

Je tentais de rationaliser la situation à coups de réponses toutes faites.

Ils doivent se reposer. Ils doivent forcément se reposer. Sinon Hwang s'en inquiéterait, non?

Sauf qu'ils ne bougeaient pas. Leur poitrine ne se soulevait pas au rythme de leur respiration.

J'ai eu la confirmation de leur mort dans la seconde qui a suivi.

D'abord par l'émanation d'une forte odeur de vomi charriée par le vent. Puis en découvrant trois nouveaux cadavres.

L'un était couché sur le ventre près des deux tentes voisines. Je pouvais voir son visage blême, sa bouche ouverte, ses pupilles dilatées. Un autre gisait, le corps aux trois quarts enfoncé dans une tente. Ses mollets et ses rangers dépassaient. Le dernier se tenait recroquevillé en chien de fusil, les mains crispées sur son abdomen.

Tous avaient été empoisonnés.

Hwang va réagir, me suis-je dit. *Il va paniquer.* Et puis je me suis rendu compte du ridicule de cette pensée. Ces types n'auraient jamais pu mourir le temps de notre courte balade. Il était donc forcément au courant.

Je me suis tourné vers lui, sans être capable de prononcer un mot. Mais l'expression d'incrédulité imprimée sur mon visage valait toutes les interrogations.

Il a simplement touché du pied le soldat adossé au sapin.

— Celui-ci était plus résistant que ses amis.

J'étais trop sidéré pour parler.

Seules deux hypothèses étaient plausibles. L'une était un accident causé par l'ingestion de baies ou de champignons ; mais dans ce cas, pourquoi Hwang était-il vivant ? L'autre me paraissait aussi absurde qu'effrayante. Il avait éliminé ses propres hommes.

— Les otages, ai-je vociféré. Où sont les otages ?

Il m'a répondu d'un simple geste de la tête, comme pour m'indiquer une direction.

D'abord, je n'ai rien vu. Seulement des arbres et de hautes herbes. Et puis j'ai aperçu un pied dépasser des fougères. J'ai reconnu la basket de Nina, la candidate russe.

Je me suis précipité.

Ils ne sont pas morts. Ils ne sont pas morts, cela n'aurait aucun sens.

J'ai découvert son corps, ainsi que tous les autres, alignés épaules contre épaules.

— Non. Non! ai-je hurlé.

Les candidats. Samuel Romanov. Vingt-sept cadavres au total. Trente-trois en comptant les rédempteurs.

Pupilles dilatées, traces noires sur les lèvres et les habits.

De la belladone.

— J'étais obligé d'en donner également à mes hommes. Sinon, ils n'en auraient pas mangé. Ils se seraient méfiés. Barnaby a été le plus soupçonneux; il trouvait ces «bleuets» bizarres. Mais voir les soldats en consommer l'a rassuré. Nous avions tous très faim et je revenais d'une belle cueillette avec toutes ces baies. Il y a quelques années, j'aurais sûrement opté pour de l'aconit. Mais la concentration de l'atropine dans la belladone a grimpé en flèche depuis quelque temps déjà. Vous le saviez?

Hwang avait parlé avec un calme olympien.

— Pourquoi? Pourquoi avoir fait tout ça? Cela n'a aucun sens. Tous ces morts!

La colère écumait en moi et je n'avais qu'une envie : la laisser exploser sur ce monstre. Saisir une branche et frapper son visage arrogant jusqu'à ce qu'il n'en reste plus qu'une bouillie rougeâtre.

— Vous n'avez toujours pas compris? Je suis déçu.

C'était la phrase de trop. Je n'avais pas envie de comprendre, j'avais envie de le faire taire.

Je me suis retourné, le corps tremblant de rage.

— Je vais te tuer, sale ordure.

— Ça m'étonnerait, m'a-t-il répondu avec assurance.

J'avançais vers lui, je ne voyais que lui et mon poing qui s'écrasait sans relâche sur son nez.

— J'avais chargé un gars de t'abattre, mais je vais le faire moi-même.

— Et pourtant, vous ne le ferez pas.

Il se trompait.

— Tu n'as rien pour m'en empêcher. Tu as brûlé toutes tes cartes, tu n'as plus de monnaie d'échange.

— Si, j'en ai une : votre frère. Je sais où il est et je suis le seul à le savoir.

Je me suis figé.

Dans la foulée, Chloé me confirmait qu'il disait la vérité.

— Mais il va falloir faire vite.

Hwang a porté la main à sa bouche avant de régurgiter une purée violacée.

— Je n'ai plus longtemps à vivre.

*

Mes méninges tournaient en roue libre.

En échange de la libération de Pierrick, Hwang exigeait que je lui livre Zoé.

Un choix impossible.

Je n'avais pas la moindre idée de ses réelles motivations. La folie, étais-je tenté de penser. Mais son intelligence froide, sa détermination et sa logique m'indiquaient que non.

Vous n'avez toujours pas compris ? Je suis déçu.

S'il m'avait fourni les clés lors de notre discussion, je n'y avais pas suffisamment prêté attention.

Il s'est relevé et s'est essuyé les lèvres. Hwang avait blêmi au point de ressembler à un spectre.

— Je ne te crois pas. Rien ne me dit que tu sais où est mon frère.

J'ai pointé les cadavres alignés dans les fougères.

— Je ne peux pas faire confiance à un monstre capable d'un tel massacre.

Hwang a lâché un long soupir et s'est adossé à un sapin.

— Je pourrais vous dire que cette démonstration était nécessaire pour vous faire comprendre que je ne plaisante pas. Mais la vérité est bien plus simple. J'ai été *poussé* à le faire. Tout comme j'ai été *poussé* à contacter les rédempteurs, les utiliser et maintenant les détruire. J'ai dépensé l'argent des rédempteurs auquel j'avais accès pour payer les mercenaires qui se sont occupés de Flemming.

Il a lâché un rire sec qui a terminé dans les aigus avant de mourir dans une quinte de toux.

— Et avant de venir à votre rencontre, j'ai avalé assez de belladone pour mettre fin à mes jours. Est-ce que vous comprenez, maintenant ?

Non. Toujours pas. Tout cela n'avait toujours aucun sens.

Je n'ai pas répondu et je me suis contenté de le fixer, les poings serrés.

— Concernant votre frère, je peux vous le prouver. Acceptez ma demande sur votre montre. Et vous aurez la confirmation que je vous dis la vérité.

Je ne bougeais toujours pas. Une partie de moi refusait de le faire, anticipant avec appréhension ce qu'il allait m'envoyer.

— Allez-y, a-t-il insisté.

J'ai accepté et presque simultanément, une vidéo démarrait dans mon champ de vision.

Sous un angle plongeant, j'ai reconnu mon frère. Pierrick était alité, sous perfusion, et respirait à l'aide d'une machine.

— Qu'est-ce que tu lui as fait ?

— Il est maintenu dans un coma artificiel. Mais ne vous inquiétez pas, cela fait seulement quelques jours qu'il se trouve dans cet état. La veille de ma participation à l'émission, pour être exact.

Comment mon frère avait-il atterri ici ?

Comme s'il était capable de lire dans mes pensées, Hwang a répondu à ma question.

— Je lui ai tendu une embuscade le lendemain de son intrusion dans le système et de son départ du complexe, alors qu'il devait me remettre les données subtilisées. Des hommes chargés de sa surveillance m'avaient informé qu'il avait acheté un billet d'avion pour le Canada deux jours plus tôt et s'apprêtait à partir. J'en ai conclu qu'il avait prévu de nous doubler. Je ne pouvais pas rester inactif.

C'est à peine si je l'écoutais ; mon regard était rivé aux mouvements du respirateur artificiel.

— Quand je mourrai, sa localisation disparaîtra avec moi. Vous n'avez plus beaucoup de temps pour prendre une décision.

— Il ne voulait pas vous doubler ! Il voulait rejoindre son ami là-bas !

— Je sais. Il a fini par me le révéler, mais cela ne change plus rien désormais.

— Alors pourquoi ne pas l'avoir tué ?

— Parce que Chloé vous avait sélectionné comme entraîneur. Je me suis dit qu'il pourrait me servir. Ou peut-être étais-je tout simplement *poussé* à le maintenir en vie ? Dans les deux cas, il semblerait que j'aie… eu raison.

Il avait lâché les deux derniers mots à bout de souffle. Sa capacité respiratoire était atteinte. Je ne sais pas quelle quantité de belladone il avait ingérée, mais les symptômes s'accéléraient.

Zoé m'a envoyé un message : « Que se passe-t-il, coach ? »

— Vous savez ce qu'il vous reste à faire. Amenez-moi Zoé et tout sera terminé. Vous retrouverez votre frère et vous rentrerez en France. Vous pourrez même filer le grand amour avec le docteur Lee. Toute cette histoire finira par disparaître de vos souvenirs. Vous avez connu tellement pire par le passé.

— Rien de plus simple, hein ? ai-je répliqué. Je dois juste jeter en pâture une gamine de seize ans à un psychopathe.

— Puisque vous n'avez pas été attentif, je vais vous donner un cours en accéléré. En 2017, une IA, Alpha

Go, battait pour la première fois un champion de go, un jeu dix fois plus complexe que les échecs.

— Oh putain…

— Attendez. Encore un peu de patience. Quelque temps après, Alpha Go Zéro, une nouvelle itération de cette intelligence, vainquait son aînée. Le secret de ces réussites : l'apprentissage par renforcement dont je vous ai parlé. Des parties exécutées contre elle-même un nombre incalculable de fois afin d'établir les meilleures stratégies, vous suivez ?

Je suis resté silencieux. Zoé continuait à m'expédier des messages : « Le lieutenant Newton demande quoi faire. Jerry me dit qu'il n'y a personne dans le camp à part vous deux. Si vous voulez que j'intervienne, envoyez-moi un signal. »

— En novembre 2030, avec l'aide de Cassandra, Perez Industries mettait au point la première version de Chloé, la toute dernière génération d'intelligence artificielle. La première à être considérée de type fort, bien qu'elle fût initialement dédiée à une tâche bien précise : la survie de l'humanité. La suite, vous la connaissez en partie : la construction du complexe, les recherches sur l'écosystème, les données récupérées. Mais saviez-vous que c'est Chloé, et non Perez, qui est à l'origine de l'émission ?

J'ai secoué la tête en me demandant une fois de plus comment il pouvait être au courant.

Il a martelé trois fois son front avec son poing.

— Et saviez-vous que Chloé avait également inventé l'interface neurale qui m'a ramené dans le monde des vivants ? Tout comme celle qui parasite le cerveau de votre candidate !

Parasite. J'ai secoué la tête à nouveau, plus lentement cette fois. Je commençais à entrevoir un embryon d'explication.

— Les données collectées, les participants, les algorithmes d'empathie, la simulation d'activité endocrinienne, les neurotransmetteurs… Tout cela est génial, mais incomplet. Bien que de type fort, Chloé n'est qu'un maillon ; elle a été programmée pour étudier la survie afin de créer les IA de demain. Mais pour réellement comprendre son sujet, elle avait besoin de l'expérimenter. Et à cette fin, elle devait créer un véritable risque d'anéantissement. Rien de mieux qu'un adversaire, une *némésis.*

— L'apprentissage par renforcement, ai-je lâché, même si cela me semblait encore nébuleux et que je ne voyais pas tout à fait où il voulait m'emmener.

— Exactement, et…

Hwang a marqué une pause et a grimacé. Il a réprimé une première nausée avant de se retourner et de s'appuyer à un tronc d'arbre pour vomir. Lorsqu'il est revenu vers moi, j'ai repéré que sa veine jugulaire s'affolait et que ses pupilles étaient totalement dilatées. Tachycardie et mydriase ; des effets de l'atropine contenue dans les baies.

— En janvier 2033, a-t-il continué avec de plus en plus de difficultés, on m'a équipé d'une interface neurale fournie par Perez Industries. Le premier modèle expérimental créé par l'entreprise. Un cadeau technologique empoisonné. Une prétendue augmentation de mes capacités intellectuelles, alors qu'elle n'était en fait qu'un cheval de Troie. La possession des temps modernes. Au départ, j'ai attribué mes nouvelles facilités à mon cerveau. Et puis j'ai compris que l'aide venait de *l'extérieur*.

Chloé est intervenue dans mon oreillette.

« Ceci est une version déformée de la réalité. Hwang a bénéficié d'une assistance sous la forme d'un réseau de neurones additionnel pour compenser la perte de ses capacités cognitives. Mais ce premier modèle n'était pas optimal et nous l'avons vite abandonné en raison de l'instabilité mentale qu'il engendre. Celui qui équipe Zoé cause moins de problèmes chez l' hôte. »

Ces explications m'effrayaient plus qu'elles ne me rassuraient.

— En novembre 2034, Chloé bis prend définitivement le contrôle de…

— Chloé bis ?

Hwang est parti dans un rire hystérique (autre effet de l'atropine). Il s'est levé et a agité les bras.

— Bien sûr ! Une copie de Chloé s'est transférée dans mon interface. Cela fait partie de son apprentissage par renforcement. Elle s'est dupliquée et a créé une Chloé ennemie ; comme si elle se fabriquait une adversaire pour le jeu de go.

Dans l'oreillette, la voix de l'IA intervenait à nouveau :

« Cette information est erronée. Hwang souffre de démence et d'un syndrome de persécution. Une conséquence désastreuse de son implant neural. Cette histoire de némésis est une pure invention. »

— Mais quel est son but ? Quel est l'objectif de Chloé ?

— Vous me croyez alors ? Vous réalisez que j'ai raison ! Je le vois dans votre regard.

Il avait parlé en postillonnant et ses mains s'étaient crispées sur le col de sa chemise. Il devenait instable et bientôt les hallucinations allaient s'ajouter aux autres effets de l'intoxication. Cette discussion ne devait pas s'éterniser. Il fallait que je découvre rapidement où il retenait mon frère prisonnier. Et sans lui remettre Zoé.

— Son objectif ? Perez devait le révéler lors de l'ultime épisode de *Survivre.* La naissance des premiers androïdes équipés d'intelligences artificielles de type fort. Et vous savez pourquoi ?

Je savais qu'Alejandro était convaincu que la prochaine génération d'IA devait nous permettre d'adopter les meilleures solutions pour faire face aux crises présentes et à venir, mais je sentais que ce n'était pas la réponse que Hwang attendait, alors je me suis tu.

— Pour nous survivre. Pour que ces intelligences prennent le relais. Le vieux était comme vous, il était persuadé que l'humanité allait disparaître de la surface de la Terre. Mais pour lui, les IA en sont le prolongement, une nouvelle étape de notre évolution.

Encore une fois, Chloé est venue corriger les propos de Hwang.

« Ces affirmations sont incorrectes ou plutôt incomplètes. Il n'est pas question de succéder aux humains. En revanche, d'après mes calculs, l'extinction de la

race humaine est probable à 60 % dans les dix prochaines années. Cette probabilité atteint 87 % si l'on se projette sur vingt ans. Le danger le plus immédiat est une pandémie dévastatrice provoquée par la libération de virus et de bactéries à la fonte du permafrost. Mais ce n'est pas l'unique menace : la température va encore croître et l'eau va se raréfier. Les nouvelles technologies ne pourront rien y changer, car l'épuisement des ressources ou des terres rares comme le lithium est pronostiqué dans les deux ans. J'ajouterai que monsieur Perez avait bien prévu de créer des androïdes, mais pour un voyage à destination de Mars. Ce trajet de quatre mois vers la planète rouge pose une difficulté majeure qui n'est pas d'ordre technologique. Il est psychologiquement impossible pour des êtres humains d'être confinés dans un environnement exigu pendant une telle durée, au risque de perdre la raison et de finir par s'entretuer. Depuis des dizaines d'années, l'humanité tente de trouver des réponses, mais le problème n'a toujours pas été résolu. Nous voulons offrir une chance à l'espèce humaine en organisant la première colonisation sur Mars menée par des androïdes, tout en continuant à chercher des solutions pour réduire le temps de trajet… avant qu'il ne soit trop tard. »

Mon absence n'est pas passée inaperçue. J'avais écouté la longue tirade de Chloé en hochant la tête.

— Elle vous parle. Chloé communique avec vous. Elle passe par Zoé ? Zoé est ici ?

Hwang a pris une grande inspiration et a fermé les yeux. Lorsqu'il les a rouverts, la personne qui se tenait en face de moi ressemblait davantage au

Hwang flegmatique et froid que j'avais rencontré avant de l'accompagner au camp.

— Pourquoi Zoé vous obsède-t-elle ? Que lui voulez-vous ?

— Chloé doit disparaître. Perez a activé la destruction de toutes les sauvegardes, mais Chloé a découvert un moyen de s'échapper. Et ce moyen, c'est votre candidate. Il n'existe plus que deux exemplaires de l'IA. Une est logée dans mon interface. L'autre se trouve dans celle de Zoé.

Hwang a plongé sa main dans la poche avant de son treillis pour en sortir un objet rond évoquant une grenade.

— C'est une bombe électromagnétique, une EMP. Je compte griller les interfaces et éliminer définitivement l'IA.

— Et qu'est-ce que cela signifie pour Zoé ?

— Ne vous inquiétez pas, elle ne craint rien, a-t-il lâché dans un souffle.

Chloé est intervenue sur-le-champ.

« Il ment. La destruction de l'interface provoquerait la mort cérébrale de l'hôte. Il est possible de retirer l'interface neurale de Zoé, mais cette opération doit être réalisée par un personnel compétent dans un hôpital ou tout autre établissement accrédité. Hwang est instable. Ne le croyez surtout pas. »

— Tic, tac. Il va falloir choisir, monsieur Starck. Zoé ou votre frère. Je n'ai plus beaucoup de temps pour vous révéler où trouver Pierrick.

*

Le débat faisait rage dans ma tête. Je ne savais plus qui croire ni que faire. Paralysé. Incapable de prendre une décision.

Les propos de Hwang résonnaient en moi et ses connaissances – sur Perez, Zoé, Chloé, le programme, mon frère et moi – défiaient la logique et la compréhension.

Réfléchis, papa. Il est au courant pour la dernière émission, il savait pour le départ de Pierrick au Canada alors qu'il devait certainement voyager sous une fausse identité, et aussi pour la fragilité d'Anton. N'oublie pas que Perez a fait analyser chaque employé par Chloé. Ce qui signifie donc qu'il partage les connaissances de l'IA. Le raisonnement de Hwang se tient.

J'étais tenté d'accorder du crédit aux théories de Sandra. Et puis j'ai réalisé que Hwang avait pu accéder aux fichiers volés par Pierrick et que, faux nom ou pas, mon frère avait parlé de son départ au Canada à Anton. Hwang lui avait tendu une embuscade et récupéré son support de stockage. Ses connaissances provenaient donc vraisemblablement de là. Le jeune homme pouvait très bien être fou, en fin de compte. Un fanatique, investi d'une mission et persuadé d'être la *némésis* de Chloé.

Un fou capable de percer le cryptage quantique de Perez Industries ?

Oui, un fou terriblement intelligent dont l'esprit n'a pas supporté l'interface et ses nouvelles facultés intellectuelles. Un fou qui cherche à se venger. Et puis, il n'y a pas véritablement eu de piratage. Les rédempteurs ont utilisé les identifiants d'Anton et soudoyé un employé.

Admettons, mais au fond, qu'est-ce que cela change ? La vraie question n'est pas là. On parle de Pierrick, papa ! On parle de sauver ton grand frère ! Si tu ne le fais pas, tu seras responsable de sa mort. Un fratricide. C'est ça que tu veux devenir ?

Non. Je ne serai pas responsable de sa mort. Ce n'est pas moi qui l'ai mis dans cet état. En revanche, si je livre Zoé, je serai un assassin.

Je ne suis pas d'accord avec toi, papa. Avoir l'occasion de le sauver et ne pas le faire revient à le tuer. Dans les deux cas, tu seras responsable. Ce n'est pas juste, mais c'est la réalité, alors accepte-la et fais ton choix. Et puis Zoé, qui est-elle ? Que représente-t-elle pour toi ? Tu ne la connais pas vraiment, et tu la choisirais elle plutôt que ton frère ? Et peut-être que Hwang a raison et qu'elle ne risque rien ! Réfléchis ! Tu pourrais lui rendre service en retirant ce truc de sa tête !

Hwang me fixait, le regard perdu. L'iris avait quasiment disparu sous les pupilles. Je ne pouvais dire s'il était rivé à mes atermoiements (j'avais tendance à parler en murmurant) ou s'il était déjà en train de sombrer.

Il a levé sa main et m'a tendu la grenade.

— Vous pouvez le faire. Vous devez le faire. Je sais que vous en êtes capable.

J'ai amorcé un geste pour la saisir.

— Zoé ne risque vraiment rien ? Tu me le promets ?

Il a souri et a ouvert les lèvres pour me répondre.

Au même moment, un coup de feu a retenti derrière moi et Hwang a basculé en arrière.

Je me suis retourné. Zoé braquait le pistolet que je lui avais confié à bout de bras. De la fumée s'échappait du canon.

— Non ! ai-je hurlé.

Je me suis précipité vers Hwang qui gisait, immobile. Du sang s'écoulait derrière sa tête.

La balle l'avait frappé au milieu du front. Il était mort.

Son dernier regard semblait dire *« Vous voyez, j'avais raison. Chloé a pris le contrôle. Vous me croyez maintenant ? »*

Sa main droite entrouverte a laissé échapper la grenade EMP.

Je l'ai saisie.

Pierrick. Mon frère était condamné à s'éteindre sur un lit d'hôpital.

Et là, que comptes-tu faire, papa ?

Je me suis retourné lentement.

Zoé tenait toujours son arme à la main et ses bras tremblaient. Des larmes embuaient ses yeux.

J'ai avisé la grenade que j'avais empoignée.

« Je vous conseille de bien réfléchir, monsieur Starck. Les fonctions cérébrales de Zoé seront irrémédiablement détruites si vous utilisez cette grenade. Il est possible de retirer l'interface de Zoé, mais pas par ce biais. »

Chloé avait peur. Je pouvais l'anéantir d'un seul geste et elle faisait tout pour m'en dissuader. L'IA n'éprouvait aucune compassion pour Zoé. Elle se contentait de suivre son instinct.

Un instinct de survie.

Les propos tenus par Hwang quelques minutes plus tôt prenaient tout leur sens.

Mais s'il avait raison, jusqu'où l'IA était-elle prête à aller ? Je me suis levé, la grenade toujours en main.

— Pose ton arme. Tout va bien maintenant, c'est fini. Hwang est mort.

— Je l'ai tué ? Je n'ai pas réfléchi… C'est quand j'ai vu la grenade. Oh mon Dieu, coach. Je suis une meurtrière !

Elle est peut-être sous l'influence de Chloé. Méfie-toi, papa.

— Calme-toi. Hwang était condamné. Il était empoisonné. En fait, tu as abrégé ses souffrances.

Elle a baissé l'arme, mais l'a remontée aussi vite pour me mettre en joue.

— Pourquoi vous avez cette grenade dans la main, coach ?

Tu vois, Hwang avait raison. Chloé est acculée. La grenade est une menace. Elle va te tirer dessus. Une balle dans la tête. Avec son système de visée, elle ne peut pas te manquer.

C'était une possibilité, mais Zoé pouvait également être déboussolée. Ce n'était pas la première fois que j'étais le témoin de ses sautes d'humeur.

— Tu n'as rien à craindre, tu le sais Zoé, non ? Tu comptes tirer sur moi ? Tu comptes me tuer ?

Elle a secoué la tête, faisant voler ses dreadlocks.

— Non… mais… non c'est… pourquoi vous dites ça, coach ? C'est horrible !

— Alors pose ton arme et je vais me débarrasser de la grenade. Tu es d'accord ?

Elle a acquiescé d'un mouvement du menton.

Derrière elle, Jerry venait d'apparaître, accompagné du lieutenant Newton.

Zoé a déposé le pistolet devant elle puis s'est relevée.

J'avais toujours la grenade dans la main.

Newton m'a interrogé du regard. D'un signe, je lui ai fait comprendre que je maîtrisais la situation.

Que comptes-tu faire, papa ?

— Je suis désolé…

— Coach ?

— … mais je ne peux pas.

J'ai lâché la grenade à mes pieds.

Zoé a couru vers moi, en larmes.

Je l'ai serrée dans mes bras.

— C'est fini. Tout est fini.

Épilogue

Je n'ai pas pu quitter les États-Unis dans l'immédiat. Je suis passé successivement entre les mains de la police d'État de l'Idaho, du FBI, des avocats de Perez Industries, des avocats de la famille Romanov, des avocats représentant le collectif des candidats assassinés et bien sûr des avocats de la famille Yoon. Le tout dans un chaos politique et social sans précédent.

Ma sœur a fait le déplacement depuis la France, qu'elle avait quittée en état de crise. Elle était venue autant pour m'assurer de son soutien que pour suivre de près les recherches intensives menées pour retrouver notre frère.

Je n'ai pas osé lui avouer que j'aurais pu sauver Pierrick. C'était au-delà de mes forces.

On a fini par repérer notre frère après cinq jours de recherches intensives, mais il était trop tard. Son corps vivait encore, mais son cerveau était mort. Ironie du sort, les représentants de Perez Industries ont proposé de lui implanter une interface. J'ai laissé cette décision à ma sœur, non sans lui avoir raconté l'histoire de Hwang et de Zoé. Elle n'a toujours pas donné son accord et à l'heure actuelle, Pierrick est alité dans un hôpital de Seattle.

Au bout d'un mois de procédure, j'ai fini par être libéré et blanchi, mais je devais être prêt à revenir en cas de procès. Le lieutenant Newton a joué un rôle crucial dans ma relaxe, ainsi que les nombreux témoignages de Sofia, d'Andrea et de tant d'autres.

Avant de partir, j'ai tenu à rendre une ultime visite aux personnes que je n'allais sans doute jamais revoir.

Phillip m'a invité dans son modeste appartement d'Idaho Falls. Un trois-pièces coquettement aménagé, garni de figurines, de soldats de plomb et d'une impressionnante collection de disques vinyle. Reconstituer ce format à l'aide des imprimantes 3D était visiblement à la mode. Pendant une grande partie de la soirée, Phillip m'a initié aux vieux groupes de rock des années 1990. Ce n'était pas trop mon truc, mais j'ai fait mine de m'intéresser.

Nous nous sommes quittés vers deux heures du matin, avinés et émus. Nous nous sommes promis de rester en contact, tout en sachant tous les deux que nous ne le ferions pas.

Le surlendemain, les Wayne m'invitaient chez eux. Rose m'a fait découvrir sa bière artisanale, Jerry ses talents de cuisinier, et Dany m'a appris à jouer au poker. Là encore, ils m'ont gentiment proposé de m'héberger si d'aventure je devais me rendre à Stanley.

Un scénario hautement improbable. La fameuse réserve naturelle de la Frank Church River of No

Return Wilderness évoquait désormais davantage le drame et la souffrance que l'aventure et la liberté.

Je n'ai pas osé revoir Zoé. La police l'avait confiée à sa mère le lendemain de la mort de Hwang et je n'ai pas pris de nouvelles d'elle depuis. Avant que les secours ne l'embarquent, elle s'était collée à moi et n'avait pas voulu me quitter. Elle m'avait fait promettre de l'emmener un jour dans les Alpes.

Mais quelque chose s'était brisé ce jour-là. Je n'arrivais plus à la considérer comme une gamine. Je pensais à l'empreinte de Chloé. Et puis, je n'aurais pas été capable de la regarder en face ; j'avais été à deux doigts de balancer cette grenade et sans doute l'aurais-je fait sans la présence de Newton et de Jerry.

Je sais que cela vient de moi et que Zoé n'y est pour rien. J'espère que tout va bien pour elle et que je trouverai un jour la force de lui reparler.

J'ai passé ma dernière semaine aux États-Unis en compagnie de Sofia. Elle avait pris un congé pour me faire visiter Idaho Falls, mais parcourir les villes pendant cette période chaotique n'avait rien d'une promenade de santé. Comme dans tous les pays occidentaux, et peut-être plus encore dans cette région du globe, on y croisait les marginaux pacifistes, les marginaux violents, les pillards, la population inactive qui bénéficiait du revenu universel, la population active (de moins en moins nombreuse et se déplaçant rarement à pied) et les forces de l'ordre (débordées et sur les nerfs). Seuls les hypercentres offraient un semblant de sécurité en raison des barrages et contrôles systématiques. Alors j'ai préféré lui proposer de faire quelques kilomètres supplémentaires au nord-est pour une excursion dans le Wyoming et une randonnée à Yellowstone. Selon plusieurs spécialistes, le supervolcan devrait bientôt rentrer en éruption. Ce fut une promenade en demi-teinte pour moi. J'ai découvert un parc naturel qui avait dû être magnifique une dizaine d'années auparavant, mais qui était désormais largement défiguré par le grand incendie de l'été 2031.

Trois jours plus tard, je décollais à bord du même modèle d'avion que celui qui m'avait conduit à Seattle, et j'y croisais la même faune. Certaines choses ne changeaient pas.

*

Six mois se sont écoulés avant que Sofia ne débarque en France. Entre-temps, un nouveau président avait été élu aux États-Unis, et chez nous la situation avait encore dégénéré. Plus de migrants climatiques, plus de chômage, plus d'émeutes, plus de pillages. Pas un jour ne passait sans qu'on n'évoque l'attaque d'un convoi de distribution de vivres ou la mise à sac de maisons par les bandits. La société était sur les nerfs et son économie ne fonctionnait que pour les trois quarts des Français, inactifs compris. L'autre quart, soit environ vingt millions de personnes, vivait en dehors du système lorsqu'il ne le parasitait pas.

On ressentait également les conséquences de la fonte du morceau de Totten qui s'était détaché. La situation côtière était désastreuse. En plus des habitations submergées, plus de quatre mille kilomètres de routes communales et départementales étaient désormais sous l'eau, ainsi que huit cents kilomètres de réseau ferroviaire. Les efforts pour minimiser les dégâts étaient concentrés autour des centrales nucléaires du Blayais et de Flamanville.

Sur un sujet connexe, les experts s'intéressaient maintenant aux poussières radioactives de Tchernobyl figées dans les neiges éternelles, dont la fonte risquait d'empoisonner bientôt certaines sources dans les Alpes.

L'incident du Nunavut était passé sous silence, alors que les scientifiques n'avaient toujours pas trouvé de remèdes ni de vaccin. Pour le moment, il ne s'était pas encore propagé au-delà du Nunavut, mais tous redoutaient qu'il traverse la frontière.

Claire avait failli donner sa démission. Mais j'avais réussi à lui faire renoncer. Je connaissais sa valeur et j'étais convaincu que nul ne pourrait faire un meilleur travail.

C'est dans ce contexte social délétère que j'ai accueilli Sofia en Haute-Savoie. J'étais revenu au même endroit pour reconstruire ma cabane et mon potager. J'avais troqué quelques vivres contre une poule auprès de la communauté d'Ashik, qui continuait d'exister malgré la disparition de son leader. Les habitants avaient rebaptisé le camp «Havre d'Ashik» et comptaient désormais des combattants dans leurs rangs.

Sur mon petit terrain, une chose avait changé : je n'avais pas replacé les panneaux à la mémoire de ma femme et de ma fille. J'avais décidé de vivre plutôt que d'être le vaisseau des fantômes de mon passé. Enfin presque. De temps à autre, Sandra s'adressait à moi, mais elle n'était plus la voix de ma conscience ou de mes contradictions. Ses propos étaient plus apaisés.

Je mentirais en disant que Sofia a apprécié le mode de vie des survivalistes. Malgré de belles paroles révolutionnaires, elle était profondément ancrée dans le confort occidental. Je ne pouvais pas la blâmer, puisqu'elle faisait partie de la population encore apte à en bénéficier. Nous avons vite compris que notre relation serait faite de moments partagés, mais aussi de distance et de solitude.

Ce n'était peut-être pas plus mal. Sans doute aurions-nous dépéri dans un rapport classique. Nous nous étions rencontrés dans un contexte particulier et avions vécu des instants d'une rare intensité. Nous n'étions pas faits pour la banalité d'une vie ordinaire.

J'ai donné le meilleur de moi-même pour que ces trois semaines dans les Alpes soient inoubliables et aussi dépaysantes que possible pour elle. Randonnées, visite des centres de troc, fabrication de miel, mais aussi binage, récolte, confection d'outils, poterie, chasse.

Pourtant, à quelques jours de son départ, j'ai senti que quelque chose la tracassait.

Je l'ai retrouvée un matin emmitouflée dans la couverture supplémentaire que je lui avais donnée.

Elle était assise et contemplait l'aube naissante, dont les grands arbres filtraient la pâle lumière.

J'ai hésité à la rejoindre. J'avais peur qu'elle prononce des paroles du genre : « J'ai bien réfléchi, et je pense que nous deux, ce n'est pas possible, il vaut mieux en rester là. »

Mais elle souhaitait seulement me parler de Zoé. Un sujet que nous avions évité d'aborder jusque-là (comme tout ce qui avait trait à notre séjour dans le complexe).

— Je sais que tu ne veux pas en parler, mais elle me demande de tes nouvelles. Cela me rend triste de la voir comme ça. Tu lui manques. Elle me parle beaucoup de toi.

— Je suis étonné que tu la fréquentes. Tu l'as prise en thérapie ?

— Non. Ne commence pas à détourner la conversation.

— Que veux-tu que je réponde ? Je pourrais te dire que j'irai lui rendre visite à mon prochain voyage aux États-Unis, mais tu sais très bien que c'est faux.

— Et pourquoi pas ? Ça lui ferait du bien et à toi aussi, je pense.

— À moi ? Qu'est-ce qui te fait dire ça… non. Ne réponds pas. Je sais ce que tu vas dire. Que je culpabilise et que cela me ronge.

— Ce n'est pas moi qui l'ai dit, mais oui. Il y a de ça.

— En partie, sans doute. Mais c'est que…

— Quoi ?

Je ne lui avais jamais parlé du lien potentiel entre Hwang, Zoé et Chloé. Et pour cause : les expertises de ses confrères psychiatres avaient statué sur l'instabilité de Hwang et invalidé sa possible manipulation par une intelligence artificielle. Mais pour moi, le doute subsistait.

— Comment tu la trouves, ces derniers temps? Qu'est-ce qu'elle devient?

— Je suis contente que tu poses la question. Elle travaille dans le complexe, pour Perez Industries.

J'ai secoué la tête.

— Tu déconnes là, non?

— Pourquoi? C'est une fille brillante, son QI est hors normes et…

— Putain, ai-je lâché en serrant les poings.

— C'est quoi le problème?

Ce n'est peut-être plus vraiment notre Zoé, voulais-je lui répondre.

— Rien, c'est juste que je suis étonné qu'elle travaille pour eux, compte tenu de ce qui s'est passé, ai-je menti. Et sinon, elle te semblait comment? Elle a changé? Son comportement?

Sofia a posé la main sur mon épaule. Elle me fixait en fronçant les sourcils.

— Tu es sûr que ça va? Non, Zoé n'a pas changé. Elle est drôle, intelligente, soupe au lait et souvent dans les nuages. Et elle est très bien entourée là-bas, elle travaille beaucoup avec Andrea.

— Je l'aurais davantage imaginée travailler dans les mondes virtuels, le jeu vidéo. C'était son rêve. Je n'arrive toujours pas à comprendre ce qu'elle fout dans ce complexe de merde.

— Il faut croire qu'elle a évolué. Les jeux, ça va un temps. Le projet sur lequel elle travaille est démentiel.

D'ailleurs, je vais certainement être engagée dessus. C'est aussi pour cela que j'ai pris ces quelques semaines avec toi à cette période. Cela risque d'être plus compliqué après.

— Et tu peux m'en parler, ou c'est secret défense ?

— Ce n'est pas un secret du tout. L'annonce date de quatre mois. L'info a fait le tour du monde…

J'ai haussé les épaules et d'un mouvement circulaire des yeux je lui ai fait comprendre pourquoi j'étais passé à côté de cette nouvelle.

— Avant, j'écoutais la radio tous les jours, mais pas ces derniers temps, comme tu as pu le constater. Bon alors, c'est quoi ce projet ?

— La première génération d'androïdes dotés d'une intelligence de type fort. Une révolution.

Je suis resté quelques secondes la bouche entrouverte et le regard absent, et puis j'ai lâché un éclat de rire nerveux.

— Tu trouves ça drôle ? Ce n'est pas vraiment la réaction que j'attendais.

Je me suis levé et je lui ai tendu la main.

— Allez viens. Nous n'avons plus beaucoup de temps avant la fin de tes vacances et j'aimerais vraiment qu'on en profite.

Sofia a agrippé ma main et s'est lovée contre moi, mais j'étais ailleurs, au cœur de l'Idaho. Je repensais à ma confrontation avec Hwang.

En revanche, d'après mes calculs, l'extinction de la race humaine est probable à 60 % dans les dix prochaines années. Cette probabilité atteint 87 % si l'on se projette sur vingt ans, avait déclaré l'IA.

Les propos de Zoé me sont revenus, terrifiants : *Je crois que la fonction de l'humanité est de consommer, transformer et détruire.*

Et si les intelligences artificielles nous identifiaient comme la principale menace à la vie sur Terre ?

Sofia a frissonné entre mes bras.

— Tu ne trouves pas qu'il fait froid ?

Les températures avaient effectivement baissé depuis plus d'un mois et pour beaucoup, l'incidence du minimum de Maunder sur le climat était synonyme d'espoir.

Alors qu'à l'insu de tous, la disparition de l'humanité avait peut-être débuté dans la tête d'une gamine de seize ans.

DU MÊME AUTEUR
CHEZ HUGO THRILLER :

Le Tricycle rouge, 2017
Le Brasier, 2018
Dans la toile, 2019

PAPIER À BASE DE FIBRES CERTIFIÉES

Le Livre de Poche s'engage pour l'environnement en réduisant l'empreinte carbone de ses livres. Celle de cet exemplaire est de :
450 g éq. CO_2
Rendez-vous sur www.livredepoche-durable.fr

Composition réalisée par Lumina Datamatics, Inc.

Achevé d'imprimer en mars 2021 en Italie par
GRAFICA VENETA
Dépôt légal 1re publication : avril 2021
LIBRAIRIE GÉNÉRALE FRANÇAISE
21, rue du Montparnasse – 75298 Paris Cedex 06

66/0617/8